KB166084

Lucy Maud Montgomery
ANNE OF GREEN GABLES

4

약속

루시 모드 몽고메리/김유경 옮김

동서문화사

원제 : Anne of Windy Willows(1936)
그림 : 계창훈
디자인 : 동서랑 미술팀

ANNE OF GREEN GABLES
4
약속/차례

첫해

둘째해

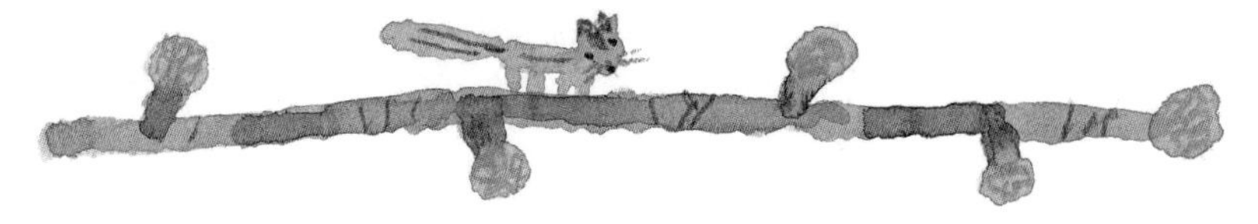

셋째해

《ANNE》의 에피소드

온 세계에 사는 앤의 벗들에게

첫해

앤, 길버트에게 편지쓰다

서머사이드 중학교 교장
　문학사 앤 셜리로부터
킹스포트 레드먼드 대학 의과대학생
　길버트 블라이스에게 보내는 편지

9월 12일 월요일
프린스 에드워드 섬
서머사이드 유령골목
바람결에 살랑거리는 버드나무집에서

사랑하는 길버트에게.

멋있는 주소지? 이토록 유쾌한 이름을 들어본 적 없을 거야. 바람에 살랑거리는 버드나무집이란 내가 아주 좋아하는 새로운 집의 이름이야. 나는 무척 마음에 들어!

유령골목이라는 이름도 멋지지? 물론, 법적으로 존재하는 장소는 아니야. 트렌트 거리라고 하지만 그 이름으로는 좀체 부르는 일이 없어 이따금 '주간뉴스'에 트렌트 거리라는 이름으로 씌어 있으면 동네 사람들은 의아한 얼굴로 '그게 어디 있는 거지?' 하면서 갸우뚱한대.

그래, 어쨌든 트렌트 거리가 아니라 이곳은 유령골목이야. 그 이유는 나도 몰라.

리베카 듀에게도 이미 물어봤지만, 리베카 또한 오래 전부터 유령골목이었다고 말할 수밖에 없대. 아주 오래 전 못생긴 유령이 나왔다는 옛이야기를 분명히 들었지만 실제로는 그녀 자신보다 더 못생긴 건 본 적이 없다고 했어.

그렇다고 이야기를 너무 비약시키면 안 되겠지. 길버트는 아직 리베카 듀가 누군지 모르는 걸. 이제 곧 알게 될 거야—틀림없이 그렇게 될 거야! 앞으로 내 편지 속에 리베카 듀가 자주 나오는 것을 이제 보게 될 거야.

나의 사랑하는 길버트!

지금은 감빛으로 물든 해질녘이야. 그러고 보니 '해질녘'이란 참 좋은 말이잖아? 저녁 무렵보다 훨씬 감미롭지. 벨벳 같은 차분한 느낌으로 어두운 그늘이 있고, 그리고—그리고—그야말로 '해질녘'다운 걸.

낮에는 이 세상 사람으로 속하고, 밤에는 영원한 꿈나라에 빠져들어. 하지만 해질녘에는 모든 것에서 벗어나 나는 오직 나만의 내가 돼. 아니 우리 둘만의 것이 되는 거야. 그래서 이 소중한 시간을 바쳐 길버트에게 편지를 쓰려고 해.

그렇다 해도 지금 쓰고 있는 건 러브레터가 아니야. 긁히는 펜이나 닳아빠진 펜으로는 러브레터를 쓸 수가 없어. 따라서 내가 제대로 된 펜을 구했을 때에만 나한테서 '그런' 편지를 받을 수 있겠거니 생각해줘. 그 사이에 내가 머물게 된 집과 사는 사람들 이야기를 해줄게. 길버트, 여기는 집도 좋고 사람들도 모두 너무 좋아.

나는 어제 하숙집을 찾으러 이리저리 헤매다 여기에 왔어. 린드 아주머니도 함께 왔었지. 다른 사람들에게는 쇼핑한다고 했지만 사실은 내 하숙집을 같이 찾아주기 위해서 왔다는 걸 알고 있었어. 대학에서 4년 동안 공부하고 졸업했는데도, 린드 아주머니는 아직 나를 손을 잡아 끌어주거나 감독하지 않으면 안 되는 철부지 어린이로 여기셔.

우리는 기차를 타고 왔는데, 아, 길버트, 너무나 우스꽝스러운 일을 당했어! 알다시피 나라는 사람은 바라지도 않는데 엉뚱하게 일이 저쪽에서 다가오는 타입인가봐. 어떤 때는 마치 내 쪽에서 자연스럽게 일을 끌어당기기라도 하는 것 같아.

그 일은 바로 기차가 역에 멈춰서려는 순간이었어. 나는 일어나 린드 아주머니의 옷가방을 집어들려고—아주머니는 서머사이드의 친구집에서 일요일을 보낼 예정이었지—몸을 구부려 좌석의 번쩍번쩍 빛나는 팔걸이를—힘주어 두 손으로 잡았어. 그런데 별안간 철썩 손을 얻어맞아 나는 그만 비명을 지를 뻔했어.

길버트, 좌석 팔걸이라 생각했던 건 남자분의 대머리였던 거야. 그 사람은 무서운 얼굴로 나를 노려보았어. 그리고 분명 막 잠들려는 참에 내가 깨워버린 것 같았어.

나는 풀이 죽어 허리를 숙여 사과하고 얼른 기차에서 내렸어. 마지막으로 돌아보았을 때에도 그 남자는 여전히 나를 노려보고 있었단다. 린드 아주머니는 어쩔 줄 몰라했고, 내 손은 아직도 욱신욱신 아파!

한두 번도 아니니 하숙집을 구하는 일에 별 문제가 없으리라 여기고 있었어. 톰 프링글 부인이라는 사람이 이곳 학교 교장들을 15년 동안이나 하숙시켜 왔기 때문이지.

그런데 무슨 이유인지 모르지만 갑자기 '귀찮은 생각'이 들어 싫어졌다며 프링글 부인이 나를 받아주지 않는 거야. 내가 맘에 드는 다른 몇 집에서도 보기 좋게 거절당했어. 그나마 남은 몇 집은 오히려 내 쪽에서 마음에 들지 않았지.

우리는 오후 내내 거리를 쏘다녀 덥고 지치고 말도 하기 싫어지고 머리가 아파—아주머니는 몰라도 적어도 나는 그랬어—절망한 나머지 단념하려 했을 때 유령골목이 나타났던 거야.

우리는 린드 아주머니의 옛 친구인 브래독 부인집에 들렀지. 브래독 부인은 '미망인들'이 나를 맡아줄지도 모른다고 말했어.

"리베커 듀의 급료를 치르기 위해 하숙생을 하나 두고 싶다는 말을 들었어요. 돈을 벌지 않고는 더 이상 리베커를 둘 힘이 그 사람들에게는 없지요. 하지만 만일 리베커가 가버리면 누가 그 늙은 붉은 암소의 젖을 짜겠어요?"

브래독 부인은 마치 내가 그 암소의 젖을 짜야 한다고 여기기라도 하듯 나를 뚫어지게 쳐다보았어. 하지만 젖을 짜는 일이라면 내가 할 수 있다고 고집스레 맹세해도 부인은 믿지 않았을 거야.

린드 아주머니가 물었어.

"미망인이란 누구를 말하는 거지요?"

"케이트 아주머니와 채티 아주머니가 뻔하잖아요."

브래독 부인은 누구나 아무리 세상 물정 모르는 대학출신이라도 그런 것쯤은 알리라는 말투였어.

"케이트 아주머니란 애머서 매코머 미망인으로—남편은 선장이었어요. 그리고 채티 아주머니는 링컨 매클린의 미망인으로 선장부인도 뭐도 아닌 그냥 미망인이지요. 마을에서는 이 두 사람을 '아주머니'라고 불러요. 유령골목 구석에 살고 있어요."

유령골목! 일은 그렇게 결정되었어. 어떻게 해서든지 나는 미망인들이 사는 집에 하숙해야겠다고 결심했지.

"얼른 가서 그분들을 만나봐요."

나는 린드 아주머니를 졸랐어. 잠시라도 우물쭈물하다가는 유령골목이 옛이야기속 나라로 영영 사라져버리지 않을까 걱정이 되었거든.

"그 사람들을 만난다 해도, 댁을 받아들일지 어떨지 결정하는 건 리베카예요. 바람에 살랑거리는 버드나무집을 좌지우지하는 것은 리베카 듀거든요."

바람에 살랑거리는 버드나무집이라고! 그런 것은 사실일 리 없어. 그래, 있을 수 없는 일이야! 나는 꿈을 꾸고 있는 게 틀림없어. 실제로 린드 아주머니는 집에 붙이기에는 묘한 이름이라고 말했지.

"아, 그것은 매코머 선장이 그렇게 붙였어요. 거기는 오래전 선장의 집이었잖아요. 선장은 집 둘레에 버드나무를 심고 무척 자랑했었죠. 하기야 자신이 집에 있는 일은 거의 손을 꼽을 정도고, 오래 머무른 적도 전혀 없었지만요.

케이트 아주머니는 그 점이 귀찮다고 언제나 불평하곤 했죠. 우리들로서는 선장이 그처럼 집에 조금만 머물러 불만스럽다는 건지 아니면 돌아오는 일 자체가 귀찮다는 건지 잘 알 수가 없었지만 말이에요.

셜리 양! 거기에 하숙할 수 있기를 빌겠어요. 리베카 듀는 요리솜씨가 뛰어난데 특히 포드 퍼테이토에 대한 일은 가히 천재적이니까요. 만일 리베카의 마음에 들면 셜리 양은 편안하게 지낼 수 있어요. 마음에 들지 않으면—그렇지요, 그때 일이 또 생각나요. 이 도시에 새 은행가가 와서 하숙을 구한다는 말을 들었으니까 리베카가 그 사람 쪽이 좋다고 할지도 모르겠군요.

톰 프링글 부인이 당신에게 방을 빌려주지 않은 게 이상하네요. 서머사이드에는 프링글네며 그 친척이 잔뜩 있어요. 그 사람들은 '왕족'이라고 불리니 셜리 양도 그 사람들과 사이좋게 지내지 않으면 안 돼요. 그러지 않으면 서머사이드 중학교에서 잘 지낼 수 없을 거예요.

이 도시는 그 사람들이 쥐락펴락 마음대로 해왔어요. 늙은 에이브러햄 프링글 선장의 이름을 딴 거리가 있을 정도니까요. 정말이지 그 일족 가운데에는 좋은 사람들도 많지만 가장 웃어른인 단풍나무 저택의 그 두 노부인 말이에요. 소문에 의하면 당신은 그 두 분의 마음에 들지 못했다면서요."

화들짝 놀라 나는 소리쳤어.

"어째서지요? 그분들은 나를 본 적도 없는데."

"그게 말이에요, 그 팔촌되는 사람이 교장을 지망해 모두 그 사람이 될 줄로 여겼죠. 그런데 셜리 양이 채용되자 그 일족 사람들이 뒤돌아서 욕했어요.

글쎄, 사람이란 그런 거지요. 현실을 그대로 받아들이지 않으면 안 돼요. 그 사람들은 셜리 양에게 크림처럼 부드럽게 말하며 친절히 대하겠지만 아마 일이 있을 때마다 맞설 거예요.

셜리 양 기분을 언짢게 하고 싶지 않지만, 알고 있으면 미리 조심할 수 있거든요. 셜리 양이 훌륭하게 해내어 그 사람들의 코를 납작하게 해줬으면 좋겠어요.

만일 미망인들이 셜리 양에게 방을 빌려준다면 셜리 양은 리베커 듀와 함께 식사해도 상관없겠죠? 리베커는 하인이 아니니까요. 그 사람은 선장의 먼 친척이에요. 손님이 있을 때 리베커는 식탁에 앉지 않아요—그런 때에는 자기의 분수를 잘 깨닫지요—셜리 양이 거기에 하숙하게 되면 물론 리베커는 셜리 양을 손님으로 여기지 않을 거예요."

나는 마음을 써 주는 브래독 부인에게 리베커 듀와 식사하는 것은 괜찮다고 말하고 린드 아주머니를 잡아끌듯 나와 당장 가보기로 했어. 어떻게든 은행가를 앞지르지 않으면 안 되니까.

인정 많은 브래독 부인은 문가까지 따라 나왔어.

"그리고 채티 아주머니의 감정을 상하게 하면 안 돼요. 아무것도 아닌 하찮은 일로 마음 아파하니까요. 가엾게도 그 사람은 마음이 여려요. 그 사람은 케이트 아주머니만큼 돈이 없어요—케이트 아주머니도 그리 큰돈을 가지고 있는 건 아니지만요. 게다가 케이트 아주머니는 남편을 진심으로 좋아했어요. 자기 남편을 말이에요. 하지만 채티 아주머니는 그렇지 않았어요. 자기 남편을 몹시 싫어했죠.

무리도 아니에요! 링컨 매클린은 괴짜 노인이었으니까요. 그 때문에 채티 아주머니로서는 세상사람들이 자기를 안 좋게 여길 거라는 자격지심을 가지고 있는 거예요.

오늘이 토요일이어서 잘됐어요. 금요일이었다면 채티 아주머니는 셜리 양을 하숙시키는 일 같은 건 생각도 하려 하지 않을 거예요. 셜리 양은 케이트 아주머니가 미신을 믿을 거라고 생각하겠죠? 뱃사람들은 그런 데가 있으니까요. 그런데 채티 아주머니가 그렇답니다—그 사람 남편은 목수였는데도 말이죠. 그 사람도 젊었을 때는 아주 예뻤었죠."

나는 채티 아주머니의 마음을 헤아리겠다고 브래독 부인에게 다짐하고 또 다짐했지만, 부인은 산책길까지 따라 나왔어.

"케이트와 채티는 셜리 양이 없는 동안 셜리 양 물건들을 뒤지는 짓은 하지 않아요. 아주 정직한 사람들이니까요. 리베커 듀는 꼭 그렇다고만도 할 수 없지만, 유치하게 고자질 같은 건 하지 않을 거예요.

그리고 내가 셜리 양이라면 현관으로는 가지 않겠어요. 그 사람들이 현관을 쓰는 것은 정말로 큰일이 있을 때뿐이거든요. 남편인 애머서의 장례가 있은 뒤로 한 번도 열지 않았지요. 뒷문으로 다니세요. 열쇠는 창틀에 둔 화분 밑에 놓여 있어요.

만일 집에 아무도 없으면 열쇠로 문을 열고 들어가 기다리세요. 그리고 또 어떤 일이 있어도 그 집 고양이를 칭찬해서는 안 돼요. 리베커 듀가 몹시 싫어하거든요."

나는 고양이를 결코 칭찬하지 않겠다고 약속하고 겨우 집을 나설 수 있었어. 얼마 안 가 우리는 유령골목에 이르렀지. 거기는 아주 짧은 골목으로, 그 끝은 널찍한 시골풍경으로 이어지고 저 멀리 푸른 언덕이 아름다운 배경을 이루고 있었어.

골목 한편에는 집 한 채 없이 항구 쪽으로 완만하게 언덕을 이루며 내려가고, 다른 한편에는 집이 세 채밖에 없었어.

첫 번째는 너무 평범해서 그 이상은 아무 것도 말할 게 없는 집이야.

그 다음 집은 사람 눈을 끄는 음침한 대저택이었어. 붉은 벽돌로 테두리를 두른 건물로, 지붕의 경사가 급한 아래쪽에 창문들이 사마귀처럼 가득 나 있고 평평한 꼭대기에는 철책이 둘러쳐졌어. 소나무나 전나무가 빽빽하게 우거져 집이 거의 보이지 않을 정도였어. 아마도 그 때문에 집안이 몹시 어두울 거야.

마지막이 바람에 살랑거리는 버드나무집으로, 마침 오솔길 모퉁이에 자리잡아 앞에는 잔디가 깔린 길이고 모퉁이를 돌면 나무그늘이 아름다운 시골길이었어.

나는 그만 이 집에 넋을 잃고 말았지. 언뜻 보았을 때 왠지 자기도 모르게 감격스러워지는 집이 있잖아. 바람에 살랑거리는 버드나무집이 바로 그런 곳이었어.

그 집은 하얀—새하얀—목조 건물로, 초록색 덧문이 달려 있어—푸르름이 선명한 초록색이었지. 집 한쪽에 '탑'이 있고 양쪽에는 창문이 나 있어. 낮은 돌담들을 따라 여기저기 버드나무를 심었고 뒤쪽 큰 뜰에는 어여쁜 꽃과 채소가 즐거운 듯 뒤섞여 있었어.

하지만 이것만으로는 그 매력을 다 전할 수가 없어. 한마디로 말하면 그것은 아주 유쾌한 개성 있는 집이고, 어딘지 그린게이블즈의 향기가 솔솔 감돌고 있어.

나는 황홀하여 구름 속을 거닐듯 말했어.

"여기야말로 나를 위한 곳이에요. 살게 될 운명이에요."

린드 아주머니는 운명 같은 것을 진실로 믿는 얼굴은 아니었지.

아주머니는 무뚝뚝하고 덤덤한 목소리로 말했어.

"학교에 가려면 많이 걸어야겠는걸."

"괜찮아요. 좋은 운동이 될 거예요. 어머나, 길 맞은편 저 아름다운 자작나무와 단풍나무숲을 보세요!"

린드 아주머니는 눈길을 돌렸으나 이렇게 말할 뿐이었어.

"모기에 시달리지 않았으면 좋겠다만."

나도 그렇게 생각했어. 왱왱거리는 모기는 딱 질색이니까. 모기가 한 마리라도 있으면 잠을 제대로 잘 수 없거든. 양심의 거리낌 없이 덤비는 모기는 모조리 날려버릴 테야.

현관을 보았을 때 거기로 들어가지 않아도 되는 게 얼마나 다행스럽게 여겼는지 몰라. 정말 가까이 하기 어려운 모습이었거든. 나뭇결이 드러나보이는 묵직한 문으로 꽃무늬 유리가 끼워져 있었어. 두 손잡이로 여는 그 문은 이 집에 조금도 어울려 보이지 않았어.

잔디 사이로 판판한 돌이 드문드문 묻힌 귀여운 오솔길을 따라가면 조그만 초록색 뒷문이 나온단다. 그쪽이 훨씬 친밀감이 들고 좋은 느낌이었어.

통로는 잘 손질된 아주 반듯한 화단이었고, 파릇파릇한 리본 풀이며 금낭화, 참나리, 미국 패랭이꽃이며 쑥, 각시붓꽃, 빨강과 흰 데이지, 신부의 부케로 불리는 꽃, 그리고 린드 아주머니가 '작약'이라고 부르는 꽃이 심어져 있었어.

물론 이 계절에 꽃이 저마다 피어나는 건 아니었지만 그때그때 꽃망울들이 하나둘씩 벌어지면서 훌륭히 피울 것 같았어.

좀 떨어진 한구석에 장미원이 있고, 바람에 살랑거리는 버드나무 집과 음침한 옆집 사이에는 담쟁이덩굴이 멋들어지게 뻗은 벽돌담이 서 있는데, 가운데 빛바랜 녹색 문 위는 아치형 담으로 되어 있었어. 덩굴이 거기에도 잔뜩 얽혀 있는 것을 보면 이 문은 꽤 오랜 동안 닫혀 있었던 게 분명했어. 문이라지만 사실은 절반밖에 안 돼. 위 절반은 그냥 달걀 모양으로 뚫어 놓기만 해서 그곳으로 건너편 집에 있는 황폐한 뜰이 보였어.

우리가 바람에 살랑거리는 버드나무집 마당으로 들어갔을 때 클로버가 한 무더기 나 있었어. 충동적으로 나는 몸을 굽혀 가만가만 자세히 찾아보았지.

믿을 수 있어, 길버트? 눈앞에 네 잎 클로버가 셋이나 있었어! 아주 좋은 징조가 아닐까? 프링글 일족인들조차 이 행운에는 맞서지 못할 거야. 그리고 그 은행가에게는 결코 기회가 주어지지 않으리라 굳게 믿었어.

뒷문이 열려 있어서 누군가가 집에 있으니 우리는 화분 밑의 열쇠를 찾아내지 않아도 됐어. 문을 두드리니 마침 리베카 듀가 나왔지. 그녀가 리베카 듀인 줄 한눈에 알아볼 수 있었던 것은 이 세상 어느 누구도 대신할 수 없기 때문이야. 또 그 이름만 하더라도 리베카 듀 말고 딴 이름일 수 없다고 여겨졌지.

리베카 듀는 '마흔 살 안팎'이야. 토마토를 닮은 이마가 있고 솟처럼 검은 머리가 났으며 깜박거리는 조그만 까만 눈과 끝이 혹처럼 된 매부리코 그리고 길쭉한 입을 가지고 있다면, 그거야말로 리베카 듀 바로 그 사람이야.

그녀가 가지고 있는 것들은 모조리 너무 짧아—팔도 발도 목도 코도, 웃는 얼굴 말고는 싹 다. 그 입꼬리 귀까지 미치는 길이야. 하지만 리베카 듀가 웃는 것을 본 건 그 뒤였지.

내가 매코머 부인을 만날 수 있겠느냐고 나직이 묻자 리베카 듀는 아주 무뚝뚝한 표정을 지었어.

리베카 듀는 마치 이 집에 매코머 부인이 적어도 한 다스는 있다는 듯이 비난하듯 말했어.

"매코머 선장 부인 말입니까?"

"네."

내가 얌전히 대답하자 우리는 곧 응접실로 안내받아 거기서 기다리게 되었어.

그곳은 깨끗하고 조그만 방이었어. 의자덮개 등으로 좀 어수선했지만 내가 좋아하는 조용하고 편안한 분위기를 지니고 있어 마음에 들었어. 가구들도 저마다 모두 몇 년째 제자리를 지키고 있는 듯했어. 게다가 얼마나 반짝였는지! 가게에서 산 그 어떤 광내는 약으로도 그처럼 거울처럼 빛낼 수 없을 거야. 그것은 리베카 듀가 힘주어 여러 번 닦은 결과임을 나는 알 수 있었어.

맨틀피스 선반 위에는 돛 달린 배를 넣어둔 병이 장식으로 놓였는데, 그것이 린드 아주머니의 흥미를 끌었어. 아주머니는 배가 어떻게 병 속에 들어가 있게 되었는지는 상상할 수 없지만 이 방이 마치 '바다 같은 기분'을 주고 있다고 말했지.

그때 '미망인'들이 들어왔어. 나는 첫눈에 그 두 사람이 좋아졌어. 케이트 아주머니는 키가 크고 마른데다 머리가 희고 좀 엄해 보이는 게 영락없이 머릴러를 닮은 타입이었어.

채티 아주머니는 키가 작고 가냘픈데다 머리가 희며 좀 슬퍼 보이는 데가 있었어. 처녀시절에는 아주 아름다웠을 텐데 지금은 눈 말고는 모든 게 변해 있었어. 눈은 정말 사슴처럼 아름다워—포근하고 큰 갈색눈이야.

내가 용건을 말하자 미망인들은 얼굴을 마주보더니 채티 아주머니가 입을 열었어.

"리베커 듀와 의논해야 돼요."

그러자 케이트 아주머니도 고개를 끄덕이며 말했어.

"그렇고말고요."

곧 리베커 듀가 부엌에서 불려왔지. 그 고양이도 함께 방으로 들어왔어. 가슴과 목둘레가 흰 크고 토실토실한 몰타산(産) 고양이였지. 나는 쓰다듬어주고 싶어 견딜 수 없었지만 브래독 부인의 주의를 떠올리고 모른 척했어.

리베커 듀는 웃지도 않고 나를 지켜보았어.

"리베커!"

케이트 아주머니는 말 많은 사람이 아님을 알 수 있었어.

"셜리 양이 여기에 하숙하고 싶다는군. 우리는 할 수 없다고 생각되는데……"

리베커 듀가 물었어.

"어째서지요?"

채티 아주머니가 설명했지.

"리베커에게 너무 짐이 되지 않을까 해서예요."

그러자 리베커 듀가 말했어.

"그 짐은 이미 너무도 익숙해서 무겁다는 느낌도 들지 않아요."

어쩐지 나는 리베커 듀라는 이름을 따로 떼어놓을 수 없어, 길버트. 절대 불가능해. 그런데 미망인들은 따로 떼어부르고 있지—말할 때마다 둘 다 '리베커'라고 불러. 어떻게 그럴 수 있는지 도저히 나는 모르겠어.

채티 아주머니가 덧붙여 말했어.

"젊은 사람들을 드나들게 하기에는 우리가 너무 나이를 먹었어요."

리베커 듀가 말을 받았어.

"그건 두 분 생각이지요. 나는 이제 겨우 45살이고 몸도 아직 튼튼해요. 그리고 젊은 사람이 이 집에 머무는 일이 좋다고 생각해요. 게다가 여자쪽이 남자보다 좋아요. 남자는 밤낮으로 담배를 피우거든요. 이쪽까지 타죽거나 숨막힐 지경이에요. 하숙인을 굳이 두어야만 한다면, 여자여야 한다는 게 제 의견이에요. 하지만 여기는 아주머니들 집이니까 제 말에 크게 신경쓰지 마세요."

호메로스*1가 좋아할 말투로 리베커 듀는 말을 마치자 사라져버렸

*1 기원전 8세기 그리스 시인 《일리아스》《오디세이아》의 저자.

어. 이로써 모든 것이 결정된 줄 알았는데, 채티 부인이 위로 올라가 방이 내 마음에 드는지 어떤지 봐야 한다고 말했어.

"우리는 탑의 방을 주려고 해요. 손님용 침실만큼 넓지는 않지만 겨울에 난로 놓을 때를 대비해서 연통구멍이 나 있고 전망이 훨씬 좋죠. 거기에서는 옛날 묘지가 보인답니다."

역시 그 방이 내 마음에 쏙 들 줄 알았어. '탑의 방'이라는 이름 그 자체가 나를 두근거리게 만들었어. 마치 애번리 초등학교 때 곧잘 노래했던 한 소녀가 '잿빛 바닷가의 높이 솟은 탑에 살고 있다'라는 옛 노래 속에서 살아 있는 듯한 느낌이 들었으니까.

사실 그곳은 더할 나위 없이 멋진 방이었어. 그곳으로 가려면 층계를 모두 올라간 한구석에서 다시 몇 단 작은 층계를 더 올라가야 돼. 좀 좁지만 레드먼드에서 첫해를 보낸 그 혐오스러운 하숙집 방만큼 답답하지는 않았어.

창문은 두 개인데 서쪽은 천창, 그리고 북쪽은 마름모꼴 바람막이 창문으로 구석에 탑이 만들어낸 삼각형 창이 있고 거기에 바깥쪽으로 여는 문이 달려서 그 밑은 내 책을 꽂는 선반으로 쓰고 있어.

바닥에는 목면으로 만든 깔개가 여러 개 놓여 있고, 지붕 같은 천개가 달린 커다란 침대에는 기러기무늬 이불을 씌워 놓았는데 주름 하나 없이 잘 다려져 있어 그 속에서 자느라 그것을 구기는 것이 미안하게 여겨질 정도야.

게다가 길버트, 이 침대는 너무 높아 우스꽝스럽고 조그만 발판을 써서 올라가야만 해. 이 들고 다닐 수 있는 발판은 낮에는 침대 밑에 감춰둘 수 있어. 이 기묘한 물건들은 전부 매코머 선장이 '외국'에서 사온 것 같아.

한구석에 작은 그릇선반이 놓였는데, 선반에는 귀여운 파도무늬 장식이 있는 흰 종이가 깔려 있고 문에 꽃다발 그림이 그려져 있어.

세 개의 창 가운데 하나는 밖으로 내밀어져 의자처럼 앉게 되어 있고, 둥글고 푸른 쿠션이 하나 놓였는데 가운데에 깊숙이 단추가 달려 있어서 부풀어오른 푸른 도넛처럼 보여.

그리고 앙증맞은 세면대가 있는데 선반은 두 단이야. 윗선반은 세숫대야와 원앙새알 같은 푸른 물병을 놓을 만한 크기이고, 아랫선반에는 비눗갑과 더운물을 넣은 주전자를 두도록 되어 있어. 놋쇠손잡이가 달린 서랍이 붙어 있고 안에 수건이 차곡차곡 개서 들어 있어. 세면대 위에는 하얀 도자기 귀부인이 우아하게 앉아 있어. 금색 띠를 두른 분홍 구두를 신고 황금색 머리에 빨강 장미를 꽂고 있어.

옥수숫빛 노오란 커튼 너머로 쏟아져 들어오는 빛은 온 방안을 황금색으로 물들이고, 희게 칠한 벽에는 바깥의 버드나무 가지가 늘어져 그림자무늬가 이 세상에 둘도 없을 진귀한 벽걸이를 짜내고 있어. 쉼 없이 변화하며 살아 있는 그림을 보여주는 벽걸이야.

어쩐지 아주 행복한 방처럼 여겨져서, 나는 세상에서 가장 큰 행운을 얻은 아가씨처럼 느껴졌어.

돌아오면서 린드 아주머니가 말했어.

"거기라면 안심이다, 정말이지."

나는 아주머니를 놀려주려고 장난스레 말했어.

"패티의 집에서 그처럼 자유롭게 지냈는 걸요. 그에 비하면 좀 갑갑하게 여겨질 때도 있겠죠."

그러자 린드 아주머니는 코웃음쳤지.

"자유롭게 지냈다고? 자유롭게라니! 양키 같은 말은 하지 마라, 앤."

나는 모든 소지품을 가지고 옮겨왔어. 물론 그린게이블즈를 떠나는 것은 싫었어. 몇 번이나, 그리고 오랫동안 그린게이블즈를 떠나 있었어도 휴가가 되면 곧바로, 한 번도 그곳을 떠난 적 없는 것처럼 다시금 그린게이블즈로 돌아오곤 했었지. 그러다가 다시 떠날 때는 가슴이 찢어지는 것 같았어.

그러나 나는 이곳을 좋아하게 될 것을 알고 있어. 그리고 이곳도 나를 아주 좋아하게 될 게 틀림없어. 언제나 나는 집이 나를 좋아하는지 어떤지 알 수 있거든.

내 방 창문으로 내다보이는 풍경은 아주 멋져—옛날 묘지까지도. 묘지는 울창한 전나무숲에 둘러싸이고 양쪽은 돌담으로 된 구불구불한 오솔길을 지나서 들어가게 되어 있어.

서쪽 창문으로는 멀리 안개낀 바닷가까지 내다볼 수 있고, 내가 그토록 좋아하는 귀엽고 조그만 돛단배가 몇 척이나 동동 떠 있고 큰 배가 먼 바다 쪽으로 나아가고 있어. 목표는 '미지의 항구'—이 얼마나 근사한 말일까! 어쩌면 이토록 상상할 게 무궁무진 많을까!

북쪽 창문으로는 길 맞은편 자작나무와 단풍나무숲이 보여. 길버트도 알 거야, 나는 오래전부터 나무 숭배자잖아. 우리가 레드먼드 문과에서 테니슨 연구를 했을 때 늘 가엾은 이노니와 함께 슬퍼하며 그녀가 소나무를 뺏긴 일을 안타까워했었어*2.

숲과 묘지 저편은 근사한 골짜기인데, 빨간 리본 같은 황톳길이 구불구불 나 있고 그 길을 따라 하얀 집이 군데군데 있어. 어떤 골짜기는 어째서인지는 모르지만 왠지 사랑스러워. 그냥 보고 있기만 해도 마음이 즐거워져. 그리고 그 골짜기 저편에는 내가 아주 좋아하는 푸른 언덕이 있어. 그 푸른 언덕에 '폭풍왕'이라는 이름을 붙였어—그래, 또 이름을 지었어.

여기에서는 혼자 있고 싶으면 언제든지 홀로 있을 수 있어. 때때로 외로움은 좋은 일이잖아. 그래도 바람이 내 친구가 되어주겠지.

바람은 나의 탑 둘레에서 울부짖고 한숨 쉬며 때로는 낮은 소리로 노래해. 겨울의 흰 바람, 봄의 연둣빛 바람, 여름의 푸른 바람, 가을의 진홍빛 바람, 네 계절에 걸쳐 불어대는 소소하거나 맹렬한 바람—'그 말씀을 좇는 광풍'*3

---

*2 《이노니》는 영국시인 테니슨의 시. 1830년 작품.

*3 구약성서 〈시편〉 제148편 제8절.

전부터 나는 이 성서 구절이 얼마나 좋았는지 몰라. 마치 어느 바람이든 모두 내게 전할 말을 가지고 있는 것만 같아! 옛날부터 나는 늘 조지 맥도널드*4의 그 옛이야기에 나오는, 북풍과 함께 날아간 남자아이를 부러워했었지.

길버트 어느 날 밤, 나는 탑의 창문을 열고 바람의 긴 팔 속으로 뛰어들 거야. 그리고 리베커 듀로서는 그날 밤 어째서 내 침대가 쓰이지 않았는지 그 까닭을 모를 테지.

길버트, 우리들 '꿈의 집'이 발견되었을 때 그 집 둘레에도 바람이 불어주었으면 좋겠어. 어디에 있을까, 그 미지의 집은?

나는 미래의 집에서 달빛에 젖어 있을 때가 가장 행복할까, 아니면 동틀녘의 빛을 온통 받을 때일까? 앞으로 그 집에서 우리는 서로 사랑을 나누고 일하며—늘그막에 웃음을 가져다줄 우스꽝스러운 모험을 몇 가지 해야 해.

늘그막? 우리도 나이 먹을 수 있을까, 길버트?

탑 왼쪽 창문으로는 도시의 크고 작은 집들이 보여. 이 도시에서 적어도 나는 1년은 살아야 해. 아직 만나지는 못했지만 그 집집마다 내 친구가 될 사람들이 살고 있어. 그리고 내 적이 될 사람도. 파이(애번리 주민으로 앤을 좋아하지 않음)네 같은 사람들이 갖가지 이름으로 발길 닿는 곳곳에 있는 걸. 프링글 집안도 염두에 두어야만 하지.

학교는 내일부터 시작해. 나는 기하를 가르쳐야만 될 거야! 프링글 집안에 기하의 천재가 없기를 하느님께 간절히 기도하고 있어.

여기 온 지 채 이틀도 안 되었는데 미망인들이며 리베커 듀는 지금까지 줄곧 알고 지내온 듯한 기분이야. 미망인들은 벌써 자기들을 '아주머니'로 불러달라고 해서 나도 '앤'으로 불러달라고 부탁했어. 리베커 듀에게는 '미스 듀'라고 불러보았어—딱 한 번.

*4 스코틀랜드 시인·소설가, 1824~1905년. 아동문학작품 《북풍 뒤의 나라》가 있음.

리베커는 되물었어.
"미스 뭐라고요?"
나는 얌전히 되풀이했어.
"듀. 그게 성이시죠?"
"그건 그래요. 그건 틀림없지만 나는 오랫동안 '미스 듀'라고 불린 적이 없어 깜짝 놀랐어요. 앞으로는 그렇게 부르지 말았으면 해요, 셜리 양, 그렇게 불리는 데 나는 익숙하지 않거든요."
"기억해 두겠어요, 리베커—듀."
나는 애써 듀를 말하지 않으려 했지만 헛일이었어.
채티 아주머니의 마음이 여리다고 했던 브래독 부인의 말은 꼭 들어맞았어. 나는 그 일을 저녁 식사 때 몸소 느꼈지.
케이트 아주머니가 '채티의 예순여섯 번째 생일'에 대해 뭔가 말했어. 흘끗 채티 아주머니에게로 눈길을 보낸 나는 채티 아주머니가—아니, 울음이 와락 터진 건 아니야. 그건 너무도 폭발적이어서 여느 아주머니 행동에 어울리는 말이 못돼. 아주머니는 소녀처럼 그저 줄줄 눈물을 흘리고 있었어. 눈물은 커다란 갈색 눈에 솟는가 싶더니 그냥 묵묵히 넘쳐흘렀어.
케이트 아주머니가 좀 엄하게 물었어.
"왜 그러지요, 채티?"
채티 아주머니가 울먹이며 말했어.
"그건—그건 내 예순다섯 번째 생일이었어요."
"내가 잘못했어요, 샬럿."
케이트 아주머니가 사과해서 다시 분위기는 좋아졌어.
고양이는 귀여운 황금빛 눈의 커다란 수고양이로, 여러 가지 빛깔이 나는 몰타산의 점잖은 코트와 나무랄 데 없는 린네르를 입고 언제나 두말할 나위 없이 깨끗해.
케이트 아주머니와 채티 아주머니는 이 고양이를 더스티 밀러(먼지

투성이 방앗간)라고 부르고 있어. 그게 이 고양이의 이름이야.

리베카 듀는 그냥 '고양이'라고 애정 없이 부르는데, 그것은 그녀가 이 고양이를 싫어해서야. 왜냐하면 날마다 아침저녁으로 사방 1인치 두께의 간을 먹여야 하는데다, 고양이가 응접실로 몰래 들어올 때마다 낡은 칫솔로 팔걸이 의자에 묻은 고양이털을 떼내야 하고, 밤늦게까지 바깥에 있을 때는 찾아와야 되는 일이 화나서 견딜 수 없기 때문이래.

채티 아주머니가 내게 말했어.

"리베카 듀는 본디 고양이를 싫어해요. 특히 더스티를 싫어하죠. 2년 전 일인데 캠벌 노부인의 개가—그즈음 캠벌 부인은 개를 기르고 있었거든요—2년 전 더스티를 입에 물고 이리로 데려왔어요. 아마 캠벌 부인에게 데려가봐야 돌봐주지 않으리라 여긴 게 아닐까 해요. 흠뻑 젖어 추위에 오들오들 떨고 있었어요, 조그만 뼈가 가죽을 찢고 나올 듯한 그토록 가엾고 비참한 새끼고양이가 또 있을까요. 돌같이 딱딱한 마음을 지닌 사람이라도 그 고양이를 모른 척하지는 못했을 거예요.

그래서 케이트와 난 그 고양이를 집에 두고 기르게 되었는데, 리베카 듀는 그 일에 대해 결코 진심으로 우리를 용서하지 않아요. 그즈음 우리들은 아직 외교적인 수완이 없었거든요. 그 고양이를 기르는 건 싫다고 말했으면 됐을 터인데. 셜리 양은 아직 모르겠지만……"

채티 아주머니는 식당과 부엌을 가로막은 문쪽을 주의 깊게 돌아보았어.

"우리가 리베카 듀를 어떻게 조종하고 있는지를요."

하지만 나는 알아차리고 있었어. 그것은 언뜻 보아도 아름다운 일이었어. 서머사이드 사람들은 리베카 듀가 이 집을 지배하고 있다고 여길지 모르지만, 지혜로운 미망인들은 그렇지 않다는 걸 알고 있는 거야.

“우리는 은행가에게 방을 빌려주고 싶지 않았어요. 젊은 사내란 침착하지 못할 테고, 교회에도 제대로 안 나간다면 마음 쓰이거든요. 하지만 우리가 은행가에게 방을 빌려주고 싶은 척하자, 리베카 듀는 결코 그 말을 들으려 하지 않았죠.

앤이 와줘서 정말 기뻐요. 앤 같은 좋은 사람을 위해서라면 요리만드는 일도 보람있을 거예요. 앤 쪽에서도 우리를 좋아해주기를 바라고 있어요.

그래도 리베카 듀에게는 몇 가지 아주 좋은 점이 있어요. 리베카 듀가 15년 전 여기에 왔을 때는 지금처럼 깨끗하지 않았어요. 한 번은 응접실 거울에 앉은 먼지를 보여 주기 위해 케이트가 거울 가운데에다 ‘리베카 듀’라고 쓰지 않으면 안 될 정도였죠. 그런 일은 두 번 다시 할 필요 없었어요. 리베카 듀는 재빨리 알아차렸거든요.

저 방이 마음에 들었으면 해요, 앤. 밤새도록 창문을 열어두어도 좋아요. 케이트는 밤바람이 몸에 좋지 않다고 믿고 있지만 하숙하는 사람들에게는 그 사람 나름대로 사는 방식이 있을 테니까요.

케이트와 나는 방을 함께 쓰는데, 하룻밤은 케이트를 위해 창문을 닫고 다음날 밤은 나를 위해 열기로 정했죠. 그런 조그만 문제는 반드시 풀 수 있는 거예요, 그렇죠? 그럴 마음만 먹으면 무엇을 못하겠어요. 뜻만 있으면 길은 열리게 되어 있어요.

밤에 리베카 듀가 자주 돌아다니는 일이 있어도 놀라면 안 돼요. 그녀는 언제나 무슨 소리가 들리면 알아보려고 일어나 다녀요. 그 때문에 리베카 듀는 은행가를 두기 싫어한 게 아닌가 해요. 잠옷바람으로 은행가와 부딪치기 싫어서겠죠.

케이트가 그리 말이 없어도 마음 쓰지 말아요. 그녀의 습관이니까요. 이야깃거리를 잔뜩 가지고 있는 게 틀림없을 텐데도 말이에요. 젊은 시절 애머서 매코머 선장과 함께 온 세계를 두루두루 돌아다녔으니까요.

나도 케이트처럼 이야깃거리가 풍부했으면 좋겠어. 하지만 나는 한 번도 프린스 에드워드 섬을 떠나본 적이 없어요. 이따금 세상은 어째서 이럴까 고개를 갸우뚱하기도 해요. 말하기 좋아하는 나는 이야깃거리가 없고, 무엇이든 알고 있는 케이트는 말하기를 싫어하니까요. 하지만 그 까닭은 하느님만이 아시겠죠."

채티 아주머니는 말이 좀 많은 편이지만 이제까지 살아온 이야기를 줄줄 늘어놓은 건 아니야. 알맞다고 여겨지는 사이사이에 내가 말을 끼워 넣었지. 하지만 대단한 것을 말하지는 않았어.

이 집 아주머니들은 소를 한 마리 기르고 있는데, 길 위쪽 제임스 해밀턴 씨네 목초지에서 뛰어놀게 해서 리베커 듀는 거기까지 젖을 짜러 다니지. 크림은 얼마든지 있어.

날마다 아침과 밤에 리베커 듀가 담의 작은 문으로 우유를 캠벌 부인의 '그 사람'에게 줘. '조그만 일리저버스'에게 먹이기 위해서인데, 일리저버스는 의사의 명령으로 반드시 먹어야만 한대.

'그 사람'이 누구인지, 또 조그만 일리저버스가 누구인지 나는 아직 몰라. 캠벌 부인은 이웃 성곽의 거주인 겸 소유자고 집 이름은 늘 푸른나무 저택이야.

오늘 밤은 잠이 올 것 같지 않아. 낯선 잠자리에서 첫날 밤을 보낼 때에는 언제나 잠이 잘 안 들어. 게다가 태어나서 이런 묘한 침대는 본 적이 없어. 하지만 상관없어. 나는 밤을 좋아하니까 누워서 눈을 뜨고 시간 여행을 하지. 인생의 온갖 일—과거, 현재, 미래의 일을 생각해 보겠어. 특히 미래에 대해서.

정말 무자비한 편지가 된 것 같아, 길버트. 두 번 다시 이처럼 긴 편지로 당신을 괴롭히지 않을게. 하지만 나의 새 환경이 당신 눈앞에 떠오르도록 모든 것을 이야기하고 싶었어.

이제 끝났어. 멀리 항구 쪽에서 달이 '그림자나라로 가라앉고' 있어. 그리고 머릴러에게도 한 통 써야 해.

편지는 그린게이블즈에 모레쯤 도착하겠지. 데이비가 우체국에서 집으로 가져가 머릴러가 겉봉을 뜯는 동안 도러와 둘이 머릴러에게 달라붙어 있을 거고 린드 아주머니는 귀를 쫑긋 세우고 있을 거야. ……안 돼!—그것을 생각하자 향수병에 걸려 버렸어. 잘 자, 사랑하는 길버트. 지금도 그리고 영원히 나는 당신 것이야.

앤, 조그만 일리저버스와 만나다

앤으로부터 길버트에게 온 몇 통의 편지 발췌.

9월 26일

길버트, 당신에게서 받은 편지를 어디서 읽는지 알아? 큰길 건너편에 있는 숲속이야. 그곳에는 작은 골짜기가 있고, 햇살이 양치식물 위에 아롱다롱한 무늬를 만들며, 시냇물이 꼬불꼬불 흐르고 있어.

나는 어느 비틀어진 이끼 낀 나무줄기에 기대앉아보니 눈앞에는 반할 만큼 싱그러운 어린 자작나무들이 사이좋은 자매같이 손을 잡듯 서 있지.

이제부터는 어떤 신나는 꿈—진홍 잎맥이 들어간 황록색의 꿈—가운데에서도 정말로 꿈다운 꿈—을 꾸었을 때, 그것이 내 비밀스러운 자작나무 골짜기로부터 온 것이고, 아주 가녀린 그 나무들과 속삭이듯 노래하는 작은 시냇물의 신비스러운 어우러짐에서 생긴 것이고 그것들은 내 공상을 충분히 만족시킬 거야.

나는 그곳에 앉아 숲의 고요에 귀기울이는 게 아주 좋아. 고요에도 몇 가지 다른 종류가 있다는 걸 생각해 본 적 있어, 길버트? 숲속의 고요, 바닷가의 고요, 목장의 고요, 밤의 고요, 여름날 나른한 오후의 고요. 모두 달라. 저마다 밑에서부터 오가는 멜로디가 저마다 다르기 때문이야.

만일 내가 앞을 전혀 못 보는 장님이고 더위와 추위에 무감각하다 하더라도 내가 어디 있는지 주위에 있는 고요로 쉽사리 알 자신이 있어.

학교 '운영'을 시작한 지 2주일이 되었는데 그런대로 잘해내고 있어. 그러나 브래독 부인의 말이 옳았어. 프링글 집안 때문에 걱정이야. 행운을 부른다는 네 잎 클로버를 찾았는데도 어떻게 그 고민을 해결해야 좋을지 아직 잘 모르겠어. 브래독 부인이 말했듯, 겉으로는 크림처럼 사람을 부드럽게 대하고—게다가 갈피를 잡을 수가 없어.

프링글 집안사람들은 서로 감시하고 자기네끼리 무섭게 싸우지만, 다른 사람들에 대해서는 한데 뭉쳐 맞닥뜨려나가지. 마침내 나는 서머사이드 사람들에는 두 종류밖에 없다는 결론에 이르렀어—프링글 집안과 그렇지 않은 사람들.

우리 교실에는 프링글 무리가 다글다글하고, 다른 성을 쓰고 있다 해도 프링글 혈통을 이어받은 학생이 무척 많아. 그 가운데 우두머리격인 아이가 젠 프링글인 듯한데, 이 아이는 베키 샤프*1 14살 때를 생각나게 하는 초록색 눈의 건방진 여자아이야.

젠은 내 말을 절대 안 들어. 나를 존경하지 않는 운동을 남몰래 조직하고 있는 모양이며, 나는 그것을 어떻게 다루어야 할지 너무 골치아파.

젠은 웃음이 절로 나는 묘한 얼굴을 참 잘해. 내 뒤에서 나직이 웃음 소리가 온 교실로 퍼질 때면 무엇 때문인지 잘 알지만 이제까지 나는 젠이 그런 얼굴을 하고 있는 현장을 한 번도 잡지 못했어.

---

*1 영국 작가 새커리의 소설 《허영의 시장》에 나오는 인물.

그리고 젠은 머리도 좋아—그 아이는 정말!—작문을 시키면 문예작품의 팔촌쯤 되는 글을 써 보이기도 하고 수학도 잘해, 난처하게도 말이야! 이 아이의 말이나 행동에는 어떤 재능이 번쩍이는 것이 느껴지고 유머러스한 감각도 지니고 있어서, 처음부터 나를 싫어하지만 않았더라면 이 사실이 우리를 단단히 맺는 끈이 되어주었을 텐데. 지금 상태로는 젠과 내가 함께 손잡고 크게 웃기까지 꽤 시간이 걸릴 거야.

젠의 사촌인 마이러 프링글은 학교에서 으뜸가는 미인이야. 그리고 형편없는 바보이기도 해. 우스꽝스럽고 터무니없는 큰 실수를 저지르는데, 이를테면 오늘도 역사시간에 인디언들이 샹플랭*2과 그 부하들을 하느님이거나 아니면 '어떤 인간 이상의 것'으로 여겼다고 말했어.

리베카 듀 말에 따르면 프링글 집안은 사회적으로는 서머사이드의 '유지들'이야. 이미 나는 프링글 집안의 두 가정으로부터 저녁초대를 받았어. 새로 온 선생을 초대하는 것은 예의에 맞는 일이고, 프링글 일족은 의례적인 행사를 빠뜨리지 않으니까.

엊저녁에는 제임스 프링글네 집에 갔어. 앞에서 말한 젠의 아버지야. 보기에는 대학교수 같은 풍채지만 실제로는 머리가 둔하고 아무것도 몰라. 식탁보를 손가락으로 두드리며 규율에 대해 열심히 이야기했는데, 그 손톱은 꾀죄죄했고 이따금 심한 문법의 오류를 저질렀어.

서머사이드 중학교는 본디 믿음직한 인물을 필요로 해왔다—경험 있는 교사로 가능하면 남자 쪽이 좋다, 안됐지만 당신은 아무래도 나이가 너무 젊지 않은가 싶다.

"하긴 그 젊다는 결점만은 시간이 빨리 고쳐 주겠지만."

---

*2 프랑스 탐험가, 1567~1635년. 퀘벡을 건설하고, 캐나다 초대 프랑스 식민지 총독을 지냄.

이렇게 슬픈 듯 말하는 거야. 나는 아무 말 하지 않았어. 일단 입을 열면 굳이 말하지 않아도 될 일까지 주저리주저리 말해버릴 테니까.

나는 프링글 집안의 어느 누구보다도 부드럽고 얌전하게 굴었어. 침착한 태도로 제임스 프링글 쪽을 맑은 눈으로 바라보며 마음속으로 '이 심술쟁이, 편견으로 똘똘 뭉친 할아범!' 속으로 꽥꽥 소리 지르는 것으로 만족해야만 했지.

젠은 머리 좋은 점을 어머니로부터 이어받은 게 확실하고, 그 어머니가 나는 좋아졌어. 부모 앞에서 젠의 행동은 얌전하고 모범적이었어. 그러나 말씨는 공손했지만 말투는 거만했지.

'셜리 선생님' 부를 때마다 젠은 거기에 경멸을 담으려 애쓰는 거야. 그리고 내 머리를 볼 때마다 평범한 당근빛으로밖에 보지 않는다는 것을 느낄 수 있어. 확실히 프링글 집안에서는 모두 내 머리를 적갈색이라고 인정하지 않을 게 틀림없어.

또 초대받은 곳은 모튼 프링글네 집인데 이쪽이 훨씬 호감을 가질 수 있었어. 다만 모튼 프링글이라는 사람은 상대가 하는 말을 전혀 듣지 않아. 모튼은 자기가 무엇을 말하고, 그 뒤 이쪽에서 대답하고 있는 동안 벌써 자기가 다음에 할 말을 열심히 생각하고 있어.

미망인인 스티븐 프링글 부인—서머사이드에는 미망인이 많아—이 어제 내게 편지를 주었어. 품위 있고 정중하지만 가시 돋친 편지였어. 밀리한테 숙제가 너무 많다, 밀리는 허약한 아이니까 과로하면 안 된다, 벨 선생은 결코 이 아이에게 숙제를 내주지 않았다, 신경질적인 아이다, '이해'해 주지 않으면 안 된다—벨 선생은 너그러이 아주 잘 이해해 주었다! 당신도 그럴 마음만 있으면 받아들이리라 여긴다! 라는 거였어.

스티븐 부인은 오늘 애덤 프링글 코에서 피가 나온 게 내 탓이라며 원망했을 거야. 코피 때문에 애덤은 집으로 돌아가야만 했었지.

그리고 어젯밤 잠을 깬 나는 칠판에 쓴 문제에서 i자에 점을 찍지 않은 일을 불현듯 생각해내고는 다시 잠들 수 없었어. 분명 젠 프링글이 알아차렸을 거야. 그 일이 은밀히 그 집안사람 사이에 퍼질 테지.

단풍나무 저택 노부인들만 빼놓고 프링글 집안사람들은 모두 나를 초대하고 그 뒤로는 영원히 무시할 것이라고 리베카 듀가 말한 적이 있어. 이 집안사람은 '유지들'이니까. 그렇다면 내가 서머사이드에서 사회적으로 추방된다는 뜻이 되겠지.

글쎄, 두고 보기로 하겠어. 싸움은 시작되었고 아직 이긴 것도 진 것도 아니니까. 어쨌든 나는 좀 슬퍼. 편견은 아무리 설득해도 어쩔 도리가 없어. 아직 어린시절의 성품이 사라지지 않았나봐. 남이 나를 싫어하는 게 괴로워서 견딜 수가 없어. 학생 가운데 절반이 까닭없이 나를 미워한다고 생각하면 억울하기도 하고 너무 우울해. 게다가 내가 나쁜 짓을 한 것도 아닌데.

나를 못살게 구는 것은 그 '불합리'한 점이야. 또 점을 찍어버렸군! 하지만 이렇게 하는 것만으로도 기분이 정말로 나아져.

프링글 일족만 빼면 나는 학생들이 아주 좋아. 교육받는 일에 진심으로 흥미를 가지는 똑똑하고 꿈 많은 성실한 학생도 몇 있어.

루이스 앨런은 하숙집 일을 도와주며 자기 식비를 마련하고 있는데, 그것을 조금도 부끄럽게 여기지 않아.

소피 싱클레어는 날마다 아버지의 안장도 없는 늙은 말을 타고 6마일이나 되는 길을 오가고 해. 대단하지.

그런 아이들의 힘이 되어줄 수 있다면 프링글 일족 같은 것은 아무것도 아니야.

하지만 난처한 일은 프링글들을 이쪽으로 끌어들이지 않으면 누구의 힘도 되어줄 수 없다는 거야.

바람에 살랑거리는 버드나무집은 정말 좋아. 여기는 하숙집이 아니야. 바로 가정이야! 그리고 이 집 사람들이 모두 나를 진심으로 좋아해줘. 고양이 더스티 밀러까지도 나를 가족으로 받아들이는 거 같아. 하지만 때로는 내게 마음 상하는 일도 있어서, 그 토라진 모습을 보여주기 위해 일부러 나에게 등을 돌리고 앉지. 그리고는 내가 그것을 어떻게 받아들였는지 보려고 한쪽 눈으로 흘끗 돌아봐.

리베카 듀가 가까이 있을 때는 더스티 밀러를 너무 귀여워하지 않으려 하고 있어. 실제로 리베카 듀를 초조하게 만들기 때문이야. 더스티 밀러는 낮에는 도도하고 태평스러우며 명상적인 고양이지만, 밤이면 정말로 무서운 동물이 돼. 그것은 어두워진 뒤 밖으로 내보내지 않기 때문이라고 리베카 듀는 말했어. 뒤뜰에 서서 더스티를 부르는 게 리베카 듀는 몹시 싫은 거야.

이웃사람들이 자기를 웃음거리로 만들 게 틀림없대. 리베카 듀는 새된 목소리로 '야옹아……야옹아……야옹아!……' 하고 외쳐서 조용한 밤에는 온 마을에 울릴 정도야. 미망인 자매는 잘 때 더스티 밀러가 집안에 없으면 히스테리 발작을 일으키니까.

리베카 듀는 내게 툴툴거리며 딱 잘라 말했어.

"그 '고양이' 덕분에 내가 어떤 꼴을 당하는지 아무도 몰라요—아무도요!"

미망인들은 가까워질수록 더욱 좋은 분들이야. 하루하루 나는 이곳 사람들이 좋아져. 케이트 아주머니는 소설 읽는 일을 탐탁치 않게 여기지만 내가 읽는 책을 검열하지는 않겠다고 말했어.

채티 아주머니 쪽은 소설을 퍽 좋아해. 아주머니는 '비밀장소'를 가지고 있어. 소설—시내 도서관에서 빌려와 몰래 집안에 들여오지—이나 혼자 놀 수 있는 트럼프, 그밖의 무엇이든지 케이트 아주머니에게 보이고 싶지 않은 것을 넣어두는 거야. 그 비밀장소는 의자 시트 속에 만들어 두었는데 그것이 단순한 의자가 아닌 것을 아는 사람은 나와 채티 아주머니뿐이야.

채티 아주머니는 그 비밀을 내게 털어놓았는데, 앞에서 말한 책을 몰래 들여오는데 내가 도와주거나 격려해주기를 바라서가 아닌가 하는 생각이 들어. 사실 바람에 살랑거리는 버드나무집에 비밀장소는 필요없으니까. 이토록 정체를 알 수 없는 벽장 많은 집은 본 적이 없어. 하기야 리베커 듀가 그런 벽장을 그대로 놓아두지 않을 것은 확실해. 언제나 맹렬한 기세로 청소하고 있거든.

미망인 가운데 누군가가 그렇게 하지 않아도 좋다고 말해도 리베커는 슬픈 듯 이렇게 대답하곤 하지.

"집이란 내버려둬도 깨끗해지는 그런 게 아니니까요."

소설이든 트럼프든 리베커 듀의 눈에 띄면 깨끗이 처리해 버릴 테지. 그 두 가지 다 보수적인 리베커 듀의 생각으로서는 전율할 만한 것들이니까.

트럼프는 악마의 책이고 소설은 더욱 나쁘다고 리베커 듀는 말하고 있어. 성서 말고 리베커 듀의 오직 하나뿐인 읽을거리는 '몬트리올 가디언' 신문의 사교란이야. 백만장자의 집이며 가구며 그런 사람들이 하는 일 등을 열심히 읽는 것을 리베커 듀는 아주 좋아해.

리베커 듀는 부러워하며 말하지.

"어머나, 황금욕조에 들어가 있는 것을 생각해 보세요, 셜리 선생님!"

그래도 리베커 듀는 좋은 사람이야. 바로 나에게 꼭 맞는 빛바랜 황금비단을 씌운 아주 앉기 편한 낡은 팔걸이 의자를 어딘가에서 꺼내 와서 말했어.

"이건 선생님 의자예요. 선생님 것으로 정해두겠어요."

그리고 더스티 밀러가 그 위에서 잠자지 못하게 하지. 학교에 입고 가는 내 스커트에 털이 묻어 프링글 집안사람들에게 허물을 잡혀서는 안 되기 때문이래.

세 사람 모두 내 진주목걸이와, 그것에 연관된 이야기에 무척 흥미를 가지고 있어. 케이트 아주머니는 터키석이 박힌 자기 약혼반지를 보여주었어. 이제는 너무 작아져 낄 수 없대. 채티 아주머니는 눈에 눈물을 살짝 머금으며, '나는 약혼반지를 받지 못했다'고 했어. 아주머니의 남편이 그런 것은 '쓸데없는 낭비'라고 여겼기 때문이래. 그때 아주머니는 내 방에서 탈지유로 얼굴을 닦고 있었어. 윤기를 유지하기 위해 채티 아주머니는 밤마다 그렇게 하는데, 케이트 아주머니에게 들키는 게 싫어 내게 비밀엄수를 다짐하도록 했어.

"먹을 나이 다 먹고서 어리석은 짓을 한다고 손가락질할 테니까요. 리베카 듀 또한 그리스도교도 여자는 외모에 치중해서는 안 된다고 여길 게 틀림없어요. 늘 케이트가 잠들면 몰래 부엌으로 내려가곤 했지만, 리베카 듀가 오지 않을까 언제나 조바심을 냈죠. 그녀는 자고 있을 때에도 고양이 같이 귀를 세우고 있거든요. 여기에 밤마다 몰래 와서 이렇게 할 수 있으면 좋으련만……아, 고마워요, 앤."

그리고 이웃사람들 일을 조금은 알게 되었어. 캠벌 부인은 프링글 집안 출신이야! 80살로 나는 아직 만난 적 없지만 듣건대 아주 다루기 힘든 꼬장꼬장한 노부인 같아.

캠벌 부인에게는 거의 같은 나이로 보이는 무뚝뚝한 마서 몽크맨이라는 하녀가 있는데, 흔히 '캠벌 부인의 시녀'라고 불리고 있어.

노부인은 일리저버스 그레이슨이라는 증손녀와 함께 살고 있지. 내가 이곳에 온 지 벌써 2주일이 되는데 그 아이를 아직 한 번도 본 적 없다는 게 믿어지니? 일리저버스는 8살로 '뒷길' 즉 뒤뜰로 난 지름길로 초등학교에 오가니까 만날 수가 없어. 이 아이의 등교길에도 하교길에도 결코 마주치지 않아.

일리저버스의 죽은 어머니는 캠벌 부인의 손녀인데, 부모를 일찍 잃어 그녀도 캠벌 부인 손에 자랐대. 어머니는 린드 아주머니가 말하는 '양키'인 피어스 그레이슨이라는 사람과 결혼했어. 어머니는 일리저버스가 태어날 때 눈을 감고 아버지 피어스 그레이슨은 그가 다니는 회사의 파리지점을 맡게 돼서 바로 미국을 떠나야만 했대. 그래서 갓난아기 일리저버스는 캠벌 노부인에게로 보내졌다는 거야.

소문에 따르면, 아버지는 일리저버스 때문에 아내가 죽었다고 캠벌 부인에게 맡겨둔 뒤로 만나러 오지도 않는대. 물론 이것은 소문에 지나지 않을지도 몰라. 캠벌 노부인도 그 시녀도 이 아버지에 대해서는 입을 연 적이 한 번도 없었으니까.

리베커 듀는 조그만 일리저버스가 너무도 엄격한 노부인이나 시녀 곁에서 아무 즐거움도 모르고 지내고 있는 것 같다고 걱정스러워했어.

"그 애는 여느 아이 같지 않아요. 8살 치고는 너무 어른스러워요. 이따금 묘한 말을 하지요. 언젠가도 내게 이렇게 말했어요.

'리베커, 잠자리에 들려고 할 때 뒤꿈치를 물어뜯기는 듯한 기분이 들 때가 있어요?'라고요. 컴컴한 방 안에서 자는 게 무서운 거예요. 그 집 사람들은 그렇게 시키죠. 캠벌 마님은 자기 집에는 겁쟁이 같은 건 하나도 없다고 말한다니까요.

그 사람들은 두 마리 고양이가 쥐를 감시하듯 그 아이에게 눈을 번뜩이며 그 아이가 숨도 쉴 수 없게 이래라저래라 잔소리를 해요. 조금이라도 그 애가 소리를 내면 그 사람들은 까무라칠 것처럼 소란을 떨지요. 일년 내내 "쉿! 쉿!" 이런다니니까요.

아마도 저 애는 쉿쉿 하다가 결국 숨막혀 죽임을 당할 거예요. 대체 어떻게 하면 좋을까요?"

어떻게라니, 정말! 나는 그 아이를 만나고 싶어. 어쩐지 가엾어지는걸. 물질적으로는 풍족하게 세심한 배려를 받고 있다나봐.

케이트 아주머니는 말했어.

"저 집에서는 그 아이에게 제대로 먹이고 멋진 옷을 입히고 있어요—하지만 아이는 빵으로만 살 수 없지요."

나는 그린게이블즈에 오기 전 내 생활이 어떠했는지 결코 잊지 않고 있어.

다음 금요일 밤 애번리에서 즐거운 이틀을 보내려고 집으로 돌아갈 참이야. 한 가지 고통스러운 점은, 만나는 사람마다 서머사이드에서 가르치는 게 어떠냐고 물어오는 일이야.

하지만 지금은 그린게이블즈 일만 생각하기로 했어, 길버트—푸른 안개가 가득 낀 '빛나는 호수', 시냇물 건너편 붉게 물들기 시작한 단풍나무, '도깨비숲'의 황갈색 양치류, 저녁해가 그림자를 떨어뜨리는 '연인의 오솔길', 그리운 곳이야!

마음속으로 바라는 것은 내가 지금 거기에 가 있어 함께—함께—누구와 함께 있고 싶은지 알겠지? 정말이지 길버트, 나는 자기를 너무 사랑하는 게 아닌가 하는 걱정이 짙어질 때가 있어!

10월 10일
서머사이드 유령골목
바람에 살랑거리는 버드나무집에서

존경해 마지않는 당신에게.

이런 식으로 채티 아주머니네 할머니의 러브레터는 시작되고 있어. 근사하잖아? 이것을 보고 할아버지는 설레는 우월감을 느꼈겠지! 사실은 자기도 '사랑하는 길버트에게'라고 쓰는 편을 더 좋아하는 건 아닐까? 어쨌든 난 자기가 그 할아버지가 아니어서—또는 다른 할아버지도 아니어서—다행이라고 생각해. 우리가 젊고 앞날—둘이 함께 보낼 인생이 눈앞에 펼쳐져 있다는 것은 엄청난 일이야, 그렇지?

(여기부터 몇 쪽 빠져 있다. 앤의 펜은 긁히지도 않고 끝이 닳지도 않고 또는 녹슬지도 않아서 러브레터를 쓰기에 좋았던 것이리라.)

나는 꼭대기 방 창가 자리에 앉아 호박빛 하늘에 살랑거리는 나무들과 그 건너편 항구를 바라보고 있어. 어젯밤 나는 혼자서 즐거운 산책을 했어. 정말 어딘가로 가야만 했었어. 바람에 살랑거리는 버드나무집은 좀 우울했거든. 채티 아주머니는 마음에 상처를 입고 거실에서 엉엉 울고 있었고, 케이트 아주머니는 애머서 선장이 돌아가신 날이라고 침실에서 흐느껴 울고 있었고, 리베카 듀까지도 나로선 알 수 없는 이유로 부엌에서 훌쩍거리고 있었어.

리베카 듀가 우는 것을 한 번도 본 적이 없었는데. 내가 그 까닭을 슬그머니 알아보려 하자 리베카 듀는 울고 싶을 때 울 수도 없느냐며 다짜고짜 마구 화냈어.

그래서 난 리베카 듀가 울고 싶을 만큼 울도록 혼자 남겨두고 나와 버렸어.

밖으로 나온 나는 항구거리를 걸었어. 10월다운, 기분좋고 서늘한 막 갈아놓은 밭의 쾌적한 흙내음과 섞여 공중에 떠돌고 있었어.

저녁어스름이 짙어지고 달 밝은 가을밤이었어. 나는 혼자였지만 외롭지 않았어. 공상 속 친구들과 대화를 나누고 스스로도 놀랄 만큼 많은 비유의 말이 떠올랐거든. 프링글 집안사람들에 대한 일이 걱정스러웠지만 이내 즐거운 기분이 되었지.

프링글 집안 사람들 일을 생각하면 울컥 눈물이 솟아. 인정하고 싶지 않지만 서머사이드 중학교의 사태는 그리 잘 풀리지 않아. 분명히 나를 반대하는 비밀결사가 만들어진 것 같아.

예를 들면 프링글 집안이나 프링글 집안 피가 섞인 아이들은 결코 숙제를 해오지 않아. 부모에게 호소해 봐야 소용없어. 부모들은 예의 바르고 정중하게 은근슬쩍 말을 돌려버리거든.

프링글 집안이 아닌 학생들은 나를 좋아하는 걸 알지만, 프링글 일족의 득실거리는 반역병균이 교실 전체의 사기를 떨어뜨려버려.

어느 날 아침, 내 책상이 마구 뒤집혀져 있었어. 누가 한 짓인지 아는 아이는 한 명도 없어. 그 뒤 내 책상 위에 상자가 놓여 있어 뚜껑을 여는 순간 장난감뱀이 툭 튀어나온 일도 있었지. 물론 누가 그런 짓을 했는지 알 수 없고, 알고도 모르는 척 하는 건지 아무도 말하려 하지 않았어. 하지만 상자를 열었을 때 내 얼굴을 보고 프링글 집안아이들은 한 사람도 빠짐없이 킥킥 웃었지. 내가 너무 놀란 얼굴을 했던 것 같아.

젠 프링글은 한 주일의 반쯤은 지각을 하고, 언제나 건방지게 입을 삐죽이다가 꾸중을 하면 정중한 투로 빈틈없는 구실을 늘어놓아. 교실에서도 젠은 내 코앞에서 뭐라고 쓴 것을 가까이 앉은 아이에게 돌려. 오늘 코트를 입으니까 고약한 냄새가 나서 주머니에 손을 넣었더니 껍질 벗긴 양파가 들어 있었어. 이 아이가 반듯한 행동을 익히기까지 빵과 물만 주며 방에 가둬두고 싶어.

특히 심했던 사건은 어느 날 아침 칠판에 나를 우습게 그려놓은 것을 발견한 일이야. 얼굴은 흰 분필로 그리고 머리는 '주홍색'이었어. 모두 한 목소리로 아무도 그런 짓을 하지 않았다고 말했고 그 가운데 젠도 있었어. 그러나 온 교실 안에서 그런 그림을 그릴 수 있는 학생은 젠 하나뿐임을 나는 알고 있어. 무척 잘 그려져 있었는 걸.

내 코—알다시피 나의 오직 하나뿐인 자랑이며 기쁨으로 알아온 코—는 주먹코가 되어 있었고, 입은 입대로 프링글 집안 아이들로 가득찬 학교에서 30년이나 가르쳐온 심술스러운 노처녀의 입처럼 되어 있었어. 하지만 그것은 부인할 수 없는 내 모습이었던 거야.

그날 밤 3시에 나는 눈을 뜨고 그림 생각을 하며 몸부림쳤어. 밤에 생각나서 괴로워하는 게 모두 사악한 일 때문이라는 건 기묘하잖아? 언제나 굴욕적인 일뿐이지.

나에 대해서 온갖 이야기가 떠돌고 있어. 해티 프링글이 프링글 집안의 한 사람이라는 것만으로 내가 시험답안지 '점수를 짜게 주었다' 해서 비난을 받았어. 아이들이 잘못을 저지르면 내가 웃는다고 소문이 났어. 프레드 프링글이 옛 로마에서 백명의 군사를 지휘하던 백인(百人) 대장을 백 년 동안 산 대장이라고 잘못 말했을 때 그만 웃고 말았던 거야. 웃지 않을 수 없었는 걸.

제임스 프링글은 "학교에는 규우율이 없다. 전혀 규우율이 없다"고 말해.

그리고 내가 '버려진 아이'라는 소문도 나돌고 있어. 다른 방면에서도 나는 프링글 집안사람들의 적대행위에 맞닥뜨리기 시작했어. 여기서는 교육상의 일과 마찬가지로 사교적인 면에서도 프링글 집안사람들 마음대로 되어 가는 듯해. 왕족이라고 불리는 것도 무리가 아니야.

지난주 금요일 앨리스 프링글이 하이킹 파티를 열었는데 나는 초대받지 못했어. 그리고 프랭크 프링글 부인이 교회의 사업을 원조하기 위해 차모임을 가졌을 때(리베카 듀의 말로는 부인들이 뾰족탑을 '세우려는' 거래!) 참석해 달라는 말을 듣지 못한 아가씨는 장로교파 가운데 나 하나뿐이었어.

서머사이드에 새로 온 목사부인이 나에게 성가대에서 노래를 불러 달라고 제안했을 때 프링글 집안사람들이 그런 일을 하면 자기들은 모두 그만두겠다고 했대. 그렇게 되면 알맹이가 빠진 성가대는 계속해 나갈 수 없게 돼버려.

학생 일로 어려움을 겪는 선생은 물론 나 혼자만이 아니야. 다른 선생이 자기 학생을 '벌'주었으면 하고—이 말이 얼마나 싫은지 몰라!—내게 보내는데 그 절반은 프링글 집안 아이들이야. 하지만 다른 선생들에 대한 불평은 하나도 일지 않아.

이틀 전 저녁, 일부러 해오지 않은 문제를 풀게 하려고 공부가 끝난 뒤 젠을 남게 했어. 10분 뒤 단풍나무 저택의 마차가 학교 앞에 서고 미스 엘런이 현관으로 내렸지. 요란스럽게 치장하고 상냥스러운 미소를 떠올린 노부인으로, 우아한 검은 레이스 장갑을 끼고 훌륭한 매부리코를 한, 마치 1840년대의 옷장에서 나온 듯한 모습이었어.

"대단히 송구스럽지만 젠을 돌려보내줄 수 없는지요? 로베일의 친구를 만나러 가는 길인데 젠을 데려가기로 약속해 두었거든요."

젠은 의기양양해서 돌아갔고, 나에 대한 반대세력의 강한 결속력을 새삼스레 깨달았지. 기분이 안 좋을 때면 프링글 집안은 슬론 집안과 파이 집안의 연합군인 것 같아. 하지만 사실은 그렇지 않은 걸 알고 있어. 만일 적이 아니라면 나는 그 사람들을 좋아할 수 있을 거야. 대체로 이들은 솔직하고 쾌활하며 의리가 깊은 사람들이야. 미스 엘런조차도 좋아할 수 있을 거야. 미스 세러는 아직 만난 일이 없어. 10년 동안이나 단풍나무 저택에서 나온 일이 없대.

리베커 듀는 코웃음치며 말했어.

"몸이 너무 약해서죠. 아니면 스스로 그렇게 믿고 있는 거예요. 하지만 여기가 나쁘다, 저기가 아프다 하면서도 그 거만스러움은 약해지지 않고 여전해요. 프링글 집안사람들은 모두 거만하지만 두 노처녀는 아주 더하지요. 그들이 자기 조상 이야기를 하는 것을 앤에게 들려주고 싶을 정도예요. 그래요, 그 사람들의 아버지인 에이브러햄 프링글 선장은 확실히 훌륭한 사람이었어요. 그 동생 마이럼 쪽은 그리 훌륭하지 못했는지, 그 사람에 대해서는 프링글 집안사람들이 말하는 것을 못 들었어요. 그들을 상대로 해서 앤이 애먹는 게 아닌가 마음에 걸려요. 무슨 일이든, 어떤 사람이든 그 집안에서 한번 마음먹은 것은 여간해서 바뀌지 않거든요. 그래도 머리를 꼿꼿이 들고 힘내야 해요, 셜리 양."

채티 아주머니가 한숨을 쉬며 말했어.

"미스 엘런의 파운드케이크 만드는 법을 알고 싶은데, 그 사람은 만드는 법을 적어준다고 몇 번이나 약속했으면서도 알려주지 않아요. 그건 옛날부터 영국 가정에 전해져오는 제과법이죠. 그 사람들은 자기네들이 움켜쥐고는 좀처럼 남에게 가르쳐주지 않아요."

가끔 밑도 끝도 없는 꿈을 꾸는 일이 있어. 그런 때는 곧잘 미스 엘런이 무릎을 꿇고 채티 아주머니에게 파운드케이크 만드는 법을 써 주게 하지. 그리고, 젠에게는 언제나 P와 Q를 잘못 쓰는 버릇을 고치려고 명령하곤 해. 일족들이 단결해서 젠의 못된 행동을 부추기지만 않는다면, 나는 문제없이 젠을 따르게 할 수 있다고 생각하면 화가 나.(2쪽 생략.)

당신의 충실한 종
앤 셜리

덧붙임—이런 식으로 채티 아주머니네 할머니는 러브레터에 썼어.

10월 15일

어젯밤 이 마을 건너편에 도둑이 들었다고 오늘 들었어. 도둑이 어느 집에 숨어들어 현금 얼마와 은스푼을 한 다스 훔쳐갔대. 그래서 리베카 듀는 개를 빌리러 해밀턴 씨네로 갔어. 개를 뒷베란다에 매두려는 거야. 내게는 약혼반지를 잘 두라고 주의를 주었어.

그것은 그렇고 리베카 듀가 왜 울었는지 알았어. 아마 집안에서 다퉜나봐. 더스티 밀러가 또 실수를 해서, 리베카 듀가 케이트 아주머니에게 정말이지 이 고양이를 어떻게 하지 않으면 안 되겠다, 나도 이제는 두 손 두 발 다 들었다, 올들어 세 번째다, 이 고양이가 일부러 그러는 걸 알고 있다고 말했더니 케이트 아주머니는 고양이가 야옹야옹 울 때 반드시 리베카가 내놓아주었으면 실수를 저지르는 일이 없었을 거라고 반박했던 거야.

"너무하군요. 참을 수 없어요."

리베카 듀는 소리질렀고, 그 결과가 눈물이었지!

프링글 집안사람들의 형세는 조금씩 더 험악해져 가고 있어. 어제는 내 책 하나에 무척 실례되는 말이 씌어져 있었고, 호머 프링글은 학교에서 돌아갈 때 길에서 내내 공중제비를 하며 갔어.

또 얼마 전 심한 장난을 가득히 쓴 이름 없는 편지를 받았어. 어쩐지 책이며 편지 일이 젠이 한 것으로는 생각되지 않았어. 좀 못되기는 해도 젠은 그렇게까지 비열한 짓은 하지 않으니까.

리베카 듀가 불같이 화내고 있어서 만일 프링글 집안사람들이 그 사람 손에 닿는 곳에 있다면 어떤 일을 할지 생각만 해도 몸서리쳐져. 옛 로마의 폭군 네로의 잔학 같은 건 문제도 아닐 거야. 사실 리베카 듀를 나무랄 순 없어. 나 또한 프링글 집안 누구를 막론하고 보르지아*[3]가 사용한 독약이라도 먹이고 싶다고 생각한 적이 있는 걸.

다른 선생들에 대해서는 아직 별로 이야기하지 않았지? 두 사람 있어—부교장이며 1학년을 맡은 캐서린 브룩과 진학준비반을 맡은 조지 매케이.

조지에 대해서는 거의 이야기할 게 없어. 내성적이고 사람 좋은 20살의 젊은이로, 스코틀랜드 하일랜드 사투리가 좀 섞인 부드러운 목소리를 지녔지. 듣기만 해도 목장이며 안개낀 섬들이 보이는 듯한 느낌이 들어—조지의 할아버지가 스카이 섬*[4] 사람이야.

조지는 진학준비반 학생들과 아주 원만히 잘해 나가고 있어. 내가 아는 한 말이야. 나는 조지가 좋아! 문제는 캐서린 브룩이야. 캐서린 브룩은 여간해서 좋아질 것 같지 않아.

캐서린은 28살이지만 35살쯤으로 보여. 교장으로 승진할 희망을 품고 있었다는 말을 들었는데, 내가 그 자리에 와서 원망하는 것 같아. 특히 내가 자기보다 훨씬 어리니까 더욱 그렇겠지.

그래도 캐서린은 뛰어난 교사야—좀 엄한 데가 있지만. 그러나 전혀 미덕이 없어. 게다가 그것을 신경쓰지도 않아!

친구도 친척도 없는 듯하며 더럽고 좁은 템플 거리의 음침한 집에 하숙하고 있어. 옷차림도 단정치 못하고 사교적인 외출을 전혀 하지

---

*3 알렉산드르 6세의 아들로 추기경·군인, 1475~1507년. '독을 넣는 사나이'라는 별명을 얻었음.

*4 스코틀랜드 북서쪽 헤브리디즈 제도 가운데 가장 큰 섬.

않는데다 구두쇠래. 비꼬기를 너무 잘해서 캐서린 학생들은 그녀의 벌처럼 쏘는 듯한 말을 두려워하고 있어. 학생들은 그녀의 짙은 검은 눈썹을 치켜올리는 모습과 거만한 말투 때문에 기운이 쪽 빠져버린대.

나도 프링글 집안사람들에 대해 그런 방법을 쓸 수 있으면 해보고 싶다고 생각했어. 하지만 나는 캐서린처럼 상대방의 공포심을 이용하여 지배하고 싶지는 않아. 나는 정말이지 학생들로부터 사랑받고 싶어.

학생들을 명령대로 따르게 하는 정도는 아무런 어려움이 없는 듯싶은 데도 캐서린은 늘 몇 아이인가를, 특히 프링글 집안 아이들을 내게 보내. 일부러 나를 못살게 해놓고 기뻐한다는 것을 나는 굳게 믿고 있어.

리베카 듀는 아무도 그 사람과 친구가 될 수 없다고 했어. 미망인 자매는 캐서린을 몇 번이나 일요일 저녁 식사에 초대했었대—상냥한 자매는 외로운 사람들을 위해 늘 그렇게 해. 언제나 맛있는 닭고기 샐러드를 만들어 놓았지만 캐서린은 한 번도 오지 않았어. 케이트 아주머니가 말하듯 '모든 일에는 정도'가 있는 법이니까 자매도 캐서린에 대해서는 아예 단념해 버렸어.

캐서린은 머리가 꽤 좋고 노래를 잘 부르며 암송—리베카 듀 식으로 말하면 자만에 찬 '연설'—도 잘 한다는 소문인데, 그 어느 것도 하려고 하지 않아. 언젠가 채티 아주머니가 교회 만찬회에서 암송해 주지 않겠느냐고 부탁한 적이 있었대.

케이트 아주머니는 말했어.

"아주 무례하게 거절했어요."

그러자 리베카 듀가 말했어.

"신음하는 소리뿐이었지요."

캐서린은 기분 좋지 않을 때에는 굵고 쉰 남자 같은 목소리를 내서 신음하는 것처럼 들려.

예쁘지는 않지만 좀더 낫게 보일 수 없는 건 아닐 거야. 살갗은 좀 검고 늘 넓은 이마를 드러내어 잡아올리듯 훌륭한 검은 머리카락을 목 언저리에서 빙글빙글 감아 아무렇게나 묶고 있어. 검은 눈썹 밑의 눈은 맑고 밝은 호박색이어서 검은 머리와 어울리지 않아.

부끄러워서 숨길 필요 없는 귀와 이제까지 본 적 없을 만큼 아름다운 손을 가지고 있어. 또 윤곽이 또렷한 입매를 하고 있어.

그런데 옷차림은 형편없지. 몸에 걸쳐서는 안 될 옷을 발견해 내는 데 천재가 아닐까 여겨질 정도야. 혈색이 나빠서 녹색이나 잿빛은 좋지 않은데, 칙칙한 암록색이며 누런 빛깔의 갈색 비슷한 옷을 입거나 또는 쭈글쭈글한 줄무늬를 입기 때문에 키가 크고 여윈 몸이 한층 크고 말라보여. 게다가 그 옷은 늘 입은 채로 자다가 금방 일어난 것이 아닌가 생각될 만한 차림새야.

캐서린의 태도는 아주 불쾌해서 리베카 듀 말로는 아니라지만 언제나 싸울 듯한 태도야. 층계에서 엇갈릴 때마다 캐서린이 나에 대해 무서운 생각을 하고 있는 듯한 기분이 들어. 캐서린에게 말을 걸 때마다 그녀가, 나에게 무언가 심한 짓을 할 것만 같아. 그녀에게 말을 걸 때마다 해서는 안 되는 말을 해버린 듯해서 너무 불안해.

그러면서도 캐서린이 딱하게 여겨지니 견딜 수가 없어. 하기야 내 동정 때문에 캐서린은 오히려 맹렬히 분개할 테지. 나로서도 캐서린에게 보탬될 일은 아무 것도 할 수 없어. 도움 같은 건 바라지도 않을 테니까. 캐서린은 정말로 불쾌한 존재야.

어느 날 우리들 선생 셋이 직원실에 앉아 있을 때, 내가 뭔가 학교의 불문율 가운데 하나를 저지르고 말았나봐.

그러자 캐서린이 퉁명스럽게 이죽거리며 말했어.

"아마 자신은 교장이기에 규칙의 힘이 미치지 않는 거라고 여기고 있겠지요, 셜리 선생님."

또 어느 때 내가 학교를 위해 좋으리라 여긴 개혁안을 제안하기라도하면 캐서린은 비웃으며 말했지.

"나는 동화에 흥미없어요."

이런 식이야. 한번은 큰맘 먹고 캐서린의 일하는 모습과 가르치는 방법을 칭찬했더니 이렇게 말하더군.

"이런 맛 좋은 잼의 달콤한 칭찬 속에서 나오는 환약은 대체 어떤 거죠?"

그러나 나를 가장 난처하게 한 것은—어느 날 직원실에서 아무 생각 없이 캐서린의 책을 집어든 나는 뒷장으로 언뜻 눈길을 보내며 말했어.

"당신의 캐서린이 K로 시작되어 다행이에요. KATHERINE 쪽이 C로 시작하는 CATHERINE보다 훨씬 매력적이에요. K라는 글자가 훨씬 자유분방하거든요."

캐서린은 그때 아무 말도 하지 않았지만, 그 다음 보낸 쪽지에 C자를 써서 CATHERINE BROOKE이라고 서명되어 있지 않겠어.

나는 집으로 돌아올 때까지 내내 재채기를 했어.

솔직히 말하면 캐서린과 친구가 되려고 애쓰는 일을 그만두고 싶지만, 그 무뚝뚝하고 초연한 태도 뒤엔 인정에 굶주림이 있을지도 모른다는 기묘하고도 이해할 수 없는 감정이 솟아나.

정말이지 캐서린이나 프링글 집안사람들의 적대적인 태도 등으로 외로운 나는 친절한 리베카 듀와 자기의 편지—그리고 조그만 일리저버스의 도움이 없었다면 어떻게 해야 좋을지 몰랐을 거야.

그리고 조그만 일리저버스와 가까워졌어. 아주 귀여운 아이야.

사흘 전 저녁 때, 우유 컵을 문가로 가져가니까 그 시녀 대신 일리저버스가 나와 있었어. 머리가 문의 딱딱한 부분 바로 위로 빼꼼히 나와 얼굴이 담쟁이덩굴로 둘러진 것같이 됐지.

금발의 조그맣고 핼쑥해서 슬퍼 보이는 아이야. 가을 해질녘 속에서 나를 바라보는 큰눈은 금갈색이었어. 은빛 도는 금발을 가운데에서 가리마를 타서 둥그런 빗으로 가볍게 머리에 꽂아눌러 어깨에 수북이 파도치듯 넘치고 있었어.

연한 물빛 깅엄 옷을 입고 요정의 나라에서 온 공주 같은 표정을 하고 있었어. 리베커 듀가 말한 대로 그야말로 '말라깽이 모습'으로, 얼마쯤 영양실조인 아이라는 인상을 받았어—몸보다는 영혼의 영양실조. 찬란한 햇빛보다 싸늘한 달빛이라는 느낌이었지.

내가 물었어.

"네가 일리저버스니?"

일리저버스는 정색을 하고 대답했어.

"오늘 밤은 아니예요. 오늘은 내가 베티가 되는 밤이에요. 오늘 밤은 온 세상의 모든 사람들이 좋아하는 밤이거든요. 어젯밤에는 일리저버스였지만. 내일 밤은 아마 베스가 될 거예요. 내 기분으로 하루하루 이름이 달라져요."

우리의 이른바 '동료정신'의 번뜩임이 있잖아. 나는 갑자기 몸이 떨려오는 것을 느꼈어.

"그렇게 쉽사리 바뀔 수 있다니 부럽구나. 그리고 아무리 바뀌어도 역시 자기 이름으로 돌아오겠지!"

조그만 일리저버스는 고개를 끄덕였어.

"나는 여러 이름이 될 수 있어요. 엘시, 베티, 베스, 일라이저, 리스베스, 그리고 부르기는 같지만 철자는 다른 또 하나의 베스.*5 하지만 리지는 아니예요. 좀처럼 리지는 되지 않는 걸요."

"누구나 그래."

"나를 이상하게 여기지 않나요, 셜리 선생님? 할머니와 시녀는 그렇게 생각한대요."

*5 Bess와 Beth. 엘시 이하는 모두 일리저버스의 변화된 호칭.

"조금도 바보 같은 일이 아니야. 아주 똑똑하고 즐거운 일인 걸."
조그만 일리저버스는 컵 너머로 눈을 접시처럼 동그랗게 뜨고 있었어. 나는 어떤 비밀스러운 마음의 저울로 저울질되고 있음을 느꼈지만, 이윽고 고맙게도 나를 쓸모없게 여기지 않는다는 것을 깨달았어. 왜냐하면 일리저버스는 작은 손을 내밀며 내게 사이좋게 지내고 싶다고 부탁했거든. 일리저버스는 자기 마음에 들지 않는 사람에게 잘 지내고 싶다고 말하지 않는대.
일리저버스는 수줍어하며 물었어.
"그 고양이를 들어올려 내가 쓰다듬게 해주겠어요?"
더스티 밀러는 내 다리에 몸을 비벼대고 있었어. 더스티를 들어올리자 일리저버스는 조그만 손을 내밀어 기쁜 듯 더스티의 얼굴을 쓰다듬었어.
"나는 아기보다 아기고양이가 더 좋아요."
일리저버스는 도전하는 듯한 모습으로 내 쪽을 보았는데, 그것은 마치 내가 어이없어 한다는 것을 알고 있기라도 하는 듯했어. 솔직히 말해서 좀 그랬지.
"넌 아기를 본 적도 안아본 적도 별로 없어서일 거야. 그래서 아기가 얼마나 귀여운지 모르는 거야."
나는 웃으며 말하고 나서 덧붙였어.
"너도 고양이를 기르고 있니?"
일리저버스는 머리를 가로저었어.
"아뇨, 없어요! 할머니가 고양이를 그다지 좋아하지 않는 걸요. 게다가 시녀는 고양이를 아주 싫어해요. 오늘밤은 시녀가 없어서 내가 우유를 가지러 올 수 있었죠. 나는 우유를 가지러 오는 심부름이 아주 좋아요. 리베커 듀는 아주 유쾌한 사람이거든요."
"오늘 밤 리베커 듀가 오지 않아서 실망했니?"
말하고 나서 나는 웃었어.

조그만 일리저버스는 머리를 저었어.

"아니오, 선생님도 좋은 분이에요. 나는 선생님을 알고 싶었지만, '내일'이 오기 전에는 사귈 수 없을지도 모른다고 오늘도 생각했었어요."

거기에 서서 이야기하는 동안 일리저버스는 얌전하고 우아하게 우유를 마시며 '내일'에 대해 모조리 말해 주었어.

"시녀는 '내일' 같은 것은 오지 않는다고 하지만 나는 잘 알고 있어요. 반드시 꼭 와요. 아름다운 아침 눈을 떠보면 그게 '내일'이에요. '오늘'이 아닌, '내일'이지요. 그때부터 여러 일들이 일어나요—신나는 일이 가득해요. 아무에게도 감시받지 않고, 내가 하고 싶은 대로 마음껏 할 수 있는 날이 올지도 몰라요."

그렇지만 일리저버스는 아마도, 그런 멋진 일은 '내일'이 오더라도 일어날 리 없다고 생각하는 듯했어.

일리저버스는 멋진 빨간 뱀처럼 구불구불하게 이어져 있는 저 항구거리의 길을 계속 걸어가면 세계의 끝에 이르고 어쩌면 그곳에 '행복의 섬'이 있을 거라 여겨. '행복의 섬'에는 한번 나가면 다시는 돌아오지 않는 배가 모두 닻을 내리고 있다고 했어. 그리고 언젠가 또 다른 '내일'이 오면 그 섬을 찾아낼 참이라 했지.

"그리고 머나먼 '내일'이 오면, 나는 개 백만 마리와 고양이 45마리를 기를 거예요. 할머니가 고양이를 못 기르도록 했을 때 내가 그렇게 말했어요, 셜리 선생님. 그러자 할머니는 화내며 말했죠. '나는 그런 말투를 아직 들어본 적이 없다, 건방진 아이야.' 나는 벌로 저녁을 못 먹고 자리에 들게 됐죠. 하지만 건방진 말을 할 생각은 아니었어요. 억울해서 쉽게 잠들 수가 없었어요. 그리고 건방진 짓을 한 뒤 잠자다가 죽어버린 아이가 있다고 그 시녀가 무섭게 말했거든요."

일리저버스가 우유를 다 먹었을 때, 가문비나무 뒤 어딘가 보이지 않는 창문을 날카롭게 두드리는 소리가 났어. 우리 두 사람을 줄곧 감시한 게 아닌가 싶어. 나의 요정 소녀는 금발을 휘날리며 달려 어두컴컴한 가문비나무 통로로 사라져버렸어.

엉뚱해서 웃음이 나는 아이야.

내가 한 그날의 모험—분명히 모험이라고 할 만한 일이었어, 길버트—이야기를 듣고 리베카 듀가 말했어.

"그 애는 장난꾸러기예요. 언젠가 내게 이렇게 물었죠—"사자가 무섭지 않나요, 리베카 듀?" 하고요. "아직 한 번도 마주친 적이 없어서 뭐라 말할 수 없구나" 이랬더니 "'내일'은 사자가 얼마든지 있어요. 얌전하고 신사다운 사자들이요" 하는 거예요. "아가야, 그런 눈을 하고 있으면 온몸이 다 눈이 되어버린다" 하고 나는 주의를 줬어요. 그 아이의 눈은 나를 꿰뚫어 그 '내일'이라는 시간 속에서 지켜보고 있었으니까요. "나는 말예요, 깊은 생각에 잠겨 있었어요"라고 하더군요. 그래요, 그 애는 그렇게 해서라도 좀더 웃지 않으면 안 돼요."

그런 말을 듣고 생각해 보니 우리가 이야기하는 동안 내내 일리저버스는 단 한 번도 웃지 않았던 것을 깨달았어. 웃는 법을 모르는 게 아닐까? 그 커다란 집은 너무 조용하고 쓸쓸해서 웃음의 그림자도 없어. 세상이 온통 울긋불긋 가을빛으로 물든 지금도 그 집은 왠지 정이 가지 않고 음침해. 조그만 일리저버스는 그 색다른 세계의 속삭임에 지나치게 귀기울이고 있어.

서머사이드에서 내 사명 가운데 하나는 일리저버스에게 웃음을 주는 일이라고 여겨져.

당신의 참으로 따뜻하고 충실한 벗
앤 셜리로부터

덧붙임—또 채티 아주머니 할머니 흉내!

앤, 단풍나무 저택에 초대받다

10월 25일
서머사이드 유령골목
바람에 살랑거리는 버드나무집에서

사랑하는 길버트에게.

무슨 일이 있었다고 생각해? 아, 단풍나무 저택에서 마련한 만찬에 갔다왔어!

미스 엘런 직접 자신이 초대장을 쓴 거야. 리베카 듀는 그 일로 아주 흥분해 버렸어. 설마 그 사람들이 내게 관심을 기울이리라고는 믿어지지 않으며, 친애하는 마음에서는 아닐 게 틀림없다고 말했어.

리베카 듀는 감히 말했지.

"그 동기에 분명 악의가 숨겨져 있어요, 확실해."

물론 나도 속으로는 얼마쯤 그런 마음을 가지고 있었지.

리베카 듀가 명령했어.

"가장 좋은 옷을 입도록 해요."

나는 보랏빛 제비꽃무늬의 예쁜 크림색 모슬린 옷을 입고 머리는 이마에 내려뜨리는 새로운 모양으로 빗었어. 아주 잘 어울려 보였지.

길버트, 단풍나무 저택에 있는 두 노부인은 나름대로 아주 멋진 사람들이야. 그 사람들만 좋다고 하면 나는 가까워질 수 있으리라 생각해.

하지만 단풍나무 저택은 기품 있고 가까이하기 어려운 집으로, 둘레에 빼곡이 나무를 심어놓고 서민들과는 어울리려 하지 않아. 그곳에는 에이브러햄 노선장의 그 유명한 배 '고 앤드 애스크 허(Go and Ask Her)'호의 뱃머리에서 뜯어온 크고 하얀 나무 여인상이 있어. 그리고, 과수원과 현관 층계 언저리에 큰 파도처럼 우거져 있는 쑥은 백년도 넘는 것으로 이주했을 때 초대 프링글이 영국 본토에서 가져온 거래.

또 조상으로 민덴*[1] 전투에 참전한 사람이 있는데 그의 칼이 응접실 벽 에이브러햄 선장의 초상화 옆에 걸려 있었어. 에이브러햄 선장은 이 부인들의 아버지로, 두 사람은 그를 아주 자랑스럽게 여기는 것을 한눈에 알 수 있었어.

검은 테두리가 둘러진 오래된 장롱 위에는 커다란 거울이 있고, 유리 상자 안에는 밀랍세공의 정교한 조화와 옛날 배의 아름다운 사진이 여러 장 있고, 프링글 집안의 유명한 사람들 머리카락을 모아 만든 끈이며 큰 소라껍데기 같은 것이 장식되어 있고, 손님용 침실 침대에는 아주 작은 부채 패턴을 이어 만든 퀼트 이불이 덮여 있었어.

우리가 응접실에서 앉은 의자는 셰러튼*[2]식 의자였지. 고급스러운 은빛 줄무늬 벽지가 발라져 있었어. 창문에는 묵직한 은색 커튼이 쳐지고 대리석을 입힌 테이블 하나에는 새빨간 선체에 돛이 눈처럼 흰 아름다운 배 모형이 놓여 있었는데—'고 앤드 애스크 허'호래.

유리로만 만들어진 흔들거리는 장식을 가득히 내려뜨린 거대한 샹들리에가 천장에서 드리워져 있었어. 한가운데에 시계를 박아놓은

---

*1 1759년 8월 1일 영·독연합군이 프랑스군을 쳐부순 곳.

*2 토머스 셰러튼, 1751~1806.

Chang, Kye

둥근 거울—은 에이브러햄 선장이 '외국'에서 가져온 것인데 참으로 훌륭했어. 우리가 꿈꾸는 집에도 그런 것이 있었으면 해.

그곳에 비쳐지는 그림자까지도 웅장하게 역사를 이야기하고 전통의 무게를 느끼게 했어. 미스 엘런은 몇 백만 장—그쯤 되리라는 기분이 들었지—에 이르는 프링글 집안의 사진을 보여 주었는데 대부분 은판사진으로 가죽 케이스에 들어 있었어. 커다란 3색 줄무늬 고양이가 방으로 들어와 내 무릎에 뛰어올랐지만 곧 미스 엘런이 부엌으로 쫓아버렸어. 미스 엘런은 내게 사과했어. 하지만 고양이에게도 미리 부엌에서 사과해 두었으리라 여겨.

이야기는 주로 미스 엘런이 했어. 미스 세러는 매우 작달막한 사람으로 검은 비단옷을 입고 빳빳이 풀먹인 페티코트를 받쳐 입었는데, 머리는 눈처럼 희고 눈은 입은 옷처럼 검고 정맥이 돋은 갸름한 손은 무릎의 훌륭한 레이스 장식 속에서 마주잡고 있었어, 슬픈 듯 아름답고 품위 있는 그 모습은 입을 열면 망가져버릴 듯 위태로워 보였어.

길버트, 그런데도 나는 프링글 일족은—미스 엘런도 포함하여—미스 세러의 장단에 따르는 듯한 인상을 받았어.

기막힌 만찬이었지. 물은 차갑고 린네르는 아름답고 접시와 유리잔들은 얇은 것들이었어. 시중드는 하녀조차 이 집 사람들처럼 초연하고도 귀족적이었지. 식사는 근사했지만 미스 세러는 귀가 좀 어두운 척해서 한마디 한마디 내가 말할 때마다 목에 걸리는 것 같았어. 그만 힘이 모조리 빠져 버려 내가 마치 끈끈이에 잡힌 가엾은 파리가 된 기분이었지.

길버트, 난 정말로 왕족은 도저히 정복할 수도 때려 부술 수도 없을 듯해. 새해에는 사직당하는 내 모습이 뻔히 보이는 것 같아. 이런 일족을 상대해서는 절대로 이길 재간이 없어.

하지만 이 집을 둘러보았을 때 나는 노부인들이 좀 안됐다고 여기지 않을 수 없었어. 이 집도 본디 '살아' 있었던 곳일 테지. 사람들은 이곳에서 태어나 이곳에서 죽고 이곳에서 승리했으며 절망을, 두려움을, 기쁨을, 사랑을, 미움을 실컷 맛보았을 거야. 그런데 지금은 아련한 추억밖에 없고, 노부인들은 그것을 의지하며 자랑을 일삼는 데 지나지 않아.

오늘 채티 아주머니는 내 침대에 깔려고 세탁한 시트를 펼치다가 가운데에 마름모꼴로 접힌 주름을 보고 당황해버렸어. 집안의 누군가가 죽게 될 징조라지 뭐야. 케이트 아주머니는 그런 미신을 아주 싫어해. 하지만 나는 미신이 깊은 사람을 싫어하지 않아. 오히려 따분한 생활에 빛깔을 더해주는 걸. 만일 누구나 똑똑하고 분별 있다면—더구나 '선량한 사람'이라면—인생은 너무 단조롭지 않을까. 그렇게 된다면 뭘 이야깃거리로 삼아야 할까?

이틀 전 밤에, 이 집에서 '고양이 소동'이 있었어. 리베카 듀가 뒤뜰에서 새된 소리를 지르면서 '야옹아, 야옹아'라고 불렀는데도 더스티 밀러는 하룻밤 내내 집을 비웠어. 아침이 되어 돌아왔을 때—오, 그 모습이란! 한 눈은 완전히 보이지 않고 턱에는 달걀만한 혹이 생기고 털은 진흙투성이로 굳어 있고 앞발 하나는 물어뜯겨 있었어.

그렇지만 괜찮은 다른 한 눈은 정말 승리에 찬 뉘우침 없는 당당한 표정을 담고 있었어! 미망인들은 어처구니없어 했지만 리베카 듀는 뛸 듯이 기뻐했어.

"이 고양이는 지금까지 한 번도 싸움다운 싸움을 해본 적이 없었는데 상대 고양이는 더스티보다 훨씬 더 비참한 꼴을 하고 있을 게 틀림없어요!"

오늘 밤은 안개가 항구로부터 스멀스멀 스며와 조그만 일리저버스가 탐험하고 싶어하는 빨간 길을 사라지게 했어. 집집마다 뜰에서는 잡풀이며 낙엽을 태우고 있어서 연기와 안개가 뒤섞여 유령골목은 요괴가 떠도는, 을씨년스러운 마법에 걸린 곳으로 바뀌고 말았어.

밤도 깊어져 내 침대가 '자 언제든지 주무세요'라고 말하고 있어.

난 발판의 층계를 올라가 침대로 기어들고 층계를 디디며 내려서는 일에 겨우 익숙해졌어.

사실은 길버트, 지금까지 아무에게도 말하지 않았지만 너무 우스꽝스러워서 더 이상은 참을 수가 없어. 바람에 살랑거리는 버드나무 집에서 첫날 아침 눈을 뜬 나는 발판의 층계에 대한 것을 모조리 잊고 침대에서 힘차게 뛰어내렸었어. 리베커 듀의 말투를 따라 하는 것은 아니지만, 나는 천 개의 벽돌이 한꺼번에 구르는 것 같은 소리를 내며 요란하게 떨어졌지. 다행히 뼈는 부러지지 않았지만 1주일 동안이나 시퍼런 멍투성이였어.

조그만 일리저버스와는 둘도 없는 단짝이 되었어. 일리저버스는 매일 저녁무렵이 되면 우유를 얻으러 와. 시녀가 '기관지염'으로 누워 있기 때문이야. 일리저버스는 늘 마당의 쪽문에서 황혼의 빛을 눈에 담고서 나를 기다려. 우리는 이미 몇 해나 연 적이 없는 쪽문을 사이에 두고 수다를 떨지. 일리저버스는 시간을 오래 끌려고 되도록 천천히 우유를 마셔. 그래도 마지막 한 방울까지 다 마시고 나면 이내 창문을 똑똑 두드리는 소리가 들려와.

일리저버스는 '내일'이 오면 여러 일들이 일어나겠지만 그 가운데는 아버지에게서 편지가 오는 것도 들어 있다고 살짝 알려주었어. 여태 한 번도 받은 일이 없었던 거야. 그 아버지라는 사람은 무엇을 생각하고 있을까?

"아버지는 내 얼굴을 보고 싶지 않은 거예요, 셜리 선생님."

일리저버스가 말했지.

"하지만 편지라면 간단히 써 주실지도 몰라요."

"아버지가 일리저버스의 얼굴을 보기 싫어한다고 누가 말했지?"

나는 화를 냈어.

"시녀가요."

일리저버스가 시녀(The Woman)라고 할 때마다 W자가 눈앞에 굵게 떠오르지.

"게다가 그 일은 진짜 같아요. 그렇지 않으면 진작에 만나러 올 텐데 말이에요."

일리저버스는 그날 우울한 베스였어. 아버지 일을 말하는 날은 베스일 때뿐이지.

귀엽고 엉뚱한 베티인 때는 할머니나 시녀 뒤에서 혀를 날름거릴 때이고, 착한 엘시가 되면 그런 짓을 해서는 안 되었다고 뉘우치면서 사과해야 한다고 생각하지만 겁이 나서 그럴 수도 없는 때야.

일리저버스로 있을 때는 별로 없지만, 그런 때는 요정의 음악에 귀 기울이고 장미나 클로버의 속삭임을 알아듣는 표정을 하고 있어.

아주 좀 이상한 아이야, 길버트. 바람에 나부끼는 포플러잎처럼 예민해. 그래도 나는 그 아이가 매우 좋아.

그 무서운 두 노파가 이 아이를 어둠 속에서 침대에 들게 하는 것을 생각하면 격렬한 노여움에 휩싸이곤 해.

"나는 이제 컸으니 전등 같은 게 없어도 잘 수 있다고 시녀가 말했어요. 하지만 나는 아직 어리다는 생각이 들어요. 밤이 너무 길고 무서워요. 게다가 내 방에 놓인 박제 까마귀가 몹시 무서워요. 시녀는 내가 울면 그 까마귀가 눈을 쪼아 빼버린다고 했어요.

물론 그런 일은 사실이 아니라고 생각해요, 셜리 선생님. 그래도 역시 무서워요. 밤이 되면 어디선가 쑤군거리는 소리가 들리는걸요. 하지만 '내일'이 되면 모든 두려운 것들이 없어질 거예요—유괴범에게 끌려갈 걱정도요."

"하지만 유괴될 염려는 없잖니, 일리저버스?"

"내가 어디에 혼자 가거나 모르는 사람에게 말을 걸면 유괴되고 말거라고 시녀가 말했어요. 하지만 선생님은 모르는 사람이 아니죠, 셜리 선생님?"

"그럼, 일리저버스. 우리는 '내일'이라는 시간 속에서 오래전부터 알고 있었는 걸."

11월 10일
서머사이드 유령골목
바람에 살랑거리는 버드나무집에서

사랑하는 사람에게.

지금까지 세상에서 가장 싫은 사람은 내 펜촉을 못쓰게 만드는 사람이야. 그렇지만 내가 학교에 간 사이 툭하면 내 펜으로 요리 만드는 법을 베껴두는 버릇이 있는데도 나는 리베커 듀를 미워할 수가 없어. 리베커 듀가 또다시 그렇게 해서 자기는 긴 편지도, 또 애정이 담긴 편지도 이번에는 받을 수 없게 돼버렸어.

귀뚤귀뚤 우는 귀뚜라미도 노래를 다 불러버렸어. 저녁이 되면 너무 쌀쌀해져서 내 방에는 조그맣고 통통하게 살찐 달걀 모양의 장작난로가 들어왔어. 세심한 리베커 듀가 넣어준 거야. 펜에 대해서는 그것으로 용서하기로 했어.

리베커 듀가 할 수 없는 일은 하나도 없어. 내가 학교에서 돌아오면 언제나 불을 때줘. 그것은 난로 가운데에서도 더없이 작아 손으로 거뜬히 들어올릴 수 있을 정도야. 꼭 쇠로 된 네 개의 안짱다리 발을 받치고 선 건방진 작은 검은 개와 비슷해.

속에 장작을 가득 넣으면 장밋빛 도는 빨간색으로 빛나며 놀라운 열을 내뿜어 얼마나 기분 좋게 만들어 주는지 몰라.

난 지금 난로 앞에 앉아 그 조그만 난롯가에 발을 얹고 무릎 위에서 이 편지를 쓰고 있어.

온 서머사이드 사람들—이라고 해도 될 만한 사람들—은 모두 하디 프링글네 집 댄스파티에 가 있어. 나는 초대받지 못했어. 그 일로 리베커 듀가 몹시 기분 나빠 화풀이하고 있어. 그 대상인 더스티 밀러만은 되고 싶지 않다고 여길 정도야.

그래도 하디의 딸인 아름답지만 머리 나쁜 마이러가 마름모꼴이란 위에서 눌러버리면 일직선이 되지만 그렇게 되지 않으려고 필사적으로 참고 있는 꼴을 말한다고 시험답안지에 쓴 걸 생각하면 프링글 집안사람들을 용서하고 싶어져. 게다가 지난주에도 마이러는 나무의 종류를 적고 있을 때 진지한 얼굴로 골절 때 쓰는 부목까지 넣고 있는 게 아니겠어!

그러나 공평하게 말하면, 이런저런 실수가 모조리 프링글 집안 사람들로부터 일어난다고 단정할 수는 없어. 지난 번에 블레이크 펜튼은 악어가 '커다란 곤충의 일종'이라고 정의를 내렸으니까.

이런 일들이 교사생활의 하이라이트야!

오늘 밤은 눈이 올 것 같아. 나는 이런 낭만이 넘치는 밤이 좋아. 바람은 '작은 탑이며 나무들' 사이로 불어대어 내 방을 한층 더 기분 좋게 해주고 있어. 마지막 금빛깔 잎새가 오늘밤 버드나무로부터 팔랑 떨어져버릴 거야.

아마도 나는 지금까지 모든 집에서 남김없이 저녁초대를 받은 것 같아. 읍내에서도 마을에서도 모든 내 학생 가정으로부터라는 뜻이야.

그래서 말인데, 길버트, 좀 도와줘. 호박설탕절임에는 이제 진절머리가 나버렸어! 우리 꿈의 집에서는 절대로 호박설탕절임 따위는 먹지 말자.

지난달 내가 간 곳에서는 어디나 저녁식사에 호박설탕절임을 내놓았어. 처음에는 나도 아주 좋아했었어—멋진 황금빛을 띠고 있어서 마치 설탕절임으로 만든 햇빛을 먹는 기분이었거든—그래서 아무 생각 없이 자꾸 맛있다고 했지. 그러자 내가 호박설탕절임을 꽤 좋아한다는 소문이 나서 사람들은 일부러 나를 위해 준비했던 거야.

어젯밤에는 해밀턴 씨네로 가게 되어 있었는데 리베카 듀가 "그 집에서라면 호박설탕절임을 먹지 않아도 될 거예요. 해밀턴 씨네는 아무도 그걸 좋아하는 사람이 없으니까요"라고 말했어.

그런데 모두들 식탁에 앉자 옆선반에 놓인 유리그릇에 역시 호박설탕절임이 수북이 담겨 있었어.

해밀턴 부인은 내 접시에 가득히 담아주며 말했어.

"우리집에는 호박설탕절임이 없지만 선생님이 아주 좋아하신다는 말을 듣고 지난 일요일 로베일의 사촌언니에게 갔을 때 말했어요. '이번주에 내가 셜리 선생님을 초대했는데, 선생님은 호박설탕절임을 아주 좋아하시니 선생님에게 드리도록 한 병 나눠줄 수 없을까' 하고요. 나머지는 집으로 가져가도 좋아요."

해밀턴네 집에서 내가 유리병에 3분의 2쯤 든 호박설탕절임을 가지고 돌아왔을 때 리베카 듀 얼굴은 자기에게 보여주고 싶었을 정도야! 이 집에서는 아무도 좋아하지 않아서 한밤중 남몰래 뜰에 묻어버렸어.

리베카 듀는 근심스러운 듯 물었어.

"이 일을 설마 소설로 쓰지는 않겠죠?"

내가 이따금 잡지에 짤막한 단편을 쓰는 것을 발견한 뒤로 리베카 듀는 바람에 살랑거리는 버드나무집에서 일어나는 일을 하나에서 열까지 모두 쓰는 게 아닌가 하는 두려움—또는 희망인지 어느 편인지 모르지만—을 안고 살고 있어. 리베카 듀는 내게 프링글 집안에 대해 써서 그들이 마음놓지 못하도록 해달라고 했어.

그러나 아! 오히려 프링글 집안사람들 쪽에서 나를 조마조마하게 해서 나는 그들과 학교일 사이에서 소설 쓸 시간이 거의 없어.

이제 이집 마당에는 마른 잎과 서리 맞은 나무밖에 없어. 리베카 듀가 예년처럼 장미에 짚으로 추위막이를 해줘서 저녁놀 속에서 그것을 보면 마치 지팡이에 기댄 꼽추 노인 무리들처럼 보여.

오늘 데이비로부터 키스를 나타내는 X자 표시를 열 개나 쓴 엽서와 프리실러로부터 '일본에 있는 나의 친구'가 보내주었다는 종이에 쓴 편지를 받았어—그것은 실크처럼 엷은 종이로 마치 유령처럼 흐릿하게 벚꽃무늬가 넣어져 있지. 그 프리실러의 친구라는 사람이 나는 왠지 의심이 돼.

하지만 자기가 보내준 크고 두툼한 편지는 오늘 내게 준 최고의 선물이라 해도 좋을 정도야.

나는 그윽한 향기가 달아나지 않고 나에게만 물씬 풍기게 하려고 네 번이나 다시 읽었어. 개가 접시를 핥듯이 말이야! 이것은 분명 낭만적인 비유는 아니지만, 마침 머리에 문득 떠올랐어. 하지만 아무리 멋있다 해도 편지로는 '만족'할 수 없어. '자기'가 보고 싶어. 크리스마스 휴가까지 5주일밖에 안 남았다고 생각하니 기뻐서 견딜 수가 없어.

앤, 오래된 묘지를 거닐다

11월도 다 지난 어느 날 저녁, 펜을 입에 물고 탑의 창가에 앉아 꿈꾸는 눈으로 해질녘 경치를 보고 있던 앤은 갑자기 옛 묘지를 산책해보고 싶다는 생각이 들었다.

자작나무며 단풍나무숲이며 바닷가를 좋아해서 저녁 산책으로는 아직 한 번도 묘지에 가 본 적이 없었다. 그러나 나뭇잎이 다 떨어진 뒤 11월에는 겨우 여유가 생겨 이때서야 묘지에 들어선다는 게 조금은 미안한 마음마저 들었다. 지금 이 세상에서 머물렀던 영광은 사라졌지만 신성하고 때묻지 않은 순백한 하늘나라 영광으로 다시 빛날 날은 아직 오지 않았기 때문이었다.

그래서 앤은 숲 대신 묘지로 향했다. 이즈음 앤은 너무도 의기소침하고 절망에 빠져 있어 묘지가 오히려 유쾌한 곳으로 여겨졌다. 게다가 리베카 듀의 말에 의하면 이 묘지는 프링글 집안사람들로 가득하다고 한다. 프링글 집안은 새로운 묘지보다 이쪽을 좋아해서 몇 대나 계속 묻혀 있어서 이제는 '더 이상 한 사람도 들어설 수 없게' 되었다.

앤은 그 많은 프링글 집안 사람들이 아무도 괴롭힐 수 없는 곳에 이미 가 있는 것을 보면 그야말로 기분이 밝아지리라 여겼다.

프링글 집안사람들에 대해 앤은 이제 손들어 항복했다는 생각마저 들었다. 상황은 차츰 나빠져 악몽이 되어버렸다. 젠 프링글이 중심이 되어 조직된, 앤의 말을 듣지 않고 존경하지 않는 교활한 반항운동은 마침내 절정기를 맞고 있었다.

어느 날, 앤은 상급반 학생에게 '이번 주에 가장 중요했던 일'이라는 제목으로 글짓기를 하도록 시켰다. 젠 프링글은 놀랄 만한 글을 지었다—이 장난꾸러기 아가씨는 실제로 머리가 좋았다—그 속에 안색도 바꾸지 않고 선생님에 대한 모욕을 거침없이 써 넣었는데, 그 또한 그냥 지나칠 수 없을 만큼 지독한 것이었다.

앤은 젠에게 사과하지 않으면 학교에 오는 것을 결코 허락하지 않겠다고 말하고 집으로 돌려보냈다. 기름이 분노의 불 속에 바로 부어진 것이다. 이제야말로 앤과 프링글 집안사람들 사이에 정면으로 전투가 시작되었다.

가엾은 앤은 어느 편에 승리의 깃발이 나부낄지에 대해 전혀 의심하지 않았다. 학무위원회는 프링글 집안사람들을 지지할 것이며, 앤은 젠의 복교를 허락하든가 자신이 사직하든가 둘 가운데 하나를 택하도록 다그침 받을 게 확실했다.

앤은 억울해서 견딜 수 없었다. 자기로서는 최선을 다해 왔고, 기회만 있었으면 잘해 보려고 애쓴 만큼 성과는 거뒀을 것이었다.

앤은 비참한 마음으로 생각했다.

"내가 나쁜 게 아니야. 그런 대부대의 그만한 전술을 상대로 누가 이길 수 있겠어?"

그러나 패배하여 그린게이블즈로 돌아가다니! 린드 아주머니의 분개와 파이네가 춤출 듯이 기뻐하는 모습을 이를 악물고 꾹 참아야 하는 것이다! 친구들의 동정이나 위로조차 견딜 수 없다. 게다가 서머사이드에서의 실패가 퍼지면 아마 다른 학교에 일자리를 얻는 것도 어려우리라.

적어도 연극사건을 놓고 보면 프링글 집안사람들도 앤을 호락호락 이기지 못했다. 그때 일을 떠올리고 앤은 좀 짓궂게 웃으며 눈에 장난스러운 기쁨이 넘쳤다.

앤은 중학교 연극 클럽을 조직했다. 그리고 자신감 있고 확실한 계획—각 교실을 장식하기 위한 좋은 판화를 산다는 계획—의 자금을 모으려고 급히 만든 작은 연극을 상연키로 했다. 캐서린 브룩에게도 도와달라고 부탁했다. 무슨 일에 있어서든 언제나 캐서린이 소외돼 보였기 때문이다.

하지만 그 일로 앤은 몇 번이나 후회해야만 했다. 캐서린은 여느 때보다 한층 더 무뚝뚝하고 빈정거리는 태도를 취했기 때문이다. 캐서린이 눈썹을 몹시 치켜 올리며 무슨 꼬투리로든 흉보지 않고 끝난 연습은 거의 한 번도 없었다.

더욱 나빴던 것은, 젠 프링글에게 스코틀랜드 여왕역을 주도록 캐서린이 주장한 일이었다.

캐서린은 신경질적인 목소리로 말했다.

"우리 학교에서 이 역을 해낼 수 있는 아이가 달리 없으니까요. 그 역에 필요한 개성을 가진 아이는 달리 아무도 없어요."

하지만 앤은 그렇게 생각하지 않았다. 소피 싱클레어라는 키 크고 갈색 눈을 한 숱많은 밤색 머리 소녀 쪽이 젠보다 훨씬 훌륭한 메리 여왕이 되리라 여기고 있었다. 그러나 소피는 동아리 회원이 아니었고 연극을 해본 일이 한 번도 없었다.

"이번 일에 경험이 없는 사람은 쓸 데가 없어요. 잘 되지도 않을 일에 나는 관계하고 싶지 않으니까요."

캐서린이 아주 불쾌하게 말했으므로 앤은 그만 양보해 버렸다.

젠이 이 역에 아주 잘 어울린다는 점은 앤도 부정할 수 없었다. 젠에게는 연극에 대한 소질이 태어나면서부터 갖춰져 있어 언뜻 보아 젠 자신도 진심으로 그 역할에 몰두하는 것 같았다.

연습은 1주일에 네 번 저녁때 했고, 겉으로는 모든 일이 아주 순조롭게 진행되는 듯했다. 젠은 자기 역할에 아주 흥미를 느껴 연극에 대한 일에는 온순한 태도였다. 앤은 젠에게 간섭하지 않고 캐서린의 지도에 맡겨두었다.

그러나 한두 번 젠의 얼굴에 교활한 승리의 표정이 떠오르는 것을 보고 앤은 당혹감을 느꼈다. 그것이 무엇을 뜻하는지 그때는 알 수 없었다.

연극 연습이 시작되고 얼마 안 된 어느 날 오후, 앤은 여학생 탈의실 한구석에서 눈물에 젖어 있는 소피 싱클레어를 발견했다. 처음에 소피는 그렁그렁한 갈색 눈을 깜박이며 아무 것도 아니라고 했지만 이윽고 크게 울음을 터뜨렸다.

"나는 메리 여왕이 되고 싶어서 견딜 수 없어요. 연극에 나가고 싶어요."

소피는 흐느꼈다.

"나에게는 기회가 없었어요. 아버지가 동아리에 들지 못하도록 하는 걸요. 회비를 내야하는데, 우리집은 한푼이라도 아끼지 않으면 안 된다고 했어요. 물론 나는 경험이 없어요.

나는 처음부터 메리 여왕이 아주 좋았어요. 그 이름을 듣기만 해도 손가락 끝까지 바르르 떨려요. 메리 여왕이 단리 경을 죽인 일에 관련있다니 믿어지지 않아요. 앞으로도 믿을 수 없어요. 잠깐 동안이라도 내가 메리 여왕이 될 수 있다면 참으로 멋질 텐데요."

그때 앤은 다음과 같이 대답했는데, 그것은 확실히 수호천사가 도와주어 가능했음에 틀림없다고 뒤늦게 생각했다.

"내가 대사를 적어줄게, 소피. 그래서 너를 지도해 주겠어. 너를 위해서도 좋은 연습이 될 거야. 그리고 이 연극이 여기서 잘되면 다른 데서도 하려고 계획하고 있어. 젠도 언제나 나갈 수 있는 건 아니고 대역을 할 수 있는 사람이 있는 게 좋아. 하지만 이 일은 아무에게도 말하지 않기로 하자."

다음날 소피는 대사를 하나도 빠짐없이 전부 외워버렸다. 날마다 오후 수업이 끝나면 앤과 함께 바람에 살랑거리는 버드나무집으로 가서 연습했다. 소피는 조용하면서도 쾌활함이 넘치는 소녀였으므로 두 사람은 아주 유쾌하게 지냈다.

연극은 11월 마지막 금요일 시내 공회당에서 막을 올리기로 되어 있었다. 선전이 잘 되어서 지정석은 남김없이 다 팔렸다. 앤과 캐서린은 공회당 장식을 위해 이틀 저녁이나 그곳에서 지냈다.

밴드를 특별히 예약하고 유명 소프라노 가수가 샬럿타운에서 오기로 되어 있었다. 의상을 입고 하는 마지막 연습은 성공적이었다. 젠은 정말로 뛰어났고 다른 등장 배역들도 모두 젠 못지않은 연기를 했다.

금요일 아침 젠은 학교에 오지 않았다. 오후가 되자, 젠의 어머니로부터 젠의 목이 몹시 아픈 듯한데 편도선염이 아닌가 염려하고 있다는 전갈이 왔다. 연극에 관계한 사람들은 아주 안타까워했으나 그날 밤 젠이 연극에 나오는 것은 무리라고 했다.

처음으로 놀라움과 실망이라는 같은 마음에 이끌려 캐서린과 앤은 멍하니 서로 얼굴을 마주보았다.

캐서린이 애써 마음을 가라앉히며 느릿느릿 말했다.

"연극을 미뤄야만 돼요. 그 말은 이를테면 보통 실패라는 것이겠죠. 12월에 들어서면 그야말로 여러 가지 행사가 잔뜩 있는 걸요. 하기야 1년 가운데 이런 중요한 시기에 연극을 하다니 바보 같은 짓이라고 나는 처음부터 생각하고 있었어요."

"연극을 미룰 수는 없어요."

앤의 눈은 젠에게 뒤지 않을 만큼 모든 것을 꿰뚫어보듯 녹색으로 빛나고 있었다. 캐서린 브룩에게는 말할 마음이 없었지만, 그러나 젠 프링글이 앤 자신과 마찬가지로 편도선염 같은 것에 걸릴 턱이 없음을 앤은 너무나도 잘 알고 있었다. 앤이 팔팔한 것과 마찬가지로 젠 또한 건강하다. 프링글 집안 사람들 가운데 그 누가 도와주든 말든 앤 셜리가 앞장선 사람이라는 이유로 이 연극을 망쳐버리려는 고의적인 간교한 계략인 것이다.

"아, 선생님이 그럴 마음이라면요……"

캐서린은 할 테면 해보라는 듯이 어깨를 으쓱거렸다.

"하지만 어떻게 할 생각이죠? 그 역을 누구에게 읽히려는 건가요? 그래서는 아무 소용없어요. 이것은 메리 여왕을 위한 연극이라 할 수 있으니까요."

"메리 여왕역이라면 소피 싱클레어가 젠 못지않게 할 수 있어요. 의상도 몸에 맞을 거예요. 잘 되었네요. 다행히 의상은 선생님이 만들었으니, 가지고 있겠지요."

그날 밤 연극은 수많은 관객들 앞에서 상연되었다. 기뻐서 어쩔 줄 모르는 소피는 메리 여왕을 훌륭히 연기했다—젠 프링글로서는 턱도 없을 만큼—벨벳 예복과 보석을 장식한 소피는 어디로 보나 메리 여왕 그대로였다.

서머사이드 중학생들은 이제까지, 형편없이 촌스럽고 거무스름한 서지 옷에 볼품없는 외투를 입고 초라한 모자를 쓴 소피밖에 본 적 없었으므로 깜짝 놀라 소피에게 눈을 떼지 못했다.

소피를 연극동아리의 종신회원으로 하자는 주장이 그 자리에서 나와—앤 자신이 회비를 냈다—그때부터 소피는 서머사이드 학교의 '기대되는 학생' 가운데 한 사람이 되었다.

그러나 어느 누구도—소피 자신은 더욱—그날 밤 소피가 스타가 되는 길로 이어지는 큰길에 첫발을 내디딘 것이리라고는 꿈에도 몰랐다. 20년 뒤 소피 싱클레어는 미국에서 일류 여배우가 된 것이다. 하지만 그날 밤 서머사이드 시내 공회당에서 막이 내렸을 때의 떠나갈 듯한 박수갈채만큼 소피의 귀에 기분 좋게 들린 박수소리는 없었으리라.

제임스 프링글 부인이 집으로 돌아가 딸 젠에게 연극의 모든 이야기를 해주자 그 아가씨의 초록색눈은 별안간 질투로 불타올랐다. 리베카 듀가 머리를 끄덕이며 말했듯이 젠은 비로소 마땅한 '보복'을 받았던 것이다. 그리고 그 결과가 '중요한 일'에 대해 쓴 글짓기에서 모욕으로 번진 사건이었다.

서리 맞아 시든 양치류의 술장식이 달린 이끼 낀 돌이 올막졸막 메우고 있는 둑 사이로 깊이 파인 바퀴자국이 있는 오솔길을 따라 앤은 옛 묘지로 걸어갔다. 11월 바람에도 아직 잎을 모두 빼앗기지 않은 길쭉한 롬바르디 포플러가 뾰족한 우듬지를 오솔길 여기저기에 가지런히 하고는 저 먼 곳의 자수정빛 언덕을 배경으로 울창하게 솟아 있었다.

묘비의 반쯤이 쓰러질 듯 비스듬히 기울어져 있는 옛 묘지에는 키가 큰 음침한 전나무숲이 사방을 둘러싸고 있었다. 앤은 여기에서는 누구와도 마주치는 일이 없으리라고 여겼는데, 문을 들어서자 바로 콧대가 곧게 선 품위 있는 긴 코와 얇고 우아한 입술에 기품 있는 어깨와 범하기 어려운 숙녀다움을 온몸에 지닌 미스 밸런타인 코탤로와 마주쳐 좀 어리둥절했다.

물론 앤은 서머사이드의 다른 모든 사람들과 마찬가지로 미스 밸런타인을 잘 알고 있었다. 그녀는 누구나 인정하는 뛰어난 양재사며, 그밖의 살아 있는 사람 일이든 죽은 사람 일이든 그녀가 모르는 것은 고려할 만한 가치가 없는 일이라며 오만하게 말하고 있었다.

앤은 혼자 돌아다니며 이상한 옛날의 비문이나 밑에 잠든 잊혀진 연인들의 이름을 헤아리며 읽어보고도 싶었지만, 미스 밸런타인이 앤의 팔에 살짝 자기 팔을 끼고 묘지를 안내하겠다고 나섰으므로 하는 수 없었다.

묘지에는 프링글 집안사람 못지않게 코탤로 집안사람도 많이 묻혀

Chang.Kye

있는 듯했다. 미스 밸런타인에게는 프링글 집안의 피가 한 방울도 섞여 있지 않고 앤이 귀여워하는 학생 하나가 미스 밸런타인의 조카라서 그녀에게 기분 좋게 대하는 일은 어렵지 않았다.

다만 하나 명심해 두지 않으면 안 되는 것은, 미스 밸런타인이 '생활고 때문에 바느질일을 하고 있다'는 것을 조금도 내비추어서는 안 되는 일이었다. 그 점에 미스 밸런타인은 아주 신경질적이라는 소문이 있었다.

미스 밸런타인은 말했다.

"오늘 저녁 여기 오기를 참 잘했다고 생각해요. 여기에 묻힌 사람들에 대해 모조리 이야기해줄 수 있으니까요. 나는 언제나 말하고 있죠. 여기 묻힌 사람들에 대해 자세히 알게 되면 묘지란 정말이지 즐거운 데로 여겨진다는 걸 말예요.

나는 새 묘지보다 이쪽을 거니는 게 좋아요. 여기에 묻힌 이들은 오래된 집안사람들뿐이거든요. 톰이며 딕이며 해리 같은 여느 집안사람은 새 묘지에 묻혀 있어요. 코탤로 집안은 이 한모퉁이에요. 정말이지 우리 집안에서는 꽤 많은 장례를 치렀죠."

앤이 말했다.

"오래된 집안들은 모두 그렇겠죠."

무슨 말이 나올지 미스 밸런타인이 기대하고 있는 게 너무도 분명했기 때문이다.

그러자 미스 밸런타인은 좀 시샘하는 듯 말했다.

"우리 집안처럼 많은 장례를 치른 데가 또 있다니, 어림도 없어요. 우리 집 사람들도 폐병이 많아요. 대개 기침에 시달리다 그만 목숨을 잃었어요.

이건 코러 고모 무덤이에요. 아주 미인이었죠. 그즈음 서머사이드의 목사님이 고모에게 당신을 보고만 있어도 생애 최고의 걸작이 될 시를 쓸 수 있다고 말했을 정도예요. 멋진 표현이잖아요. 목사가 할 말은 아니라고 생각하지만요.

코러 고모는 양키와 결혼하여 죽 보스턴에서 살고 있었는데, 이곳 친정으로 왔다가 이 오래된 묘지를 보더니 빙글 돌아서서 남편을 보고 '나를 여기에 묻어주세요, 토머스' 간절히 부탁했죠. 토머스는 그 말대로 했어요. 물론 곧바로는 아니에요. 3년 뒤 고모가 돌아가셨을 때 말이지요.

이건 베시 고모 무덤이에요. 성녀가 있다면 이 고모야말로 성녀였죠.

그 동생인 시실리어 고모는 확실히 이야기 상대로는 재미있는 사람이었어요. 마지막으로 만났을 때 고모는 내게 이렇게 말했어요. '앉아, 자, 편하게 앉자. 오늘 밤 나는 11시 10분이 넘어서 죽기로 되어 있는데, 그렇다고 이별을 앞두고 이런저런 유쾌한 이야기를 해서 안 된다는 이유는 없으니까.'

이상하게도 셜리 선생님, 고모는 그날 밤 11시 10분에 진짜 돌아가셨어요. 고모가 그것을 어떻게 알게 되었을까요?"

앤으로서는 알 수가 없었다.

"내 할아버지의 할아버지인 코탤로라는 분이 여기에 묻혀 있어요. 그분은 1760년에 태어나 물레를 만들어 생계를 잇고 있었죠. 전해 오는 말에 따르면 한평생 1천 4백 대를 만들었대요. 돌아가셨을 때 목사님이 '당신 뒤로 자신이 이룬 일들이 이어진다'는 성경 말씀에 대해 설교했는데, 마이럼 프링글 노인이 그렇다면 우리 할아버지가 지나간 뒤 천국으로 가는 길은 물레로 가득 메워질 거라고 했대요. 그런 말을 하다니 좋은 취미라고 생각하세요, 셜리 선생님?"

"물론 그렇지 않지요."

만일 그 말을 한 것이 프링글 집안사람이 아니었다면, 앤은 두개골과 대퇴골을 엇갈리게 한 그림으로 꾸며진 묘석을 흘끗 보며 이것도 그리 좋은 취미가 아니라고 생각하며 이렇게까지 딱 잘라 말하지는 않았을 것이다.

"여기가 잭 삼촌의 무덤이에요. 이 삼촌은 무심한 분이어서 마음에 둔 사람을 잘못 알고 장가를 들었죠. 하지만 그 일을 아내가 결코 눈치채지 못하게 했어요. 정말 신사적인 사람이었죠……

이 무덤은 내 사촌언니 도러의 첫남편 남동생의 첫아내의 첫남편이었던 사람의 것이에요. 어째서 이 사람이 우리 묘지에 와서 묻히게 되었는지는 알 수 없어요."

미스 밸런타인은 무심했다던 삼촌의 무덤에서 풀을 뽑으려고 몸을 구부렸다. 이야기가 끊어진 사이를 틈타 앤은 이처럼 복잡한 계보로 어리둥절해진 머리를 맑은 공기를 쐬며 평안하고 고요하게 되돌려놓았다.

"사촌언니 도러는 여기 묻혀 있어요. 그녀는 남편이 셋 있었는데 그들은 다 너무 일찍이 죽고 말았어요. 가엾게도 도러는 건강한 남자를 만날 운이 없었던 거예요. 마지막 남편은 벤저민 배닝이었는데—여기에 묻혀 있지 않아요. 로베일의 첫아내 곁에 묻혀 있지요—벤저민은 죽음을 납득하지 못했었지요.

도러가 더 좋은 곳으로 간다고 말해 주니까 벤은 가엾게도 이렇게 말했대요.

'그럴지도 몰라, 아니, 그렇겠지. 하지만 나는 결점투성이인 이 세상에 익숙해져 버렸으니까.'

벤저민은 예순 한 종류나 되는 약을 열심히 먹었지만 그래도 꽤 오랫동안 정신을 못 차렸죠.

데이비드 코탤로 삼촌네 가족은 모두 여기에 묻혀 있어요. 무덤마다 그 자락에 장미를 심었어요. 어쩌면 이토록 잘 피어 있을까요! 나는 해마다 여름이 되면 여기에 와서 꺾어다가 내 항아리에 꽂곤 해요. 버려두기엔 아깝잖아요. 그렇게 생각지 않나요?"

"그, 그렇게 생각해요."

"내 불쌍한 여동생 해리엇도 여기에 고이 잠들어 있어요."
미스 밸런타인은 한숨을 쉬었다.
"멋진 머릿결을 가지고 있었죠. 빛깔은 선생님과 비슷했어요. 그만큼 빨갛지는 않았을지도 몰라요. 무릎까지 내려올 만큼의 길이였죠. 죽기 전, 이미 약혼을 했었어요. 선생님도 약혼했다죠? 나는 결혼하고 싶다는 생각은 그리 한 적은 없지만 그래도 약혼은 좋은 것일지도 모른다고 여겨져요.
네, 물론 내게도 그런 기회는 몇 번인가 있었어요. 아마 내가 너무 까다로웠었나봐요. 하지만 코탤로 집안사람 결혼상대로는 누구라도 좋다고 함부로 할 수 없는걸요. 그렇지 않아요?"
그 말이 맞는 것 같았다.
"프랭크 딕비—옻나무 밑 저 구석에 있어요—저 사람이 나를 원했었어요. 저 사람을 거절했을 때는 좀 아까운 생각이 들었죠. 하지만 상대가 딕비 집안사람이라면, 안 되죠! 그 사람은 조지너 트루프와 결혼했어요. 조지너는 옷을 자랑하고 싶어서 교회에 좀 늦게 오곤 했죠.
정말로 그 사람은 옷치장을 즐겼죠! 묻혔을 때는 예쁜 푸른 옷을 입고 있었어요. 그 사람이 어느 결혼식에서 입기 위해 내가 만들었는데, 결국 조지너는 자기 장례식에 입게 되었죠. 조지너에게 귀여운 어린아이가 셋 있었어요. 교회에서 곧잘 내 앞에 앉곤 해서 내가 늘 사탕을 줬죠.
그런데 셜리 선생님, 교회 안에서 아이에게 사탕을 주는 건 나쁜 일일까요? 박하사탕은 아니었어요. 박하사탕이라면 더 좋았을 텐데. 박하사탕에는 어딘지 '믿음이 깊다'는 듯한 느낌이 들잖아요. 하지만 그 애들은 박하사탕을 좋아하지 않아요.
이것이 사촌오빠 노블 코탤로의 무덤이에요. 우린 사촌오빠가 살아 있는데 묻혀진 게 아닐까 늘 마음에 걸렸죠. 꼭 살아 있는 듯 보였으니까요. 그걸 누군가가 생각해냈을 때는 이미 늦었던 거죠."

앤은 맥빠진 맞장구를 쳤다.

"그거 참 안됐군요."

앤은 미스 밸런타인이 입을 다물 때는 자신에게 뭔가 이야기해주리라 기대하고 있다는 것을 알았지만, 알맞은 말을 찾아내기가 아주 어려웠다.

"사촌여동생 에이더 코텔로는 여기 있어요. 내가 아는 가운데 가장 예쁜 사람이었어요. 하지만 변덕이 심했죠. 그야말로 이랬다저랬다 바람같이 변했더랬지요. 선생님, 사촌오빠 버넌 코텔로는 이쪽이에요. 버넌과 엘시 프링글은 저쪽에 누워 있어요.—한때 열렬히 서로 사랑하여 결혼하기로 되어 있었죠. 그런데 이런저런 일이 일어나 미루어지는 동안에 그만 어느 쪽도 그럴 마음이 싹 없어져버렸어요."

코텔로 집안의 무덤이 끝나자 미스 밸런타인의 추억담에는 가시가 더해 갔다. 코텔로 집안사람이 아니라면 누구든 그리 대수롭지 않을 것이다.

"러셀 프링글 할머니 묘는 여기예요. 나는 이 할머니가 천국에 가 있을까 자주 생각해요."

앤은 좀 놀라며 물었다.

"그건 또 어째서죠?"

"이 사람은 본디 언니인 메리 앤을 싫어했는데, 메리 앤이 두세 달 먼저 죽었어요. 만일 메리 앤이 천국에 가 있다면 그런 곳에 있는 게 싫다고 말했었죠. 이 사람은 자신이 한 말을 반드시 실천하고마니까요. 프링글 집안사람답지요. 프링글 집안 태생으로 그녀의 사촌오빠 러셀과 결혼했어요……

이 묘는 댄 프링글 부인이에요—재니터 버드였지요. 죽을 때 70살에서 하루가 모자랐어요. 70살에서 하루라도 더 살다 죽어선 주변사람들에게 송구하다고 여겨서일 거라며 사람들은 수군댔죠. 그것이 성경에 정해진 사람의 수명이라나요.

사람들이란 참 우스운 이야기를 잘하잖아요? 재니터가 남편의 허락을 받지 않고 제멋대로 한 것은 죽은 일뿐이라는 말을 들었는데, 그 남편이라는 사람이 재니터가 언젠가 자기 마음에 들지 않는 모자를 사왔을 때 어떻게 했는지 아세요, 선생님?"

"아아니, 몰라요."

미스 밸런타인은 낮은 목소리로 말했다.

"먹어치웠어요. 물론 조그만 모자이긴 했어요—레이스와 꽃뿐으로 깃털은 하나도 달려 있지 않았죠. 그래도 소화가 잘되지 않았을 것은 분명해요. 꽤 오랫동안 위가 살살 아팠으리라고 여겨요. 먹는 것을 내가 보지는 못했지만, 이 이야기는 사실일 거라고 생각하고 있어요. 그렇게 여기지 않나요?"

앤은 신랄하게 말했다.

"프링글 집안사람들 일이라면 뭐든지 믿어요."

미스 밸런타인은 동정을 담아 끼고 있는 앤의 팔을 죄었다.

"짐작할 수 있어요, 진심으로. 그 사람들이 선생님을 대하는 태도는 정말이지 너무해요. 하지만 서머사이드에는 프링글 집안사람들만 있는 게 아니에요, 셜리 선생님."

앤은 분한 듯한 미소를 떠올렸다.

"이따금 그렇지 않을까 여겨질 때가 있어요."

"아뇨, 그렇지 않아요. 선생님이 그 사람들에게 이기는 것을 보고 싶어하는 이들이 많이 있어요. 무슨 일이 있어도 그 사람들에게 항복해서는 안 돼요. 그 사람들은 악마에 사로잡혀 있으니까요. 하지만 그들은 그야말로 일치단결하고 있는데다, 미스 세러는 자기 조카에게 학교의 교장을 맡기고 싶어했으니까요.

여기는 스티븐 프링글이 묻힌 곳이에요. 이 사람의 눈은 아무리 해도 감겨지지 않아 부릅뜬 채 묻혔어요."

앤은 곧바로 상상이 되어 몸서리를 쳤다. 죽은 프링글이 감겨지지 않는 눈으로 지금도 악의를 품고 땅 속에 누워 올려다보고 있는 무서운 모습이 눈앞에 떠올랐다.

"이 사람은 살해된 게 분명해요. 사다리를 올라가다가 떨어졌지요. 소문으로는—"

저녁 어스름 속에서 미스 밸런타인은 기분 나쁘게 목소리를 낮추었다.

"사촌동생 블랙조 거드—스티븐의 어머니는 거드 집안사람이에요—가 스티븐이 떨어지도록 사다리를 일부러 조작해 두었다고 해요.

스티븐과 조는 같은 아가씨에게 청혼하고 있었어요. 나로서는 처음에 그런 말을 믿을 수가 없었어요. 사람들이 무서운 말을 한다고 생각지 않나요, 선생님? 하지만 그 때문에 확실히 블랙조가 전보다 흥미 있는 사람이 되었죠. 교회에서 나는 블랙조를 자세히 보며 그게 정말일까 생각하곤 했어요. 사실일지도 몰라요. 그래서 억울한 스티븐은 눈을 감으려 하지 않은 거예요.

헬런 에이브리는 여기예요. 이 사람은 두 번 죽었어요. 왜냐하면 죽었다고 여겨졌는데 묻으려고 염을 하는 도중에 되살아났으니까요. 그 다음에 죽었을 때에는—4년 뒤였어요—남편이 집에 없었는데 '죽었는지 잘 확인한 뒤에 비용을 쓰라'는 전보를 보내왔답니다.

네이선 프링글 부부는 여기예요. 네이선은 언제나 아내가 자기를 독살하려 한다고 믿고 있었어요. 하지만 그 일에 신경쓰고 있는 듯하지는 않았어요. 덕분에 일상생활에 긴장이 생긴다고 말하고 있었죠. 한 번은 아내가 오트밀에 비소를 넣은 게 아닌가 의심이 들어 그것을 밖으로 가지고 나와 돼지에게 먹였는데 3주일 뒤 돼지가 죽어버렸대요.

그건 우연이었는지도 모르고, 어쨌든 그 오트밀을 먹은 돼지인지 아닌지도 똑똑히 알 수 없다고 네이선은 말했어요. 마침내 아내 쪽이 네이선보다 먼저 죽어 네이선은 그 한 가지만 빼고는 언제나 정말 좋은 아내였다고 말했죠. 그 한 가지에 대해서는 네이선이 잘못 생각한 것이라고 믿는 것은 자비심이겠죠."

앤은 깜짝 놀랐다. 그리고 소리내어 읽었다.

"'미스 킨지의 묘.' 어쩜 이런 묘한 비문도 있죠? 이분은 성뿐이고 이름이 없었나요?"

"있었겠지만 아무도 몰라요. 이 사람은 노바 스코샤에서 온 사람으로 조지 프링글네에서 40년 동안 일했어요. 자기 이름은 미스 킨지라고 해서 모두들 그렇게 불렀죠.

이 사람이 갑자기 죽어버리자 아무도 이 사람의 이름을 모른다는 것을 알았죠. 게다가 친척도 찾아낼 수 없었어요. 그래서 비문에 이렇게 쓴 거예요.

조지 프링글네에서는 정중히 장사 지내고 묘비값도 치렀죠. 이 사람은 몸을 아끼지 않고 성실히 일한 사람이었답니다. 만약 선생님이 그녀를 만났다면 그녀는 미스 킨지로 '태어났다'고 생각했을 거예요.

제임스 몰리 부부는 여기예요. 나는 이 사람들의 금혼식에 초대받았었는데, 엄청난 소동이었죠. 선물이니 연설이니 꽃이니 하며, 아이들이 모두 고향으로 돌아왔고 부부는 싱글벙글하면서 인사하러 다니곤 했죠. 그러면서도 두 사람 다 온 힘을 기울여 서로 미워하고 있었답니다."

"서로 미워했다고요?"

"정말 대단했죠. 모두들 알고 있어요. 사실을 말하면 몇 년이나 그래온걸요—거의 결혼할 때부터 줄곧 그런 게 아닐까요, 결혼식을 끝내고 교회에서 집으로 돌아오면서 벌써 싸웠으니까요. 어쩌면 이토록 사이좋게 나란히 묻혔는지 정말 이상하게 여길 정도예요."

앤은 다시금 몸서리쳤다. 어쩌면 이토록 무서운 일이 있을까. 낮에는 마주앉아 식사를 하고 밤에는 서로 곁에서 잠들며 자기들 아기의 세례를 받으러 교회에 갔으면서도 그동안 끊임없이 서로 미워하고 있었다니! 그래도 처음에는 서로 진심으로 사랑했겠지.

길버트와 나 두 사람에게도 그런 일이 있을 수 있을까—당치도 않아!—프링글 일족은 정말 골치아픈 사람들이야.

"미남인 존 매크텁은 여기 묻혀 있어요. 애니터 케네디가 물에 빠져죽은 원인은 존 때문이 아닌가 늘 의심받았었죠. 매크텁 집안 사람들은 모두 잘 생기기는 했지만 그들의 말은 하나도 믿을 수가 없어요.

여기에는 존의 삼촌인 새뮤얼의 비석이 있었어요. 그 삼촌이라는 사람은 50년 전 바다에서 익사했다는 기별이 있었죠. 이 사람이 살아 돌아와서 집안사람들은 비석을 치워버렸어요.

그 돌을 판 집에서 물려주려하지 않아 새뮤얼의 아내가 그것을 빵 굽는 판으로 썼어요. 대리석 묘비 위에서 밀가루반죽을 했다는 이야기죠!

그 오래된 비석도 쓸모가 있다고 새뮤얼 부인은 자랑스럽게 말했어요. 매크텁네 아이들은 늘 학교에 글씨나 숫자가 양각으로 새겨진 비스킷—비문의 일부지요—을 가져왔어요. 아이들은 아주 인심 좋게 그 비스킷을 사람들에게 나눠주곤 했지만 나는 아무래도 먹고 싶지 않았어요. 그런 점에서 나는 결벽이 심했거든요.

할리 프링글 씨는 여기에요. 이 사람은 언젠가 선거 내기에서 지게 되어 부인 모자를 쓰고 피터 매크텁을 손수레에 태워 큰길까지 밀고 갔어요. 온 서머사이드 사람들이 모조리 구경나와 봤지요—물론 프링글 집안사람들은 말고요. 그 사람들은 창피해서 어쩔 줄 몰랐죠.

여기는 밀리 프링글이에요. 프링글 집안사람이기는 해도 나는 밀리가 아주 좋았어요. 정말 예쁜 사람으로 요정처럼 가볍게 걸었죠. 이따금 오늘 밤 같은 때 무덤에서 빠져나와 전처럼 빙그르르 돌며 춤추고 있지는 않을까 여겨질 때가 있어요. 하지만 그리스도교도는 그런 일을 생각해서는 안 되죠.

이것은 허브 프링글 무덤이에요. 프링글 집안사람들 가운데 가장 익살스러운 사람이었지요. 늘 사람들을 웃겼어요. 언젠가 교회에서 웃음을 터뜨린 일이 있었어요. 미터 프링글이 머리를 숙이고 기도하고 있을 때 모자에 달린 장식용꽃에서 쥐가 튀어나왔거든요.

하지만 나는 웃을 수가 없었어요. 쥐가 어디로 갔는지 몰라서 혼났죠. 스커트 끝단을 단단히 발목에 감고 예배가 끝날 때까지 누르고 있었죠. 덕분에 나는 설교가 하나도 들리지 않았어요.

허브는 내 뒤에 앉아 있었는데 얼마나 크게 소리를 질렀던지! 쥐를 보지 못한 사람들은 허브가 미쳤다고 여겼을 정도였어요. 허브의 그 웃음소리만은 죽지 않을 거라고 생각했어요. 만일 허브가 아직 살아 있다면 선생님 편을 들어줄 거예요. 상대가 세러라 할지라도……

그리고 이것이, 이미 아시겠지만 에이브러햄 프링글 선장의 비석이에요."

그 기념비는 묘지 전체를 바라보며 당당히 서 있었다. 위로 갈수록 작아지는 네 단의 돌을 포개놓은 네모진 받침대 위에 거대한 대리석 기둥이 서 있고, 꼭대기에 놓인 주름장식으로 꾸며진 기묘한 항아리 밑에서는 뚱뚱한 천사가 뿔피리를 불고 있었다.

앤이 솔직하게 말했다.

"어쩌면 이토록 꼴불견일까요!"

미스 밸런타인은 좀 놀라는 듯했다.

"어머나, 정말 그렇게 여기세요? 처음 세웠을 땐 아주 훌륭하다고 생각했었죠. 저건 나팔을 불고 있는 천사 가브리엘이래요. 나는 이것이 묘지에 우아한 느낌을 주고 있다고 여기는데요. 9백 달러나 들었어요.

에이브러햄 선장은 정말 훌륭한 노인이었어요. 돌아가신 게 정말 안타까워요. 이 사람이 살아 있다면 그들도 이토록 선생님을 괴롭히지는 못할 거예요. 세러와 엘런이 에이브러햄 선장의 일을 자랑하는 것도 무리가 아니라고 여겨요. 하기야 좀 지나친 듯싶기는 하지만요."

묘지 문 앞에 와서야 앤은 방금 걸어온 쪽을 돌아보았다.

어떤 평화스러운 고요함이 바람도 없는 묘지 전체에 머물고 있었다. 긴 손가락 같은 달빛이 어둑어둑한 전나무숲 사이로 스며들기 시작하며 여기저기 비석에 닿아 사방에 묘한 그림자를 드리우고 있었다. 요컨대 묘지는 슬픈 장소는 아니었다. 미스 밸런타인의 이야기를 들은 뒤에는 실제로 이 묘지 사람들이 살아 있는 듯 여겨졌다.

두 사람이 오솔길을 내려가고 있을 때 미스 밸런타인이 걱정스러워 말했다.

"선생님은 소설을 쓴다고 들었는데, 내가 말한 것을 이야기 속에 넣지 말아주세요."

앤은 약속했다.

"걱정마세요, 쓰지 않겠어요."

"죽은 사람의 일을 나쁘게 말하는 것은 정말로 잘못된 일—위험한 일—일까요?"

미스 밸런타인은 두려워하는 것 같았다.

"그 어느 쪽도 아니라고 생각해요. 다만 좀 불공평한 게 아닐까요. 자기 몸을 지킬 수 없는 사람을 때리는 것과 마찬가지로 말이에요. 하지만 어느 누구에 대해서도 특별히 심하게 말하지는 않았어요, 미스 밸런타인."

"네이선 프링글이 아내에게 독살되지 않았을까 걱정하고 있었다고 말했어요."

"하지만 잘못 생각한 게 아닌가 그렇게 말해 네이선의 부인을 따뜻하게 감싸주었잖아요."

이 말을 듣고 미스 밸런타인은 마음놓고 돌아갔다.

집으로 돌아와 앤은 길버트에게 편지를 썼다.

오늘 밤 나는 묘지로 발을 돌려 길을 더듬으며 걸어갔어. '길을 더듬다'는 말이 참 멋있게 들려서 되도록 자주 쓰려고 하고 있어. 내가 묘지 산책을 즐겼다고 하면 이상하게 들리겠지만, 정말 즐거웠어. 미스 밸런타인의 이야기는 너무 재미있었어. 하기야 그 가운데에는 몹시 기분 나쁜 것도 있었지만.

길버트, 인생은 희극과 비극이 뒤섞여 있어.

내 머리에 질기게 찰싹 붙어 떠나지 않는 것은 50년이나 함께 살면서 늘 서로 미워하고 있었다는 부부의 이야기야. 그런 끔찍한 일이 있을 수 있다니 믿어지지 않아.

누군가가 '미움이란 길을 잘못 들어선 사랑이다'라고 말했다지만, 미워하는 마음 뒤에는 정말로 두 사람 다 사랑하는 마음이 있었을 거라고 생각해…… 마치 내가 자기를 싫어하고 있는 줄 여겼지만 그동안 사실은 자기를 사랑하고 있었던 것처럼. 그것을 죽음이 그 두 사람에게 일깨워주었을 거야. 나는 살아 있는 동안에 알게 되어 참 다행이지.

또 프링글 집안 사람들 가운데에도 올바른 이들이 있다는 것을 알았어. 그것도 좋았지—죽은 사람이기는 하지만.

어젯밤 차를 마시러 아래층으로 내려갔다가 부엌에서 케이트 아주머니가 탈지유로 얼굴을 손질하는 것을 보고 말았어. 아주머니는 채티한테 말하지 말아달라, 바보같이 여길 거라며 근심스런 얼굴로 부탁해서 말하지 않겠다고 굳게 약속했어.

일리저버스는 지금도 우유를 얻으러 와. 시녀는 이제 기관지염이 많이 회복되었는데, 앞으로도 줄곧 일리저버스가 오도록 놔둘지 모르겠어. 특히 캠벌 노부인은 프링글 집안의 한 사람이니 말이야.

지난 토요일 밤 일리저버스가—그날 밤은 베티가 되어 있었던 듯해—나와 헤어진 뒤 노래를 부르며 집으로 뛰어들어갔는데 현관에서 시녀에게 붙들려 '하느님의 날인 일요일을 눈앞에 두고 그런 노래를 부르는 게 아니야' 짜증 섞인 잔소리를 듣는 게 뚜렷이 들려왔어. 시녀는 될 수만 있다면 어떤 날에도 일리저버스에게 노래를 못 부르게 하고 싶은 거야.

그날 밤 일리저버스는 짙은 포도주빛 새 옷을 입고 왔었어—확실히 그집 사람은 그 애에게 좋은 옷을 입히고 있어—그리고 슬퍼하며 말했어.

"오늘 밤 이 옷을 입었을 때 내가 조금은 예쁘구나 여겼어요, 셜리 선생님! 그래서 아빠에게 보이고 싶었죠. 물론 '내일'이 오면 만날 수 있지만, '내일'은 영영 오지 않는다고 여겨질 때가 있어요. 시간을 좀 빠르게 할 수 있으면 좋을 텐데요, 셜리 선생님."

그런데 길버트, 지금부터 기하공부를 하지 않으면 안 돼. 기하문제가 리베커 듀의 이른바 '문학수업'을 대신해 버리고 말았어. 날마다 내 앞길에서 헤매는 망령은 수업시간에 내가 풀 수 없는 문제가 느닷없이 튀어나오지 않을까 하는 공포감이야. 그렇게 되면, 오, 그렇게 되면 프링글 집안사람들이 뭐라고 말할까! 정말 그 일족은 뭐라고 흉볼까!

다른 이야기지만, 나뿐만 아니라 고양이도 사랑하는 길버트, 비탄에 잠긴 학대받는 가엾은 수고양이를 위해 기도해줘. 전날 부엌에서 쥐 한 마리가 리베커 듀의 발등을 지나가 그 뒤로 리베커 듀는 맹렬히 화내고 있어.

"이 고양이는 먹는 일과 자는 일 말고는 아무 것도 안 하고 쥐들을 아무데나 들끓게 해. 더 이상 참을 수 없어!"

리베커 듀는 더스티를 이리저리 쫓아다니며 더스티가 좋아하는 폭신한 쿠션에서 끌어내리는데다—마침 나는 직접 보아 알았는데—더스티를 쫓아버릴 때 방정스럽게 발까지 썼어.

프링글 집안 두 노부인 찾아오다

12월도 끝나가는 따뜻하고 맑은 어느 금요일 저녁, 앤은 칠면조 만찬회에 참석하러 로베일에 갔다.

윌프리드 브라이스는 로베일에서 삼촌 부부와 함께 살고 있는데, 그 윌프리드가 앤에게 수업이 끝난 뒤 자기와 함께 교회의 칠면조 만찬에 갔다가 토요일을 자기네 집에서 보내달라고 용기 내어 부탁했던 것이다.

앤은 윌프리드가 학교를 계속 다닐 수 있도록 그의 삼촌을 설득할 수 있을지 모른다고 여겨 기꺼이 승낙했다. 윌프리드는 새해에 학교로 돌아올 수 없는 게 아닌가 은근히 걱정하고 있었다. 그는 영리하고 포부에 불타는 소년이었으므로 앤은 특별히 그 앞날에 관심을 기울이고 있었다.

이 방문은 앤에게 있어 윌프리드를 기쁘게 해주었다는 것 말고는 그리 즐거운 게 못 되었다. 삼촌 부부는 좀 괴짜로 융통성 없는 사람들이었다.

토요일 아침은 바람이 세고 하늘이 흐렸다. 희뜩희뜩한 눈발이 가끔 날려 처음에 앤은 어떻게 이 추운 날을 지낼까 걱정했다. 어젯밤 칠면조 만찬회가 늦게 끝났으므로 앤은 몹시 피곤해서 잠이 왔다. 윌프리드는 보리타작을 도와야 했으며 집안에는 책다운 책 하나 보이지 않았다. 그때 2층의 뒷복도에서 낡은 선원용 상자를 보았던 일을 떠올린 앤은 스탠튼 부인의 부탁이 불현듯 생각났다.

스탠튼 부인은 프린스 군(郡)의 향토사(鄕土史)를 쓰고 있는 사람으로, 어떤 도움이 될 만한 오래된 일이나 기록 문서를 알고 있는지 또는 찾아낼 수 있는지 앤에게 물어온 적이 있었다.

부인은 말했다.

"물론 프링글 집안에는 내 도움이 될 만한 것이 가득 있지만, 그 사람들에게 부탁할 수는 없어요. 아시겠지만 프링글 집안과 스탠튼 집안은 한편이 되었던 적이 결코 없으니까요."

앤은 말했다.

"나 또한 그 사람들에게 아쉬운 소리를 할 수가 없어요. 모처럼의 부탁이지만요."

"아, 그런 부탁을 하려는 게 아니에요. 내 말은 선생님이 다른 집을 이곳저곳 방문할 때, 잘 살펴봐서 오래된 일기나 지도 같은 것들을 찾아내거나 듣게 되면 내게 그것을 빌려줄 수 있도록 수고해 달라는 거죠.

오래된 일기 속에서 얼마나 재미있는 일들을 발견해 왔는지 상상도 못할 거예요—하찮은 실생활 단편들 덕분에 옛 개척자들이 다시 한 번 살아나니 말이에요. 통계며 족보와 함께 그런 자료를 내 책을 위해 얻고 싶어요."

그런 오래된 기록이 있는지 브라이스 부인에게 앤이 묻자 부인은 머리를 저었다.

그리고 기운차게 말했다.

"내가 알 만한 게 아니군요. 그러고 보니 앤디 아저씨가 썼던 낡고 큰 나무상자가 위에 있어요. 그 속에 뭔가 있을지도 모르겠어요. 앤디 아저씨는 에이브러햄 프링글 선장과 함께 배를 탔었거든요. 선생님이 보아도 좋을지 덩컨에게 물어보고 오겠어요.”

남편 덩컨은 앤 마음대로 상자를 ‘뒤져보아도’ 좋으며 뭔가 ‘자료’가 될 만한 것이 있으면 가져도 좋다고 시원스레 말했다. 덩컨은 어차피 배에 대한 것들을 태워버리고 연장상자로 쓸 참이었다.

앤은 서둘러 찾아보았다. 발견한 것은 앤디 브라이스가 해상생활에서 적어둔 듯한 낡고 빛바랜 ‘항해일지’뿐이었다. 앤은 바람 부는 오전을 흥미진진하게 즐기면서 오랜 세월 덮여 있던 항해일지를 읽으며 보냈다.

앤디는 무수한 경험으로 바다의 지식에 정통해 있었고, 에이브러햄 프링글 선장과 수많은 항해를 함께 했으며, 선장에 대한 존경심이 엄청난 듯했다. 항해일지에는 선장의 용기와 어떤 일에 맞닥뜨렸을 때 기지에 대해서며 희망봉을 도는 어려운 일을 척척 해내는 데 대한 찬사가 엉망인 단어와 말도 안 되는 문법으로 적혀 있었다. 그의 존경심은 에이브러햄 선장의 동생 마이럼에게까지는 미치지 않았다. 마이럼도 다른 배의 선장이었던 것이다.

‘오늘 밤 마이럼 프링글에게 갔다왔다. 마이럼은 부인에게 화를 내며 그녀 얼굴에 물을 끼얹었다.’

‘마이럼은 지금 집에 돌아와 있다. 자기 배가 불타버렸으므로 모두들 보트로 도망쳤다. 굶어 죽게 되었다. 마지막으로 그들은 권총 자살을 한 조너스 셀커크를 먹어치웠다. 그들이 조너스로 연명하고 있는 동안 메리 G호에 구조되었다. 이 일은 마이럼 자신이 스스로 말해 주었다. 자신은 재미있어 하는 듯했다.’

이 최후의 대목을 보고 앤은 파르르 몸을 떨었다. 이런 잔혹한 사실을 앤디가 덤덤하게 적고 있었으므로 그것은 한층 더 소름끼치도록 절박했다.

이윽고 앤은 생각에 잠겼다. 이 항해일지에는 스탠튼 부인에게 도움될 만한 것은 하나도 없지만, 미스 세러와 미스 엘런에게는 숭배하는 아버지의 일이 많이 적혀 있어서 좋아하지 않을까. 이것을 두 사람에게 보내면 어떨까? 덩컨 브라이스는 이것을 마음대로 해도 좋다고 했어.

아니, 그러지 말자. 어째서 나는 그 사람들을 기쁘게 해주려 하고, 지금 그렇지 않아도 코가 높을 대로 높아진 그 터무니없는 자존심을 더 부채질하려는 것일까? 그 사람들은 나를 학교에서 내쫓으려 하며 성공을 거두고 있다. 그 두 사람과 그 무리들에게 앤은 터무니없이 당하고만 있는 것이다.

그날 저녁, 윌프리드는 앤을 바람에 살랑거리는 버드나무집으로 바래다주었다. 둘 다 행복했다. 앤은 윌프리드가 학교를 모두 마칠 수 있도록 덩컨 브라이스와 이야기를 잘 끝내고 왔던 것이다.

윌프리드는 말했다.

"앞으로 1년 동안 저는 어떻게든 학교를 마치고 다음은 퀸즈아카데미를 나와 교사로 있으면서 제 힘으로 학비를 벌겠어요. 이 은혜를 어떻게 보답해야 좋을지 모르겠어요.

삼촌은 다른 사람 말은 들은 척도 안 하는데 속으로는 선생님이 좋았던 거예요. 헛간에서 내게 '나는 빨강머리 여자와 만나면 그만 말을 잘 듣게 되어버리고 만단다' 하고 말했지만, 그래도 선생님 머리 탓은 아니라고 여겨요, 셜리 선생님, 아주 아름다운 머리예요. 다만—셜리 선생님이었기 때문이에요. 그래서 잘된 거예요."

그날 오전 2시에 눈을 뜬 앤은 앤디 브라이스의 항해일지를 단풍나무 저택에 보내기로 마음먹었다. 마침내 그 노부인들에게 얼마쯤이나마 호의를 가진데다, 그 사람들에게는 인생의 기쁨이란 거의 없어 아버지에 대한 자부심만 있을 뿐이다.

새벽 3시에 다시 눈을 뜬 앤은 또 보내지 않기로 했다. 미스 세러는 귀머거리인 척하지 않았던가, 정말이지! 4시에 앤은 다시금 흔들렸으나 마침내 그녀는 보여 주기로 결심했다. 마음 좁고 인색한 짓은 하지 말자. 앤은 파이 집안 사람들처럼 좁은 마음을 갖게 될까봐 몹시 두려웠다.

이렇게 마음을 정하자, 밤에 눈을 뜨고 탑 주위를 휘몰아치는 겨울의 첫 눈보라 소리를 들으며 또다시 따뜻한 담요 속으로 기어들어가 꿈나라로 날아가는 것은 이 얼마나 달콤한 일이냐며 앤은 다시금 잠 속으로 스르르 빠져들었다.

월요일 아침, 앤은 낡은 항해일지를 잘 싸서 간단한 편지와 함께 미스 세러에게 보냈다.

미스 프링글님.

부인이 이 오래된 항해일지에 흥미를 가질지 어떨지 모르겠습니다. 이것은 이 군의 역사를 쓰는 스탠튼 부인을 위해 브라이스 씨에게 얻은 것이지만, 스탠튼 부인에게는 도움되지 못해도 부인께서는 보고 싶으리라 여겨집니다. 이만.

앤 셜리

앤은 생각했다.

'정말 멋없는 편지로구나. 하지만 그들에게는 자연스러운 글을 쓸 수가 없는 걸. 그리고 저쪽에서 거만하게 되돌려보내와도 조금도 놀랄 게 없어.'

맑게 갠 초겨울 저녁 이른 시각에 리베카 듀는 좀처럼 없는 놀라움을 경험했다. 단풍나무 저택의 마차가 유령골목을 달려와 문 앞에 멈춰 섰던 것이다.

미스 엘런이 마차에서 내리고 이어서 더욱 놀랍게도 10년 동안이나 저택에서 나온 적이 없었던 미스 세러가 나타났다. 모두 입이 딱 벌어졌다.

당황한 리베카 듀가 헐떡였다.

"현관으로 왔어요!"

"프링글 집안사람이 어디 다른 문으로 들어오겠어요?"

케이트 아주머니는 덤벼들 듯한 기세였다.

리베카는 비극적인 목소리로 말했다.

"물론이고 말고요. 물론이고 말고요. 하지만 문이 잘 움직이지 않아요. 딱 달라붙어 있어요. 알고 있으면서. 지난 봄 대청소를 한 뒤로 한 번도 연 적 없잖아요. 이래서야 어디!"

현관문은 꿈쩍도 하지 않았다. 그러나 리베카 듀는 필사적인 힘을 발휘하여 열고 단풍나무 저택 부인들을 정중히 응접실로 맞아들였다.

리베카 듀는 생각했다.

'오늘 여기에 불을 피워두기를 정말 잘했어. 그 고양이 녀석이 긴 의자를 온통 털투성이로 만들어놓지만 않았으면 좋으련만. 만일 우리집 응접실에서 세러 프링글 옷에 고양이털이 묻었다고 하게 되면……'

리베카 듀로서는 그 결과를 떠올릴 만한 용기도 없었다.

셜리 선생님은 댁에 있느냐는 미스 세러의 물음에 리베카 듀는 앤을 불러내고 부엌으로 물러났지만, 대체 무슨 일로 프링글 집안 늙은 자매가 미스 셜리를 만나러 왔는지 궁금해서 미칠 것만 같았다.

리베카 듀는 겁주려는 듯 말했다.

"더 이상 못된 짓을 할 것 같으면……"

앤 자신도 속으로는 겁이 난 상태에서 뭉긋거리다 심호흡을 크게 하고 내려왔다. 그 사람들은 차가운 경멸을 담고 그 일기를 돌려주러 왔을까?

Chang-Kye

앤이 방으로 들어오자 자리에서 일어나 인사말도 없이 입을 연 것은 그 무엇에도 꿈쩍 않는 작고 주름투성이인 미스 세러였다.

미스 세러는 분한 듯이 말했다.

"우리는 항복하러 왔어요. 달리 어쩔 도리가 없어서요. 물론 아가씨는 가엾은 마이럼 아저씨에 대한 그 괘씸한 글을 발견했을 때 이미 알았겠지요. 그것은 사실이 아니에요. 사실일 리가 없어요. 아저씨는 다만 앤디 브라이스를 놀린 것뿐이에요—앤디는 무엇이든 곧이곧대로 듣는 사람이었으니까요.

하지만 우리 집안 이외의 사람들은 저마다 좋아하면서 그 일을 사실로 생각할 거예요. 그 때문에 우리들이 남의 웃음거리가 되리라는 것을—아니, 더 난처하게 되리라는 것을 아가씨는 알고 있었던 거예요.

네, 아가씨는 분명히 매우 똑똑해요. 그건 우리도 인정해요. 젠은 진심으로 고개 숙여 사과를 할 것이고, 앞으로 얌전히 행동하도록 시키겠어요. 그것은 나, 세러 프링글이 약속하지요. 아가씨가 스탠튼 부인에게 말하지 않겠다고—아무에게도 말하지 않겠다—는 약속만 해준다면 우리는 무슨 일이라도 하겠어요, 어떤 일이라도."

미스 세러는 파란 정맥이 돋아나 있는 작은 손으로 예쁜 레이스 손수건을 비틀었다. 글자 그대로 그녀는 부들부들 떨고 있었다.

앤은 깜짝 놀라 꼼짝 못한 채 멍하니 있었다. 가엾은 할머니들! 내가 협박했다고 여기고 있는 것이다! 앤은 동정심이 일어 미스 세러의 손을 잡으며 소리쳤다.

"어머나, 저를 무척 오해하고 계시군요! 전—제가 그런 일을 하는 것으로 받아들이리라고는 꿈에도 생각 못했어요—저는 그냥 두 분이 훌륭한 아버님에 대한 그 흥미있는 기사를 보고 싶어하시리라 여겼을 뿐이에요. 그 하찮은 기사를 그 밖의 누군가에게 보이거나 이야기하려고는 생각지도 않았어요. 작은 일이라고 여겼는 걸요. 앞으로도 그럴 마음은 없어요."

한순간 침묵이 흘렀다. 이윽고 미스 세러는 부드럽게 손을 빼고는 손수건을 눈에 대고 주름은 깊지만 품위 있는 얼굴을 엷게 붉히며 자리에 앉았다.

"우리는 아가씨를……완전히 오해하고 있었어요. 그리고 정말로 아가씨에게 몹쓸 짓을 해왔어요. 용서해 주겠지요?"

30분 뒤—리베커 듀에게는 죽음에 비길 만한 긴 30분이었다—프링글 자매는 돌아갔다. 그 30분은 앤디의 항해일지 속에 나오는 기사에 대한 이야기로 정답게 지나갔다.

현관에서 미스 세러—수다를 떠는 내내 조금도 귀가 먹지 않았다—는 잠깐 되돌아와 손가방에서 아주 훌륭한 글씨로 또박또박 쓴 종이쪽지를 꺼냈다.

"깜박 잊을 뻔했어요. 얼마 전 매클린 부인에게 우리의 파운드 케이크 만드는 법을 적어드린다고 약속했었지요. 이걸 좀 전해주시겠어요. 그리고 재료를 재워놓는 것이 아주 중요하다고 말해 주세요—꼭 필요한 일이니까요. 엘런, 모자가 한쪽으로 좀 삐뚤어졌어. 인사하고 나가기 전에 바로하는 게 좋겠구나. 우리는 외출준비를 하면서 마음이 좀 산란해져 있었거든요."

앤은 미망인들과 리베커 듀에게 앤디 브라이스의 항해일지를 단풍나무 저택 부인들에게 보냈더니 그 인사를 하러 온 것이라고 자초지종을 말했다. 이 설명으로 세 사람은 만족해야만 했다. 리베커 듀는 그 속에 달리 뭔가 있다—처음부터 짐작하고 있었지만 그 이상의 것이 있는 게 틀림없다고.

낡아빠진 담배얼룩투성이인 항해일지가 고맙다고 세러 프링글이 바람에 살랑거리는 버드나무집 현관에 나타날 리 없지 않은가! 셜리 양은 괴재이다. 정말로 괴재이다.

리베커 듀가 잘라 말했다.

"이제부터 하루에 한 번은 그 현관문을 열기로 하겠어요. 연습으로요. 문이 겨우 열렸을 때 나는 하마터면 벌렁 나자빠질 뻔했어요. 아무튼 파운드 케이크 제조법이 드디어 손에 들어왔군요. 달걀을 서른여섯 개나 넣는다니! 저 고양이를 처분해 버리고 나에게 닭을 기르게 하면 1년에 한 번은 만들 수 있을까요."

말을 마치자 리베커 듀는 고개를 번쩍 쳐들고 부엌으로 들어가, 그 고양이가 간을 먹고 싶어하는 것을 뻔히 알면서도 운명에 거스르기 위해 일부러 우유를 주었다.

셜리 대 프링글의 심한 불화는 이렇게 지나갔다. 그 까닭을 아는 사람은 프링글 집안 사람들 말고는 아무도 없었지만, 서머사이드 사람들은 미스 셜리가 오직 혼자 그 집안 사람들을 뭔지 모를 불가사의한 방법으로 패배시켜 그 뒤로 그들은 완전히 머리를 들지 못하게 되어 버렸다고 생각했다.

다음날 젠 프링글은 학교로 돌아와 학생 모두들 앞에서 공손히 앤에게 사과했다. 그 뒤 젠은 모범생이 되었고 프링글 집안 학생들은 빠짐없이 젠을 본받았다. 또한 프링글 집안 어른들의 적의도 태양 앞의 안개처럼 물러나버렸다. '규율'이며 숙제에 대한 불평도 이미 없어졌다. 이 집안의 특징인 교묘하고 음흉한 냉대도 사라지고 그들은 앞다투어 앤에게 잘 보이려 했다. 어떠한 무도회나 스케이트 모임도 앤 없이는 열 수 없을 정도였다.

운명을 좌우하게 된 항해일지는 미스 셰러 자신의 손에 의해 불타 없어지기는 했지만 기억은 되살아 있으며 미스 셜리가 그럴 마음만 먹으면 남에게 말할 수 있다. 그 캐묻기 좋아하는 스탠튼 부인에게 마이럼 프링글 선장이 식인종이었다고 알려져서는 결코 안 된다!

앤, 일리저버스를 산책에 데려가다

길버트에게 보낸 편지에서.

나는 지금 탑에 있고 리베카 듀는 부엌에서 경건하게 찬송가를 부르고 있어. 그것을 듣고 생각났는데, 성가대에 들어오지 않겠느냐는 목사님 부인의 권유를 받았어! 물론 그러도록 프링글 집안에서 먼저 말했기 때문이지. 그린게이블즈에 돌아가지 않는 일요일이면 노래하게 될지도 몰라. 프링글 집안사람들은 철저히 나를 우호적으로 대하기로 했나봐!—나를 몽땅 받아들였어. 어쩜 사람들이 이럴까!

나는 프링글 집안 세 가정에서 마련한 파티에 다녀왔어. 나쁜 뜻으로 하는 말은 아니지만, 프링글 집안 아가씨들은 모두 내 머리 모양을 본뜨고 있나봐. '모방은 가장 순수한 아첨이다'라는 거겠지.

그리고 길버트, 저쪽에서 마음만 열어준다면 좋아지라는 걸 전부터 알았지. 나는 진심으로 그 사람들이 좋아. 머잖아 젠조차 사랑할 것 같아. 젠은 그럴 마음만 먹으면 아주 귀여운 아이야. 그리고 이미 그런 마음인 게 틀림없어.

어젯밤 나는 용기를 내어 굴속에 있는 사자 수염을 잡는 기분으로 적지에 뛰어들었어. '늘푸른나무 저택' 층계를 성큼성큼 올라가 네 귀퉁이에 흰 칠을 한 쇠항아리를 놓은 네모난 포치로 다시 올라 벨을 꾹 눌렀어. 하녀인 미스 몽크맨에게 조그만 일리저버스를 산책에 데려가게 해주지 않겠느냐고 정중히 부탁했어.

거절하리라 여겼었는데, 그녀는 안으로 들어가 캠벌 부인과 의논하고 다시 나오더니 일리저버스가 가는 것은 좋지만 늦게까지 밖에 있게 하지 말아달라고 엄격한 목소리로 말했어. 캠벌 부인까지 미스 세러 프링글의 명령을 받았나 보다고 고개를 갸우뚱했지.

어두운 층계를 춤추며 사뿐히 내려온 일리저버스가 빨간 코트를 입고 초록색 모자를 쓴 모습은 마치 작은 요정 같았어. 너무나 기뻐 말도 못할 정도였어.

밖으로 나오자마자 일리저버스가 속삭였어.

"가슴이 두근거려서 견딜 수 없어요, 셜리 선생님. 오늘 나는 베티예요. 이런 기분일 때는 베티예요."

우리는 '세계 끝까지 이어지는 길'을 힘껏 갈 수 있는 데까지 갔다가 돌아왔어. 오늘 밤 항구는 새빨간 저녁놀 밑에 거멓게 드러누워 홀로 떨어진 '요정 나라'며 지도에도 없는 이상한 섬들을 떠올리게 했어. 나는 가슴이 마구 뛰는 것을 느꼈어. 내가 손을 잡고 있는 조그만 아이도 그랬지.

"만일 힘껏 달리면 저녁놀 속으로 들어갈 수 있을까요, 셜리 선생님?"

일리저버스는 알고 싶어 했어. 나는 폴이 꿈꾸던 저녁놀 나라를 떠올렸어.

"그러려면 '내일'이 오기를 기다려야 해. 봐, 일리저버스, 저 항구 안쪽의 바로 위에 금빛 섬 같은 구름이 떠 있지? 저것이 너의 '행복한 섬'이라고 해두자."

일리저버스는 꿈꾸듯 말했어.

Chang. Kye

"그 가까이 어딘가에 섬이 있어요. 이름은 '두둥실 구름'이에요. 멋진 이름이죠—꼭 '내일'에서 빠져나온 것 같은 이름이지요? 지붕밑 다락방 창문에서 보여요. 그 섬은 보스턴에서 온 신사분의 것으로, 여름별장이 거기에 있어요. 하지만 나는 그 섬을 내 것이라고 생각해요."

문으로 들어가기 전 나는 몸을 굽혀 일리저버스의 연분홍 빰에 키스했어. 그 아이의 눈을 나는 잊을 수가 없어, 길버트. 그 애는 무엇보다도 애정에 굶주려 있어.

오늘 저녁 일리저버스가 우유를 얻으러 왔을 때 그때까지 울고 있었던 것 같았어.

일리저버스는 흐느꼈어.

"난—모처럼 선생님의 키스를 받았는데 우리집 사람들이 얼굴을 씻어버리게 했어요, 셜리 선생님. 절대 얼굴을 씻고 싶지 않았거든요. 결코 씻지 않겠다고 '맹세'한 걸요. 선생님의 키스를 지우고 싶지 않았으니까요. 오늘 아침에는 얼굴을 씻지 않고 학교에 갈 수 있었지만 밤에 시녀가 나를 붙잡아 빡빡 씻어버렸어요."

나는 진지한 얼굴을 하고 말했어.

"얼굴을 씻지 않고 평생 지낼 수는 없어, 일리저버스. 하지만 키스 일은 걱정하지 않아도 돼. 네가 저녁에 우유를 가지러 올 때마다 키스해줄 테니까. 그러면 다음날 아침 씻어도 상관없잖아."

"나를 사랑해주는 건 이 세상에서 선생님뿐이에요. 선생님이랑 있으면 제비꽃 향기가 나요."

이처럼 아름다운 찬사를 말해준 사람이 또 있었을까? 하지만 나는 전에 했던 말을 무심히 넘길 수가 없었어.

"네 할머니가 너를 귀여워하고 있어, 일리저버스."

"아니, 그렇지 않아요. 할머니는 나를 싫어해요."

"너는 좀 바보로구나, 일리저버스. 할머니도 미스 몽크맨도 둘 다

연세가 드셨어. 나이든 분들은 금방 언짢아하거나 걱정하시지. 물론 너도 때로는 할머니들을 애먹이기도 하겠지. 그리고—물론—할머니들이 어렸을 때는 지금 아이들보다 더 엄격하게 커왔어. 그래서 아직도 옛날 방식을 지키고 있는 거야."

그러나 일리저버스가 납득하지 못한다는 건 나도 알 수 있었어. 마침내 그 두 사람은 일리저버스를 사랑하고 있지 않는다는 것을 일리저버스도 아는 거야. 일리저버스는 조심스럽게 집 쪽을 뒤돌아보고 문이 닫혀 있는 것을 확인했어. 그리고는 생각하면서 말했어.

"할머니와 시녀는 나이든 두 마귀예요. 그러니까 '내일'이 오면 나는 그 사람들한테서 멀리멀리 달아날래요."

일리저버스는 내가 깜짝 놀라리라 여겼을 거야. 놀라게 하기 위해 그렇게 말한 게 아닌가 나는 진심으로 그렇게 생각하고 있어. 나는 웃었을 뿐 일리저버스에게 키스해 주었어. 그것을 마서 몽크맨이 부엌 창문으로 보았으면 좋겠다고 했지.

탑 왼쪽 창문으로 서머사이드 시내가 내다보여. 지금은 친숙한 흰 지붕들이—프링글 집안사람들이 내 친구가 된 뒤 마침내 마음이 따스해진다고 말할 수 있게 되었어—친밀해진 집들의 지붕이 여기저기 줄지어 있을 뿐이야. 이쪽저쪽 마름모꼴 창문이며 지붕밑 창문에서 불빛이 반짝이고, 여기저기 있는 듯 없는 듯한 잿빛 연기가 홀연히 피어오르고 있어. 그 위에 나직이 뿌린 듯 별이 빛나고 있어. '꿈의 거리'야. 아름다운 말이지? '갤러허드는 꿈의 거리를 걸어갔다(영국 시인 테니슨의 싯귀절).' 기억해?

나는 지금 무척 행복해, 길버트. 패배해서 면목을 잃은 채 크리스마스에 그린게이블즈로 가지 않아도 되니까. 인생은 멋져! 멋져!

미스 세러의 파운드 케이크도 맛있었어. 리베커 듀는 일러 준대로 '재료'를 재워서 만들었어. '재료'를 재워둔다는 건, 반죽을 갈색 포장지 몇 장으로 겹겹이 싸고 다시 수건 몇 장을 감아 사흘 동안 놓아두는 것뿐이야. 이 방법은 권장할 만해. 권장(recommend)이라는 단어는 C가 둘이야, 아니야? 대학을 나왔으면서도 헷갈려. 내가 앤디의 항해일지를 발견하기 전에 프링글 집안사람들이 그걸 알았다면 어떻게 됐을까?

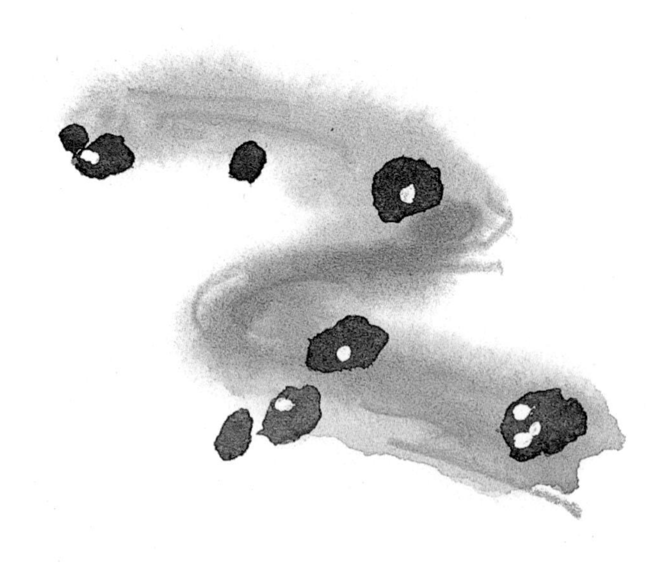

앤, 트릭스 테일러에게 부탁받다

2월 어느 날 밤, 트릭스 테일러는 탑에서 허리를 구부리고 있었다. 눈이 소리 없이 창문을 스치고 그 터무니없이 작은 난로는 새빨갛게 타서 검은 고양이처럼 골골 소리를 내고 있었다.

트릭스는 앤에게 고민을 털어놓고 있었다. 앤은 모든 사람들이 비밀이야기를 털어놓는 상대가 되었다. 약혼한 사실이 알려져 있어서 서머사이드 아가씨들은 앤을 사랑의 경쟁자로 여길 걱정이 없고, 앤은 어쩐지 비밀을 털어놓아도 마음놓이는 무엇인가를 갖고 있었다.

트릭스는 다음날 밤 만찬에 앤에게 와달라고 부탁하러 온 것이었다. 트릭스는 미소가 깃든 갈색 눈에 장밋빛 뺨을 한 쾌활하고 통통한 조그만 아가씨로, 그 20살의 어깨에 인생의 무거운 짐을 짊어진 듯 보이지는 않았다. 그러나 그녀에게도 그녀 나름의 괴로움이 있는 것 같았다.

"레넉스 카터 박사도 내일 저녁식사에 오기로 되어 있어요. 그래서 특히 선생님이 와주었으면 하는 거예요. 박사는 새로 레드먼드의 근대어학부 부장이 된 사람인데 머리가 꽤 좋아요. 우리집에서는 누군가 박사의 이야기 상대가 될 만한 분이 필요해요.

알다시피 나에게는 자랑할 만한 지식이 없고 동생인 프링글도 그래요. 그리고 이즈머 말인데—저, 알지요, 앤. 이즈머만큼 상냥한 사람이 없고, 사실은 머리도 좋지만 아주 부끄럼을 잘 타는 내성적인 성격이어서 카터 박사가 곁에 있을 때는 모처럼 좋은 머리도 쏙 들어가버려요.

이즈머는 박사를 깊이 사랑하고 있어요. 가엾을 정도예요. 나도 조니가 견딜 수 없이 좋지만, 그래도 그렇게 허물없는 사이가 되기까지는 아직……"

"이즈머와 카터 박사는 약혼했나요?"

트릭스는 거기에 무슨 까닭이 있는 듯 말했다.

"아직이에요. 하지만 오, 앤, 이즈머는 이번에야말로 박사가 청혼하지 않을까 기다리고 있어요. 그럴 생각이 없다면 학기 중인데 사촌을 찾아 프린스 에드워드 섬으로 오겠어요?

제발 청혼하면 좋겠다고 나는 이즈머를 위해 간절히 바라고 있어요. 그렇지 않으면 이즈머는 죽어버릴 것 같은 걸요. 그런데 선생님과 나 그리고 침대기둥에게만 할 수 있는 말이지만, 솔직히 나는 그 사람을 형부로 삼고 싶진 않아요.

이즈머가 말했는데, 그 사람은 아주 까다로운 편이라서 우리가 그의 마음에 들지 않으면 어쩌나 몹시 걱정하고 있어요. 우리가 마음에 들지 않으면 청혼하지 않을 거라고 이즈머는 생각해요. 내일 저녁 식사 때 모든 일이 잘 되어주기를 이즈머는 얼마나 마음 쓰고 있는지 몰라요.

나는 잘되지 않을 리 없다고 생각해요. 왜냐하면 어머니는 누구보다도 요리솜씨가 좋고 실력 있는 하녀도 있는 데다, 프링글에게는 1주일분의 내 용돈 절반을 주면서 얌전히 있으라고 단단히 일러두었거든요. 사실 프링글도 카터 박사를 좋아하지 않아요. 고작 머리만 크다는 거예요. 하지만 프링글은 이즈머를 아주 좋아하거든요. 만일 아버지만 부루퉁하는 병을 일으키지 않는다면요!"

앤은 물었다.

"불안한 이유라도 있나요?"

서머사이드 사람이라면 누구나 사이러스 테일러의 부루퉁하는 병에 대해 알고 있었다.

트릭스는 우울한 얼굴로 말했다.

"언제 일어날지 아무도 몰라요. 오늘밤에는 새로 만든 플란넬 잠옷이 보이지 않는다며 공연히 화를 내고 있었어요. 이즈머가 다른 서랍에 넣어두었을 뿐인데요. 아버지의 기분으로 보아 내일 밤에는 나아 있을지도 모르고 낫지 않을지도 몰라요. 만약 낫지 않는다면, 우리 모두 창피를 당하게 되고 카터 박사는 이런 가정 속에서 자란 딸과는 혼사를 맺을 수 없다고 여길 게 뻔해요—이즈머는 그렇게 말했어요, 나도 그 말이 맞다고 생각해요.

그런데 앤, 나는 카터 박사가 이즈머를 아주 좋아하는 것 같아요—이즈머가 자기에게 '아주 알맞은 아내'가 되어줄 것으로 생각하고 있어요—하지만 어리석게 행동하거나 훌륭한 자기 몸을 구덩이에 내던지는 일은 하고 싶지 않은 거죠.

결혼할 때는 상대 집안이 어떤지 신중하게 알아보지 않으면 안 된다고 사촌에게 말했대요. 카터 박사는 정말 하찮은 일로 어느 쪽을 택하느냐는 미묘한 자리에 서 있는 거죠. 그러니 그렇게 되면 아버지의 부루퉁한 병은 하찮은 일 정도가 아니에요."

"아버지는 카터 박사를 좋아하지 않나요?"

"아뇨, 좋아해요! 이즈머의 좋은 상대로 여기고 있죠. 하지만 아버지에게 발작이 일어나면, 그것이 이어지는 동안은 어떤 일을 해도 효과가 없어요. 그것은 앤도 알고 있는 프링글 집안의 지독한 특징이죠.

테일러 할머니는 프링글 집안 출신이에요. 우리 가족이 어떤 식으로 지내왔는지는 도저히 상상되지 않을 거예요. 아버지는 조지 삼촌처럼 단번에 달아오르는 그런 일은 없어요. 조지 삼촌네 집에서는 모두 삼촌이 화내도 상관하지 않아요. 울화가 치밀었을 때는 삼촌의 고함소리가 삼거리 건너편에서까지 들릴 정도예요. 그런 뒤 삼촌은 양처럼 순해져, 한 사람 한 사람에게 사과하는 뜻으로 새 옷을 사주곤 해요.

우리 아버지는 그냥 입을 다물고 사람을 노려보기만 하고, 식사 때 누구에게도 입을 열지 않아요. 이즈머는 결국 그쪽이 사촌오빠 리처드 테일러보다는 낫대요. 리처드는 식탁에 앉아 비꼬는 말 아니면 아내를 모욕하는 말만 하죠. 하지만 난 아버지의 그 무서운 침묵보다 더 곤란한 건 없다고 생각해요. 우리는 마음이 얼어붙고 무서워 입도 열지 못해요. 물론 그것이 우리끼리일 때는 그렇게 문제될 것은 없죠. 그런데 손님이 왔을 때도 일어나기 쉬워요. 이즈머도 나도 아버지의 실례되는 숨막힐 듯한 침묵을 변명하는 데 지쳐버렸어요.

이즈머는 아버지가 잠옷 일로 내일 밤이 되어도 여전히 부루퉁해 있지 않을까 걱정하고 있어요—그런 일이 일어나면 카터 박사가 어떻게 생각할까요?

앤이 푸른 옷을 입어주기를 이즈머는 바라고 있어요. 이즈머가 새로 맞춘 옷도 푸른색이에요. 카터 박사가 푸른색을 좋아해서요. 하지만 아버지는 푸른색을 몹시 싫어해요. 그래서 앤이 푸른 옷을 입고 오면 아무리 아버지라도 이즈머에게 아무 말도 못하지 않을까 생각해요."

"이즈머는 다른 옷을 입는 게 좋지 않을까요?"

"이즈머가 손님을 청한 만찬에서 입을 만한 드레스라면 아버지가 크리스마스에 사준 녹색 포플린으로 지은 드레스뿐이고, 다른 것은 하나도 없어요. 드레스만을 놓고 보면 예쁘지만—아버지는 우리에게 예쁜 옷을 입히는 걸 좋아하죠—녹색 옷을 입었을 때 이즈머만큼 꼴불견은 없어요.

Chang.kye

프링글은 꼭 폐병 제3기 환자 같다고 해요. 게다가 카터 박사의 사촌이 레넉스는 몸이 약한 사람과는 결코 결혼하지 않는다고 이즈머에게 말했어요. 조니가 그처럼 까다로운 사람이 아니어서 참 다행이예요."

앤은 물었다.

"조니와의 약혼에 대해 아직 아버지에게 말씀드리지 않았나요?"

앤은 트릭스의 연애에 대해 모조리 알고 있었다. 가엾은 트릭스는 신음했다.

"그럴 용기가 나지 않아요, 앤. 아버지가 크게 화낼 게 틀림없으니까요. 아버지는 처음부터 조니를 깎아내리고 있었어요. 그건 조니가 너무 가난해서요. 아버지는 자신이 철물가게를 시작했을 때 조니보다 훨씬 더 가난했던 걸 잊고 있죠.

물론 빨리 말하지 않으면 안 돼요. 하지만 이즈머의 일이 끝날 때까지 잠자코 기다리고 싶어요. 내가 이야기하면 그 뒤 몇 주일 동안 아버지는 우리와 말하지 않게 될 거고 어머니는 어쩔 줄 몰라 할 거예요.

어머니는 아버지의 부루퉁하는 병을 오랜 세월동안 견뎌내지 못해요. 아버지 앞에서는 우리 가족은 아주 소심한 겁쟁이가 돼버려요. 물론 어머니와 이즈머는 누구에게든 말을 제대로 못하죠. 그래도 프링글과 나는 제법 용기가 있어요. 우리를 겁주는 사람은 오직 아버지뿐이에요.

때로 나는 생각해요. 누군가 우리 뒤를 받쳐주는 사람이 있으면 좋겠다고. 하지만 그런 사람은 없고, 우리는 그냥 어쩔 수 없이 꼼짝못할 뿐이에요. 정말이지 앤, 아버지가 기분이 좋지 않을 때 손님을 초대하면 어떻게 되는지 꿈도 꾸지 못할 거예요.

그래도 내일 밤 아버지가 분별 있게 행동해 준다면 모든 걸 용서해 드릴 참이에요. 그럴 마음만 먹으면 아버지는 남에게 무척 싹싹한

걸요. 롱펠로의 시에 나오는 조그만 여자아이와 똑같아요. 좋을 때는 마냥 좋고, 기분이 나빠지면 그 누구도 손을 쓸 수가 없죠. 우리집에서는 모든 게 아버지 마음먹기에 달렸어요."

"지난달 내가 저녁식사에 초대된 밤에는 아버지가 아주 잘해주었잖아요."

"네, 아까도 말했듯이 아버지는 앤을 좋아해요. 그런 이유도 있으니까, 우리가 이렇게 앤에게 와달라는 거예요. 아버지의 기분에 좋은 영향을 줄지도 모르니까요. 아버지 마음에 드는 것이라면 우리는 무슨 일이든지 해볼 참이에요. 하지만 부루퉁하는 병이 정말로 심하게 발작했을 때는 아버지는 어떤 사람이든 싫어지나봐요.

어쨌든 우리는 놀랍도록 훌륭한 만찬을 준비하고 있어요. 오렌지 커스터드를 디저트로 할 거예요. 어머니는 파이로 하고 싶어했지요. 아버지 말고는 온 세상 남자가 무엇보다도 디저트로는 파이를 좋아하며—고리타분한 근대어학 교수라 하더라도 그럴 거라고 어머니는 말하죠. 그렇지만 아버지가 좋아하지 않으니까 이처럼 중대한 내일 밤 만찬의 모든 걸 운명에 맡기다니, 안 되죠. 오렌지 커스터드는 아버지가 아주 좋아하는 거예요.

가엾은 조니와 나는 언젠가 둘이서 멀리 달아나기라도 하지 않으면 안 될 거예요. 아버지는 결코 나를 용서해 주지 않을 테니까."

"용기내어 아버지에게 말해봐요, 아버지가 부루퉁해진다 해도 견디어내기만 하면 아버지는 기꺼이 용서할 거예요. 그러면 몇 달이나 애타는 마음으로 불안하게 있지 않아도 되잖아요."

하지만 트릭스는 암담한 마음으로 말했다.

"앤은 아버지를 몰라요."

"아마 내 편이 트릭스보다 더 아버지를 잘 알고 있을지도 몰라요. 트릭스는 멀고 가까운 거리감각을 잃고 있어요."

"뭘 잃고 있다고요? 이봐요, 앤, 내가 대학 출신이 아닌 것을 잊으면 안 돼요. 고등학교를 나왔을 뿐인걸요. 대학에 가고 싶어 견딜 수 없었지만, 아버지는 여자에게는 고등교육이 필요없다는 분이에요."

"내 말뜻은, 트릭스는 너무 아버지와 가까이 있기에 오히려 이해하지 못한다는 거예요. 생판 남인 쪽이 훨씬 또렷하게 보여서 아버지를 더 잘 이해할 수 있을지도 몰라요."

"아버지가 한번 마음먹으면 그 무엇도 아버지의 입을 열게 하지 못해요. 어떤 수고도 다 헛일이에요. 아버지는 스스로 그것을 자랑스레 말하죠."

"그렇다면 트릭스나 다른 사람들이 아무 일도 없는 듯이 이야기를 이어 나갈 수는 없어요?"

"그렇게 할 수가 없어요. 앞서 말했잖아요. 아버지는 철사로 묶인 것처럼 굳어버려요. 아버지가 잠옷 일을 아직 잊지 않았다면 내일 밤 앤도 자신의 눈으로 보고 그때서야 납득하게 될 거예요. 아버지가 어떻게 할지는 모르지만, 어쨌든 그렇게 돼요. 아버지가 이야기만 해준다면 밸이 좀 꼬여 있다 해도 우리는 그리 마음 쓰지 않을 거예요. 우리를 못 견디게 만들어버리는 것은 그 지독한 침묵이에요. 만일 아버지가 내일밤 그런 행동을 한다면 나는 결코 용서하지 않겠어요. 아주 중대한 상황이니까요."

"잘 되도록 우리 기도해요, 트릭스."

"그러려고 해요. 그러니까 와달라는 거예요. 어머니는 캐서린 브룩도 초대해야만 한다고 하지만, 그 사람을 부르면 아버지 기분이 오히려 나빠질 게 뻔해요. 아버지는 그 사람을 너무너무 싫어하는 걸요.

그 점에서 나는 아버지를 나무랄 수 없어요. 나 자신도 그 사람이 오지 않는 편이 오히려 고마우니까요. 앤은 어떻게 그토록 그 사람에게 잘해줄 수 있는지 모르겠어요."

"그 사람이 가엾게 여겨져서요, 트릭스."

"그 사람이 가엾다고요? 하지만 남이 좋아해 주지 않는 것은 모두 자기 탓이잖아요. 그래요, 여러 사람이 모여서 세상은 만들어진 거니까요. 하지만 서머사이드는 캐서린 브룩이 없어도 괜찮아요—무뚝뚝한 심술쟁이 같은 사람은……"

"그 사람은 우수한 선생이에요, 트릭스."

"어머나, 그걸 내가 모르는 줄 알아요? 나는 그 사람 학급에 있었어요. 확실히 그 사람은 내 머리에 여러 가지 것들을 마구 쑤셔 넣었죠—그리고 그 빈정거림으로 내 뼈에서 살을 발라내는 듯한 느낌도 받았어요.

게다가 그 사람의 옷차림이란! 아버지는 옷차림이 보기 흉한 사람은 참을 수 없어 해요. 겉모습에 구애받지 않는 여자는 내게 아무 소용이 없고, 하느님 또한 마찬가지일 거래요. 이런 말을 내가 앤에게 한 것을 알면, 어머니는 기가 막힐 거예요. 어머니는 아버지가 남자니까 그렇게 말하는 것도 어쩔 수 없다고 여기고 눈감아주기로 했대요.

아버지 일로 눈 감기로 한 게 그뿐이면 괜찮게요. 불쌍한 조니는 이제 집에 잘 오지도 못해요. 아버지가 너무 실례되는 태도를 보여서죠. 싸늘한 밤에는 내가 몰래 빠져나가 둘이서 광장을 빙글빙글 몇 바퀴를 돌다가 반은 얼어붙어버려요……"

트릭스가 돌아가자 앤은 한숨 돌리는 기분이 되어 리베커 듀에게 밤참을 만들어 달라 하려고 아래층으로 내려갔다.

"테일러네 집에 저녁식사 초대를 받아 간다고요? 그래요, 사이러스 주인양반이 분별 있는 짓을 하도록 기도할게요. 부루퉁하는 병이 발작해도 집안사람들이 그렇게 겁내지만 않는다면 사이러스도 밤낮으로 그런 짓은 하지 않을 거예요.

알겠어요, 셜리 양, 사이러스는 말이에요, 부루퉁하는 병을 즐기고 있는 거예요. 자, 저 응석받이 고양이의 우유를 데워줘야지, 고작 고양이 녀석이라니."

사이러스 테일러, 총공격을 받다

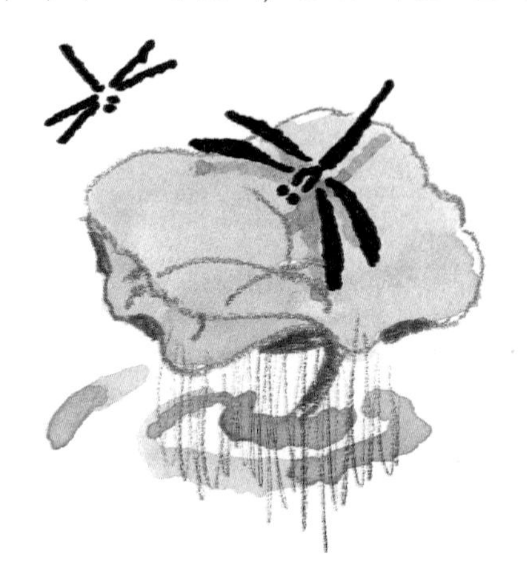

다음날 밤 사이러스 테일러네 집에 닿았을 때, 앤은 들어서자마자 섬뜩한 분위기를 느꼈다. 깔끔한 하녀가 응접실로 안내했는데, 층계를 올라갈 때 사이러스 테일러 부인이 재빨리 식당에서 부엌으로 가는 모습이 보였다.

핼쑥한 사이러스 부인은 고생으로 여위기는 했으나 아직은 앳된 얼굴이었다. 부인은 닭똥 같은 눈물을 닦아내고 있었다. 짐작컨대 잠옷 사건 뒤 사이러스 기분이 아직 회복되지 않았다는 것을 알 수 있고도 남았다. 역시 생각한 대로였다.

몹시 곤란해진 트릭스가 애처로운 표정으로 응접실에 몰래 들어와 근심어린 듯 속삭였다.

"앤! 아버지는 화를 버럭 내고 있어요! 오늘 아침에는 꽤 조용해서 우리도 희망을 가지려고 했어요. 그런데 오늘 오후, 장기에서 휴 프링글에게 져버렸어요. 아버지는 장기에서 지는 것을 견디지 못해요. 그게 하필이면 오늘 일어난 거예요. 아버지의 말을 빌면, 이즈머가 '거울에 비치는 자기 모습에 정신을 잃은' 게 마음에 들지 않는다는 거죠.

곧장 들어와 방에서 이즈머를 쫓아내고 문을 잠갔어요. 가엾게도 이즈머는 레넉스 카터 박사의 마음에 들 만큼 잘되었는지 어떤지 몸 차림을 확인하고 있었을 뿐인데요.

이즈머는 진주 목걸이를 할 시간도 없었어요. 그리고 나를 보세요. 머리에 컬을 할 용기도 없어요…… 아버지는 타고난 곱슬머리가 아닌 것을 곱슬거리게 하는 건 안 된다면서 컬하는 것 자체를 싫어해요. 덕분에 이런 형편없는 모습을 하고 있지요. 하지만 내 일은 아무래도 좋아요. 이제 곧 알게 될 거예요.

아버지는 어머니가 식당 테이블에 꽂아둔 꽃을 뽑아 던져버렸어요. 어머니 마음을 아주 아프게 했죠. 꽤 애써 꽂은 거거든요. 게다가 아버지는 어머니가 석류석 귀걸이를 못하도록 했어요. 아버지 기분이 이렇게 나쁜 것은 아주 오랜만이에요. 지난 봄 서부에서 돌아온 뒤로 처음인 것 같아요. 그때 기분이 언짢았던 원인은 어머니가 거실에 아버지가 좋아하는 짙은 보라색이 아닌 빨간 커튼을 쳤기 때문이었어요.

오, 앤, 아버지가 식사 때 입을 열지 않으면 부탁이니 앤이 여러 가지 재미있는 이야기를 해주세요. 그렇게 해주지 않으면 너무도 비참한 꼴이 되고 말 거예요."

"할 수 있는 데까지 해보겠어요."

확실히 앤은 지금까지 이야깃거리가 궁했던 적은 결코 없었다. 그러나 이제부터 곧 맞닥뜨릴 사태는 정말이지 마주친 일이 한 번도 없었다.

비록 꽃은 없었지만 아주 아름답고 훌륭하게 차려진 식탁에 모두들 둘러앉았다. 잿빛 비단옷을 입은 소심한 사이러스 부인은 긴장이 된 나머지 그 옷보다도 더 잿빛 얼굴을 하고 있었다. 집안에서 가장 아름다운 이즈머는 아주 파리한 미인이었다—엷은 황금빛 머리, 핏기가 약한 핑크 빛 입술, 연한 물망초빛 눈—여느 때보다 얼굴이 훨씬 파리하여 금방이라도 기절할 듯이 보였다.

둥근 눈에 안경을 끼고 거의 하얘 보이는 금발의 프링글은 보통 때는 쾌활한 14살 뚱뚱한 장난꾸러기 소년이었으나 오늘은 끈에 매인 개와 똑같은 모습이었고, 트릭스는 겁에 질린 초등학교 학생 같았다.

카터 박사는 까만 곱슬머리로 검은 눈에 현명해 보이는 은테안경을 끼었으며 분명 품위가 있었다. 하지만 앤은, 레드먼드에서 조교수 시절 젊은 박사가 지나치게 잘난 체하는 권태로운 사람이라고 여겼었다.

그 카터 박사도 앉아 있기가 거북한 듯했다. 분명히 박사도 뭔가 이상한 분위기를 느끼고 있는 것 같았다—주인이 식탁 윗자리로 뻣뻣이 가서 아무에게도 한 마디 입을 열지 않고 자기 자리에 털썩 앉는 것을 보면 그렇게 생각하는 것도 마땅했다.

사이러스가 식사 전 기도를 하려 하지 않아서, 사이러스 부인은 빨간 순무처럼 빨개지며 거의 들리지 않게 중얼거렸다.

"우리에게 먹을 것을 주셔서, 신에게 감사하나이다."

식사는 처음부터 최악이었다. 잔뜩 겁을 먹은 이즈머가 포크를 바닥에 떨어뜨렸던 것이다. 사이러스 말고는 다들 깜짝 놀랐다. 모두들 신경이 그만큼 극도로 긴장되어 있었기 때문이다.

사이러스는 말없는 가운데 노여움을 품고 튀어나온 푸른 눈으로 이즈머를 째려 보았다. 다음으로 한 사람 한 사람을 노려보았으므로 그들은 순간 얼어붙어 입을 열지 못했다. 가엾은 사이러스 부인은 고추냉이가 든 샐러드를 접시에 담는 것을 사이러스가 흘끗 노려본 탓에, 자신이 위가 약하다는 것을 떠올렸다. 그때부터 부인은 샐러드를 한입도 먹지 못하게 되었다. 게다가 그녀는 그 샐러드를 아주 좋아해서 위에 탈을 일으키리라고는 생각지 않았지만 사이러스 부인으로서는 아무것도 먹을 수 없었다.

이즈머도 마찬가지였다. 두 사람은 그냥 먹는 시늉만 했다. 식사는 어마어마한 무거운 침묵 속에 이어졌으며 트릭스와 앤이 이따금 나누는 날씨이야기로 가끔 침묵을 깰 뿐이었다.

트릭스가 무엇인가 이야기를 해달라고 앤에게 눈짓으로 부탁했지만 앤은 태어나서 처음으로 할말이 떠오르지 않았다. 어떻게든 이야기를 해야겠다고 필사적으로 생각했지만, 그럴수록 아주 하찮은 것밖에 떠오르지 않고 차마 입에 담을 수 없는 유치한 일밖에 생각나지 않았다.

마비되어 버린 것일까? 오직 한 사람 부루퉁해진 고집스러운 사나이가 미치는 영향은 불가사의할 정도였다. 앤으로서는 그런 일이 있을 수 있다는 것이 도저히 믿어지지 않았다. 사이러스는 자기가 식탁에 있는 사람들에게 견딜 수 없이 거북한 기분을 주는 것을 알고 혼자서 기쁨을 맛보고 있을 게 틀림없었다.

대체 무슨 생각을 하고 있을까? 만일 누군가가 사이러스를 핀으로 찌르면 메뚜기처럼 튀어오를까? 피가 나올까? 앤은 사이러스의 뺨을 철썩 때리고 실컷 꾸짖은 다음 식당 한구석에 세워두고 싶었다—버릇없는 아이를 엄하게 다루듯이 벌을 주고 싶었다. 못된 고집통 머리를 백발이 둘러싸고 있으며 야만스러운 수염을 기르고 있어도 하는 짓거리는 제멋대로인 어린아이와 비슷했다.

무엇보다도 앤은 사이러스의 입을 열게 하고 싶었다. 결코 말을 하지 않으려는 사람을 응징하려면 입을 열어 말하게 하는 것 외에 달리 방법이 없음을 앤은 본능적으로 느끼고 있었다.

만일 그녀가 일어나 구석 테이블에 놓인 저 멋없이 크기만 하고 오래 묵은 듯한 꽃병을 일부러 와장창 깨뜨려버리면 어떨까? 그 꽃병은 장미꽃과 잎새의 고리로 뒤덮인 나름대로 공들여 만든 것으로 먼지를 털어내기는 아주 힘들게 생겼지만 먼지 하나 없이 깨끗이 해두어야 할 게 틀림없다.

가족들 모두가 이 꽃병을 싫어하는 것을 앤은 알고 있었다. 그러나 사이러스 테일러는 그것이 자기 어머니 꽃병이었다며 지붕밑 다락방에 보관해 두는 것을 완강히 허락지 않았다. 앤은 화산이 터지듯 사이러스를 화난 목소리로 폭발시키려면 어떻게 하면 되는지 안다면 두려움을 무릅쓰고 그 꽃병을 깨뜨릴 텐데 하고 생각했다.

어째서 카터 박사는 이야기를 하지 않는 것일까? 카터 박사가 시동을 걸면 앤도 말할 수 있고 아마 트릭스와 프링글도 꽁꽁 묶인 주문에서 벗어나 무엇이든 이야기를 이어 갈 수 있을 텐데. 그러나 카터 박사는 그냥 거기에 앉아 묵묵히 먹고만 있을 뿐이었다.

아마 그렇게 하는 게 실제로 가장 좋다고 여겼을지도 모른다. 이미 화가 날 대로 난, 사랑하는 여성의 아버지에게 무슨 말을 할 수 있겠는가. 더 이상 그를 화나게 만들면 큰일이라고 여기고 있는 듯했다.

사이러스 부인이 푹 꺼질 듯한 목소리로 웅얼거리며 물었다.

"셜리 선생님, 피클을 덜고 그릇을 돌려주지 않겠어요?"

그 순간 어떤 장난스러운 생각이 앤 머리 속에서 떠올랐다. 앤은 피클을 담은 그릇을 돌리기 시작했다—그리고 다른 것도 시작했다. 앤은 망설임 없이 몸을 앞으로 쑥 내밀어 커다란 잿빛 눈을 맑게 빛내며 상냥한 목소리로 말했다.

"저, 카터 박사님, 이 말을 들으면 깜짝 놀라시겠지만 테일러 씨는 지난주에 갑자기 귀가 먹어버렸대요."

일단 폭탄을 던지고 나자 앤은 제자리에 다시 앉았다. 앤은 스스로도 뭘 기대하고 있는지 잘 알 수 없었다. 주인이 불같이 화내는 게 아니라, 귀머거리일 뿐이라는 말을 들으면 입이 열릴지도 모른다.

사실 앤이 거짓말한 것은 아니었다. 사이러스 테일러가 본디 귀머거리라고 말한 건 아니기 때문이다. 그러나 사이러스 테일러의 입을 열도록 하려 했다면 그것은 한마디로 실패였다. 사이러스는 그저 아무 말 없이 앤을 노려보았을 뿐이었다.

그러나 앤의 말은 트릭스와 프링글에게서 앤이 미처 생각 못한 영향력을 발휘했다. 트릭스 자신조차 침묵에 대한 노여움에 부들부들 떨고 있었다. 앤이 짓궂은 말을 던지기 바로 전 이즈머가 절망으로 가라앉은 푸른 눈에서 넘쳐흐른 한 방울의 눈물을 남몰래 닦는 걸 본 것이다.

이제 이렇게 되면 절망적이었다. 카터 박사는 결코 이즈머에게 청혼하지 않을 것이다. 이제는 누가 뭐라고 하든지 무엇을 하든지 구애받을 게 없다. 갑자기 트릭스는 잔인한 아버지에게 보복해 주고 싶은 불타오르는 욕망에 사로잡혔다.

앤의 말은 트릭스에게 이상한 영감을 주었다.

프링글도 화산에서 용암이 솟구쳐 오르는 것처럼 폭발하고 싶지만 터질 기회만 노리고 있었다. 그러나 속눈썹을 몇 번 깜박거리고는 곧 그에 따랐다. 살아 있는 한 앤도 이즈머도 사이러스 부인도 그 뒤 공포스러운 15분 동안 일을 결코 잊을 수 없으리라.

트릭스는 식탁 너머로 카터 박사에게 말했다.

"가엾게도 아버지에게는 큰 고통이에요. 아직 68살인걸요."

자기 나이가 여섯 살이나 늘어난 것을 듣고 사이러스 테일러는 콧구멍 가장자리에 하얗게 오무라든 데가 두 개나 생겼지만, 그는 벌씸벌씸 콧김을 내뿜으며 잠자코 있었다.

프링글이 또렷이 말했다.

"제대로 된 음식을 먹을 수 있다니 아주 기뻐요. 자기 가족에게 과일과 달걀밖에 먹이지 않는 그런 사내를 어떻게 생각하세요, 카터 박사님! 이 집은 과일과 달걀 말고는 아무 것도 없어요.―그것도 기분 내킬 때만 줄 뿐."

"아버지는……"

당혹한 카터 박사의 말을 가로막으며 트릭스가 다그쳤다.

"자기 마음에 들지 않는 커튼을 달았다고 아내에게 무섭게 달겨드는 남편을 어떻게 생각하지요?"

프링글이 아무렇지 않게 덧붙였다.

"피가 흐르도록요."
"아버지는……"
트릭스가 말했다.
"아내의 비단옷 모양이 마음에 들지 않는다고 그 옷을 갈기갈기 찢어버리는 남편을 어떻게 생각하세요?"
프링글이 물었다.
"자기 아내가 귀여운 강아지를 기르고 싶어하는데 안 된다는 사람을 어떻게 생각합니까?"
"그토록 기르고 싶어하는데요."
트릭스는 한숨을 내쉬었다.
마침내 즐거워지기 시작한 프링글이 계속 물었다.
"아내에게 크리스마스 선물로 긴 고무 오버슈즈를—고무 오버슈즈밖에 사주지 않는 사람을 어떻게 생각합니까?"
카터 박사는 그제서야 인정했다.
"고무 오버슈즈만으로는 좀처럼 고마운 마음이 들지 않겠네요."
앤과 눈이 마주치자 박사는 미소지었다. 앤은 지금까지 박사가 미소짓는 것을 본 적이 없음을 떠올렸다. 그 미소는 이상하리만큼 그의 얼굴 인상을 부드럽게 만들었다. 트릭스는 무슨 말을 하고 있는 것일까? 트릭스가 이런 악마가 되리라고 누가 상상할 수 있었을까?
"저, 카터 박사님, 구운 고기가 잘 익지 않았다고 하녀에게 내던지는 짓을 아무렇지도 않게 여기는—적어도 태연하게 여기는 사람과 사는 일이 얼마나 끔찍한지 생각해본 적 있어요?"
카터 박사는 사이러스가 닭뼈를 누구에겐가 던지지 않을까 걱정스러운 듯 사이러스 쪽을 힐끔힐끔 보았다. 그러다가 주인이 귀머거리라는 것을 생각해 내고는 마음놓는 모습이었다.
프링글이 어처구니없다며 한심하게 물었다.
"지구가 납작하다고 믿는 사람을 어떻게 생각합니까?"

이번에는 사이러스도 무엇이든 말을 하리라고 앤은 생각했다. 그의 붉은 얼굴에 한순간 미세하게 떨림이 일었으나 말은 나오지 않았다. 그래도 그 입술이, 그 수염이 움찔움찔 경련을 일으키게 된 것을 알았다.

트릭스가 물었다.

"자기 고모를—단지 하나밖에 없는 고모를 가난한 사람을 위한 빈민구제원에 보내는 사나이를 어떻게 생각하세요?"

프링글이 그 뒤를 좇듯 말했다.

"게다가 자기 소에게 묘지의 풀을 먹였어요. 서머사이드 사람들은 그 광경을 아직도 잊지 않고 있죠."

트릭스가 물었다.

"날마다 그날 무엇을 먹었는지 일기에 적는 사람을 어떻게 생각하세요?"

카터 박사는 또다시 웃으며 말했다.

"위대한 페피즈*[1]가 그랬었죠."

그 목소리는 웃고 싶어 견딜 수 없는 듯이 들렸다. 박사는 잘난 체하는 게 아니다. 다만 나이가 젊고 부끄럼을 잘 타는 데다 진지함이 너무 지나쳤을 뿐인지도 모른다고 앤은 생각했다.

그러나 앤은 너무나 놀라고 있었다. 사태를 여기까지 크게 일으킬 마음은 없었다. 모든 일은 시작보다 끝맺음이 훨씬 어렵다는 것을 차츰차츰 느끼기 시작했다. 트릭스와 프링글은 악마처럼 빈틈이 없었다. 둘 다 그러한 짓들을 자기들의 아버지가 단 한 가지도 한다고는 결코 말하지 않았다.

앤은 프링글의 속셈이 느껴졌다. 그는 동그란 눈을 실로 순진한 척 한층 동그랗게 뜨고, '나는 만일 이런 일이 있을 경우 카터 박사님의

*1 영국 정치가·일기작가, 1633~1703년. 1660~69년에 걸친 일기에 그즈음 런던의 생활이 자세히 씌어져 있음

의견을 물어보는 겁니다'하는 것이었다.

트릭스가 계속했다.

"아내에게 온 편지를 허락없이 뜯어서 읽는 남편을 어떻게 생각하세요?"

프링글이 물었다.

"장례식에—예컨대 아버지 장례식에—여기저기 기운 남루한 옷을 입고 가는 사람을 어떻게 생각합니까?"

이 둘은 다음에는 무엇을 생각해낼까? 사이러스 부인은 드러내놓고 울었고, 이즈머는 절망한 나머지 고개를 수그려 버렸다. 이제는 어떻게 되어도 좋다. 이즈머는 자기로부터 영원히 사라져버린 사랑을, 카터 박사를 똑바로 바라보았다. 태어나서 처음으로 이즈머는 실로 현명한 말을 하기에 이르렀다.

이즈머가 조용히 물었다.

"어미고양이가 사살되어 버렸을 때 가엾은 아기고양이들이 굶어죽을까봐 그 아기고양이들을 하루 종일 걸려 찾아낸 사람을 어떻게 생각하세요?"

기묘한 침묵이 방안에 찼다. 트릭스와 프링글은 갑자기 부끄러워하는 표정이 되었다. 그러자 이번에는 뜻하지 않게 아버지를 두둔하는 이즈머에게 편드는 게 아내로서의 의무라고 느껴 사이러스 부인이 가는 목소리로 톤을 올려 말했다.

"그리고 그분은 코바늘 뜨개질 솜씨가 아주 좋지요. 지난 겨울 요통으로 누워 있을 때 응접실 테이블용으로 아주 훌륭한 테이블보를 만들었답니다."

사람은 누구나 참는 데 한계가 있다. 사이러스 테일러도 서서히 그 한계에 이르렀다. 그는 소리내어 의자를 뒤로 밀쳤다. 의자는 잘 닦인 바닥을 힘차게 미끄러져 꽃병이 놓인 테이블을 넘어뜨렸다. 꽃병은 글자 그대로 산산이 깨져버렸다. 뒤엉킨 하얀 눈썹을 분노로 치켜올

Chang. kye

린 사이러스는 벌떡 일어나 마침내 폭발했다.
"이봐, 나는 뜨개질 같은 건 안 해! 별것도 아닌 조그만 레이스 조각 따위로 남자의 명예를 영원히 박살낼 참인가? 그때 나는 그 몹쓸 놈의 요통이 너무도 심해서 스스로도 무엇을 하는지 몰랐었지. 게다가 내가 귀머거리라고요, 셜리 선생? 귀머거리라구요."
트릭스가 소리쳤다.
"셜리 선생님은 아버지가 태어날 때부터 귀머거리라고는 말하지 않았어요."
트릭스는 소리내어 화내는 아버지를 조금도 무서워하지 않았다.
"아, 그래. 그렇게는 말하지 않았지! 너희들은 누구 하나 그렇게 나를 지목하지는 않았으니까! 내가 아직 62살인데 68살이라고 말하지 않았지? 내가 너희 어머니에게 개를 못 기르게 한다고도 안 했지! 좋아, 당신이 그러고 싶다면 개를 4만 마리 키워도 좋아. 그걸 알고 있으면서! 대체 언제 당신이 하고 싶어하는 것을 내가 안 된다고 한 적 있어—언제 그랬지?"
사이러스 부인은 울음을 터뜨리고 말했다.
"한 번도 그런 적 없어요. 여보, 한 번도요! 그리고 나는 한 번도 개를 기르고 싶다고 생각한 일조차 없어요, 여보."
"내가 언제 당신 편지를 뜯어 봤어? 언제 내가 일기를 썼단 말이야? 일기라고? 말도 안 돼! 언제 내가 어떤 장례식에든 여기저기 기운 남루한 옷차림으로 갔어? 언제 내가 소에게 묘지의 풀을 먹였어? 나의 어느 고모가 빈민구제원에 들어가 있어? 내가 구운 고기를 남에게 내던진 일이 있다고? 너희들에게 과일과 달걀밖에 먹이지 않은 일이 있어?"
사이러스 부인은 계속 흐느껴 울었다.
"한 번도, 여보, 한 번도 없었어요! 당신은 언제나 넉넉하게 해주셨어요—아무 모자람 없게."

"당신은 지난번 크리스마스 때 고무 오버슈즈를 가지고 싶다고 했잖아?"

"했고 말고요. 네, 분명히 말했고 말고요. 여보, 덕분에 겨울 내내 발이 따뜻해서 기분 좋았어요."

"그렇다면 좋아!"

사이러스는 승리에 찬 눈으로 방을 휙 둘러보았다. 그 눈이 앤의 눈과 마주쳤다. 느닷없이 생각지도 않은 일이 벌어졌다. 사이러스가 쿡쿡 웃기 시작했던 것이다. 뺨에는 분명 보조개가 움푹 파였다. 작은 보조개가 사이러스의 굳은 표정에 기적을 일으켰다. 사이러스는 의자를 도로 당겨와서 앉았다.

"여보시오, 카터 박사, 내게는 기분이 불쾌해지면 참지 못하는 나쁜 버릇이 있소. 사람에게는 모두 뭔가 나쁜 버릇이 있는데, 이것이 내 버릇이오. 오직 하나 단점이지요.

자, 여보, 그만 울어요. 무슨 말을 들어도 하는 수 없다는 점은 나도 인정하오. 다만 뜨개질에 대한 이야기는 나를 자극했어.

이즈머, 너 하나만이 내 편을 들어주었다는 것을 결코 잊지 않겠다. 매기한테 저 조각들을 치우라고 말해라—너희 모두가 이 귀찮은 물건이 깨져 좋아하는 걸 나는 알고 있어—그리고 푸딩을 가져오라고 해."

앤은 그처럼 험악하게 시작된 저녁이 이처럼 유쾌하게 끝나리라고는 생각도 못했다. 사이러스처럼 상냥하고 기분 좋은 말상대는 정말이지 없었다.

트릭스의 말에 의하면 분명히 그 보복의 여파도 없었다. 왜냐하면 2, 3일 지난 저녁에 트릭스가 찾아와 마침내 용기를 모조리 짜내어 아버지에게 조니 일을 말했다고 앤에게 넌지시 알렸기 때문이다.

"아버지가 몹시 화냈어요, 트릭스?"

트릭스는 부끄러운 듯 말했다.

"아버지는—아버지는 조금도 화내지 않았어요. 아버지는 그저 웃으며, 2년 동안이나 따라 다녔으니 조니도 그렇게 나오지 않으면 안 될 시기래요. 지난번 일이 있었던 만큼 아버지도 그리 자꾸 부루퉁하는 발작을 일으킬 마음이 들지 않을 거예요. 게다가 앤, 발작하지 않을 때 평상시 아버지는 실로 좋은 분이에요."

앤은 리베카 듀와 똑같은 투로 말했다.

"트릭스에게는 너무 좋은 아버지라고 생각해요. 앞서 그 식사 때 트릭스는 정말 지독했어요."

"하지만 앤이 시작한 일이잖아요. 그리고 착한 프링글이 좀 도와주었지요. 어쨌든 끝이 좋으면 다 좋은 거예요—게다가 그 꽃병에 다신 총채질로 먼지 터는 일을 안 하게 되어 정말 고마워요!"

앤은 길버트를 사랑하고 있다

2주일 뒤, 앤이 길버트에게 보낸 편지에서.

이즈머 테일러와 레넉스 카터 박사의 약혼이 드디어 발표되었어. 이곳 소문들을 종합하면, 그 운명의 금요일 밤 카터 박사는 이즈머를 그 아버지와 가정으로부터—그리고 아마 친구들로부터도—구출해서 보호하고자 마음먹은 것 같아! 이즈머가 처한 딱한 환경이 카터 박사의 기사도 정신에 호소했던 게 분명해. 이런 결과가 된 것은 다 내 덕분이라고 트릭스는 말하고 있어. 나도 한몫한 셈이 될지도 몰라. 그러나 이번과 같은 짓은 두 번 다시 하고 싶지 않아. 번갯불 꼬리를 잡으려 하는 것 같았는걸.

실제로 스스로도 무슨 일을 벌이려고 생각한 것인지도 모르겠어, 길버트. 틀림없이 프링글적인 냄새가 나는 건 무엇이든 지독히 싫었던 지난날 끄트러기였는지도 몰라. 지금에 와서는 아주 옛날일처럼 여겨져. 나는 이제 거의 잊었지만 다른 사람들은 아직 갸우뚱하며 이상하게 여기고 있어.

미스 밸런타인은 내가 프링글 일족을 이겼다 해서 조금도 놀라지 않고 나에게는 '생각을 끝까지 밀고 나가는' 데가 있다고 말했어. 하지만, 목사님 부인은 자기가 나를 위해 드린 기도가 받아들여진 것이라고 생각하고 있어. 그래, 그렇다고 할 수 있겠지.

어제는 학교에서 돌아오는 길에 젠 프링글과 함께 걸으며 구두, 배, 봉랍(封蠟)에 대해 이야기했어…… 기하 빼고는 거의 모든 것을 나누며 말했어. 우리는 그 기하에 대해서만은 요리조리 용케 피하고 있어. 젠은 내가 기하에 대해 깊이 알지 못한다는 것을 알고 있어. 하지만 내가 지닌 마이럼 선장에 대한 얕은 지식으로 마침내 비기게 돼.

젠에게 나는 폭스의 《순교자 열전》을 빌려줬어. 자신이 소중히 여기는 책을 남에게 빌려주는 것은 정말 싫어. 다시 내 손에 돌아왔을 때는 전과 같은 책으로 보이지 않는걸. 폭스의 《순교자 열전》을 좋아하게 된 것은 몇 년 전 주일학교에서 앨런 목사부인이 상품으로 준 책이기 때문이야.

나는 순교자에 대해서 읽는 것을 좋아하지 않아. 읽으면 내가 보잘것없는 사람인 듯해서 부끄러워지니까—추운 날 아침 잠자리에서 빠져나오기 싫고, 치과에 가는 걸 뒤로 미루곤 하는 걸 생각하면 몹시 부끄러워져.

하여튼 이즈머도 트릭스도 행복해져서 참으로 잘됐다고 생각해. 나는 내 로맨스가 꽃피고 있어서 더욱 남의 사랑에 관심을 기울이는 거야. 좋은 흥미지. 꼬투리를 잡으려 하거나 악의가 담긴 마음이 아니라 행복이 은은하게 퍼져나가는 게 기뻐.

아직 2월이야. '수도원 지붕에 덮인 눈이 달빛에 반짝이고' 있어. 그냥 수도원이 아니야. 해밀턴 씨네 곳간 지붕이야. 그러나 나는 이렇게 생각하기로 했어.

'이제 앞으로 2, 3주일 뒤면 봄이야. 그리고 다시 몇 주일 지나면 여름—그러면 여름방학이고—그리고 그린게이블즈며—애번리의 목장에 쏟아지는 황금색 햇빛을 실컷 쪼이고—바다는 새벽녘에 은

빛이 되고 낮에는 사파이어 빛이 되고 해질녘에는 진홍빛으로 물들고—그리고 당신이 기다리고 있고.'

조그만 일리저버스와 함께 여러 가지 봄의 계획을 열심히 짜고 있어. 우리는 아주 좋은 짝궁이야. 나는 저녁마다 우유를 가져다주고, 가끔씩 일리저버스가 나와 함께 산책해도 좋다고 허락을 받지.

우리는 생일이 같다는 걸 알게 되었어. 일리저버스는 그 사실을 알자 너무 기뻐서 '성스러운 장밋빛'으로 뺨을 물들였어. 발그레한 일리저버스는 정말 귀여워. 보통때는 너무도 핼쑥해서 신선한 우유를 마셔도 붉은 기가 돌지 않아. 둘이서 저녁바람을 쏘이고 왔을 때만 조그만 뺨에 사랑스러운 장밋빛이 떠올라.

언젠가 일리저버스가 정색하며 물었어.

"밤마다 얼굴에 탈지유를 바르면 내가 어른이 되었을 때 셜리 선생님처럼 예쁜 크림빛 피부가 될까요?"

탈지유는 유령골목에서 애용되는 화장품 같아. 리베카 듀도 그것을 쓰거든. 리베카 듀는 먹을 만한 나이를 다 먹고도 어리석은 짓을 한다고 미망인들이 생각할 거라며 비밀로 해달라고 다짐을 두었어.

바람에 살랑거리는 버드나무집에서는 많은 비밀을 지켜야 해서 나이에 비해 폭삭 늙어버리는 것 같아. 나도 그 일곱 개 주근깨를 없앨 수 있을지 어떨지 코에 탈지유를 한 번 발라볼까?

그러고 보니 내가 '예쁜 크림빛 살갗'을 하고 있다는 걸 안 적 있었어? 그런 적이 있다 해도 길버트는 한 번도 내게 그런 말을 하지 않았어. 그리고 내가 '비교적 미인'이라는 것을 알아? 그것을 나는 최근에야 깨달았거든.

지난번 내가 새로 맞춘 비스킷빛 보일 옷을 입고 있을 때, 리베카 듀가 진지한 얼굴로 물었어.

"아름답다는 것은 어떤 기분일까요, 셜리 양?

"나도 이따금 어떨까 생각해요."

그러자 리베카 듀가 말했어.
"그래도 셜리 양은 아름답잖아요."
나는 불평을 했지.
"당신이 비꼬리라고는 생각지 못했어요, 리베카."
"비꼬는 게 아니에요, 셜리 양은 정말 미인이에요—비교적요."
"어머나, 비교적이라고요!"
"거울을 보세요. 나와 비교하면 셜리 양은 분명 미인이에요."
확실히 그 말이 맞았어!

그런데 아직 일리저버스 이야기가 끝나지 않았어. 어느 으스스한 저녁, 유령골목에 바람이 휘몰아쳐서 우리는 도저히 산책을 나갈 수 없었지. 그래서 내 방에 올라와 요정 나라 지도를 그렸어.

의자를 높게 하기 위해 그 푸른 도넛 같은 쿠션에 앉아 지도 위에 엎드려 있는 일리저버스 모습은 진지한 작은 도깨비처럼 보였어.(말 나온 김에 말해 두지만 작은 도깨비가 아니라 난쟁이면 안 되냐고 하지 마. 작은 도깨비인 편이 훨씬 무시무시하고 정말로 요정 같으니까.)

우리 지도는 아직 완성되지 않았어. 날마다 뭔가 써넣을 게 생겨. 어젯밤에는 '눈의 마녀' 집이 있는 곳을 정하고, 그 뒤에 산 전체가 꽃핀 벚나무로 뒤덮인 세 겹 언덕을 그렸어.(그러고 보니 우리 꿈의 집 가까이에도 벚나무가 몇 그루 있었으면 좋겠어, 길버트.)

마땅한 일로 우리는 '내일'도 지도에 그려 넣었어—장소는 오늘의 동쪽이고 어제의 서쪽이야. 그리고 요정 나라에는 '시간'이 헤아릴 수 없을 만큼 많이 있어. 봄의 시간, 긴 시간, 짧은 시간, 초승달이 뜨는 시간, 잠자는 시간, 일어나는 시간 등 말이야. 하지만 마지막 시간은 없어.

요정 나라에서는 그런 슬픈 시간은 필요없지. 하지만 옛날, 곧 나이를 먹은 때에 젊은 시간—나이든 시간이 있으면 젊은 시간도 있어야지.

산의 시간[*1]—음이 좋지. 밤의 시간. 낮의 시간. 하지만 밤에 악몽에 시달리는 시간이나 지루한 학교에 가는 시간은 없어. 크리스마스 시간—단지 한 번뿐인 시간은 없어. 그것은 요정 나라에서는 너무 슬프니까—하지만 잃어버린 시간은 있어. 그것을 찾아내는 건 보물을 발견하듯 아주 기쁘니까.

나른한 시간. 즐거운 시간. 빠른 시간. 늦은 시간. 키스 뒤 30분의 시간. 집으로 돌아가는 시간. 태고(太古)의 시간. 이것은 세상에서 가장 아름다운 말 가운데 하나야.

지도 위에는 저마다 '시간'을 가리키는 귀엽고 조그만 빨간 화살표가 어디에나 그려져 있어. 리베카 듀가 나를 어린아이 같다고 생각하고 있는 것은 알아. 하지만 길버트, 너무 어른이 되어버리거나 똑똑해지거나—아니, 너무 나이를 먹은 뒤 바보가 되어—요정 나라로 갈 수 없는 일이 없도록 하자.

리베카 듀는 내가 일리저버스에게 좋은 영향을 준다고 여기지는 않는 듯해. 일리저버스가 '지나치게 공상하는' 버릇을 더욱 심하게 부추긴다고 생각하고 있어.

어느 날 저녁 무렵, 내가 집에 없었을 때 리베카 듀가 우유를 들고 가보니까 일리저버스는 벌써 작은 문가에 와 있었는데, 너무 열심히 하늘을 쳐다보고 있어서 조용한 요정 발자국 소리와는 너무도 다른 리베카 듀의 큰 발소리조차 귀에 들리지 않았대.

일리저버스가 말했어.

"나는 가만히 듣고 있었어요, 리베카."

리베카 듀는 나무라며 말했지.

"언제나 듣기만 하고 가만히 있는 것도 문제야."

일리저버스는 완고하면서도 억지로 미소를 지었어(리베카 듀가 이렇

*1 마운틴 타임. 북아메리카 대륙 표준시의 하나.

게 말한 것은 아니지만, 나는 일리저버스가 어떻게 미소지었는지 분명히 알 수가 있어).

"리베카, 가끔 내가 어떤 것을 듣는지 안다면 깜짝 놀랄 거예요."

그 말투를 듣고 리베카 듀는 섬뜩하여 몸서리를 쳤어. 섬뜩했었다고 리베카 듀는 분명히 주장하고 있어.

하지만 일리저버스는 언제나 요정과 가까이 이웃하며 살고 있는 듯한 데가 있어. 그건 어쩔 수 없잖아!

당신의 가장 앤다운 앤

덧붙임 1—코바늘 뜨개질을 했다라는 말을 부인으로부터 들었을 때 사이러스 테일러 씨 얼굴을 나는 결코, 결코 잊지 못해. 하지만 나는 언제까지나 사이러스 씨를 좋아할 거야. 왜냐하면 그 아기 고양이들을 두루두루 찾아다녔으니까. 그리고 이즈머도 아주 좋아. 모든 희망이 산산이 부서졌다고 여기면서도 아버지를 두둔했으니까.

덧붙임 2—펜촉을 갈았어. 나는 자기를 사랑해. 자기는 카터 박사처럼 잘난 체하지 않으니까. 그리고 조니 같이 당나귀처럼 튀어나온 귀를 가지고 있지 않으니까 자기를 사랑해. 그리고—무엇보다도 가장 중요한 이유는—자기가 길버트니까 사랑해!

겁슨댁을 방문하다

5월 30일
유령골목
바람에 살랑거리는 버드나무집에서

가장 사랑하는, 무엇보다도 사랑하는 사람에게.

따뜻한 봄이야!

킹스포트에서 시험으로 정신없이 휘말리고 있는 자기는 아마 모르겠지. 나는 머리끝부터 발끝까지 봄을 느끼고 있어. 서머사이드에서도 봄기운이 여기저기 스며들고 있어. 아무 매력 없는 초라한 길까지도 낡은 판자 담너머로 팔을 내민 꽃가지며 담 밑에 있는 잡초 가운데서 민들레가 줄을 이루고 흐드러지게 피어 아주 경치가 달라졌어.

내 선반 위 도자기로 만든 인형조차 훈훈한 봄바람을 느끼고 있어서 어느 밤엔가 내가 눈을 떴을 때 조용히 지켜 보면 이 귀부인이 발뒤꿈치가 황금색인 핑크빛 구두를 신고 혼자 빙그르르 춤추는 것을 볼 수 있을지도 몰라.

크고 작은 모든 것들이 봄이 왔다고 내게 말하고 있어—웃음소리를 내는 시냇물, 폭풍왕에 떠도는 푸른 안개, 자기 편지를 읽으러 가는 숲속 단풍나무, 유령골목에 줄지어 서 있는 하얀 벚나무, 고양이 더스티 밀러에게 도전하듯 뒤뜰에서 파닥파닥 뛰어다니는 몸매가 가는 도도한 원앙새, 조그만 일리저버스가 우유를 가지러 오는 쪽문의 짙은 녹색 담쟁이덩굴, 옛 묘지 둘레에서 파릇파릇 새싹을 틔워 멋을 부리고 있는 전나무, 묘지조차도 봄을 느끼고 있어.

무덤 위쪽에 심은 온갖 꽃들이 푸른 잎과 함께 마치 '여기에서조차 생명은 죽음을 이기고 있다'는 것을 자랑하는 듯해. 며칠 전 저녁 무렵 정말 재미있게 묘지 산책을 즐기고 왔어(리베커 듀는 내 산책 취미가 불건전하다고 여기는 게 틀림없어).

꽃내음 넘치고 색이 짙어지는 해질 무렵 묘지를 천천히 거닐며 스티븐 프링글의 눈은 이제 감겼을까, 네이선 프링글 부인은 정말로 남편을 독살하려 했을까 이런저런 생각을 해. 네이선 부인 묘는 어린 풀과 흰 백합에 둘러싸여 무덤이 너무도 티 없어 보여 그것은 험담에 지나지 않았으리라 여겨져.

이제 한 달 뒤면 여름방학이라 집에 돌아갈 수 있어! 나는 지금 그린게이블즈 모습이 생생하게 떠올라 눈처럼 흰 나무들의 과수원이며 '빛나는 호수' 옛 다리며 귀에 들려오는 바다의 속삭임이며 '연인의 오솔길' 여름날 오후—그리고 자기에 대해 끝없이 생각하고 있어. 오늘밤은 꼭 알맞은 펜을 쓰고 있어, 길버트. 그러니까……

(2쪽 생략)

오늘 저녁 나는 깁슨댁을 갔다 왔지. 이 집안이 화이트 샌즈에 살았을 때 이웃이니 찾아가보라고 얼마 전 머릴러가 부탁했거든. 그래서 갔는데, 그 뒤 1주일에 한 번은 꼭 방문하고 있어. 내가 가면 폴린이 좋아하는 듯하고, 나도 폴린이 참 딱하게 여겨져. 그녀는 글자 그대로 어머니의 노예야. 그리고 그녀의 어머니는 끔찍한 할머니지.

애도니럼 깁슨 부인은 80살로, 바퀴의자 속에서 하루하루를 지내고 있어. 이 집안은 15년 전 서머사이드로 옮겨 왔어. 45살 된 폴린은 막내딸로, 오빠와 언니는 모두 결혼했다고 해. 그런데 오빠 언니들은 어머니를 맡으려 하지 않아. 그래서 폴린은 살림을 도맡고 부지런히 어머니 시중을 들어. 작은 몸집에 얼굴빛이 나쁘고 눈은 엷은 황갈색인데, 금갈색 머리에 윤기가 흘러 지금도 아름다워.

생활이 넉넉해서 어머니 일만 아니면 폴린은 아주 유쾌하고 즐겁게 지낼 수 있을 거야. 교회 일을 좋아해서 부인회며 전도회에 참석하거나 교회 만찬회와 환영회 같은 계획을 짜거나 하는 것은 물론 마을에서 가장 훌륭한 얼룩 보라색 닭의장풀 소유자인 것을 자랑 삼으며 아무도 이의를 제기하지 못할 만큼 행복하게 살 수 있을 텐데.

그러나 지금 폴린은 거의 집을 비울 수 없어. 일요일에 교회 가는 것도 마음대로 안 될 정도야. 어떻게 하면 그녀가 이 고생에서 벗어나게 될지 나로서는 좋은 방법을 모르겠어. 깁슨 할머니라는 분은 백 살까지도 살 것 같거든. 게다가 다리는 쓸 수 없어도 혀 쪽은 아무렇지 않으니까.

그 집에 가서 깁슨 부인이 가엾은 폴린을 괜스레 골려주는 걸 듣고 있으면 분노로 늘 가슴이 메어. 그래도 폴린은 어머니가 나에게 '아주 감탄하고' 있기에 내가 옆에 있을 때는 자기에게도 훨씬 좋게 대한대. 만일 그렇다면 내가 곁에 있지 않을 때는 도대체 어느 정도일까 생각하니 몸이 떨려.

폴린은 어머니가 허락하지 않으면 아무것도 못해. 자기가 입는 옷조차 사지 못한대—양말 한 켤레까지도. 하나부터 열까지 깁슨 부인에게 물어봐야 해. 그리고 하나에서 열까지 입을 만큼 입은 뒤 두 번 거듭 뒤집어 다시 만들어 입어야만 해. 폴린은 4년이나 같은 모자를 쓰고 있어.

예민한 깁슨 부인은 집안에서 나는 어떠한 소리에도, 상쾌한 산들바람 소리조차 견딜 수 없어 해.

Chang.
kye

깁슨 부인은 지금까지 한 번도 웃은 일이 없대. 정말 미소짓는 것조차 본 적이 없어. 깁슨 부인을 보고 있을 때 만일 이 사람이 웃으면 어떤 얼굴이 될까 상상해 보기도 해.

폴린에게는 자기 방도 없어. 어머니와 한방에서 자야 하고, 밤에는 거의 한 시간마다 일어나 등을 쓰다듬고 환약을 먹이고 더운물을 데우고—미지근한 게 아니라 뜨거워야 한대—베개를 갈고 뒤뜰에서 이상한 소리가 나지 않는지 확인하러 가야해. 깁슨 부인은 오후에 자고 밤에는 일어나 폴린에게 시킬 일을 이것저것 생각하며 보내.

그런데도 폴린은 전혀 원망하지 않아. 늘 상냥하고 자기 일은 둘째로 미루는 참을성 많은 사람이야. 다행히 개를 키우며 귀여워하는 것을 보면 그나마 잘됐다고 생각해. 지금까지 자기가 하고 싶은 대로 한 오직 한 가지가 이 개를 기르는 일인데, 그것도 그 무렵 시내의 어느 집에 도둑이 들어 깁슨 부인이 개를 키우면 마음이 든든하겠다며 여겼기 때문이었어. 폴린은 자기가 얼마나 그 개를 귀여워하는지 결코 어머니에게 드러내보이지 않아. 깁슨 부인은 그 개를 아주 싫어하거든. 툭하면 집안에 뼈를 물어온다고 불평하지. 그렇지만 옹졸하게 제멋대로 군다는 이유로 개를 쫓아내라고 하지는 않아.

하지만 마침 나는 폴린에게 선물할 기회가 생겨서, 그렇게 하려고 해. 폴린에게 오직 자신을 위한 하루를 선물하려는 거야. 그러면 나는 그린게이블즈의 다음 주말을 단념해야 되지만.

오늘 밤 깁슨댁에 갔을 때 폴린이 울고 있었어. 깁슨 부인은 나를 언제까지나 궁금하게 내버려두지 않고 먼저 입을 열었어.

"폴린은 나를 두고 가고 싶어해요. 셜리 양, 나는 아주 고맙고 훌륭한 딸을 가졌죠?"

"딱 하루예요, 어머니."

폴린은 눈물을 삼키고 필사적으로 웃는 얼굴을 지으려 했어.

"딱 하루라고! 아무렴 좋고말고. 내 하루가 어떤 것인지 알고 있죠,

셜리 양. 내 하루가 어떤 것인지는 누구나 알고 있어요. 하지만 병든 몸이 되고 보면 하루가 얼마나 긴지 당신은 아직 알지 못할 것이고 또 앞으로도 모른 채 넘어가기를 빌어요."

지금 깁슨 부인이 조금도 병들어 있지 않은 것을 알기에 나는 동정을 보이지 않았어.

"물론 다른 사람에게 부탁해서 어머니 곁에 있게 해드리겠어요, 어머니."

그리고 폴린은 내게 말했어.

"저, 사촌언니 루이저가 다음주 토요일 화이트 샌즈에서 은혼식 잔치를 하게 되어 있어요. 그래서 루이저가 나더러 와 달래요. 루이저가 모리스 힐튼에게 시집갈 때 내가 들러리를 섰었거든요. 어머니만 가라고 허락하면 나는 꼭 가고 싶어요."

깁슨 부인이 힘없이 말했어.

"만일 내가 혼자 죽어야만 된다면 그럴 수밖에 없구나. 그건 네 양심에 맡기겠어."

깁슨 부인이 양심에 맡기겠다고 한 순간 폴린이 진 것을 알 수 있었어. 깁슨 부인은 사는 동안 오직 사람들의 양심에 맡기는 걸로 자기 생각을 끝까지 밀고 나갔다고 하니까. 몇 년 전 누군가가 폴린과 결혼하기를 바랐을 때 깁슨 부인은 그것을 폴린의 양심에 맡기는 것으로 막았대.

폴린은 눈물을 닦고 애처로운 억지 미소를 지으며 고치고 있던 드레스를 집어들었어—그것 또한 녹색에 검은 체크 무늬였어.

"자, 뚱한 얼굴은 하지 마라, 폴린. 나는 부어 있는 얼굴은 참을 수 없으니 말이다. 그리고 알겠니, 그 옷에 깃을 달아라. 셜리 양, 어때요, 글쎄, 이 애는 이 옷을 깃이 없는 것으로 하고 싶었던 거예요. 내가 아무 말 안 하면 목 언저리가 크게 파인 옷을 입을 참이었죠."

나는 가냘프고 긴 목을 한 가엾은 폴린을 봤어. 살은 좀 쪘지만 아직 아름다움을 지니고 있는 그 목은 심을 넣어서 짠 높은 깃으로 둘러싸여 있었어.

나는 말했어.

"깃 없는 옷이 유행하고 있어요."

깁슨 부인은 힘주어 말했지.

"깃이 없는 옷은 천해 보여요."

(그때 나는 깃없는 옷을 입고 있었어.)

그리고 깁슨 부인은 마치 그것이 이어진 하나의 일이기라도 한 듯 말했어.

"게다가 나는 모리스 힐튼을 좋아하지 않아요. 그 어머니는 클로킷 집안 출신이죠. 모리스는 예의범절이라고는 조금도 몰라요. 아내에게 키스하는 데 언제나 가장 엉뚱한 곳에 하니까요!"

(길버트, 당신은 엉뚱한 곳에 키스하지 않겠지? 깁슨 부인은 이를테면 목줄기 같은 데를 더없이 엉뚱하다고 여기고 있는 게 아닌가 싶어.)

"하지만 어머니, 그건 교회 광장을 날뛰고 다닌 하비 위더의 말에 루이저가 하마터면 밟힐 뻔했지만 용케 벗어난 날이었잖아요. 모리스가 흥분했던 것도 무리가 아니에요."

"폴린, 내게 말대꾸하지 않도록 조심해다오. 나는 지금도 그런 데에 키스하는 것은 부적당하다고 생각하니까. 물론 내 의견이란 누구에게 있어서든 이미 아무래도 좋은 것이긴 하지만 말이다. 모두가 나 같은 건 죽었으면 할 테지. 그렇지, 무덤 속이라면 어딘가 내가 있을 장소도 있을 게야. 너에게 내가 얼마나 귀찮은 존재인지 잘 알고 있어. 차라리 나 같은 건 죽어버리는 게 낫지. 아무도 내게는 볼일이 없을 테니까."

폴린은 애원했어.

"그런 말 하지 말아주세요, 어머니!"

"아니야, 말해야 돼. 지금도 너는 내가 내켜하지 않는 것을 알면서 그 은혼식에 어떻게든 가려 하잖니."
"어머니, 가지 않겠어요. 어머니가 허락하지 않으면 결코 가지 않겠어요. 그렇게 흥분하면 몸에 해로워요."
"그래, 지긋지긋한 생활에 활기 좀 넣으려고 흥분하는 것조차 안 되니! 설마 벌써 돌아가려는 건 아니겠죠, 셜리 양?"
나는 더 이상 머물러 있으면 미쳐버리든가, 아니면 코와 턱이 맞붙은 듯한 깁슨 부인의 얼굴에 철썩 따귀를 때릴 게 틀림없다고 여겨졌어. 그래서 시험답안을 봐야 한다고 둘러댔지.
"네, 그렇겠지요. 우리 같은 늙은이 둘이서는 젊은 아가씨 상대가 되기에는 어울리지 않을 거예요."
깁슨 부인은 한숨을 쉬었어.
"폴린은 그리 명랑하지 못하고, 그렇지 않니, 폴린? 밝지 못하죠. 셜리 양이 더 오래 있고 싶지 않은 것도 무리가 아니죠."
폴린은 현관까지 나왔어. 달빛이 그녀의 조그만 뜰을 비추고 항구에 반짝이고 있었어. 부드럽고 훈훈한 바람이 하얀 꽃을 피운 사과나무에 살며시 말을 걸고 있었어. 봄이잖아—봄—봄! 매서운 깁슨 부인조차 살구나무가 꽃피는 것을 막을 수는 없어. 그리고 폴린의 푸른빛 도는 상냥한 잿빛 눈에는 눈물이 가득 괴어 있었어.
"나는 루이저 은혼식에 가고 싶어 견딜 수 없어요."
폴린은 체념하고서도 깊은 한숨을 내쉬었어.
나는 말했어.
"가세요."
"아뇨, 못 가요. 어머니가 결코 허락할 리 없으니까요. 그 일은 이제 더 생각하지 않기로 하겠어요. 오늘밤 달이 정말 아름답지요?"
폴린은 일부러 쾌활한 척하며 목소리를 높였어.
갑자기 거실에서 깁슨 부인의 큰 소리가 들려왔어.
"달 같은 걸 보고 있어 봐야 좋은 일이 생겼다는 말을 들어본 적 없다. 그런 데서 지껄여대는 건 그만둬, 폴린. 안으로 들어와 털가죽을 단 빨간 침실용 슬리퍼를 갖다 다오. 이 신은 발을 무척 아프게 하니까. 하기야 내가 아무리 괴로워해도 아무도 마음 써 주는 일이 없기는 하지만."

나는 사실 깁슨 부인이 아무리 괴로워하더라도 신경쓰지 않으리라고 생각했어. 가엾고 사랑스러운 폴린! 그러나 하루 휴가를 받아 은혼식에 참석하게 될 거야. 나 앤 셜리가 그렇게 되도록 해주려고 결심했으니까.

집에 돌아와 나는 리베카 듀와 미망인들에게 이 이야기를 모조리 하고, 내가 깁슨 부인에게 해줬으면 좋을 뻔했던 애교 있는 갖가지 말들을 다 함께 생각해 내며 유쾌하게 지냈어. 케이트 아주머니는 폴린을 보내도록 깁슨 부인을 승낙시키는 데 내가 성공하지 못하리라 여기지만 리베카 듀는 나를 믿고 있어.

리베카 듀가 말했어.

"어쨌든 만일 셜리 선생님이 못하는 일이라면 어떤 사람도 할 수가 없어요."

바로 며칠 전 톰 프링글 부인에게 저녁 식사에 초대되어 다녀왔어. 나를 하숙시켜 주지 않았던 사람이야(리베카의 말에 의하면 나같이 수월한 하숙인은 없대. 늘 저녁식사에 초대되어 가기 때문이라나). 톰 프링글 부인네 집에 살지 않아서 참 잘했다고 생각해. 톰 프링글 부인은 말하기 좋아하고 파이를 맛있게 만든다는 소문이 나 있어. 하지만 이 사람 집은 유령골목에도 있지 않고, 바람에 살랑거리는 버드나무집도 아니야. 더구나 그 사람은 케이트 아주머니도 채티 아주머니도 리베카 듀도 아닌걸.

나는 이 세 사람이 아주 좋아서 다음해에도 그 다음 다음해에도 여기서 오래오래 머무를 생각이야. 내 의자는 언제나 '셜리 선생님 의자'라 불리고, 내가 없을 때도 리베카 듀는 식탁에 내 자리를 마련해서 '그리 쓸쓸해 보이지 않게 한다'고 채티 아주머니가 말해 주었어.

이따금 채티 아주머니가 민감하여 귀찮게 할 때도 있지만, 요즘 아주머니는 이제 내 기질을 알았고 내가 일부러 당신 기분을 언짢게 하는 게 아님을 알았다고 했어.

조그만 일리저버스와 나는 이제 1주일에 두 번 산책을 가. 캠벌 부인이 동의해 주었거든. 하지만 그보다 횟수를 늘려서는 안 되고, 또 일요일에는 결코 허락해 주지 않아.

봄이 오는 것과 함께, 조그만 일리저버스에게는 모든 일이 술술 잘 풀려 가고 있어. 그 음침한 옛날집 안에서조차 얼마쯤 햇빛이 스며들고 집 밖은 춤추는 나뭇잎들 그늘로 한층 아름다워져 있어. 그래도 일리저버스는 여전히 기회 있을 때마다 집에서 달아나고 싶어해.

이따금 번화한 거리에 나가기도 해. 가게들 진열창을 일리저버스에게 보여주기 위해서야. 그러나 대개는 '세계의 끝까지 이어지는 길'을 한껏 멀리까지 가지. 일몰 저편에서 낮은 언덕이 서로 어깨를 기댄 모습을 보며 모퉁이를 돌 때마다 그 저편에서 '내일'이 발견되는 게 아닌가 신나는 모험과 부푼 기대에 가슴을 두근거리곤 해.

'내일'이 왔을 때 일리저버스가 하고 싶어하는 일 가운데 하나는 '필라델피아로 가서 교회에 있는 천사를 보는' 거야. 성 요한이 묵시록에서 필라델피아에 대해 적은 건 펜실베이니아 주에 있는 필라델피아가 아니라는 걸 나는 일리저버스에게 말하지 않았는데—앞으로도 말하지 않을 생각이야.

우리들은 금방 환상에서 깨어나는 법이니까. 아무튼 '내일'에 들어갈 수 있으면, 무엇이 거기에 있을지 알 리 없어. 아마 곳곳에 천사투성이일지도 몰라.

때때로 우리 둘은 투명한 봄의 대기 속에 순풍을 타고 반짝이는 물길을 따라 항구로 들어오는 배를 지켜보며, 일리저버스는 그 가운데 어느 것인가에 아버지가 타고 있지 않을까 생각해. 일리저버스는 언젠가 아버지가 올지 모른다는 소망에 매달려 있어. 어째서 오지 않는지 나는 짐작할 수 없어. 만일 여기서 아버지를 이토록 그리는, 이처럼 귀여운 아이가 있다는 것을 알면 곧장 달려올 텐데. 이제는 일리저버스가 완전히 소녀가 된 것을 모르는 게 분명해. 지금도 자기 아내의 목숨을 앗아 간 조그만 아기라고 생각하겠지.

이제 곧 서머사이드 중학교에서의 1년이 끝나게 돼. 1학기는 악몽 같았지만 2학기는 아주 유쾌했어. 프링글 집안은 기분 좋은 사람들이야. 어째서 나는 그들을 파이 집안사람들과 비교했을까?

오늘 시드 프링글이 하얀 연령초 꽃다발을 갖다줬어. 젠은 학급에서 1등을 차지하려고 열심히 공부하고 있어. 그 아이를 정말로 이해한 선생은 나 하나라고 미스 엘런이 말했대!

오직 하나 옥의 티는 캐서린 브룩인데, 늘 무뚝뚝하고 쌀쌀맞게 굴어. 나는 캐서린과 친해 보려는 노력을 그만두려고 해. 결국 리베카 듀가 말하듯 일에는 정도가 있으니까.

아, 하마터면 말하는 걸 깜박 잊을 뻔했어. 샐리 넬슨이 결혼하게 되어 그녀의 들러리가 되어달라고 부탁받았어. 샐리는 6월 그믐에 보니뷰에서 결혼식을 올리게 되어 있어. 보니뷰는 외딴 곳에 있는 넬슨 의사의 여름 별장이야. 샐리는 고든 힐과 결혼해.

그렇게 되면 넬슨 의사 여섯 딸 가운데 결혼하지 않은 사람은 노러 넬슨 하나뿐인 셈이야. 리베카 듀의 말을 빌면 짐 윌콕스가 몇 년 동안이나 '끊어졌다 이어졌다' 하며 교제하고 있지만, 어떻게도 되지 않아서 지금은 아무도 열매를 맺으리라 생각지 않아.

나와 샐리는 서로 아주 좋아하지만 노러와는 그리 친하지 않아. 물론 노러 쪽이 나보다 훨씬 손위고 말이 적은데다 기품 있는 사람이야. 그래도 나는 노러와 친해지고 싶어. 미인도 아니고 머리도 좋지 않고 애교도 없지만 어딘가 개성이 있어. 노러는 친구가 될 만한 가치가 있는 사람이라는 생각이 들어.

결혼식이라니까 생각나는데, 이즈머 테일러가 지난달 그녀의 박사와 결혼식을 올렸어. 수요일 오후라 나는 이즈머를 보러 교회에 갈 수 없었지만, 이즈머가 아주 아름답고 행복해 보였으며 레넉스도 진심으로, 자기가 옳은 일을 하여 양심을 만족시키는 듯한 얼굴을 하고 있었다고 모두들 말했어.

사이러스 테일러와 나는 사이좋은 친구가 됐어. 그는 곧잘 그 저녁 식사 때 이야기를 해. 당사자 누구에게나 그런 우스운 일은 없었다고 사이러스 자신이 여기게 되었기 때문이야.

사이러스는 내게 말했어.

"그 뒤 나는 부루퉁할 용기가 나지 않소. 이번에는 내가 바느질을 했다는 얼토당토않은 말을 아내가 또 할지도 모르니까요."

그리고 잊지 않고 '아주머니들'에게 안부를 전해 달라고 말했어.

길버트, 사람이란 참 재미있어. 그리고 인생도 그렇지.

그리고 나는
영원히 자기의 것

덧붙임—해밀턴 씨네에 있는 나이 먹은 빨간 암소가 점박이 송아지를 낳았어. 우리는 이 석 달 동안 루 헌트에게서 우유를 사고 있어. 리베커 듀는 이제 우리 소에서도 크림을 만들 수 있다하면서, 헌트네 우유탱크는 마르는 일 없다고 들었는데 지금은 자기도 그렇게 생각한다고 했어. 리베커 듀는 송아지가 태어난 게 마음에 들지 않는 거야. 케이트 아주머니가 해밀턴 씨에게 부탁해서, 그 소는 늙어서 송아지를 낳는 게 이번이 마지막이라고 설득했고 리베커도 어쩔 수 없이 가까스로 승낙한 거래.

앤, 계략을 꾸미다

깁슨 부인은 넋두리를 했다.

"아, 셜리 양도 나이들어 나만큼 오랫동안 누워 있기만 하면 조금은 더 동정할 텐데."

"제발 제가 동정심이 없다고 생각하지는 말아 주세요, 깁슨 부인."

앤은 30분에 이르는 노력이 헛되이 된 지금 깁슨 부인을 혼내주고 싶은 심정마저 들었다. 다만 등 뒤에서 호소하는 듯한 눈을 하고 있는 폴린을 생각하여 정나미가 떨어져 일어나고 싶은 것을 겨우 참고 있었다.

"반드시 외롭게 하거나 버려두거나 하는 일이 없도록 하겠어요. 제가 하루 종일 여기에 있으면서 아무 불편도 없도록 해드리겠어요."

"그래, 그래, 나는 여러 사람에게 짐이 되고 있다는 것을 잘 알고 있어요."

깁슨 부인은 지금 말한 것과는 다르게 이야기를 하기 시작했다.

"그렇게 몇 번이나 되풀이해서 말할 필요는 없어요, 셜리 양. 나는 언제 어느 때 이 세상을 떠나도 좋을 만큼 각오를 단단히 하고 있어요…… 언제 어느 때든요. 그렇게 되면 폴린은 자기 마음대로 돌아다닐 수 있겠죠. 버려졌다고 한탄하는 내가 없어지니까요. 요즘 젊은 사람은 누구도 분별심 같은 것을 가지고 있지 않거든요. 들떠 있어요…… 정말이지 들떠 있어요."

앤으로서는 분별없이 들떠 있는 젊은 사람이 폴린인지 아니면 그녀 자신인지 알 수 없었지만, 마지막 한 방을 깁슨 부인을 향해 쏘았다.

"하지만 깁슨 부인! 폴린이 언니네 은혼식에 가지 않으면 이웃사람들로부터 어떤 심한 말을 들을지 알 수 없을 거예요."

깁슨 부인은 날카롭게 물었다.

"심한 말을 듣는다고? 어떤 말을 듣는다는 거지요?"

"깁슨 아주머니."

(어쩌면 또 아주머니라고 친숙하게 불렀을까 앤은 후회했다.)

'이런 마음에도 없는 형용사를 쓴 것을 용서해요.' 앤은 생각했다.

"지금까지 오랜 세월동안 사람들 입방아에 오르내리는 일이 얼마나 귀찮은 것인지 잘 아시리라 생각해요."

깁슨 부인은 가차없이 말했다.

"내게 나이 이야기를 하다니 무슨 짓이에요. 뭘 하든 세상 사람들이 트집잡거나 결점찾기를 좋아한다는 것쯤은 말하지 않아도 알아요. 알고도 충분히 남을 정도니까요. 그리고 또 이 도시에는 쓸데없는 말을 하는 못된 사람들이 우글거린다는 것도 말하지 않아도 알고 있어요. 하지만 설마 그 사람들이 나를 뽐내기 좋아하는 늙은이라고 흉보지는 않으리라 여겨요. 나는 뭐 폴린에게 가지 말라는 것은 아니니까요. 그 애의 양심에 맡겼잖아요?"

앤은 은근슬쩍 슬픈 표정을 지어보였다.

"곤란한 점은 그것을 믿어주는 사람이 있을 것 같지 않다는 것이에요."

깁슨 부인은 한참 동안 맹렬한 기세로 박하사탕을 오도독 씹으며 먹고 나서 말했다.

"화이트 샌즈에는 볼거리가 유행하고 있다더군요."

"어머니, 나는 이미 볼거리를 앓았잖아요."

"두 번 걸리는 사람도 있으니까. 너 같은 사람이 두 번 걸리지, 폴린. 언제나 너는 어떤 돌림병에든지 걸리곤 했거든. 네가 아침까지 살 수 없을 것 같아 며칠 밤 눈도 못 붙이고 간호했었지!

아, 어머니 희생 같은 것은 오래도록 기억되지 않는 법이야. 그리고 어떻게 화이트 샌즈까지 갈 셈이냐? 기차는 몇 년이나 탄 적도 없고 토요일 밤에 돌아오는 기차도 없잖니."

앤이 말했다.

"토요일 아침차로 가면 돼요. 돌아올 때 틀림없이 제임스 그레거 씨가 데려다줄 거예요."

"나는 그 짐 그레거가 싫어요. 그 사나이 어머니는 타부시 집안 태생이거든요."

"제임스 그레거 씨가 큰 마차로 가기로 되어 있으니까 금요일에 간다면 폴린도 함께 태워다주시겠지요. 하지만 기차로 가도 염려없어요, 깁슨 부인. 서머사이드에서 타고 화이트 샌즈에서 내리면 되는 걸요. 바꿔타지도 않고요."

"무슨 까닭이 있군요."

깁슨 부인은 수상한 듯한 투로 말했다.

"셜리 양은 어째서 그토록 폴린을 보내려 하는 거지요? 자, 그 까닭을 한번 들어볼까요."

앤은 의심스러운 눈을 번쩍이고 있는 부인의 얼굴에 미소를 보냈다.

"그 까닭은 말이에요, 깁슨 부인, 폴린은 딸로서 유순하게 어머니를 진심으로 모시고 있으니까요. 다른 사람들도 그렇듯 폴린에게도 가끔은 하루씩 쉬는 날이 필요해요."

사람들은 앤의 이 미소를 거스르지 못한다. 그 탓인지, 아니면 세상 소문을 겁낸 탓인지 그만 깁슨 부인은 지고 말았다.

"할 수만 있다면 나도 이 바퀴의자에서 하루쯤 벗어나 달콤한 휴가를 보내고 싶은데 아무도 생각해준 적이 없어요. 하지만 그렇게 하지는 못하죠. 나는 그저 이 괴로움을 말없이 참아내야만 해요. 그래요, 꼭 가야만 한다면 하는 수 없죠. 이 애는 본디 자기가 생각한 일을 밀고 나가는 기질이니까요.

혹시나 볼거리에 걸리든가 이상한 독을 가진 모기에 물려도 내 탓으로 여겨서는 안 된다. 나는 어떻게든 해나가야만 되겠지. 그렇지, 셜리 양이 여기 와준다고 했죠. 하지만 셜리 양은 폴린만큼 내 생활에 익숙지 못하니까요. 그래요, 하루라면 어떻게 견딜 수 있겠죠— 뭐, 어쩔 수 있나요. 이미 요 몇 해 동안이나 덤으로 살아왔으니 어차피 대수로울 것은 없어요."

결코 너그러운 허가라고 할 수는 없었지만 그래도 들어준 것은 틀림없었다. 앤은 안심과 기쁨이 지나쳐 스스로도 생각지 못한 일을 했다. 몸을 굽혀 깁슨 부인의 꺼칠꺼칠한 뺨에 입맞추었던 것이다.

앤은 진심으로 인사했다.

"정말 고맙습니다."

"그처럼 상냥한 소리를 내지 않아도 좋아요. 박하사탕이나 들어요."

폴린은 큰길가까지 앤을 바래다주며 말했다.

"어떻게 고맙다는 말을 해야 좋을지 모르겠어요, 셜리 양."

"밝은 마음으로 가벼이 화이트 샌즈에 가서 실컷 즐겁게 지내고 오면 그것으로 충분해요."

"네, 그렇게 하고 말고요! 이것이 내게 얼마나 즐거운 일인지 모를 거예요. 만나고 싶은 사람은 루이저뿐이 아니에요. 루이저 이웃의 오래된 러클리네 집이 팔리게 됐으니까 모르는 사람 손에 넘어가기 전에 다시 한번 보고 싶어요. 메리 러클리—지금은 하워드 플레밍 부인이 되어 서부에 살고 있죠—는 내 소녀시절 가장 친했던 친구로 정말이지 자매처럼 지냈어요. 늘 러클리 집에 놀러가면 무척 즐거웠었죠. 지금도 곧잘 그 집에 가는 꿈을 꿔요. 어머니는 이토록 나이 먹어서 꿈 같은 걸 꾸는 게 아니라고 하지만, 셜리 양, 과연 그럴까요?"

"나이가 얼마가 되어도 꿈은 꾸는 거예요. 게다가 꿈은 결코 나이를 먹지 않는 걸요."

"그렇게 말해줘서 기뻐요. 오, 셜리 양, 그 세인트 로렌스만을 다시 볼 수 있다니! 15년이나 못 보았어요. 이곳 항구도 아름답지만 그곳만큼은 아니죠. 나는 마치 구름 위를 걷는 듯한 기분이에요. 이것도 모두 셜리 양 덕분이죠. 어머니는 셜리 양을 무척 좋아해서 기꺼이 나를 보내주는 거예요. 셜리 양은 나를 행복하게 해주었어요. 셜리 양은 언제나 사람을 행복하게 해주는 분이에요. 저, 셜리 양이 들어오면 늘 방에 있는 사람들이 한층 행복한 기분이 되는 걸요."

"그토록 엄청난 칭찬을 듣는 것은 태어나서 처음이에요, 폴린."

"그런데 한 가지 문제가 있어요, 셜리 양. 나는 검고 낡은 태피터로 된 드레스밖에는 입고 갈 것이 없어요. 그 옷은 은혼식에 입고 가기에는 너무 어둡겠죠? 또 살이 빠져서 너무 커요. 그걸 만든 지 6년이나 되었으니까요."

앤은 확신 있다는 듯이 말했다.

"어떻게든 말씀드려 어머니에게 새로 지어달래야죠."

그러나 그 일에는 앤의 힘도 어떻게 할 수 없다는 것을 알았다. 깁슨 부인은 커다란 바위처럼 완고했다. 루이저 힐튼의 은혼식에는 낡은 태피터로 된 드레스면 충분하다는 것이었다.

"6년 전 한 마에 2달러씩 주고 옷감을 사서 제인 샤프에게 3달러를 주어 맞춘 거예요. 제인은 솜씨 있는 양재사였어요. 제인 어머니가 스마일리 집안 태생이어서요. 뭔가 '밝은 색' 옷을 가지고 싶다니, 폴린, 어쩌면 너는! 좋다고만 하면 이 애는 머리꼭대기에서 발끝까지 주홍색 옷을 입을 거예요, 셜리 양. 그것을 하고 싶어 이 애는 내가 죽기를 기다리고 있죠. 그래, 좋다, 곧 내 모든 시중을 들지 않도록 해 줄 테니까, 폴린. 하지만 내가 살아 있는 동안은 너를 반듯하게 해두겠어. 그리고 네 모자는 어떻게 했니? 어차피 너도 보닛을 써야 할 텐데."

불쌍한 폴린은 보닛을 써야만 하는 것을 무엇보다도 싫어하고 있었다. 그럴 거라면 차라리 평생 동안 그 낡은 모자를 쓰고 있는 편이 나았다.

폴린은 앤에게 말했다.

"즐거움은 가슴 속에 숨기고 입는 옷에 대해서는 생각하지 않기로 하겠어요."

두 사람은 뜰로 나와 미망인들에게 줄 쥰 릴리와 금낭화를 꺾어 꽃다발을 만들고 있었다.

"내게 좋은 생각이 있어요."

앤은 거실 창문으로 이쪽을 감시하는 깁슨 부인에게 들리지 않을까 조심스레 흘끗 눈길을 보내 확인했다.

"내가 가지고 있는 은회색 포플린 옷을 알죠? 그걸 은혼식용으로 빌려드릴게요."

폴린은 흥분한 나머지 꽃바구니를 떨어뜨려서 앤의 발밑에 아름다운 핑크와 흰색이 어우러진 꽃밭이 생겼다.

"아니에요, 그런 일은 할 수 없어요! 어머니가 허락하지 않아요."

"어머니에게는 아무것도 알릴 필요가 없어요. 자, 들어봐요! 토요일 아침 그 옷을 검은 태피터 속에 입는 거예요. 꼭 맞을 거예요. 좀 길지만 내일 내가 주름을 두세 개 넣어두겠어요—지금 그게 유행해요. 깃은 없고 소매는 팔꿈치까지라서 아무도 모를 거예요. 갈매기 후미에 도착하거든 곧 태피터를 벗어버리세요. 끝나고 돌아올 때면 포플린 옷은 뒤에 놓아두면 돼요. 다음 주말 집에 갈 때 내가 가져올 테니까요."

"하지만 내게는 너무 화려하지 않을까요?"

"조금도 화려하지 않아요. 회색은 나이에 관계없이 입을 수 있는 거니까요."

폴린은 망설였다.

"저—이렇게 하는 게 정말 옳은 일일까요."

앤은 태연히 잘라 말했다.

"이 경우는 절대로 옳아요. 저, 폴린, 기쁜 날에 검은 옷은 금물이에요. 신부에게 불행을 가져올지도 모르니까요."

"아, 그렇게 되도록 할 수는 없어요! 그리고 어쨌든 어머니가 곤란해지는 일도 아니니까요. 어머니가 토요일 내내 잘 지내 주었으면 좋겠는데요. 내가 없으면 식사를 전혀 하지 않을지도 몰라요. 내가 사촌언니 머틸더 장례식에 갔을 때는 그랬어요. 아무것도 들지 않았다고 미스 프라우티가 말해 줬거든요—미스 프라우티가 어머니 곁에 있어줬었지요. 사촌언니 머틸더가 죽었다고 몹시 동요해버린 것이에요—어머니가요."

"식사는 하실 거예요. 내가 꼭 그렇게 하겠어요."

폴린은 부탁했다.

"셜리 양은 어머니를 다루는 요령을 잘 터득하고 있겠지요. 그리고 시간 맞추어 약 먹이는 것을 잊지 말아 주세요. 아, 역시 안 가는 편이 나을지도 몰라요!"

그때 깁슨 부인이 화내며 소리질렀다.

"꽃다발 마흔 개를 만들 셈으로 그리 오래 밖에 있는 거냐! 어째서 그 미망인들은 네 꽃을 가지고 싶다는 거지, 자기 집에도 가득 있으면서. 리베카 듀가 꽃다발을 만들어주지 않을까 기다리다가는 언제까지나 꽃없이 지내게 되겠지만. 나는 물이 먹고 싶어 목말라 죽을 것만 같구나. 하기야 나 같은 건 어떻게 돼도 좋다고 생각하고 있겠

Chang. kye

지만."

금요일 밤 크게 당황한 폴린으로부터 앤에게 전화가 걸려왔다. 목이 아픈데 어쩌면 볼거리가 아닌지 걱정된다며 셜리 양은 어떻게 생각하느냐는 것이었다.

앤은 이내 달려가서 염려없다고 안심시켰다. 그 길에 잿빛 포플린 드레스를 갈색 포장지에 싸서 들고 가 라일락 나무 사이에 감춰두었다. 그날 밤 늦게 폴린은 식은땀을 흘리며 꾸러미를 2층 작은 방으로 몰래 가져갔다. 그곳에서 자는 것은 허락받지 못했지만 폴린이 옷을 치워두고 갈아입는 방이 되었다.

폴린은 그 옷 때문에 마음이 편치 못했다. 아마 목이 아픈 것도 어머니를 속이기 때문에 받는 벌인지 모른다고 여겼다. 하지만 루이저의 은혼식에 그 형편없이 낡은 검은 태피터로 된 드레스를 입고 갈 수는 없었다. 아무래도 그렇게는 할 수 없었다.

폴린, 은혼식에 가다

토요일 아침 일찍, 앤은 깁슨네로 갔다. 이날 앤은 기운이 넘쳐 보였다. 그녀는 화창한 여름날과 함께 빛나는 듯 여겨졌으며, 황금색 대기 속을 걸어가는 모습은 그리스의 항아리에서 빠져나온 아름다운 아가씨*[1] 같았다. 앤이 들어서자 더없이 음침했던 방도 빛나며 환해졌다.

깁슨 부인이 비꼬았다.

"마치 세상이 자기 것이라는 듯 여왕처럼 걷고 있군요."

앤은 가볍게 대답했다.

"그래요, 그런 기분이에요."

깁슨 부인은 비꼬며 말했다.

"아, 아무래도 앤은 나이가 젊으니까요."

"'내 마음의 기쁨을 억누르지 않노라.' 이것은 권위 있는 성경 말씀이에요, 깁슨 부인!"

깁슨 부인은 받아넘겼다.

*1 영국 서정시인 존 키츠의 시에서.

"'사람이 태어나 괴로움을 당함은 불똥이 머리 위로 튀는 것과도 같다.' 이것도 성경에 씌어 있어요."

학사인 셜리 양에게 이처럼 훌륭히 맞설 수 있다는 것으로 깁슨 부인은 꽤 기분이 좋아졌다.

"나는 마음에 없는 말을 못하는 사람인데, 그 파란 꽃이 달린 밀짚모자가 잘 어울리는군요, 셜리 양. 그것을 쓰고 있으면 머리도 그리 빨개 보이지 않아요. 이런 건강한 젊은 아가씨를 부럽다고 생각지 않니? 너도 팔팔한 아가씨가 되고 싶지 않아, 폴린?"

그때 폴린은 행복감에 들떠 있어서 자기 자신 말고는 아무것도 되고 싶지 않았다. 앤은 2층 방으로 함께 올라가 옷 입는 것을 도와주었다.

"오늘 어떤 기쁜 일이 일어날까 여러 가지로 생각해 보는 것은 정말 즐거워요, 셜리 양. 목은 깨끗이 나았고 어머니는 저렇게 기분이 좋고요. 당신은 그렇게 여기지 않을지도 모르겠지만, 나는 알 수 있어요. 왜냐하면 비꼬기는 해도 말을 하는걸요. 어머니는 화내고 있거나 신경질이 난 때는 부루퉁해져 아무 말도 안 해버려요.

감자는 껍질을 벗겨두었고, 고기는 냉장고에, 어머니의 블라망즈(우유를 갈분·우무로 굳힌 과자)는 지하실에 넣어뒀어요. 저녁식사에 쓸 통조림 닭고기와 스펀지 케익은 부엌 구석 식품 두는 광 안에 있어요.

어머니 마음이 달라지지 않을까 조마조마해요. 변덕이라도 부리면 나는 미칠 테니까요. 오, 셜리 양, 이 은회색 옷을 입는 게 좋을까요, 정말로?"

앤은 한껏 선생다운 목소리로 명령했다.

"당장 입어요!"

폴린은 그 말에 따랐고 옷을 갈아입고 보니 다른 사람 같은 폴린이 화사하게 새로이 태어났다. 은회색 옷은 꼭 맞았다. 깃이 없고 팔꿈치까지인 소매에는 우아한 레이스 장식이 달려 있었다. 앤의 손으로 머리가 빗겨진 폴린은 이것이 자기인가 의심스러울 정도였다.
"그 흉한 검은 태피터 드레스로 감싸버리기는 싫어요, 셜리 양."
그러나 하는 수 없었다. 태피터 드레스는 은회색 드레스를 위에서 폭 숨겨 주었다. 헌 모자가 머리에 얹혀졌다—그러나 그것도 루이저 집에 가서 벗어버리면 되었다—새 구두를 신었다. 실은 깁슨 부인이 구두를 새로 마추는 것을 허락해 주었던 것이다. 뒤꿈치가 '흉할 만큼 높다'고는 말했지만.
"내가 혼자서 기차를 타고 떠나면 큰 소동이 일어날 거예요. 누군가가 죽었나보다고 남들이 생각하지 않았으면 좋겠어요. 루이저의 은혼식을 조금이라도 죽음 같은 것과 연결해서 생각하고 싶지 않아요……
어머나, 향수잖아요, 셜리 양! 사과꽃 향기군요! 어쩌면 이토록 좋은 향일까요! 그저 조금만 살짝 뿌려도 돼요……정말로 귀부인답다고 늘 생각했어요. 어머니는 사도 좋다고 결코 허락하지 않지만.
아, 셜리 양, 우리 개한테 잊지 말고 먹을 것을 주세요. 그 개에게 줄 뼈를 뚜껑 달린 접시에 담아 부엌에 달린 광에 놓아두었으니까요. 셜리 양이 저—"
폴린은 쑥스러운 듯 목소리를 낮추었다.
"여기 있는 동안 크게 실수를 저지르지 않으면 좋을 텐데요."
떠나기 전에 폴린은 어머니의 꼼꼼한 검사에 합격해야만 했다. 멀리 외출한다는 흥분과 포플린을 몰래 입고 있다는 가책이 뒤섞여 폴린은 여느 때와 달리 뺨을 붉게 물들이고 있었다. 깁슨 부인은 불만스러운 듯 기분 나쁘게 보았다.
"아니, 저런! 이봐, 글쎄! 여왕님을 보기 위해 런던에라도 가는 거냐? 너무 혈색이 좋구나. 볼연지를 발랐다고 사람들이 생각하겠다. 정말로 연지를 바른 건 아니지?"

폴린은 놀란 목소리로 대답했다.

"어머나, 바르지 않았고말고요, 어머니! 바르지 않았어요!"

"그럼, 얌전히 해야 한다. 앉을 때는 뒤꿈치를 꼭 포개고 말이다. 샛바람이 들어오는 데에 앉지 말고, 너무 지껄이지 않도록 조심해라."

폴린은 걱정스러운 듯 시계 쪽을 흘끗 본 뒤 정색하며 약속했다.

"네, 주의하겠어요, 어머니."

"건배용으로 내 새스퍼릴러 포도주를 한 병 루이저에게 갖다 주어라. 나는 루이저를 좋아하지 않지만 그 애 어머니가 태커베리 집안 태생이니까. 반드시 병을 도로 가져오너라. 그리고 루이저에게 아기고양이를 얻어가지고 오면 안 된다. 루이저는 언제나 남에게 아기고양이를 주고 싶어하니까."

"네, 주의할게요, 어머니."

"비누를 물 속에 그냥 두지는 않았겠지?

"걱정마세요, 어머니."

또다시 걱정스러운 듯 폴린은 시계를 보았다.

"구두끈은 맸니?"

"네, 어머니."

"너는 점잖치 못한 냄새가 난다—향수를 흠뻑 썼어."

"어머나, 그렇지 않아요, 어머니. 아주 조금이에요……겨우 한 방울."

"내가 흠뻑 썼다면 쓴 거야. 겨드랑이 밑이 틀어지지는 않았니?"

"네, 어머니."

"어디 보자."

깁슨 부인은 가차없었다.

폴린은 떨었다. 두 팔을 들어올렸을 때 은회색 옷자락이 나오면 어쩌지!

"그래, 그럼, 가거라."

깁슨 부인은 긴 한숨을 내쉬었다.

"네가 돌아왔을 때 내가 여기에 앉아 있지 않으면 내가 레이스 숄을 쓰고 검은 공단 덧신을 신고 묻히고 싶어했다는 걸 잊지 말아다오. 그리고 내 머리를 제대로 빗겨주기 바란다."
"기분이 언짢으세요, 어머니?"
포플린 옷 때문에 폴린의 양심은 아주 신경질적이 되어 있었다.
"만일 그렇다면 가는 것을 그만두고……"
"그래, 그 구두에 헛돈을 들였다는 말이니? 아니, 가거라. 그리고 말이다, 계단의 난간을 미끄러져 내리지 마라."
이 말을 듣자 폴린은 참을 수 없어 대꾸했다.
"어머니! 내가 그런 짓을 할 거라 생각하세요?"
"낸시 파커의 결혼식 때 그랬잖니."
"35년 전 일이잖아요? 그런 짓을 지금도 하리라 여기세요?"
"이제 갈 시간이다. 어째서 그리 말이 많지? 기차를 놓치고 싶니?"
폴린이 황급히 나가버렸으므로 앤은 후유 안도의 숨을 쉬었다. 깁슨 부인이 꼬리에 꼬리를 물어 잔소리를 늘어놓아 기차가 떠나버릴 때까지 폴린을 잡아두려는 악마 같은 충동에 사로잡힌 게 아닐까 앤은 걱정하고 있었기 때문이다.
깁슨 부인이 말했다.
"자, 이제 한숨 돌리겠군요. 이 집은 너무나 지저분한 꼴을 하고 있어요, 셜리 양. 언제나 그렇지는 않아요. 요 2, 3일 폴린은 영 정신이 나가버렸지요. 미안하지만 그 꽃병을 1인치만 왼쪽으로 놓아주지 않겠어요?……아니, 다시 한번 전대로 해줘요. 저 램프 갓이 기울어져 있군요……그래요, 이제 좀 제대로 됐어요. 저 해가리개는 다른 한쪽 것보다 1인치 밑으로 처졌군요. 고쳐놔주겠어요?"
불행하게도 앤은 해가리개를 너무 힘주어 잡아당겼다. 해가리개는 손을 떠나 소리내며 꼭대기까지 올라가버렸다.
"그것 봐요!"

앤은 무엇을 보라는 것인지 알 수 없었지만, 세심히 주의하며 해가리개를 바로잡았다.

"이제는 맛있는 차를 만들어드릴까요, 깁슨 부인?"

깁슨 부인은 비통한 목소리로 말했다.

"정말 뭔가 먹고 싶네요. 이렇게 마음 쓰고 소동을 부린 나머지 기운이 쭉 빠져버렸어요. 위가 밖으로 튀어나온 것 같아요. 제대로 된 차를 끓일 수 있어요? 사람에 따라서는 차라리 흙탕물을 먹는 게 나을 정도인 차를 끓이는 이도 있거든요."

"차끓이는 법은 머릴러 커스버트에게서 배웠어요. 기대하고 계세요. 하지만 그 전에 포치로 이 바퀴의자를 밀어다 드리죠. 햇볕이 따뜻해서 상쾌해요."

그러나 깁슨 부인은 반대했다.

"나는 몇 년이나 포치에 나가지 않았어요."

"오늘은 정말이지 좋은 날씨예요, 몸에 해롭지 않아요. 아주머니에게 꽃이 한창인 야생 사과나무를 보여 드리고 싶어요. 밖에 나가지 않으면 볼 수 없어요.

그리고 오늘은 바람이 남쪽에서 불어와 노먼 존슨 목장에서 클로버 냄새가 실려와요. 차를 가져올 테니 함께 마셔요. 차를 다 마시면 자수를 가져와 둘이 여기 앉아 지나는 사람들 하나하나 흉을 보기로 해요."

깁슨 부인은 점잖은 척하며 말했다.

"나는 남을 흉보는 짓은 찬성할 수 없어요. 그런 일은 그리스도교 신자가 할 게 못 돼요. 셜리 양, 그건 모두 자신의 머리카락인가요?"

앤은 생긋 웃었다.

"한 가닥 남김없이요."

"빨개서 안됐군요. 지금은 빨강머리가 유행하고 있는 듯하지만요. 나는 앤의 웃음이 좋아요. 우리 폴린처럼 남의 눈을 꺼리듯 비웃는 소리를 들으면 화가 나죠.

그런데 밖에 나가야만 된다면 나가지요. 감기에 걸려 목숨을 잃을 지경이 될지도 모르지만 책임은 아가씨에게 있으니까요, 셜리 양. 80이라는 내 나이를 잊으면 안 돼요—하루도 모자라지 않아요. 데이비 애컴 할아버지가 내가 아직 79살이라고 서머사이드에 퍼뜨리고 다닌다는 이야기가 들리지만요.

그 할아버지의 어머니는 워트 집안 태생이었어요. 워트 집안사람들은 본디 샘이 많아요."

앤은 바퀴의자를 밖으로 밀고 나가 쿠션을 대는 것도 잊지 않고 세심히 잘한다는 것을 증명해 주었다. 그리고 나서 곧 차를 끓여왔는데, 거기에 대해 깁슨 부인은 흔쾌히 합격점을 주었다.

"그렇군요. 이건 마실 만해요, 셜리 양. 아, 나는 정말이지 1년 동안이나 유동식밖에 먹지 못한 적이 있었어요. 모두 내가 이겨내리라고는 아무도 생각지 못했어요. 오히려 이겨내지 못한 게 좋았던 게 아닌가 곧잘 생각하죠. 앤이 좋아하는 사과나무란 저것인가요?"

"네, 곱죠? 저 새파란 하늘을 배경으로 소복히 쌓인 눈처럼 새하얀 걸요."

"나는 시 같은 건 몰라요."

깁슨 부인의 감상은 이것뿐이었다. 그러나 차를 두 잔 마신 뒤 깁슨 부인은 기분이 아주 좋아져 오전은 어느새 지나고 점심 식사를 생각할 때가 되었다.

"부엌 안으로 들어가 준비가 되면, 조그만 테이블에 차려 이리로 가져오겠어요."

"아니, 그건 안 돼요. 그런 미친 장난은 질색이에요! 이처럼 사람들이 보는 앞에서 뭘 먹는 걸 보게 되면 남들이 이상하게 여길 테니까요. 여기로 나와 있는 것은 기분이 좋기는 하지만—하기야 클로버 냄새를 맡으면 나는 언제나 기분이 나빠지지만요.

오늘 오전은 여느 날에 비해 너무 빨리 지나가버렸지만, 그래도 밖에서 식사한다는 것은 절대로 싫어요. 나는 집시가 아니니까요. 식사 준비를 시작하기 전에 손을 깨끗이 씻어줘요.

아니, 스토리 부인집에 또 손님이 오나보군요. 손님용 침구를 모조리 밖에 내다 말리고 있어요. 저것은 진심에서 우러난 환대가 아니라 다만 떠들썩해보이고 싶은 것뿐이에요. 저 사람 어머니는 캐리 집안 태생이니까요."

앤이 만들어 온 점심식사에는 까다로운 깁슨 부인도 기뻐했다.

"글을 쓰는 사람이 요리도 솜씨 좋게 할 줄 알리라고는 생각지 못했어요. 하지만 앤은 머릴러 커스버트 손에서 자랐으니까요. 물론 그 사람 어머니는 존슨 집안 태생이었어요.

폴린은 아마도 은혼식에서 기분이 나빠지도록 먹을 거예요. 어느 정도면 충분한지 스스로 모르거든요. 그 애 아버지와 똑같아요. 그 애 아버지는 한 시간 뒤면 배를 둘로 접어야 할 만큼 고생할 것을 뻔히 알면서 딸기를 배불리 먹곤 했죠.

그 애 아버지 사진을 보여줬던가요, 셜리 양?……그럼, 손님용 침실에 가서 갖다줘요. 침대 밑에 있어요. 거기에 가 있는 동안 서랍 속을 봐서는 안 돼요. 대신 책상 밑을 들여다보아 먼지가 쌓여 있는지 살펴줘요. 폴린은 믿을 수가 없어서요.

……아, 그래요, 이 사람이 그 애 아버지예요. 이 사람 어머니는 워커 집안 태생이었어요. 요즘은 이런 사람이 없어요. 타락한 시대니까요, 셜리 양."

앤은 미소 지었다.

"그 같은 말을 호메로스가 기원전 8백 년에 했어요."

깁슨 부인은 맞장구쳤다.

"구약성서를 쓴 사람 가운데에는 늘 쓸모없는 말만 한 사람이 있었네요. 이런 말 하는 것을 듣고 놀랐겠지요, 셜리 양. 내 남편은 무엇이

Chang.Kye

나 잘 아는 사람이었어요. 앤은 약혼했다면서요—의학생이라고 했던가요.

의학생이란 대개 술을 마시나보더군요. 마시지 않을 수 없겠죠, 해부를 시키니 말이에요. 술 마시는 사람에게 시집가지 말아요, 셜리 양. 벌이가 시원찮은 사람도 안 돼요. 말만 잘한다고 배가 부른 것은 아니니까 말이에요. 정말이지.

설거지대를 닦고 행주는 잘 헹궈 말려줘요. 나는 기름으로 미끌거리는 행주는 견딜 수 없어요. 개에게도 먹을 것을 줘야 해요. 지금도 너무 살쪘는데 폴린은 자꾸 먹이죠. 그 개는 처분해야만 한다고 생각할 때가 있어요."

"어머, 그건 안 돼요, 깁슨 부인. 언제 도둑이 들지 모르는걸요. 게다가 이 집은 외딴집이잖아요. 도둑으로부터 지켜줄 무언가가 필요해요."

"아, 좋아요. 마음대로 해요. 나는 남과 이러니저러니하는 게 싫어요. 특히 목덜미가 이토록 이상스럽게 뻣뻣할 때는요. 뇌졸중이 일어나는 징조가 아닌가 싶어요."

"낮잠을 주무셔야죠. 주무시고 일어나면 기분이 좋아질 거예요. 잘 덮고 의자를 낮게 해드릴게요. 포치에서 낮잠을 주무시고 싶지 않으세요?"

"남들 앞에서 잔다고요? 사람들 보는 데서 식사하는 것보다 더욱 나빠요. 셜리 양은 참으로 이상한 생각을 하는 사람이군요. 이 거실에서 자게 준비해줘요. 블라인드를 내리고 파리가 들어오지 못하도록 문을 닫아요. 앤도 잠시 조용히 있고 싶겠죠. 혀가 아주 잘 돌아갔으니까요."

깁슨 부인은 오래도록 푹 잤는데, 눈을 떴을 때는 기분이 나빠져 있었다. 앤에게 다시는 포치로 바퀴의자를 내놓지 못하도록 했다.

"밤바람을 쐬어 나를 지독한 감기에 걸리게 해서 죽이고 싶은 거죠."

아직 5시인데 깁슨 부인은 싫은 소리를 했다. 무엇을 해도 마음에 들지 않는 듯했다.

앤이 가져온 음료수가 너무 차가웠다. 그 다음에 가져온 것은 충분히 식지 않았다. 어차피 먹을 것이면 참는 수밖에. 개는 어디 있지? 틀림없이 실수를 했을 테지. 등이 아프다. 무릎이 아프다. 머리가 아프다. 가슴뼈가 아프다. 그런데도 누구 하나 동정하는 사람이 없다. 얼마나 괴로워하는지 아무도 알아주지 않는다. 의자가 너무 높다. 아니, 너무 낮다. 숄을 둘러 달라. 무릎에 담요를 씌워주면 좋겠다. 발에는 쿠션을 대주면 좋겠다. 아, 심한 샛바람이 어디서 들어오는지 알아봐주지 않겠어요? 차 한 잔 끓여다주면 고맙겠는데, 남에게 폐를 끼치고 싶지 않아서요. 편하게 묘지에 누워 있을 날도 그리 멀지 않겠지요.

"해는 짧아도 길어도, 마침내 저물어 저녁 노래가 들려온다."

언제까지나 하루가 저물지 않는 게 아닌가 앤은 몇 번이나 생각했다. 그러나 끝내 하루는 저물었고 완전히 깜깜해졌다. 깁슨 부인은 폴린이 어째서 돌아오지 않을까 걱정하기 시작했다. 해질녘이 되고 어둠이 내려도 폴린은 돌아오지 않았다. 밤이 되어 달이 높이 솟아도 폴린의 그림자조차 보이지 않았다.

깁슨 부인은 수수께끼 같은 말을 했다.

"이렇게 되리라고 생각하고 있었어요."

앤은 애써 위로했다.

"저, 그레거 씨가 올 때까지는 폴린도 돌아올 수 없고 그레거 씨는 대체로 마지막까지 우물쭈물하며 남아 있으니까요. 잠자리에 드실까요, 깁슨 부인? 많이 지쳤을 거예요. 익숙한 사람이 아니고, 남이 옆에 있으면 아무래도 신경쓰게 되죠."

깁슨 부인 입가에 있는 조그만 주름이 고집스럽게 깊어졌다.

"그 애가 돌아올 때까지 나는 자지 않아요. 앤은 돌아가고 싶으면 가요. 나는 혼자 기다릴 수 있으니까—또 혼자 죽어도 상관없으니까."

9시 30분이 되자 깁슨 부인은 짐 그레거가 월요일까지 돌아오지 않을 것이라고 했다.

"짐 그레거처럼 믿을 수 없는 사람은 없어요. 24시간 내내 마음이 달라지지 않고 있을 수 없으니까요. 게다가 일요일은 안식일이므로 집에 돌아오기 위해서 여행하는 것은 안 된다고 생각하고 있는 거지요. 그 사람은 당신네 학교의 이사잖아요. 제임스 그레거라는 사람과 그 사람이 가진 교육에 관한 의견을 어떻게 생각해요?"

앤은 갑자기 심술궂은 마음이 되었다. 마침내 오늘 하루 종일 어지간히 제멋대로인 깁슨 부인의 떼를 참고 또 참아왔던 것이다.

앤은 심각한 표정으로 말했다.

"그분의 사고방식은 시대에 몹시 뒤져 있다고 생각해요."

깁슨 부인은 눈 하나 깜빡이지 않고 말했다.

"나도 그렇게 생각해요."

그러나 그 뒤로는 잠든 척하고 있었다.

폴린의 마음에 영원히 남을 하루

가까스로 폴린이 돌아온 것은 10시나 되어서였다. 태피터로 된 드레스와 낡은 모자를 쓰고 있었지만 뺨이 붉게 물들고 눈은 별처럼 빛났으며 10년은 훨씬 더 젊어보였다. 폴린은 안고 있던 아름다운 꽃다발을 씁쓰레한 얼굴로 바퀴의자에 앉은 어머니에게 재빨리 내밀었다.

"신부가 이 꽃다발을 어머니에게 갖다 드리라며 내게 들려 보냈어요, 어머니. 예쁘죠? 스물다섯 송이 흰 장미예요."

"기가 막히는군! 내게 축하 케이크 한 조각이나마 보내려는 사람은 없었던 게로구나. 요즘 사람들은 혈육의 정이 조금도 없나보군. 아, 옛날은—"

"아니에요, 얻어 왔어요. 크게 자른 조각케이크를 이 가방 속에 넣어 가지고 왔죠. 그리고 모두들 어머니 일을 물으면서 안부 전해 달랬어요, 어머니."

앤이 물었다.

"즐거웠나요?"

폴린은 딱딱한 의자에 앉았다. 부드러운 데에 앉으면 어머니가 화내는 것을 알고 있었기 때문이다.

폴린은 조심스럽게 말했다.

"아주 즐거웠어요. 근사한 식사였어요. 은혼식도 엄청났고, 갈매기 후미의 목사 프리먼 씨가 입회하여 루이저와 모리스가 다시 한번 결혼식을 올리고—"

"그런 짓을 하다니 하느님에게 죄송한 일이야."

"……그리고 사진사가 사람들을 모두 모아 사진을 찍었어요. 꽃이 엄청 많아 응접실은 마치 꽃에 파묻힌 정자 같았죠……"

"그야말로 장례식 같았겠구나."

"……그리고 어머니, 메리 러클리가 서부에서 왔어요—지금은 플레밍 부인이죠. 생각나세요, 그녀와 나는 본디 사이가 아주 좋았었잖아요. 서로 폴리, 몰리(메리의 애칭) 하면서 다정하게 불렀던 사이예요."

"정말 시시하고도 유치한 이름으로 서로 불렀구나."

"다시 메리를 만나 기뻤어요. 옛날이야기를 천천히 했죠. 메리의 여동생 엠도 왔는데요, 통통하고 귀여운 아기를 데리고 있었어요."

깁슨 부인은 투덜거렸다.

"마치 음식 이야기라도 하는 것 같구나. 아기 같은 건 누구나 다 비슷하지."

깁슨 부인이 얻은 장미를 꽂기 위해 그릇에 물을 담아온 앤이 말했다.

"아뇨, 똑같은 아기는 없어요. 어느 아기나 마치 기적을 생각케 하는 놀랄 만한 존재예요."

"아니, 나는 열이나 낳았지만 그 가운데 하나도 기적으로 생각할 만한 존재는 발견하지 못했어요. 폴린, 부탁이니 가만히 앉아 있어다오. 짜증이 나잖니. 너는 내가 오늘 하루 어땠었는지는 물으려고도 하지 않는구나. 그런 일을 기대하는 쪽이 무리라는 거겠지."

Chang.Kye

"어머니가 오늘 하루 어떠했는지는 묻지 않아도 알겠는걸요. 어머니는 아주 혈색이 좋고 기운 있어 보여요."

그날 즐거움에 아직 들떠 있는 폴린이 어머니에게조차 얼마쯤 장난스럽게 굴었다.

"어머니는 셜리 양과 둘이 즐겁게 지냈어요?"

"그래, 잘 있기는 했지. 셜리 양 하고 싶은 대로 하게 두었으니까. 또 몇 년 만에 모처럼 누군가를 통해 재미있는 이야기를 들을 수도 있었지. 나는 남들이 그렇게 생각하고 싶어하는 만큼 저세상에 가까이 있지는 않아. 고맙게도 나는 귀머거리도 아니고 망령도 들지 않았으니까. 너는 요다음에는 달나라에라도 가려는 게 아니냐? 물어보겠는데 내 새스퍼릴러 포도주는 아무 입에도 맞지 않았는가 보구나?"

"천만에요, 모두들 기뻐했어요……아주 맛이 좋다고 칭찬했어요."

"그러면 그렇다고 빨리 이야기할 것이지. 병을 가져왔니?—아니면 그런 걸 기대한 내쪽이 무리한 주문이었니?"

폴린은 더듬거렸다.

"저—그 병은 깨져버렸어요. 누군가가 부엌에서 그 병을 넘어뜨렸어요. 하지만 루이저가 그것과 똑같은 걸 하나 줬어요, 어머니. 그러니 걱정하지 않아도 돼요."

"그 병은 내가 살림을 시작할 때부터 쓰던 물건이야. 루이저가 준 병이 그것과 같을 리 없어. 이제는 도저히 그런 병을 만들 수 없지. 숄을 한 장 더 갖다줄 수 없겠니. 나는 재채기를 하고 있어. 독한 감기에 걸린 게 틀림없어. 두 사람 다 내게 밤바람이 나쁘다는 걸 잊은 듯하구나. 덕분에 아마 신경통이 다시 도질지도 모르는데."

이때 길 위쪽에 사는 오래전부터 아는 사람이 들러서, 폴린은 그 기회를 놓치지 않고 앤을 집에서 조금 떨어진 데까지 바래다주었다.

깁슨 부인은 아주 상냥하게 말했다.

"셜리 양, 잘 가요. 정말 고마웠어요. 앤 같은 사람이 더 많으면 이

거리도 좀더 좋아질 텐데요."

깁슨 부인은 이가 없는 입으로 해쭉 웃으며 앤을 자기 쪽으로 잡아당겼다.

"남이야 뭐라든 상관할 것 없어요, 나는 앤이 정말 미인이라고 생각해요."

폴린과 앤은 서늘한 푸르름 속의 밤거리를 걸어갔다. 폴린은 어머니가 있는 앞에서는 그럴 수 없었지만 지금은 정직하게 자기 기분을 드러내 보였다.

"아, 셜리 양, 마치 천국에 있는 것 같았어요! 이렇게 신세를 지고 어떻게 이 은혜를 갚아야 될까요. 이처럼 멋진 날은 태어나서 처음이었어요. 몇 년이고 이날 일을 생각하며 지내게 되겠지요. 다시 한번 신부 들러리가 되는 것은 유쾌한 일이었어요.

신랑 들러리는 아이적 켄트 선장이었어요. 저—그 사람은 옛날 나의 애인이었죠. 그래요—아니, 그 사람은 그렇지 않았는지도 몰라요. 그 정도는 아니었는지도 몰라요. 하지만 둘이서 마차로 멀리까지 갔다 오기도 했었어요.

그 아이적이 내게 두 가지 말을 했어요. '루이저 결혼식 때 그 포도줏빛 옷을 입은 당신이 얼마나 아름다웠었는지 지금도 기억하고 있소' 이렇게 말했죠. 아직도 그 옷에 대해 기억하고 있다니 멋진 일이잖아요. 그리고 또 이렇게 말했어요. '당신의 머리는 전과 다름없이 당밀(糖蜜) 엿을 생각나게 하는군요'라고요. 그렇게 말했다고 해서 예의에 벗어난 것은 아니겠죠, 셜리 양?"

"그렇고말고요."

"모두 돌아가고 나서 루이저와 몰리와 나 셋이서 즐겁게 저녁 식사를 했어요. 몹시 배가 고팠거든요. 그처럼 배가 고팠던 일은 요 몇 년새 처음이었어요. 먹고 싶은 걸 먹을 수 있고, 더욱이 그런 것은 위에 나쁘다고 잔소리하는 사람이 없다는 건 즐거운 일이에요.

저녁 식사 뒤, 메리와 단둘이 전의 메리네 집으로 가서 옛날이야기를 하며 뜰을 거닐었어요. 몇 년 전 둘이 심은 라일락도 있었지요. 어렸을 때 몇 번 여름을 함께 즐겁게 지냈었거든요.

해질 무렵 정들었던 바닷가로 나가 바위 위에 말없이 앉아 있었어요. 항구에 종소리가 울려 퍼지고 바다에서 불어오는 바람을 맞으며 물 위에서 별빛이 떨고 있는 것을 보는 일은 정말 좋았어요.

나는 세인트 로렌스만의 밤이 그토록 아름답다는 것을 잊고 있었어요. 다 저물어버린 뒤 우리는 집으로 돌아와 그레거 씨가 떠날 준비가 되어 있어서 '할머니는 그날 밤 집으로 돌아왔죠.'"

폴린은 말을 맺으며 웃었다.

"폴린이 집에서……그렇듯 괴로운 생활을 하지 않으면 얼마나 좋겠어요."

폴린은 얼른 말했다.

"셜리 양, 그것도 지금은 아무렇지 않아요. 결국 가엾은 어머니에게는 내가 필요한 거예요. 누군가에게 필요한 사람이라는 것은 기쁜 일이죠, 셜리 양."

그렇다, 도움을 줄 수 있다는 것은 기쁜 일이다. 앤은 탑의 방에 돌아와 그렇게 생각했다. 방에는 리베커 듀와 미망인들의 손에서 교묘히 빠져나온 더스티 밀러가 침대 위에 새우처럼 등을 웅크리고 자고 있었다. 앤은 고역스러운 생활로 부지런히 돌아가는 폴린의 뒷모습을 떠올렸다. '영원히 마음에 남을 즐거운 하루의 추억'을 안고 돌아간 폴린을 생각했다.

앤은 더스티 밀러를 향해 말했다.

"나는 언제나 누군가가 필요로 하는 사람이 되고 싶어. 어떤 이에게 행복을 줄 수 있다는 것은 아주 멋진 일이야. 오늘은 폴린에게 그런 날을 주었다고 생각하니 나까지 큰 부자가 된 기분이야. 하지만 더스티 밀러, 비록 내가 여든 살까지 산다 해도 깁슨 부인처럼은 되지는 않겠지? 그렇게 여기지, 더스티 밀러?"
더스티 밀러는 그렇게 생각한다고 굵고 쉰 소리로 골골거리며 앤을 안심시켰다.

노러, 빰을 때리다

앤은 결혼식 전날인 금요일 밤에 보니뷰로 갔다. 넬슨네에서는 가족의 친구들이며 기선 연락열차로 도착하는 결혼식 손님들을 위해 만찬회를 열기로 되어 있었다.

넬슨 박사의 여름별장 보니뷰는 사방으로 손발을 뻗은 큰 저택으로, 가늘고 길게 튀어나온 곶의 가문비나무 숲속에 세워져 있었다. 곶은 만으로 뻗어, 만을 건넌 맞은편 해안에는 만을 불어 빠져나가는 바람이라면 알고 있을 터인 모래언덕이 황금빛 배를 드러내고 누워 있었다.

앤은 이 집을 본 순간부터 좋아졌다. 오래된 돌집은 언제나 안정된 위엄을 준다. 비도 바람도 인간의 흥망성쇠도 두려워하지 않는다.

이 6월 어느 저녁 무렵에는 그 집이 젊은 생명과 흥분으로 떠들썩해져 있었다—아가씨들의 웃음소리, 오래된 친지들 사이의 정다운 인삿말, 들락날락하는 마차들, 이리저리 뛰어다니는 밤톨만한 아이들, 크고 작은 선물들이 들어오고, 누구나 결혼식에서 흔히 일어나는 반가운 소동에 휘말려 있었다.

그 가운데서 바르나바스*[1]와 사울*[2]이라는 이름을 가진 넬슨 박사의 검은 고양이 두 마리는 베란다 난간에 앉아 의젓한 두 개의 스핑크스처럼 모든 것들을 지켜보고 있었다.

샐리는 사람들 속에서 떨어져나와 앤을 2층으로 데려갔다.

"앤에게는 북쪽 지붕밑 다락방을 준비해 두었어요. 물론 다른 세 분과 함께 써야 하지만요. 큰 소동이잖아요. 아버지는 남자분들을 위해 가문비나무숲에 텐트를 치고 있어요. 그리고 나서 정원 쪽 유리로 둘러친 베란다에는 접개식 간이침대를 준비해 놓을 참이고, 아이들은 대개 건초오두막에 들어가게 돼요.

오! 앤, 나는 아주 흥분했어요. 결혼한다는 것은 정말이지 견딜 수 없이 즐겁군요. 내 웨딩드레스가 지금 막 몬트리올에서 도착했어요. 꿈결처럼 황홀해요. 크림빛 옷감으로 레이스 깃이 달리고 하얀 진주가 여기저기 박혀 있죠. 멋진 선물도 많이 받고요.

이게 앤 침대예요. 다른 침대는 메이미 그레이와 도트 프레이저와 팔머 언니 거예요. 어머니는 에이미 스튜어트를 이 방에 있게 하고 싶어했지만 내가 듣지 않았어요. 에이미는 앤을 싫어하는걸요. 자기가 내 들러리를 하고 싶어했으니까요. 하지만 그처럼 뚱뚱한 사람을 들러리로 할 순 없잖아요. 게다가 그녀는 엷은 녹색 옷을 입으면 마치 뱃멀미를 한 사람처럼 보여요.

어머나, 앤, 고양이 대고모예요! 바로 조금 전에 도착하셔서 우리는 겁먹고 있어요. 물론 그 대고모를 초대하지 않을 수는 없어요. 하지만 내일까지 오지 않는 것으로 되어 있었는데."

"대체 고양이 대고모란 누구지요?"

"아버지의 고모로, 제임스 케네디 부인이에요. 네, 물론 그레이스 대고모인데 토미가 '고양이 대고모'라는 별명을 붙였어요. 늘 눈을 번

---

*1 그리스도 사도의 한 사람으로, 바울의 친구.

*2 사도 바울의 본디이름.

뜨이며 돌아다니는데, 우리가 대고모 눈에 띄지 않으려고 조심하는 것에만 눈독을 들이죠. 고모할머니로부터는 도저히 달아날 수가 없어요. 무엇 하나 놓치지 않으려고 아침에는 일찍 일어나고 밤에는 누구보다도 늦게 잠자리에 들거든요.

그러나 그런 것은 진짜 심한 일 속에 들지 않아요. 뭐든 해서 안 될 게 있으면 반드시 말해 버리고, 때로는 일에 따라 묻지 말고 덮어 두어야 할 것이 있다는 걸 전혀 몰라요. 아버지는 대고모의 말을 '고양이 대고모의 명연설'이라고 해요. 아마 대고모 덕분에 만찬모임이 엉망이 될 거예요. 봐요, 왔어요."

문이 열리며 동그란 검은 눈의 뚱뚱하고 몸집이 작은 부인이 들어왔다. 움직일 때마다 나프탈렌 냄새가 코를 찌르고 만성적인 걱정스러운 표정을 짓고 여기저기를 고루 살피며 돌아다니고 있었다. 이런 얼굴을 한 그녀는 정말이지 먹이를 찾는 고양이와 똑같았다.

"아가씨가 소문으로 듣던 셜리 양인가? 전에 내가 알고 있던 셜리라는 사람과는 전혀 닮지 않았어. 그 사람은 아주 예쁜 눈을 하고 있었지.

그런데 샐리, 드디어 너도 시집가는구나. 가엾게도 노러 혼자 남았어. 그래, 네 어머니도 너희들을 다섯이나 시집 보냈으니 운이 좋았어. 8년 전 나는 너희들 어머니에게 물었었지.

'제인, 대체 이 아이들을 모두 결혼시킬 수 있다고 생각해?'

그래, 내가 보건대 남자란 괴로움의 씨앗에 지나지 않고, 뭐니뭐니 해도 결혼만큼 믿을 수 없는 일은 없으니까. 하지만 이 세상에서 여자가 달리 무엇을 하기 위해 태어났겠니? 가엾은 노러에게 나는 타일렀지.

'명심해라, 노러. 언제까지나 혼자라는 건 그리 유쾌한 일이 아니야. 짐 윌콕스는 대체 무슨 생각으로 있는 거냐?'"

"어머나, 그레이스 대고모, 그런 말씀은 안 하시는 게 좋을 텐데요…… 짐과 노러는 지난 1월 무슨 일로 싸워서인지 그 뒤로 짐은 모습을 보이지 않는걸요."

"나는 말하고 싶은 것은 말하자는 주의야. 모든 일이란 입 밖에 내는 게 좋아. 그 싸움이야기라면 나도 들었어. 그래서 더욱 그 애에게 물은 거지.

'짐이 엘리너 프링글을 데리고 다닌다는 이야기도 알아두는 편이 좋을 거야' 내가 이렇게 말했더니 노러는 머리끝까지 화가 나 뛰어나가 버렸지. 베러 존슨은 이런 데서 뭘 하고 있을까! 친척도 아닌데."

"그레이스 대고모 베러는 전부터 제 친한 친구예요. 예식에서 결혼행진곡을 쳐주기로 되어 있어요."

"뭐, 그 사람이? 그러냐. 글쎄, 나는 그 사람이 실수로 장송곡을 치지 않았으면 해서 하는 말이다. 도러 베스트의 결혼식 때 톰 스콧 부인이 그랬듯이 말이야. 재수없지 않니. 이처럼 많은 사람들을 대체 어디다 재울 참인지 나는 모르겠구나. 빨랫줄에 매달려 자야 하는 사람이 나오지는 않을지 걱정이다."

"어머나, 대고모, 모두들 묵을 장소가 마련되어 있어요."

"그런데 샐리, 나는 네가 마지막에 가서 변덕부리지 않았으면 좋겠다. 헬런 서머스처럼 말이야. 그렇게 된다면 엉망진창이 되어버리지. 네 아버지는 아주 신나 하고 있구나. 나는 뭐 불행을 바라는 건 아니지만, 그것이 뇌일혈의 조짐이 되지 않았으면 해. 그렇게 해서 불현듯 일어나는 걸 봤으니 걱정되는 구나."

"어머나, 아버지는 건강해요. 조금 흥분해 있을 뿐이에요."

"아, 너는 아직 젊어, 샐리. 얼마나 여러 가지 일이 일어나는지 몰라. 네 어머니에게서 들었는데, 결혼식은 내일 정오라지? 다른 것도 모두 그렇지만, 결혼식도 달라졌구나. 좋은 쪽으로 달라진 건 아니야. 내가 결혼식을 올렸을 때는 저녁이었는데, 아버지는 결혼식에 쓸 술을 20갤런 가까이 준비해 두었었지. 아, 옛날과는 참 많이 달라졌어.

머시 대니얼즈는 어떻게 된 걸까? 층계 있는 데서 마주쳤는데 안색이 무척 안 좋아 보이더구나."

"자비란 강제되는 성질의 것이 아니다."*3

샐리는 야회복에 몸을 비비틀어 넣으며 쿡쿡 웃었다. 고양이 할머니가 나무랐다.

"함부로 성경을 입에 담는 게 아니야! 이 애를 너그러이 봐줘, 셜리 양. 결혼식을 올리는 데 서투르니까. 아무튼 나는 그저 신랑이 뒤쫓기는 듯한 얼굴만 안하면 좋을 거라 바라고 있어. 흔히 있는 일이니까. 그런 기분이 들기도 하겠지만, 그렇다고 너무 얼굴에 그런 내색을 할 필요는 없지.

그리고 결혼반지를 잊지 말아야 할 텐데. 업튼 하디가 그랬으니까. 업튼과 플로러는 커튼에서 고리를 한 개 빼어 그것으로 결혼해야만 했었지. 자, 그럼 결혼축하 선물을 한번 더 보고 올까. 좋은 걸 많이 받았더구나, 샐리. 나는 선물받은 그 스푼 손잡이를 깨끗이 잘 닦았으면 좋겠더라만, 그게 어려운가 보더구나."

그날 밤 넓은 유리로 둘러친 테라스에서 열린 만찬회는 정말 떠들썩하고 즐거웠다. 등불이 둘레에 죽 드리워져 아름다운 옷이며 윤기 흐르는 머리며 아가씨들의 희고 주름없는 이마에 부드러운 빛을 던지고 있었다.

바르나바스와 사울은 넬슨 의사 의자의 넓적한 팔걸이에 흑단(黑檀) 장식물처럼 앉아 넬슨 의사에게서 차례로 음식을 한 입씩 받아먹고 있었다.

고양이 할머니가 말했다.

"파커 프링글 못지않게 지독한 짓을 하는군. 파커 프링글은 개에게도 냅킨과 의자를 주어 식탁에 앉히니 말이다. 뭐 그러다 보면 곧 하

*3 셰익스피어 《베니스의 상인》에서 포셔가 하는 말.

느님의 심판이 내릴 테지만."

파티에는 손님이 많았다. 시집간 넬슨네 딸들과 그 남편 말고도 안내자와 들러리들이 있었기 때문이다. 그리고 고양이 할머니의 '명연설'도 있었지만—아니, 오히려 그 덕분에 즐거운 모임이었다. 아무도 고양이 할머니의 말을 진심으로 받아들이는 사람은 없었고, 젊은이들 사이에서는 분명 할머니가 웃음거리로 되어 있었다.

고든 힐을 소개받은 할머니가 말했다.

"아니, 어쩌면 댁은 내 예측에 조금도 들어맞지 않는군. 전부터 나는 샐리가 키가 크고 잘생긴 남자를 발견해올 줄 알았는데."

그러자 온 포치 안에 웃음이 잔물결처럼 퍼졌다. 고든 힐은 어느 쪽인가 하면 키가 작고 아주 사이좋은 친구들조차 겨우 '느낌좋은 얼굴'이라는 평밖에 듣지 못했으므로 지금 그 말은 죽어도 못 잊을 거라고 생각했다.

할머니는 도트 프레이저에게 말했다.

"아니, 이거 만날 때마다 새 옷이군! 댁 아버지 지갑이 앞으로 2, 3년 더 빵빵했으면 좋으련만."

도트는 할머니를 펄펄 끓는 기름가마에 던져버리고 싶다고 여겼지만 더러는 재미있다고 생각하는 아가씨들도 있었다.

피로연 준비 이야기가 나왔을 때 고양이 할머니는 슬픈 듯 말했다.

"나는 다만 나중에 한 사람 남김없이 자기 티스푼을 도로 내놓기만 해준다면 더 바랄 게 없어. 거티 폴 결혼식 때는 다섯 개가 없어져 끝내 나오지 않았으니까."

세 다스 빌어온 넬슨 부인도 그것을 빌려준 친척들도 모두 불안한 얼굴이 되었다. 그러자 넬슨 의사가 명랑하게 큰소리로 웃으며 말했다.

"모두 돌아가기 전에 한 사람 한 사람씩 주머니를 뒤집어보겠습니다, 고모님."

"아, 새뮤얼, 너는 웃을지 모르지만 그런 일이 집에서 일어나보렴, 웃을 일이 아니란다. 누군가가 그 스푼을 가지고 있을 게 틀림없어. 나는 어디 가든지 그 스푼이 있나 없나 눈을 크게 뜨고 살피지. 어디에서든 보면 나는 아니까. 하기야 28년 전 일이지만.

그때 가엾은 노러는 아직 아기였어. 이 애에게 조그만 수를 놓은 하얀 옷을 입혀가지고 거기에 데려왔던 일을 기억하니? 어느새 28살이라니! 아, 노러, 너도 나이를 먹었구나. 이 불빛에서는 그 나이로 보이지 않지만."

이어서 일어난 웃음에 노러는 끼어들지 않았다. 금방이라도 화를 터뜨릴 것 같았다. 수선화빛 옷을 입고 검은 머리에 진주장식을 달고 있는데도 노러의 모습은 앤에게 까만 나방을 생각나게 했다. 침착하며 살결이 눈처럼 흰 금발의 샐리와 정반대로 노러 넬슨은 숱 많은 검은 머리와 까만 눈동자 그리고 짙은 눈썹에 벨벳 같은 뺨은 붉었다.

그 코는 얼마쯤 매부리코가 될 조짐을 보이고 있었다. 미인이라는 말을 들은 적은 한 번도 없었지만, 뚱한 어두운 표정에도 불구하고 앤은 이상하게도 노러에게 끌렸다. 자기는 인기있는 샐리보다 노러 쪽을 친구로서 더 좋아할지도 모른다고 앤은 생각했다.

식사 뒤에 춤이 시작되어 음악과 웃음소리가 오래된 돌집의 넓고 낮은 창문으로 흘러넘쳐 나왔다. 10시가 되자, 노러의 모습이 사라졌다. 앤은 떠들썩한 소란에 좀 지쳤으므로 몰래 홀을 빠져나가 바로 앞에 만이 펼쳐진 뒷문으로 나와 바위층계를 나부끼듯 내려와 우듬지가 뾰죽한 작은 전나무숲 사이를 지나 바닷가 모래톱으로 왔다.

무더운 저녁을 보낸 뒤였으므로 서늘한 바닷바람이 얼마나 상쾌한지! 만에 흐르는 은빛 달그림자가 얼마나 아름다운가! 떠오르는 달 아래 돛을 달고 항구의 모래톱 쪽으로 다가오는 배가 그 얼마나 달콤한 꿈 같은가! 자신마저도 인어의 춤 속으로 끌려들어갈 듯한 밤이

었다.

노러가 물가의 검은 바위그늘에 새우처럼 등을 웅크리고 앉아 있었다. 전보다도 더 폭풍이 올 것 같은 얼굴이었다.

앤이 말했다.

"잠깐 함께 앉아도 괜찮겠어요? 춤이 싫증난데다, 무엇보다도 이처럼 멋진 밤을 못 보는 건 아까운 일이에요. 이 항구 전체가 뒤뜰이라니 정말 부러워요."

별안간 노러는 무뚝뚝한 목소리로 물었다.

"이런 때 연인이 없는 게 어떤 기분인지 알아요?"

그리고 노러는 한층 무뚝뚝하게 덧붙였다.

"없을 뿐 아니라 있게 될 희망도 없다면……"

"연인이 없다면, 그건 자신이 만들 마음이 없기 때문일 거예요."

앤은 대답하면서 노러와 나란히 앉았다.

노러는 저도 모르게 자신의 고민을 앤에게 이야기하고 있었다. 앤에게는 어딘지 자신의 고뇌를 털어놓지 않고는 견딜 수 없는 그런 데가 있었다.

"나에게 상처를 주지 않으려고 그렇게 말하겠지만 그럴 필요는 없어요. 내가 남자에게 호감을 주지 못하는 여자임은 나와 마찬가지로 앤도 잘 알 거예요. 나는 그저 '볼품없는 넬슨 양'인걸요. 내게 연인이 없는 것은 그럴 마음이 없기 때문이 아니에요.

그곳에 도저히 더 이상 있을 수 없어 여기에 와서 마냥 비참한 기분에 젖어 있는 참이에요. 누구에게든 상냥스레 굴며 결혼하지 못한 것을 비꼬아대도 아무렇지 않은 척하는 데 이제 질려 버렸어요. 앞으로는 그러지 않을 거예요. 사실은 아주 마음에 걸리는걸요. 아주 걸려요. 넬슨네 딸 가운데 남은 건 나뿐이지요. 다섯이 결혼한 셈이에요, 내일로.

식사자리에서 고양이 대고모가 내 나이를 들추는 말을 들었죠?

게다가 식사 전에 대고모가 우리 어머니에게 지난해 여름 이후로 내가 무척 늙었다는 말을 들었어요. 물론 늙었지요. 28살인걸요. 앞으로 12년 뒤면 40살이에요. 그 무렵까지도 자신의 생활에 뿌리내리지 못하면 40살이 되었을 때 어떻게 살아가야 좋을까요, 앤?"

"나라면 할머니 말에 신경쓰지 않겠어요."

"어머나, 그래요? 앤은 나 같은 코를 가지고 있지 않기 때문이죠. 앞으로 10년 뒤면 나는 아버지 못지않은 매부리코가 되어버려요. 게다가 앤이라면 남자친구들로부터 청혼을 몇 년이나 기다리는 것도—전혀 청혼해올 기색이 없어 보여도 상관없다는 거예요?"

"어머나, 그건 신경쓰이겠지요."

"내가 지금 당하고 있는 처지가 그거예요. 앤은 짐 윌콕스와 내 이야기를 들었겠지요. 오래된 일인걸요. 짐은 몇 년이나 나와 사귀었지만 결혼에 대해서는 아무 말도 한 적이 없어요."

"노러는 짐을 좋아해요?"

"물론 좋아해요. 나는 늘 그렇지 않은 척해 왔지만 그래도 전에 말한 것처럼 그런 태도를 할 단계는 벌써 지났어요. 이젠 척하는 것을 그만둬버렸어요.

짐은 지난 한달 내내 한 번도 내게 오지 않았어요. 우리는 싸웠죠—하지만 싸움이라면 지금까지도 몇백 번이나 했는걸요. 그전까지는 짐이 화해하자고 반드시 돌아왔는데, 이번에는 돌아오지 않아요. 앞으로 두 번 다시 돌아오지 않을 거예요.

짐에게 그럴 마음이 없는 거예요. 만 건너편의 달빛에 드러난 짐의 집을 봐요. 그 사람은 저기에 있고—나는 여기 있고—우리들 사이에는 만이 가로놓여 있어요. 앞으로 언제까지나 이대로일 거예요. 마음이 아파서 견딜 수 없어요!—무척이나요. 그러나 나로서는 어쩔 도리가 없어요."

"사람을 보내서 짐에게 오라고 하면 다시 와 주지 않을까요?"

"사람을 보낸다고요? 내가 그럴 수 있다고 생각해요? 그럴 바에는 차라리 죽는 게 낫지요. 그 사람이 올 마음만 있다면 못 올 이유는 아무것도 없잖아요. 올 마음이 없다면 그런 사람, 어떻게 되어도…… 그렇지 않아요, 그렇지 않고말고요! 와줬으면 좋겠어요! 나는 짐을 사랑하고 있어요—결혼하고 싶어요. 자기 가정을 이루고 '부인'이라고 불리며 고양이 대고모에게 군소리 못하게 해주고 싶어요.

아, 아! 아주 잠깐 동안이라도 좋으니 바르나바스나 사울이 되어 대고모를 실컷 욕하고 싶어요! 다시 한번 나를 두고 '가엾은 노러'라고 해봐요, 석탄이 든 양동이를 집어던져줄 테니.

하지만 결국 대고모는 누구나 생각하고 있는 일을 입 밖에 내는 것에 지나지 않지요. 어머니는 벌써 옛날에 나를 결혼시키는 일을 단념해 버리고 이제 나에게는 아무 말도 않지만, 그래도 남들은 놀리는 걸요.

나는 샐리가 미워요. 이런 말을 하다니 못된 것을 알아요—그래도 미워요. 샐리는 좋은 남편이 생겨서 즐거운 가정을 꾸리게 됐어요. 샐리는 모든 것을 가지고, 나는 아무것도 없다는 건 불공평해요. 샐리는 나보다 착하지도 똑똑하지도 예쁘지도 않아요.—다만 운이 좋을 뿐이에요. 나를 아주 고약한 여자라고 생각하겠죠?—당신이 어떻게 생각해도 상관없지만요."

"노러는 몇 주일 동안의 준비며 긴장으로 지쳐버렸어요. 그럴 때는 힘들게 생각했던 일들이 더욱 견딜 수 없게 괴로워지는 거예요."

"앤은 알아주는군요. 네, 그래요, 앤이라면 이해해주리라는 걸 전부터 알고 있었어요. 나는 전부터 앤과 친구가 되고 싶었어요. 앤의 명랑한 웃음이 좋아요. 나도 그렇게 웃을 수 있으면 좋을 텐데 늘 생각했었죠.

나는 보기보다 그리 까다롭지 않아요. 나쁜 건 이 눈썹탓이에요. 이것 때문에 남자들이 겁먹고 가까이 하지 않는 게 아닌가 여겨요.

지금까지 마음을 털어놓을 수 있는 여자친구를 가져본 적이 없어요. 하지만 내게는 늘 짐이 곁에 있어 주었어요. 우리는 죽—어린시절부터 친구였었는걸요.

짐이 꼭 와줬으면 하고 바랄 때는 저 지붕밑방 작은 창문에 등불을 놓아요. 그러면 보트를 타고 바로 와주지요. 우리는 어디를 가든지 함께였어요. 다른 남자아이들이 파고들 기회가 없을 정도였어요. 아무도 그런 기회를 바란 사람은 없었겠지만요.

그런데 지금은 그것도 모두 끝났어요. 짐은 내게 싫증난 거예요. 그래서 싸움을 구실로 달아나버린 거예요. 아, 이런 말을 하다니, 내일이 되면 앤이 밉다고 생각할지도 몰라!"

"어째서요?"

노러는 쓸쓸히 말했다.

"사람은 저도 모르게 비밀을 털어놓은 상대를 반드시 미워하게 되죠. 그러나 결혼식이란 사람에게 어떤 이상한 기분이 들게 해요. 그러니 나는 마음쓰지 않겠어요. 아무것도 상관없어요. 오, 앤, 나는 비참해서 견딜 수 없어요! 어깨에 기대 마음껏 울게 해줘요. 내일은 하루 종일 기쁜 듯 생글거리며 행복한 얼굴을 하고 있어야 하는걸요.

샐리는 내가 들러리가 되어주지 않는 것은 미신을 믿기 때문이라고 여기고 있어요. '세 번 들러리를 서면 시집을 못 간다'라는 그 말을 알고 있거든요. 하지만 그렇지 않아요! 샐리 곁에 서서 아내가 될 것이냐는 물음에 샐리가 '당신의 아내가 되겠어요' 하고 대답하는 말을 들어야하다니, 그것이 힘들어서 그래요. 내가 짐을 향해 그런 말을 할 기회가 오지 않을 것을 알고 있거든요.

하늘을 향해서 소리칠 거예요. 나는 신부가 되고 싶어요—시집갈 준비를 하며—이니셜을 조합한 침구 등을 만들고—멋진 선물을 받고 싶어요. 고양이 대고모의 은으로 만든 버터 접시조차도 갖고 싶을 정도라구요.

대고모는 신부에게 반드시 버터 접시를 줘요. 뚜껑이 성 베드로 성당의 둥근 지붕과 똑같은 엄청난 것이죠. 아침 식탁에 놓아 짐을 놀려대기 위해서라도 받고 싶어요. 앤, 나는 미칠 것만 같아요."

앤과 노러가 손을 잡고 집으로 돌아왔을 때는 춤이 끝나 있었다. 사람들은 잠자리로 들어가고 있는 참이었다. 토미 넬슨은 바르나바스와 사울을 헛간으로 데려갔다. 고양이 할머니는 아직 소파에 앉아 내일 일어나지 말아야 할 무서운 일들을 끝없이 떠올리고 있었다.

"누군가가 일어나서 이 두 사람의 결혼식에 반대하지 않으면 좋을 텐데. 틸리 해트필드의 결혼식 때는 그런 일이 일어났으니까요."

신랑 들러리가 말했다.

"고든에게는 그런 행운이 일어날 것 같지 않습니다."

고양이 할머니는 그에게 차가운 눈길을 보냈다.

"젊은이, 결혼은 농담으로 하는 게 아니라네."

젊은이는 아무렇지도 않게 대답했다.

"그렇고말고요. 여보세요, 노러 양! 당신의 결혼식에서 춤출 수 있는 것은 언제가 될까요?"

노러는 아무 대답도 하지 않고 젊은이에게 가까이 다가가 침착하게 처음에는 한쪽을, 이어서 반대쪽을 흉내만 내는 것이 아니라 힘주어 찰싹 때렸다. 그리고 나서 노러는 뒤돌아보지도 않고 2층으로 올라가버렸다.

고양이 할머니가 말했다.

"저 애는 너무 지쳐 있어."

노러, 나와 결혼해 주오

토요일 오전은 마지막 끝손질로 눈이 핑핑 돌 듯이 바쁘게 지나갔다. 넬슨 부인에게서 빌려온 앞치마로 몸을 모조리 감싼 앤은 부엌에서 노러를 도와 샐러드를 만들고 있었다. 노러는 침착하지 못했다. 노러는 스스로도 예언했듯이 어젯밤 비밀이야기를 몹시 후회하는 것이다.

노러는 내뱉듯이 말했다.

"우리는 모두 한 달은 피로에 지쳐 버릴 거예요. 그리고 아버지에게는 사실 이렇게 화려하게 치를 여유가 없어요. 그런데 샐리가 떼쓰며 '화려한 결혼식'을 하겠다고 고집스레 버텼죠. 아버지는 하는 수 없이 꺾였어요. 아버지는 언제나 샐리를 응석받이로 만들어요."

난데없이 부엌 구석의 식료품실에서 고양이 할머니가 머리를 내밀고 말했다.

"심술과 시샘이로군."

할머니는 식료품실에서 일어나지 말았으면 좋겠다고 여기는 일들을 끝없이 늘어놓아 넬슨 부인을 미칠 듯한 상태로 몰아넣고 있었다.

노러는 분한 얼굴로 앤에게 말했다.

"대고모 말이 맞아요. 정말로 그 말이 맞아요. 실제로 나는 심술궂은 시샘꾸러기예요. 행복한 사람들 얼굴을 보는 것조차 싫은걸요.

그렇다해도 어젯밤 주드 테일러의 뺨을 때려준 것은 나쁘다고 여기지 않아요. 다만 유감스러운 것은 그의 코를 잡아 굽히지 못한 일이에요.

자, 샐러드는 다 됐어요. 예쁘죠. 이런 기분이 아닌 때는 나 또한 떠들썩한 일을 아주 좋아해요. 아, 많은 말을 했지만 결국 모든 일이 샐리를 위해 잘 되었으면 해요. 나는 마음 속으로 샐리를 아주 좋아해요. 하지만 지금으로서는 미워서 견딜 수 없어요. 그 가운데에서도 짐 윌콕스가 가장 미워요."

식료품실에서 고양이 할머니의 동정해 마지않는 목소리가 들려왔다.

"이제 남은 일은 결혼식 직전에 신랑이 없다거나 하는 일이 없기를 바랄 뿐이야. 오스틴 크리드가 그랬으니까. 오스틴은 그날이 자기 결혼식인 걸 잊었던 거지. 크리드네 사람들은 본디 잊기를 잘하지만, 그래서야 너무 지나치잖아."

두 아가씨는 얼굴을 마주보고 웃음을 터뜨렸다. 웃으니 노러의 얼굴 전체가 달라졌다—밝아지고—발그레해졌으며—잔물결처럼 흔들리고 있었다.

거기에 누군가가 와서 바르나바스가 층계에 토했다고 알렸다. 닭의 간을 너무 먹은 게 틀림없었다. 화들짝 놀란 노러는 그것을 치우러 뛰어가고, 고양이 할머니는 식료품실에서 나와 10년 전 앨머 클러크 때처럼 결혼 케이크가 사라지는 일이 없었으면 좋겠다고 엉뚱한 말을 했다.

정오까지 모든 준비가 빈틈없이 되었다. 테이블이 놓이고 침대는 아름답게 정돈되었으며 곳곳마다 꽃바구니로 꾸며졌다. 2층 널따란 북쪽 방에서는 샐리와 세 들러리가 몸이 떨릴 듯 하늘하늘한 눈부신 옷을 입고 있었다. 엷은 녹색 옷을 입고 모자를 쓴 앤은 거울에 몸을 비춰보며 이 모습을 길버트에게 보이고 싶다고 생각했다.
노러가 좀 약오르는 듯 칭찬했다.
"멋져요!"
"노러야말로 멋져요. 그 엷은 푸른빛 시폰 드레스와 타조 깃털을 꽂은 챙 넓은 모자가 윤기 도는 머리와 푸른 눈을 돋보이게 해요."
노러는 토라진 듯이 말했다.
"내가 예쁜지 어떤지 마음 쓰는 사람이 있어야지요. 자, 생긋 웃을 테니 봐줘요, 앤. 피로연에서 해골 같은 모습을 하고 있을 수는 없게 됐어요. 내가 결혼행진곡을 치게 되었거든요. 베러는 몹시 머리가 아프대요. 고양이 대고모가 예언했듯 장송곡이라도 치고 싶어요."
고양이 할머니는 오전 동안 그리 아름답지 못한 낡은 가운과 찌그러진 실내모자 차림으로 여기저기 두리번거리며 방해를 하고 있었는데, 이제 적갈색 비단 드레스로 화려하게 차려 입고 나타나 샐리에게 한쪽 팔이 반듯하지 못하다고 주의를 주며 애니 크루슨 결혼식 때처럼 드레스 밑에서 페티코트가 내다보이지 않으면 좋겠다고 말했다.
방으로 들어온 넬슨 부인은 웨딩드레스를 입은 샐리가 너무 예쁘다면서 훌쩍이며 울었다.
고양이 할머니가 위로했다.
"자, 울지 마라, 제인. 아직 딸이 하나 더 있잖아—이러다가 집에 주저앉아 버리면 큰일이지. 결혼식에 눈물은 불길해. 나는 다만 로버타 프링글 결혼식 때 크롬웰 아저씨처럼 결혼식 도중에 난데없이 죽어버리는 사람이 나오지 말았으면 할 뿐이야. 너무 놀라 신부는 2주일이나 자리에 드러눕고 말았지."
이 끔찍한 격려사를 뒤로 하며 신부와 들러리들은 노러가 연주하는 좀 거친 결혼행진곡에 맞춰 아래로 내려가, 아무도 난데없이 죽거나 반지를 잊어버리는 일 없이, 샐리와 고든의 결혼식이 무사히 올려졌다. 분명 화려한 결혼식이었으며, 고양이 할머니조차 잠시 동안은 온갖 일에 대한 걱정을 그만뒀을 정도였다.

고양이 할머니는 결혼식이 끝난 뒤 진심으로 그렇게 바란다는 어조로 샐리에게 다독이며 말했다.

"결국 그리 행복한 결혼은 아니더라도 더 이상 불행해질 일도 없을 테니 말이다."

노러만이 혼자 피아노 의자에서 노려보고 있다가 샐리에게로 가서 좀 심할 정도로 거칠게 끌어안았다.

식사가 끝나고 신부들과 손님이 대부분 떠나버리자 노러는 우울하게 말했다.

"겨우 다 끝났네."

노러는 방을 둘러보았다. 떠들썩함 뒤에는 반드시 그렇듯 그 방도 쓸쓸히 마구 어지럽혀져 있었다—바닥에는 빛바랜 부인복 속옷이 짓밟혀 바닥에 구겨진 채 있고, 의자는 여기저기 나둥그라지고 찢겨진 레이스 조각과 손수건이 두 장 떨어졌으며, 아이들이 떨어뜨린 빵 찌꺼기가 마구 흩어지고 고양이 할머니가 응접실에서 뒤집은 항아리 물이 스며들어 천장에 검은 얼룩이 나 있었다.

노러는 잡아먹을 듯이 노려보며 말했다.

"이렇게 지저분한 방 뒷처리를 전부 내가 해야 돼요. 젊은애들이 기선 연락열차를 기다리고 있고, 그중에는 오늘 밤 묵어가는 사람도 있어요. 하지만 마지막으로 바닷가에서 모닥불을 피워 달빛 아래 바위 그늘에서 한바탕 춤을 출 텐데. 한가롭게 무슨 춤이람! 침대 속에 기어들어가 울고 싶어요."

"결혼식이 끝난 뒤 집이란 쓸쓸한 법이잖아요. 나도 뒤처리를 돕겠어요. 그리고 나서 둘이 차를 마셔요."

"앤 셜리, 한 잔의 차가 모든 것에 듣는 만병통치약이라고 여겨요? 나 아닌 앤이야말로 노처녀가 되어 마땅한데. 미안해요. 심한 말을 할 생각은 아니었어요. 하지만 그런 천성으로 태어났나봐요. 결혼식보다도 이 바닷가의 춤 쪽이 생각만 해도 더 싫어요. 짐은 빠짐없이 바닷가 춤에 오곤 했었는걸요.

앤, 나는 간호사 훈련을 받으러 가기로 했어요. 나는 간호사가 되는 걸 아주 싫어하지만—내게 맡겨질 미래의 환자들을 구하소서—서머사이드에서 우물우물하다가 팔리지 않는 물건으로 놀림감이 되는 건 더욱더 싫어요. 자, 이 기름으로 번질거리는 접시무더기와 맞붙어 즐거운 척이라도 해요."

"나는 그런 일 정말로 좋아해요. 접시닦기를 전부터 좋아했어요. 더러운 것들이 다시 반짝반짝 깨끗해진다는 것은 유쾌해요."

노러는 비꼬듯 말했다.

"어머나, 당신이라는 사람은 박물관으로 보내야 해요!"

달이 뜰 무렵 바닷가의 춤 준비가 모두 끝났다. 젊은이들이 곶 끝에서 표류목을 태우는 모닥불이 휘황찬란하게 불타오르고 항구의 물은 달빛을 받아 크림빛으로 반짝였다.

앤은 자기도 마음껏 즐길 참이었으나 샌드위치 바구니를 들고 층계를 내려가는 노러의 얼굴을 흘끗 보았을 때 그만 가슴이 뜨끔했다.

'노러가 몹시 슬퍼 보이는데 뭐든 내가 할 수 있는 일이 없을까?'

문득 어떤 생각이 앤의 머리에 떠올랐다. 그녀는 옛날부터 충동적으로 망설이지 않고 무엇인가 일을 벌이는 게 특기였다.

부엌으로 달려 들어가 그곳에 켜져 있는 조그만 손등불을 가지고 뒤층계와 또 하나의 층계를 재빨리 올라 지붕밑방으로 갔다. 앤은 항구가 내려다보이는 지붕밑 다락방에 등불을 놓았다. 등불은 나무에 가리워져 춤추는 사람들에게는 보이지 않았다.

"이걸 보고 짐이 올지 몰라. 노러는 내게 맹렬히 화내겠지만, 짐이 와주기만 하면 그런 건 상관없어. 자, 리베커 듀에게 줄 선물로 결혼케이크를 한 조각 싸가야지."

짐 윌콕스는 오지 않았다. 잠시 그를 기다리고 있던 앤도 단념하고 떠들썩한 밤을 보내는 동안 짐의 일은 잊어버렸다. 노러는 모습을 감추었고, 고양이 할머니는 희한하게도 잠자리에 들어 있었다. 홍청망청 놀이가 끝나고 달빛을 즐기던 젊은이들이 하품을 삼키며 2층으로 올라갔을 때는 11시가 되어 있었다. 앤은 잠이 와서 견딜 수 없었고 지붕밑방 등불 같은 것은 생각지도 못했다.

2시쯤 고양이 할머니가 발소리를 죽이며 방으로 들어와 아가씨들의 얼굴에 촛불을 들이댔다.

도트 프레이저가 깜짝 놀라 일어나 앉았다.

"아니, 대체 무슨 일이죠!"

"쉿!"

고양이 할머니는 입을 열지 못하게 했다. 할머니의 눈은 튀어나올 것만 같았다.

"누가 집에 들어왔나봐. 틀림없어. 나는 알 수 있어. 저게 무슨 소리일까?"

"고양이 우는 소리나 개짖는 소리 같아요."

도트는 쿡쿡 웃었다.

고양이 할머니는 엄한 목소리로 말했다.

"그렇지 않아. 헛간에서 개가 짖긴 했지만 그것 때문에 내가 눈을 뜬 건 아니야. 퉁 하는 소리였어. 아주 크게 분명히 퉁 하는 소리가 났어."

앤이 중얼거렸다.

"도깨비, 시체를 먹는 마귀, 다리 긴 흉한 짐승이며 그밖의 모든 것, 한밤중에 퉁 하는 소리를 내며 날뛰는 것으로부터 신이여, 우리를 구하소서."

"셜리 양, 웃을 일이 아니야. 이 집에 도둑이 든 거야. 새뮤얼을 부르러 가야겠어."

고양이 할머니는 나가고 아가씨들은 서로 얼굴을 마주보았다.
앤이 말했다.
"정말일까요?……결혼축하 선물을 모두 아래 서재에 놓아두었는데요."
메이미가 말했다.
"어쨌든 일어나야겠어요. 앤, 고양이 할머니가 촛불을 나지막이 들어서 그림자가 위로 늘어나 머리카락이 모조리 드리워진 얼굴을 봤어요? 엔도르의 신녀(神女)와 똑같았어요!"*1
가운 차림으로 아가씨 넷은 조용히 홀로 나왔다. 고양이 할머니가 실내옷에 슬리퍼를 신은 넬슨 의사를 거느리고 나왔다. 넬슨 부인은 실내옷을 찾지 못해 방문으로 겁먹은 얼굴을 내밀고 있었다.
"오, 새뮤얼, 위험한 일은 하지 마라! 도둑이라면 권총을 쏠지도 모르니까!"
넬슨 의사는 말했다.
"바보 같은 소리! 아무 일도 아닐 겁니다."
고양이 할머니는 떨리는 목소리로 말했다.
"틀림없이 퉁 하는 소리가 났다니까."
젊은이 둘이 합세하여 모두들 조심스레 발소리를 죽여 층계를 살금살금 내려갔다. 넬슨 의사가 앞장서고, 한 손에 촛불을, 다른 한 손에는 부젓가락을 든 고양이 할머니가 맨 끝을 맡았다. 분명 서재에서 소리가 났다. 넬슨 의사는 문을 열고 안으로 들어갔다.
사울이 헛간으로 갔을 때 사람 눈을 피하여 서재에 숨어든 바르나바스가 긴 의자등받이에 앉아 재미있다는 듯 눈을 깜박이고 있었다. 흔들거리는 또다른 촛불로 희미하게 떠오른 방 한가운데에 노러와 젊은 남자가 서 있었다. 남자는 노러를 안고, 커다란 하얀 손수건을

*1 구약성서 〈새뮤얼 전서〉 제28장.

노러의 얼굴에 대고 있었다.

"노러에게 클로로포름을 맡게 하고 있어!"

새된 목소리를 지른 고양이 할머니는 요란한 소리를 내며 부젓가락을 떨어뜨렸다.

젊은 남자가 돌아보고 손수건을 떨어뜨리며 계면쩍은 얼굴을 했다. 그는 꽤 잘생긴 젊은이였다. 옅은 갈색 눈가에 잔주름이 잡히고 물결치는 적갈색 머리와 남자다운 턱을 하고 있었다.

노러는 재빨리 손수건을 집어들어 코에 댔다. 박사는 아주 엄한 목소리로 다그쳤다.

"짐 윌콕스, 이게 대체 어찌된 건가?"

짐 윌콕스는 좀 무뚝뚝하게 대답했다.

"어찌된 까닭인지 나는 모릅니다. 내가 알고 있는 일은 노러가 내게 신호를 보냈다는 것뿐입니다. 서머사이드 프리메이슨 연회에서 오전 1시에 돌아와보니 불빛이 보였으므로 곧 배를 저어왔습니다."

"나는 신호 따윈 안 했어요."

노러는 불같이 화냈다.

"아버지, 부탁이니 그런 얼굴을 하지 말아주세요! 나는 잠자지 않고 방 창가에 앉아 있었는데—옷도 아직 갈아입지 않았었죠—바닷가에서 어떤 남자가 올라오는 게 보였어요. 집 가까이까지 왔을 때 짐인 줄 알고 나는 아래로 달려 내려갔어요. 그리고 나는—나는 서재문에 코를 찧어 코피가 났어요. 짐은 그것을 막아주려 했을 뿐이에요."

"나는 창문으로 뛰어들며 저 긴 의자를 뒤집어버렸죠."

고양이 할머니가 말했다.

"퉁 하는 소리가 났다고 내가 말했잖아."

"그랬는데 이제 와서 노러는 신호를 하지 않았다고 하는군요. 그러니 여러분에게 사과드리고 환영받지 못하는 내 존재는 이만 물러가

도록 하겠습니다."

"휴식을 방해받으며 일부러 만을 건너와주셨는데 헛일로 끝나 미안하게 됐어요."

노러는 한껏 쌀쌀맞게 굴며 짐이 가지고 있던 손수건에서 피가 묻지 않은 곳을 찾고 있었다.

넬슨 의사가 말했다.

"헛일로 끝났다니, 그렇구나."

고양이 할머니가 주의를 주었다.

"돌아갈 때는 문으로 가는 게 좋겠어요."

앤은 거북스러운 듯 찌푸린 얼굴로 털어놓았다.

"창문에 등불을 놓아둔 것은 나였어요. 그러고는 잊어버려서—"

노러가 놀라 소리쳤다.

"아니, 어쩌면! 결코 용서할 수 없어요!"

넬슨 의사는 신경질적이 되었다.

"모두 정신이 돌기라도 했나? 대체 이 소동이 뭐지? 부디 창문을 닫아주게, 짐! 바람이 들어와서 뼛속까지 춥군. 노러, 얼굴을 젖혀. 그러면 코피가 멎으니까."

노러는 분함과 부끄러움 때문에 눈물로 온통 범벅이 되었다. 피와 합쳐져 지독한 모습이었다. 짐은 바닥이 뻥 뚫려 자기를 지하실로 떨어뜨려주면 고마울 텐데 하는 얼굴이었다.

고양이 할머니가 싸울 듯한 목소리로 말했다.

"그런데 짐 윌콕스, 총각이 할 수 있는 일은 이 애와 결혼하는 것밖에 없어. 이 애가 한밤중 2시에 여기서 총각을 만나고 있는 게 발견됐다는 소문이 퍼지면 남편감이 없어지니까."

짐은 성난 듯 말했다.

"결혼하라고요! 지금까지 노러와 결혼하기만을 바라온 제가 아닙니까? 그것만을 바랐었는데요!"

노러가 짐 앞으로 돌아가 캐물었다.

"그렇다면 어째서 진작 그 말을 안 했지요?"

"말을 안 했다고? 노러는 몇 년 동안이나 나를 깔보며 마음을 얼어붙게 만들고 실컷 비웃었잖소. 나를 얼마나 경멸하는지를 일부러 드러내보인 적도 몇 번이나 있었소. 청혼해 봐야 아무 소용 없다고 내가 생각하도록 한 거요. 그리고 지난 1월에도 말했지—"

"내가 그렇게 말하도록 짐이 만들었잖아요!"

"내가 만들었다고! 잘도 그런 말이 입에서 나오는군! 노러야말로 나를 내쫓으려고 싸움을 걸어왔으면서—"

"그런 일 안 했어요. 나는—"

"그런데 노러가 내게 볼일이 있어 우리들의 신호를 한 것이라 여기고, 한밤중인데도 나는 바보스럽게 급히 이리로 왔소! 결혼신청을 하라고? 좋소, 지금 신청하여 아주 매듭을 지어버려야지. 이 사람들 앞에서 나를 퇴짜놓아 구경거리로 삼으면 좋을 거요. 노러 이디스 넬슨, 나와 결혼해 주겠소?"

"네, 하고말고요—할게요!"

부끄러움도 스스로움도 없이 노러가 소리쳤으므로 고양이 바르나바스조차 얼굴을 붉혔을 정도였다.

짐은 믿을 수 없는 눈으로 노러를 보고 있더니 마침내 그녀에게 달려들었다. 아마도 노러의 코피는 멎어 있었으리라. 그런 것은 상관없었다.

"오늘이 안식일 아침이라는 것을 잊었나보군."

이렇게 말한 고양이 할머니도 지금 막 그 생각이 난 것이었다.

"누군가가 갖다 준다면 차를 마시고 싶구나. 나는 이런 연극에는 익숙하지 못해서. 다만 가엾은 노러가 이번에는 정말로 짐을 낚아 올렸으면 좋겠다고 바라고 있었어. 적어도 목격자가 여럿 있으니까."

모두들 부엌으로 가고, 넬슨 부인이 이층에서 내려와 차를 준비했다.

다만 짐과 노러만은 따로, 두 사람은 바르나바스를 감시역으로 하여 서재에 틀어박혀 있었다.

앤은 아침이 되어 노러를 보았다. 노러는 다른 사람이 되어 행복한 나머지 발그레져 10년은 젊어 보였다.

"모든 게 앤 덕분이에요. 만일 그 불을 켜주지 않았더라면…… 하기야 어젯밤 2분 30초 동안쯤은 귀를 물어뜯고 싶을 만큼 화가 났었지만요!"

토미 넬슨이 비통한 신음소리를 냈다.

"그런데 그동안 내내 나는 자고만 있었으니 참으로 유감이야!"

그러나 끝맺음 말을 고양이 할머니가 해주었다.

"속담은 아니지만 아무튼 서둘러 결혼하고 서서히 뉘우치는 그런 일이 없기를 빌 따름이야."

첫해의 마지막을 맞다

길버트에게 보내는 편지에서.

학교는 오늘로 끝났어. 드디어 그린게이블즈에서 두 달을 보낼 수 있는 하루가 시작돼. 시냇가에 발을 담그면 이슬에 젖은 향긋한 양치류가 뒤꿈치를 간질이지. '연인의 오솔길'에 흔들리는 나른한 그림자, 벨 씨네 목장의 탐스러운 산딸기, '도깨비숲'의 울창한 아름다운 전나무! 내 마음에 날개가 돋아 훨훨 날고 있어.

젠 프링글이 은방울꽃다발을 갖다주며 방학을 잘 보내라고 말했어. 젠은 여름방학 동안 어느 주말에 나와 함께 지내러 오도록 되어 있어. 기적 같아!

그러나 조그만 일리저버스는 슬픔에 젖어 있지. 일리저버스도 놀러오게 하고 싶었지만, 캠벌 부인이 '현명한 일로 생각지 않는다'고 한대. 다행히 일리저버스에게는 아직 그 이야기를 한마디도 하지 않아서 실망시키지 않아도 됐지. 일리저버스는 나에게 말했어.

"선생님이 안 계시는 동안 내내 나는 리지가 되어 있을 게 틀림없어요, 셜리 선생님. 아무래도 나는 먹구름이 된 기분이에요."

"하지만 내가 돌아왔을 때 우리 둘이 얼마나 기쁠까 생각해 보렴. 물론 너는 리지가 되지 않아. 네 속에 우울한 리지는 없는걸. 또 나는 매주 네게 편지를 보낼게, 조그만 일리저버스."

"어머나, 선생님, 정말이에요? 아직 한 번도 편지를 받아본 적이 없어요. 참으로 멋져요! 우표만 있으면 나도 선생님에게 편지를 쓰겠어요. 만일 답장이 없어도 선생님만 생각하고 있다는 걸 알아주세요.

나는 말이에요, 뒤뜰에 있는 줄무늬 다람쥐에게 선생님 이름을 붙였어요—셜리라고. 괜찮지요? 처음에는 앤 셜리로 하려 했지만, 그래서는 실례가 될 것 같아서요. 그리고 '앤'이라고 하면 어쩐지 줄무늬 다람쥐 같지 않은 걸요. 또 남자 줄무늬 다람쥐인지도 모르잖아요. 줄무늬 다람쥐는 무척이나 귀여워요. 하지만 장미 뿌리를 냉큼냉큼 먹는다고 시녀가 말했어요."

"어쩌면 그런 말을!"

나는 놀랐어.

캐서린 브룩에게 어디서 여름을 보낼 생각이냐고 물으니까 쌀쌀맞게 대답했지.

"여기예요. 어디서 보내리라고 생각했죠?"

나는 캐서린도 그린게이블즈에 초대해야겠다고 생각했지만, 그렇게 말할 수 없었어. 어차피 오리라고도 여기지 않지만.

게다가 캐서린은 유쾌한 기분을 망가뜨리는 데 선수니까 모든 걸 엉망으로 만들 거야. 그래도 여름 내내 이 싸구려 하숙에서 혼자 지낼 캐서린을 생각하면 좋은 기분이 들지 않아.

지난번에 더스티 밀러가 살아 있는 뱀을 물고 와서는 부엌바닥에 떨어뜨렸어. 리베카 듀가 새파랗게 질려 말했지.

"이래서는 정말 견딜 수 없어요."

리베카 듀는 요즘 툭하면 화를 내. 틈나는 시간마다 장미나무를 모두 쪼개 회녹색 딱정벌레를 잡아 등화용 석유깡통에 넣어야만 하

Chang. Kye

기 때문이야. 세상에는 벌레가 너무도 많다고 리베카 듀는 투덜투덜 불평하며 잔소리를 길게 했어. 그리고 무서운 예언을 했지.

"이러다가는 온갖 것들이 벌레들에게 잡아먹혀버리겠어요."

노러 넬슨은 짐 윌콕스와 9월에 결혼식을 올리기로 했어. 아주 조용히 치르려고 되도록 떠들썩한 일은 피하고 손님도 초대하지 않을 거라며 하다못해 들러리들도 두지 않는대. 그렇게 하지 않으면 고양이 할머니로부터 벗어날 수 없기 때문인데, 자기 결혼식만은 어떻게든 할머니에게 보이지 않겠다고 노러는 내게 단호하게 말했어.

나는 굳이 말하자면 비공식적으로 참석하게 되어 있어. 내가 그 창문에 불을 켜주지 않았더라면 짐은 결코 돌아오지 않았을 게 틀림없다고 노러는 말하고 있어.

짐은 자기 가게를 닫고 서부로 간대. 글쎄, 내가 이루게 했다고 여겨지는 결혼을 모두 생각해 보면……!

이 두 사람은 늘 싸움만 하고 있을 게 틀림없지만, 다른 사람들처럼 그냥 좋게 좋게만 대하기보다는 둘이 서로 싸우고 있는 쪽이 행복할 거라고 샐리는 말하고 있어. 하지만 이 두 사람이 싸우리라고 여겨지지는 않아. 세상의 고난은 오해에서 비롯되는 것 같아. 우리도 역시 오랫동안……

너무도 사랑하는 사람이여, 잘자. 내 꿈이 거기까지 닿는다면 당신의 잠은 달콤하고 평안하게 될 거야.

당신을 사랑하는 이로부터.

덧붙임—이 마지막 글귀는 채티 아주머니의 할머니 편지에서 그대로 따온 거야.

둘째해

앤, 서머사이드에 돌아오다

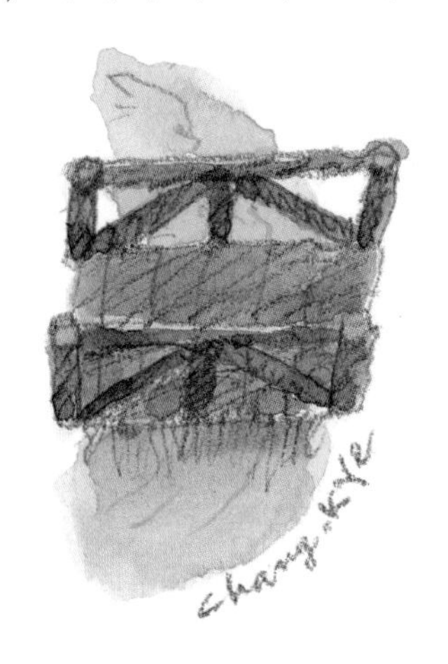

9월14일
유령골목
바람에 살랑거리는 버드나무집에서

벌써 즐거웠던 두 달이 끝났다니 아직 믿어지지 않아. 정말 신나는 두 달이었지, 길버트. 앞으로 2년 더 지나면…….

(몇 줄 생략)

하지만 바람에 살랑거리는 버드나무집으로 돌아오는 것 또한 더없이 즐거운 일이었어—나만의 방, 내가 기댈 수 있는 의자와 높은 침대, 그리고 부엌 창틀에 앉아 햇볕을 즐기는 고양이 더스티 밀러. 미망인들은 밝은 내 얼굴을 보고 반가워했어. 리베카 듀도 솔직히 말했지.

"돌아와서 기뻐요."

조그만 일리저버스도 같은 기분이었어. 우리는 작은 녹색 쪽문에서 기뻐 어쩔 줄 모르며 만났어. 조그만 일리저버스가 입가에 웃음을 띠며 말했어.

"나는 선생님이 나를 두고 혼자 먼저 '내일'로 가버리지 않을까 걱정하고 있었어요."

"아름다운 노을이구나."

내가 말하자 조그만 일리저버스는 대답했지.

"선생님이 오시면 노을은 언제나 아름다워요, 셜리 선생님."

어쩌면 이렇듯 예쁜 말을 해주는 것일까!

"여름을 어떻게 보냈니, 일리저버스?"

내가 물으니까 나직이 말했어.

"'내일'에 가면 여러 멋진 일이 있을 거라고 생각하며 지냈어요."

그리고 우리 둘은 탑의 방으로 올라가 코끼리에 대해 쓴 책을 읽었지. 요즘 조그만 일리저버스는 코끼리에 아주 흥미를 가지고 있어. 일리저버스는 그 애만의 독특한 몸짓인 턱을 괴고 진지한 얼굴로 말했어.

"코끼리라는 이름만 들어도 황홀해지는 것 같아요. '내일'에 가면 얼마든지 코끼리를 만날 거예요."

우리는 요정나라 지도에 코끼리 공원을 그려 넣었어. 나의 길버트, 이것을 읽으면 어리석다며 바보 취급하는 얼굴을 하겠지만, 그럴 필요는 없어. 그런 얼굴을 해봐야 내 믿음은 조금도 변함없어. 이 세상에는 반드시 요정이 없으면 안 되니까. 요정 없이는 아무것도 해나가지 못해. 그러니 누군가 요정을 계속 상상해주는 사람이 있어야 해.

학교가 시작된 것도 그리 나쁘지 않았어. 캐서린 브룩은 여전히 서먹서먹하지만 학생들은 나와 다시 만나게 되어서 기뻐해주는 것 같았고 젠 프링글은 주일학교 음악회에서 천사의 머리에 쓸 양철 후광 만드는 일을 내게 도와 달라고 부탁했어.

올해 교과과정은 지난해보다 훨씬 재미있을 것 같아. 캐나다 역사가 학과 속에 보태졌어. 내일 나는 1812년 전쟁에 대해 간단한 '소강연'을 해야 돼. 이처럼 오래된 전쟁이야기를 읽으면 이상한 기분이 들어—두 번 다시 일어나지 않을 일인데. '먼 옛날 전쟁' 같은 일은 학문적 흥미가 있는 사람이 아니면 생각조차 하지 않을 것 같아. 캐나

Chang kye

다에 다시금 전쟁이 일어나리라고는 상상되지 않아. 그런 고통스러운 역사의 시기가 지나 평화로운 세상 속에서 살게 되어 무척 감사하다고 생각해.

우리는 곧 연극 동아리를 재편성해서 학교와 관계있는 집은 하나도 남김없이 기부를 받으러 다니기로 했어. 루이스 앨런과 내가 맡은 구역은 돌리슈 거리인데 이번 토요일 오후에 돌아다니기로 했어. 루이스에게는 일석이조의 기회이기도 해. '시골집'이라는 잡지에서 공모하는 아름다운 농가 사진에 상금을 타려고 응모할 참이거든. 상금은 25달러로, 그것이 잘 되면 루이스는 당장 필요한 양복과 외투를 마련할 수 있어.

루이스는 여름 내내 농가에서 일했고, 올해에도 하숙집에서 자질구레한 일을 거들거나 식탁에서 잔심부름 같은 일을 하기도 해. 아마 힘들겠지만 단 한마디도 그런 말은 하지 않아.

나는 루이스가 아주 좋아. 용기와 포부가 있고 붙임성 있는 미소를 짓지. 하지만 몸이 그리 튼튼하지는 못해. 작년 끝 무렵쯤 쓰러지지 않을까 걱정했었지만, 올여름은 농장에서 보내서 맑은 공기도 쐬고 좀 건강해진 것 같아. 올해 중학교를 마친 뒤 퀸즈아카데미에서 1년 동안 공부하기를 바라고 있어.

미망인들은 올겨울, 되도록 자주 루이스를 일요일 저녁 식사에 초대하기를 원했어. 그 방법에 대해 케이트 아주머니와 의논한 결과, 내가 어느 정도 비용을 내기로 아주머니를 가까스로 설득했어.

물론 우리는 리베카 듀를 설득하려고는 하지 않았어. 다만 리베카 듀에게 들리는 데서 내가 케이트 아주머니에게 루이스 앨런을 적어도 한 달에 두 번 일요일 밤에 초대해줄 수 없겠느냐고 정중히 부탁했지. 케이트 아주머니는 의지할 곳 없는 아가씨를 이미 하나 맡고 있어서, 그 이상의 힘은 없다고 차갑게 거절했지.

그러자 리베카 듀는 몹시 괴로운 듯 목소리를 높였어.

"이거야말로 도저히 참을 수 없군요! 아무리 가난해졌다 해도 자기 손으로 학비를 버는 부지런하고 성실한 가엾은 사람을 이따금 식사에 초대도 할 수 없다니! 그 아기고양이한테 주는 간에 훨씬 돈이 많이 들잖아요, 그리고 그 고양이는 이미 터질 듯 살쪄 있어요. 좋아요, 내 급료에서 1달러 빼서 그 애를 초대해 줘요."

리베카에 의한 복음은 쉬이 받아들여졌어. 루이스는 초대받게 되고, 더스티 밀러의 간도 리베카 듀의 급료도 줄지 않았어. 인정많은 리베카 듀!

어젯밤 채티 아주머니가 몰래 내 방에 와서, 구슬 장식이 달린 어깨망토를 가지고 싶은데 나이를 먹고도 철없이 그런 것을 원한다고 케이트 아주머니가 말해서 기분이 좋지 않다고 투덜거렸어.

"정말로 그렇게 나이를 많이 먹은 걸까요, 셜리 양? 나는 보기흉한 짓은 하고 싶지 않지만 전부터 구슬장식이 달린 어깨망토를 입고 싶어 견딜 수 없었어요. 그것이야말로 멋진 물건이라고 늘 생각하고 있었지요. 그런데 때마침 지금 다시 유행하고 있으니까요."

나는 웃으며 자신 있게 말했어.

"나이를 너무 많이 먹었다고요? 절대로 그렇지 않아요, 아주머니. 나이가 찰만큼 차도 자기가 입고 싶은 것을 못 입는다는 법은 없어요. 늙어버렸다면 그것을 입고 싶은 생각이 나지 않을 테니까요."

"그렇다면 케이트가 한 말은 무시하고 사기로 하지요."

그러나 그렇게 말하는 채티 아주머니는 뽐내는 것과는 거리가 먼 모습이었어. 어쨌든 어깨망토를 살 것이고, 나는 케이트 아주머니를 달래는 방법을 알고 있어. 나는 탑의 방에 오직 혼자 있어. 밖은 고요하고도 고요한 밤으로, 그것은 마치 부드러운 벨벳 같아. 버드나무조차 눈 하나 까딱하지 않고 있어. 지금 나는 창으로 몸을 내밀며 킹스포트에 아직 머물고 있는 누군가에게 손끝으로 키스를 던졌어.

앤과 루이스, '아이' 사진을 찍다

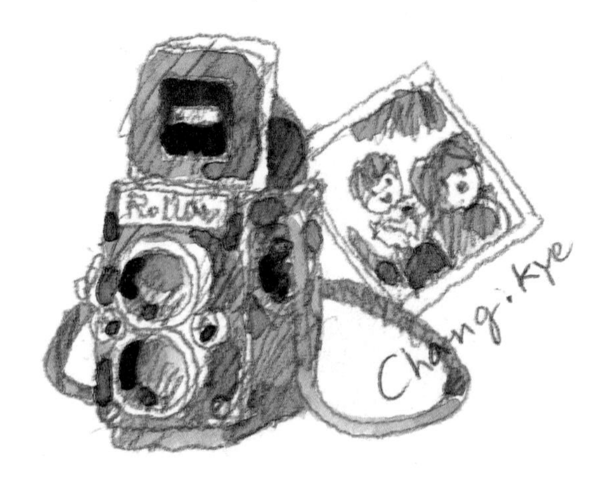

돌리슈 가도는 구불구불한 길이었고, 그날 오후는 천천히 걸어다니기에 아주 좋았다—이 가도를 걸어다니는 앤과 루이스에게는 그렇게 여겨졌다. 두 사람은 멈춰서서 나무 사이로 난데없이 언뜻 내다보이는 사파이어빌 해협을 보기도 하고, 특별히 아름다운 경치나 나뭇잎 우거진 저지대의 그림 같이 작은 집을 사진 찍기도 했다.

모름지기 집 그 자체를 찾아가 연극 동아리를 위한 기부를 부탁하는 일은 그리 유쾌하다고 할 수 없었지만, 부인의 응대는 루이스가 맡고 남자는 앤이 다루는 식으로 두 사람은 번갈아가며 설명했다.

리베커 듀가 충고해 주었다.

"그 옷에 그 모자 차림으로 간다면 남자분을 맡아요. 나도 젊었을 때 기부를 받으러 다닌 일이 꽤 있었지만, 좋은 옷을 입고 인품이 좋은 남자들을 겨냥해야 할 것이에요. 그렇게 하면 돈이 많이 모이거나—적어도 약속만이라도 얻어낼 수 있죠. 하지만 상대가 여자일 때는 자기가 가진 옷 가운데 가장 낡고 보기 싫은 것을 입는 게 좋아요."

앤은 꿈꾸듯 말했다.

"길이란 재미있잖니, 루이스? 똑바른 길이 아닌 막다른 골목이나 또는 복잡하게 꾸불꾸불한 길들은 언제 어디서나 아름다운 것, 뜻하지 않게 불쑥 나타날지도 모른단 말이야. 나는 전부터 길모퉁이가 너무너무 좋아."

"이 돌리슈 가도는 어디로 가는 걸까요?"

루이스는 현실적인 말을 했으나, 마음 속으로 셜리 선생님 목소리는 늘 따뜻한 봄을 떠올리게 한다고 생각하고 있었다.

"나는 학교선생답게 이 넓은 길은 어느 곳도 가는 게 아니며 여기 있는 거라고 대답해도 좋을 테지만, 나는 그렇게 말하지 않겠어. 이것이 어디로 가든 어디로 뻗어나가든 무슨 상관 있니? 아마 세계 끝까지 가서 다시 돌아올지도 모르잖아.

에머슨*[1]의 '오, 나에게 있어 시간이 무엇이랴' 하는 말을 떠올려 보렴. 그것이 오늘 우리 주제야. 우리가 잠시 내버려두어도 세상은 자기 힘으로 어떻게든 꾸려 간다고 생각해.

저 뭉게구름이 드리운 그림자를 봐—저 푸른 골짜기의 잔잔한 물결—양옆에 사과나무가 한 그루씩 서 있는 저 평화로운 집을 봐. 봄이 되면 어떨까 떠올려 보려무나. 오늘 같은 날에는 살아 있다는 느낌을 맛보고, 모든 바람이 어깨동무를 하는 형제처럼 드넓은 들판을 달려가는 것 같다.

이 길에 향기로운 냄새가 나는 양치류가 많이 있어서 기뻐—거미줄쳐진 양치류가. 거미줄이 요정의 테이블보인 것처럼 여겼던 때의 일이, 아니, 그렇게 믿고 있었던 때의 일이 생각나. 나는 정말로 그렇게 믿고 있었지."

황금색 저지대에서 길가에 있는 샘을 발견한 두 사람은 가느다란 양치류처럼 보이는 이끼 위에 앉아 루이스가 만든 자작나무 껍질 컵

---

*1 미국 시인·사상가, 1803~1882. 저서 《자연론》 등.

으로 샘물을 마셨다. 그리고 루이스가 말했다.

"목이 타들어가도록 마르다가 물을 발견했을 때 비로소 물의 고마움을 깊이 알아요. 한 여름 서부에 부설되고 있는 철도에서 일하고 있을 때, 어느 더운 날 나는 대평원에서 길을 잃고 몇 시간이나 헤매다닌 일이 있었죠. 그때는 정말이지 목이 말라 죽는 줄 알았어요. 그러다가 어떤 개척자가 찾은 오두막에 이르렀는데 그곳에 한 무더기의 버드나무에 둘러싸인 이것과 비슷한 샘물이 있었어요. 나는 그만 앞뒤 가리지 않고 꿀꺽꿀꺽 마셨어요. 그 뒤로 성경에 씌어진 맛있는 물을 볼 때마다 감사하는 마음을 알게 됐어요."

앤은 걱정스러운 듯 말했다.

"우리는 또 다른 데서도 물을 얻는 게 아닐까. 소나기가 올 것 같아……루이스, 나는 소나기가 아주 좋아. 하지만 가장 좋은 모자를 쓴 데다 두 번째로 좋은 옷을 입고 왔는걸. 게다가 반 마일 안에는 집이 한 채도 없어."

"저기에 사람이 살지 않는 낡은 대장간이 있어요. 하지만 달려가야만 해요."

두 사람은 뛰어가 대장간에서 비가 멎기를 기다렸다. 그 느긋한 방황의 오후 모든 것을 즐겼듯이 소나기도 즐겼다.

고요함이 베일처럼 주위를 덮었다. 돌리슈 가도에서 그토록 간질이듯 속삭이기도 하고 소곤소곤 이야기하기도 하던 젊은 산들바람은 날개를 거두어 움직이지도 않고 소리도 내지 않았다. 나뭇잎 하나 꼼짝하지 않고 그림자 하나 흔들리지 않았다. 길모퉁이에 있는 단풍나무가 잎새를 뒤집고 있는 게 마치 나무가 두려움으로 파리해진 듯 보였다. 거대하고도 서늘한 그림자가 푸른 파도처럼 단풍나무 잎새들을 삼키고 구름이 거기까지 내려왔다.

그러자 물방울을 튀기며 쏴 하는 한 떼의 센 바람과 함께 비가 내리기 시작했다. 소나기는 단풍나뭇잎을 거칠게 때리고 물보라 자욱

한 붉은 흙이 깔린 길을 춤추며 낡은 대장간 지붕을 요란스레 두들겼다.

루이스가 걱정했다.

"이대로 멎지 않으면……"

다행히 비는 멎었다. 내리기 시작했을 때와 마찬가지로 갑자기 멎고 태양이 촉촉이 젖은 나무 위에서 태양이 빛났다. 흰구름 사이로 눈부신 푸른 하늘이 내다보였다. 저 멀리 산은 아직도 비구름으로 자욱했으나 두 사람의 눈 아래 골짜기는 복숭아빛 안개가 넘쳐흐르는 것만 같았다. 주위 숲은 봄처럼 빛나기 시작하고 대장간으로 가지를 내밀고 있는 큰 단풍나무에서는 작은 새 한 마리가 진짜 봄으로 착각한 듯 노래부르기 시작했다. 갑자기 모든 게 놀랍도록 상쾌하고 아름다워졌다.

두 사람이 다시 걷기 시작했을 때 낡은 목책 사이를 뒤덮은 미역취가 가득히 돋아 있는 좁은 사잇길을 보고 앤이 말했다.

"이 길을 따라가 보자."

루이스는 묘한 말을 한다는 표정으로 말했다.

"저 길에는 아무도 살지 않는 것 같아요. 항구로 빠지기만 하지 않을까요."

"그래도 괜찮아. 이 길을 가보자. 나는 전부터 옆길이 아주 좋아. —반들반들하니 밟힌 길에서 떨어져 사람에게 잊혀진 고요한 녹색 옆길이 좋아. 루이스, 젖은 풀냄새를 맡아보렴. 그리고 이 길 끝에는 꼭 아담한 집이 있으리라 여겨져…… 어떤 집이든 아무튼…… 스냅촬영하기 좋은 집 말이야."

앤의 예감은 틀림없었다. 얼마 안 가서 집 한 채가 나타났다—게다가 사진 찍기에 아주 알맞은 집이었다. 고풍스러운 집으로, 서까래가 낮고 네모진 조그만 창문이 있었다. 큰 버드나무가 오래된 가지를 집 위로 내밀고, 주위에는 언뜻 보아 손질되지 않은 듯한 여러해살이

풀이며 떨기나무가 엉클어져 있었다. 집은 비바람에 바래 침침하고 보잘것없었으나, 그 맞은편에 있는 헛간은 하나에서 열까지 아담하고 근대적이었다.

마차바퀴 자국이 깊이 나 있는 풀이 무성한 오솔길을 느릿느릿 걸어가며 루이스가 말했다.

"그런데 선생님, 들은 말이지만 집보다 헛간 쪽이 훌륭한 것은 그 사람의 수입이 지출을 웃돈다는 증거라지요."

앤은 웃었다.

"오히려 이 집주인이 가족보다도 말을 소중히 하는 증거라고 여겨지는데. 여기에서는 우리 동아리에 대한 기부를 받아낼 듯싶지도 않지만, 지금까지 다녔던 가운데 이 집이 입선하기에 가장 좋을 것 같아. 침침한 빛깔은 사진에서는 상관없으니까."

루이스는 어깨를 움츠리며 말했다.

"이 오솔길은 사람이 그리 많이 다닌 흔적이 없어요. 이 집에서 사는 사람은 교제에는 그닥 취미가 없을 거예요. 연극 동아리가 어떤 건지조차 모르는 게 아닐까요. 어쨌든 집에 있는 사람들을 방문하기 전에 사진을 찍어야겠어요."

집에는 사람 기척이 없었으나, 사진을 찍고 나서 두 사람은 조그만 하얀색 문을 열고 뜰을 가로질러, 빛바랜 푸른 뒷문을 똑똑 두드렸다. 현관문은 바람에 살랑거리는 버드나무집과 마찬가지로 체면치레로 있는 게 분명했기 때문이다. 글자 그대로 담쟁이덩굴에 뒤덮인 문이 체면을 위한 것이라고 말할 수 있다면 말이다.

기분 좋게 기부를 해주든 안해주든 두 사람은 적어도 이제까지 방문했던 집들에서 했던 것처럼 서로 주고받는 말에는 예의를 갖추어 대해줄 것을 기대했다. 그런데 문이 홱 열리자 예상했던 상냥한 농부의 아내나 딸의 얼굴이 아니라, 백발이 섞인 머리에 밤송이 같은 눈썹을 한, 어깨폭이 넓은 50살쯤 된 사나이가 나타나 무슨 일이냐고

다짜고짜 따져 물을 때 두 사람 다 깜짝 놀라 뒷걸음을 쳤다.

"무슨 볼 일이지?"

"우리 중학교 연극 동아리에 흥미를 가져 주십사하고 찾아왔어요."

앤은 머뭇거리며 말하기 시작했다. 그러나 그 뒤를 이어 힘내어 말할 필요는 없었다.

"그런 것은 들은 적 없소. 듣고 싶지도 않소. 알 필요도 없고."

말을 마치자마자 문은 두 사람의 눈앞에서 쾅 닫혔다.

되돌아 나오면서 앤이 말했다.

"야단맞았구나."

루이스는 벙글벙글 웃었다.

"아주 상대하기 좋은 사람이네요. 부인에게 동정심이 들어요. 있는지 없는지는 모르지만."

"아마 없을 거야. 있다면 조금은 훈련을 받았을 테니까."

앤은 놀란 마음에 평정을 되찾으려고 애썼다.

"리베커 듀에게 훈련받도록 하고 싶어. 하지만 적어도 그 사람의 집을 찍었으니 됐어. 왠지 이 사진이 입선하리라는 예감이 드는구나……어머나, 큰일났어! 구두에 돌이 들어가버렸어. 허락하든 안 하든 저 신사의 돌담에 앉아 돌을 떨어지게 해야겠어."

"다행히 집에서는 보이지 않아요."

앤이 구두끈을 다시 매었을 때 오른쪽 무성한 떨기나무숲을 조용히 헤치는 소리가 났다. 이윽고 8살쯤 된 조그만 남자아이가 나타나 통통한 두 손으로 커다란 세모난 사과 파이 한 조각을 꼭 쥐고 부끄러운 듯 두 사람을 올려다 보고 있었다.

귀여운 아이로 갈색 곱슬머리가 반짝반짝 빛나고 사람을 믿어 의심치 않는 커다란 갈색 눈과 섬세한 얼굴을 하고 있었다. 모자를 쓰지 않고 구두도 신지 않았으며 머리와 발 사이에 두르고 있는 것은 빛바랜 푸른 무명 셔츠와 닳아빠진 벨벳 반바지뿐이었으나, 그런데도 어딘지 신분이 높은 기품 있는 귀공자처럼 보였다.
아이의 바로 뒤에는 크고 검은 뉴펀들랜드 종 개 한 마리가 있었다. 머리가 아이의 어깨에 이를 정도였다. 앤은 상냥하게 남자아이를 보았는데, 그 미소로 늘 아이들을 사로잡고 있었다.
루이스가 먼저 말을 걸었다.
"아가야, 안녕! 너 어느 집에 살지?"
남자아이도 생긋 웃으며 앞으로 한 걸음 나와 세모진 사과 파이를 쑥 내밀었다. 그리고 수줍어하며 말했다.
"이걸 줄게 먹어봐. 아빠가 내게 만들어줬지만, 그래도 이걸 주고 싶어. 나는 먹을 게 잔뜩 있는 걸."
눈치 없이 루이스는 조그만 아이에게 먹을 것을 못 받겠다고 손사래를 치며 사양하려 했으나 앤이 재빨리 루이스를 팔꿈치로 찔렀다. 그 뜻을 깨닫고 루이스는 정색하며 파이를 받아 앤에게 내밀었다.
앤도 그 못지않게 정중히 그것을 둘로 나눠 반을 루이스에게 도로 주었다. 두 사람은 그 귀여운 남자아이 '아빠'의 요리솜씨에 불안했으나, 한입 먹어보고는 마음을 놓았다. '아빠'가 가르친 예의범절은 형편없었지만 사과 파이 만드는 솜씨는 확실히 뛰어났다.
앤이 칭찬했다.
"어머나, 맛있구나. 이름이 뭐지, 아가?"
조그만 간식을 건넨 아이가 대답했다.
"테디 암스트롱이에요. 아빠는 나를 '아이야' 이렇게 불러요. 우리집은 아빠와 나밖에 없거든요. 아빠도 나를 좋아하고 나도 아빠가 제일 좋아요. 누나는 아빠가 심하다고 여겼겠지요. 아빠가 문을 쾅 닫아버려서 너무 차갑다고 생각하지 않았을까요. 하지만 아빠는 절대 나쁜 사람이 아니예요. 나는 누나와 형이 뭔가 먹을 것을 달라고 하는 말을 들었어요."
'그런 말은 하지도 않았어. 아, 그런 것은 아무래도 좋아' 앤은 생각했다.
"나는 뜰 안에 있는 접시꽃 뒤에 서 있었는데 내 사과 파이를 갖다 주려고 했어요. 나는 먹을 것이 없는 가난한 사람들이 가엾이 견딜 수 없거든요. 하지만 나는 언제나 잔뜩 가지고 있어요. 우리 아빠는 정말이지 요리를 잘해요. 아빠가 만든 라이스 푸딩을 먹여 주고 싶어요."
루이스는 눈웃음을 지으며 물었다.
"아빠가 그 속에 건포도를 가득 넣니?"
"아주 많이 넣어요. 우리 아빠는 구두쇠가 아니에요."
앤이 물었다.
"엄마는 안 계시니?"
"응! 없어요. 돌아가셨어요. 언젠가 메릴 아주머니가 엄마는 천국에 갔다고 가르쳐줬지만, 아빠는 그런 데가 없대요. 아빠는 잘 알고 있는 거예요. 무척 똑똑하거든요. 책을 꽤 많이 읽었으니까요. 나도 크면 아빠처럼 될 거예요. 다만 남이 먹을 것을 달래면 언제든지 주겠어요. 우리 아빠는 사람을 그리 좋아하지 않아요. 하지만 내게는 아주 잘해줘요."
루이스가 물었다.
"너 학교에 다니니?"
"아니, 안 다녀요. 아빠가 집에서 가르쳐주는걸요. 다음해에는 보내야만 한다고 학교에 있는 훌륭한 아저씨들이 아빠에게 말했죠. 나는 학교에 가서 다른 남자아이들과 뛰어놀고 싶어요. 물론 카를로가 있고, 아빠도 틈날 때는 유쾌하게 놀아줘요.
하지만 아빠는 아주 바쁘잖아요? 밭을 갈고 집안 청소도 해야만 하니까요. 그래서 남이 찾아와 방해하는 게 싫은 거예요. 내가 더 크면 아빠를 거들 수 있으니까, 그렇게 되면 아빠는 더 쉴 틈이 나서 다른 사람에게도 잘해줄 거예요."

"이 사과 파이는 정말 맛있구나, 꼬마야."
그리고 루이스는 마지막 조각을 꿀꺽 삼켰다.
꼬마는 눈을 반짝였다.
"맛있다니 나도 기뻐요."
이 욕심부리지 않는 순수한 아이에게 돈으로 계산을 치르면 안 된다고 여겨 앤은 말했다.
"사진 찍어줄까? 찍고 싶다면 루이스가 찍어줄 거야."
아이는 열심히 졸랐다.
"아, 신나! 찍어줘요! 카를로도 함께 찍어주겠어요?"
"그럼."
앤은 우거진 나무를 배경으로 둘에게 귀여운 포즈를 잡게 했다. 조그만 남자아이는 커다란 털북숭이 친구의 목에 팔을 두르고 섰고, 개도 소년도 아주 기쁜 듯했다. 그것을 루이스는 꼭 한 장 남아 있던 마지막 필름에 담았다.
루이스는 약속했다.
"잘 나오면 우편으로 보내줄게. 주소는 어떻게 쓰면 되지?"
"글렌코브 거리 제임스 암스트롱 댁 테디 암스트롱이요. 아, 우체국에서 내게 뭔가가 오다니 신나요! 너무너무 멋져요. 내가 아주 굉장해진 것 같아. 아빠에게는 아무 말 안하겠어요. 깜짝 놀라게 해서 기쁘게 해주겠어요."
"2, 3주일 뒤에 우편물이 올 거야! 기다리고 있어."
루이스가 말하고 두 사람은 테디에게 작별인사를 했다. 그 전에 앤은 몸을 굽혀 볕에 그을린 조그만 얼굴에 키스했다. 이 아이에게는 어딘가 앤의 마음을 강하게 끄는 것이 있었다. 상냥하고—정말로 야무지며—어머니도 없는 외톨이다.
두 사람이 오솔길 모퉁이에서 돌아보니 아이는 개와 함께 돌담 위에 서서 손을 흔들고 있었다.

물론 리베커 듀는 암스트롱 집안의 일을 낱낱이 알고 있었다.

"제임스 암스트롱은 5년 전 죽은 아내를 아직 잊지 못하고 있어요. 그 사람도 전에는 그토록 심하진 않았지요. 인사성도 있는 예절바른 사람이었어요. 다만 속세를 떠난 듯한데다 붙임성은 좋지 않지만요. 본디 그런 성격인 것 같아요. 아내에게 홀딱 빠져 있었지—아내는 제임스보다 20살이나 젊었어요. 그런데 죽어버려 심한 상처를 받았다는 소문을 들었어요.

성격까지 아주 달라져 버렸나봐요. 무뚝뚝하고 작은 일에도 화를 잘 내는 사람이 되어버렸죠. 가정부조차 두려고 하지 않으니까요. 집이며 아이 기르는 일을 직접 하고 있어요. 결혼하기 전 꽤 오랫동안 혼자 살았으니까 못할 것도 없지요."

채티 아주머니가 말했다.

"하지만 그것은 아이에게 좋은 생활이라고 할 수 없어요. 아버지가 교회든 어디든 사람을 만나는 곳에는 아이를 결코 데려가지 않으니까요."

케이트 아주머니가 말했다.

"자기 아이를 굉장히 소중하게 여긴다잖아요."

불쑥 리베커 듀가 엉뚱한 성경 구절을 인용했다.

"'나 이외에 다른 신을 섬기지 말라.'"

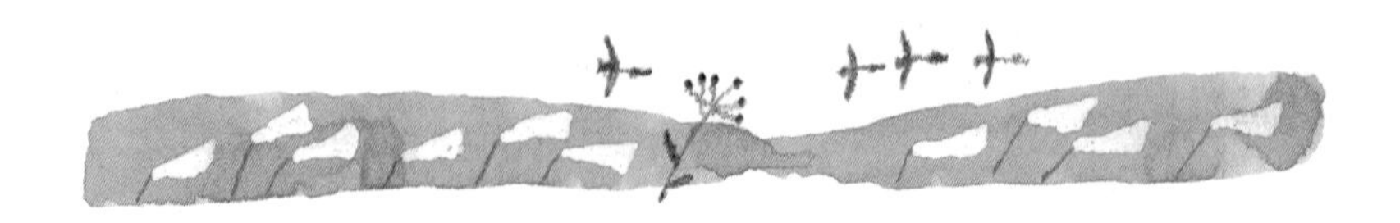

루이스, 혈연을 만나다

3주일쯤 지나 루이스는 겨우 사진을 인화할 시간이 생겼다. 첫 일요일 밤 그는 바람에 살랑거리는 버드나무집에서 마련한 저녁 식사에 사진을 가져왔다. 모두 멋지게 찍혀 있었다. 사진 속에서 생긋 올려다보고 있는 아이가 '말을 걸 것만 같다'고 리베카 듀가 말할 정도였다.

앤은 놀라 소리쳤다.

"어머나! 이 애는 너를 닮았구나, 루이스."

리베카 듀도 야무지게 비스듬히 포즈를 취하고 있는 아이의 사진을 들여다보며 말했다.

"똑같군요. 이것을 본 순간 이 아이 얼굴이 누군가와 꼭 닮았다고 생각하면서도 누구인지 딱히 떠오르지 않았었어요."

앤이 말했다.

"이것봐요, 눈도…… 이마도…… 표정 전체가 너와 판박이야, 루이스!"

"내가 이처럼 예쁜 아이일 때가 있었을까 믿어지지 않아요."

루이스는 어깨를 움츠렸다.

"내가 7살쯤 됐을 때 찍은 사진이 어딘가에 있어요. 그것을 찾아내어 비교해 봐야겠어요.

그걸 보면 웃으실 거예요, 선생님. 긴 곱슬머리를 드리우고 레이스 깃을 달고서 막대기처럼 꼿꼿이 서서 몹시 진지한 눈을 하고 있거든요. 머리에는 전에 유행한 묘한 세모꼴 모자를 쓰고 있던 것 같아요.

만일 이 사진이 정말로 나와 닮았다면 그것은 우연에 지나지 않아요. 나와 테디에게 피가 섞여 있을 리 없어요. 나에게는 프린스 에드워드 섬에 친척이 한 사람도 없거든요—지금은 말이지요."

케이트 아주머니가 물었다.

"어디서 태어났니?"

"뉴브런즈윅이에요. 아버지도 어머니도 내가 10살 때 돌아가셔서 어머니의 사촌언니네에서 지내게 되어 이리로 왔어요—나는 그 사람을 아이더 아주머니라고 불렀었는데, 알다시피 그 아주머니도 3년 전에 돌아가셨어요."

리베커 듀가 말했다.

"제임스 암스트롱도 뉴브런즈윅에서 왔어요. 그 사람은 본토박이 섬 태생이 아니죠. 섬사람이라면 그렇게 이상한 사람은 되지 않으니까요. 우리에게도 저마다 이상한 버릇은 있어요. 하지만 우리는 야만인이 아니니까요."

"나는 그 '사람 좋은' 암스트롱 씨가 친척인지 어떤지 그리 알고 싶지도 않아요."

루이스는 생선살을 끼운 빵을 먹으면서 싱긋 웃었다.

"하지만 이 사진을 손질하여 두꺼운 종이에 붙여 내가 글렌코브 거리로 가져가 좀 조사해 보겠어요. 그 사람이 먼 친척쯤 될지도 모르니까요. 어머니 쪽 친척이 살아 있다 해도 정말이지 나는 조금도 몰라요. 막연하게 없을 거라는 생각을 전부터 했었으니까요. 아버지 쪽으로는 확실히 없다는 것을 알고 있어요."

앤이 말했다.
"네가 직접 사진을 가져가면 우체국에서 배달되는 걸 받는 즐거움이 없어져버려. 그 아이가 좀 실망하지 않을까?"
"그것은 채워두겠어요. 뭔가 다른 것을 우편으로 보낼게요."
다음 일요일 루이스는 낡은 마차를 늙은 암말에 매고 유령골목으로 타고 왔다.
"테디 암스트롱에게 사진을 갖다주러 글렌코브로 갈 생각이에요. 선생님이 위풍당당한 내 마차와 마부를 보고 심장마비를 일으키지 않는다면 함께 가주셨으면 해요. 마차바퀴가 빠지는 일은 없을 거예요."
리베카 듀가 물었다.
"그런 골동품을 대체 어디서 찾아냈지, 루이스?"
"내 용감한 군마(軍馬)를 놀리지 마세요, 미스 듀. 늙은이를 존경해야죠. 돌리슈 가도에서 심부름을 해드린다는 조건으로 벤더 씨에게서 말과 마차를 빌렸어요. 내게는 오늘 글렌코브까지 걸어갔다가 다시 돌아올 시간이 없거든요."
리베카 듀가 말했다.
"시간이라고? 나라면 그 말보다 더 빨리 걸어갔다가 다시 돌아오겠다."
"그리고 돌아올 때 벤더 씨에게 감자를 한 자루 가져다주나요? 엄청나군요!"
리베카 듀의 빨간 얼굴이 더 빨개졌다. 리베카 듀는 야단쳤다.
"손윗사람을 놀리다니 좋지 못한걸."
그래도 마음 넓은 리베카 듀는 원수를 은혜로 갚았다.
"떠나기 전에 도넛을 먹고 가지 않겠니?"
그러나 하얀 암말은 시내를 벗어나자 놀라운 힘을 발휘했다. 큰길을 가며 앤은 혼자 입을 가린 채 웃었다. 지금의 나를 본다면 가드너

부인이나 제임시너 아주머니가 뭐라고 하실까? 뭐 아무려면 어때. 루이스 말고는 누구도 암말에 이 벤더의 마차를 매어 타지 않겠느냐고 권하는 일은 꿈에도 생각지 못할 테니까.

그러나 루이스에게는 그것이 조금도 우스꽝스럽게 생각되지 않았다. 목적지에 가 닿는 한 어떤 식으로 가든 상관없지 않은가. 어떤 것을 타든 고요한 고지대 산의 녹색은 푸르고 거리는 빨갛고 단풍나무는 호화로운 빛깔을 보이고 있으니 말이다.

루이스는 달관하고 있었다. 그가 하숙비 대신 자질구레한 일들을 거들고 있다고 하여 학생 가운데에는 그를 '여자사내'라 부르며 놀리는 아이도 있었지만 루이스는 그런 짖궂은 아이들 말에 마음 쓰지 않는 것과 마찬가지로 세상 사람들이 뭐라 하든 신경쓰지 않았다.

마음대로 말하게 내버려둬라! 어차피 웃을 차례가 반대로 될 테니까. 주머니 속은 비었는지 모르지만 머릿속은 비지 않았다. 여하튼 오늘 오후는 고즈넉한 경치를 바라보며 셜리 선생님과 단 둘이서, 아이를 다시 만나러 가고 있다.

벤더 씨 동서가 마차 뒤에 감자자루를 실어주었을 때, 루이스는 지금부터 해야 할 일을 이야기했다.

메릴 씨는 소리쳤다.

"네가 테디 아가의 사진을 찍었단 말이냐?"

루이스는 종이를 풀어 자랑스럽게 사진을 내밀었다.

"네, 아주 잘 찍혔어요. 전문 사진사도 이만큼 찍지는 못할 거예요."

메릴 씨는 가슴을 탁 때렸다.

"정말 잘됐다! 그러나 테디 아가는 죽어서—"

막대기를 삼킨 듯 앤이 소리쳤다.

"죽었다고요? 오, 메릴 씨, 그럴 리가 없어요! 그런 말씀은 말아주세요—그 귀여운 아이가—"

"안됐지만 아가씨, 정말이오. 테디의 아버지는 미칠 듯이 날뛰고, 더욱이 불행하게도 테디의 사진을 한 장도 가지고 있지 않소. 그런데 이처럼 좋은 선물을 가져왔으니 그나마 잘됐소."

"그런 슬픈 일이—아무래도 사실이라고는 믿어지지 않아요."

앤의 눈에 눈물이 흘러넘쳐 나왔다. 돌담에서 헤어지며 가냘픈 손을 흔들던 조그만 아이의 모습이 생생하게 보이는 것 같았다.

"안됐지만 정말이오. 죽은지 거의 3주일쯤 되지요. 폐렴이었소. 몹시 고통스러웠던 모양인데, 훌륭하게 잘 참았다고 해요. 이제부터 짐 암스트롱이 어떻게 될지 나는 모르겠소. 미칠 듯이 되어 버려서—온종일 울면서 혼잣말을 한다더군요. '아이의 사진만이라도 있다면!' 이렇게 줄곧 중얼중얼한다고 해요."

불쑥 메릴 부인이 입을 열었다.

"그 사람 참 안됐어요."

그 아주머니는 남편 곁에 서 있었다. 마르고 빈약한 몸매를 가진 희끗희끗한 머리가 섞인 여자로 빛바랜 사라사 옷에 체크 무늬 앞치마를 둘렀는데, 지금까지 한마디도 하지 않았었다.

"그 사람은 살림이 넉넉한 편이었고 우리는 가난해서 늘 업신여기는 듯한 기분이었죠. 하지만 우리에게는 아들이 있어요. 자신이 소중하게 여기는 것만 있으면 아무리 가난해도 상관없어요."

앤은 존경을 담은 눈으로 메릴 부인을 새롭게 보았다. 그 아주머니는 미인은 아니었지만 움푹 파인 잿빛 눈이 앤의 눈과 마주쳤을 때 두 사람 사이에 뭔가 통하는 것이 있었다. 그때까지 앤은 메릴 부인을 만난 적이 없었고 두 번 다시 만날 일도 없겠지만 인생의 참다움이, 곧 누구나 무언가 사랑하는 것이 있는 한 결코 가난하지 않다는 진리에 이른 사람으로서 늘 마음에 남아 있었다. 그렇지! 사랑하는 것을 가지고 있으면 결코 궁핍하지 않다.

모처럼 신나는 그날은 엉망이 되어버렸다. 잠깐 동안 만났을 뿐이지만 어쩐지 '아이'는 앤의 마음을 끌었기 때문이다. 앤도 루이스도 묵묵히 글렌코브 거리에서 마차를 몰아 풀이 무성한 오솔길로 모퉁이를 돌아갔다. 카를로는 푸른문 앞 돌 위에 앉아 있었다. 두 사람이 마차에서 내리자 카를로는 일어나 다가와서 앤의 손을 핥고 조그만 친구에 대한 소식을 묻듯이 슬픈 눈으로 앤을 올려다보았다.

문이 열려 있고 그 맞은편 컴컴한 방 탁자에 머리를 떨어뜨린 사나이 모습이 보였다. 앤이 문을 두드리자 사나이는 놀라서 일어나 문 쪽으로 나왔다. 앤은 너무도 달라진 그의 모습에 놀랐다. 뺨은 그늘지고 수염도 깎지 않은 얼굴은 여위었으며 움푹 들어간 눈은 갑자기 번뜩였다.

처음에 앤은 쫓겨나리라고 각오하고 있었는데, 그는 앤을 알아보고 귀찮은 듯 말했다.

"또 와줬군요. 아가씨가 '아이'에게 이야기를 걸고, 키스도 해주었다는 것을 들었소. 그 애는 아가씨를 좋아했죠. 그날은 무례한 행동을 해서 미안하오. 무슨 볼일이죠?"

앤은 상냥하게 대답했다.

"보여드리고 싶은 게 있어서요."

그는 쓸쓸히 말했다.

"안으로 들어와 좀 앉으시오."

루이스는 조용히 '아이'의 사진을 내밀었다. 그는 그것을 빼앗듯 받아 멍하니 뚫어지게 보고 있었는데, 이윽고 의자에 쓰러지듯 주저앉아 목이 메어 꺽꺽거리며 울기 시작했다. 앤은 이처럼 남자가 비참히 우는 모습을 본 일이 없었다. 앤과 루이스가 동정을 느끼며 말없이 옆에 서 있는 동안 암스트롱은 자제심을 겨우 되찾았다.

그는 말을 더듬기 시작했다.

"아, 이 사진이 내게 얼마나 고마운 것인지 아마 모를 거요. 나에게는 그 애 사진이 한 장도 없소. 나는 다른 사람과 달라서 사람 얼굴을 잘 기억할 수가 없어요. 사람들은 마음에 그리운 얼굴을 떠올릴

수가 있다는데 나는 그렇지 못해요.

'아이'가 죽은 뒤 정말 두려운 마음으로 지냈소. 그 애가 어떤 모습을 하고 있었는지 생각해낼 수조차 없었으니까. 그런데 이렇게 이 사진을 가져와줬군요—내가 그런 실례되는 짓을 했는데도. 앉아요! 어서 앉아요! 내가 얼마나 고맙게 생각하고 있는지 어떻게든 그 마음을 보여주고 싶소.

당신들은 구렁텅이에 빠져 있는 나를 구해주었소—아마 목숨까지 구해준 셈이 될 거요. 아, 그런데 아가씨, 이 사진은 그 애와 똑같잖소? 금방이라도 말을 할 것 같소. 내 아이! 그 애 없이 어떻게 살아갈까? 이제는 아무 보람이 없소. 처음에는 아내가, 이번에는 자식이 죽었으니까요."

앤은 포근히 감싸주듯 말했다.

"무척 귀여운 아드님이었지요?"

"그랬소. 테디는—시어도르라고 그 애 엄마가 이름지었죠. 애 엄마가 말했듯 아이는 '하느님이 주신' 선물이자 축복이었소. 그런데 그토록 참혹하게 죽다니. 영리하고 터질 듯 건강했는데—그런 꼴로 죽다니! 그런데도 그 애는 아주 참을성 있게 한 번도 고통을 호소하지 않았소. 꼭 한 번 내 얼굴을 올려다보고 웃으며 말했죠. '나는 아빠가 하나 틀린 게 있다고 생각하는데—꼭 하나뿐이에요. 천국이란 있는 게 아닐까요? 있지요, 아빠?'

나는 있다고 말했소. '그런 것은 없다고 그 애에게 가르쳐주기도 했었는데, 하느님, 용서하소서.' 그 애는 겨우 안심한 듯 다시 생긋 웃으며 말했죠. '그럼, 아빠, 나는 거기 가요. 엄마도 하느님도 거기에 있으니까 아주 재미있게 지낼 수 있어요. 하지만 나는 아빠 일이 걱정이에요. 내가 없으면 아빠는 무척 쓸쓸하겠지요. 그래도 힘을 내어 남에게 친절히 베풀면서 살다가 우리 다시 만나요.'

그렇게 내게 다짐을 시켰는데, 그 애가 없으니 나는 이 세상이 텅

빈 것 같아 견딜 수 없소. 당신들이 이 사진을 가져와주지 않았다면 나는 미쳐버렸을 거요. 하지만 이제는 그토록 괴롭지 않겠지요……"

제임스 암스트롱은 잠시 '아이'에 대한 이야기를 나누며, 그렇게 함으로써 구원과 기쁨을 되찾은 듯했다. 무정함이며 난폭함은 옷을 벗어던진 것처럼 소리 없이 사라졌다. 마지막으로 루이스는 조그만 빛바랜 자기 사진을 꺼내 암스트롱에게 보였다.

앤이 물었다.

"이 아이를 본 적 있어요, 암스트롱 씨?"

암스트롱은 얼떨떨한 듯 가만히 사진을 보고 있더니 이윽고 말했다.

"우리 아이와 아주 닮았군. 이게 누구지?"

루이스가 대답했다.

"저예요. 제가 7살 되었을 때죠. 이상스럽게도 테디와 닮아, 이것을 아저씨에게 보여드리라고 셜리 선생님이 말씀하셨어요. 저는 아저씨나 아이와 먼 친척이 될지도 모른다고 생각했어요. 이름은 루이스 앨런이고 아버지는 조지 앨런이었어요. 뉴브런즈윅에서 태어났고요."

"어머니 이름이 뭐지?"

"메리 가드너예요."

암스트롱은 한순간 말없이 루이스를 뚫어져라 보더니 마침내 입을 열었다.

"나와는 아버지가 다른 여동생이지. 거의 모르는 거나 다름없어—한 번밖에 만난 적이 없거든. 나는 아버지가 돌아가신 뒤 삼촌 슬하에서 자랐고 어머니는 재혼하여 다른 데로 가버렸지.

나를 만나러 왔을 때 어머니는 작은 딸을 데려왔었어. 그 뒤 어머니는 곧 돌아가셔서 나는 그 여동생을 다시 만나지 못했지. 이 섬에 와 살게 되면서 그 여동생 소식을 전혀 모르게 되어버렸거든. 너는 그 여동생의 아들이니까 내 조카가 되고 '아이'에게는 사촌형이 되는

구나."

이것은 세상에 자기 혼자뿐이라고 생각했던 젊은이에게 놀랍고도 새로운 소식이었다.

루이스와 앤은 저녁 때까지 암스트롱 씨와 함께 지내며 그가 박학하고 총명한 사람이라는 것을 알았다. 아무튼 두 사람 모두 암스트롱 씨가 좋아졌다. 무뚝뚝하게 그들을 대했던 그의 옛 모습은 말끔히 가시고, 두 사람은 지금까지 호감을 주지 못했던 껍데기 속에 숨겨진 그의 훌륭한 인격과 타고난 기품의 가치만을 찾아낼 수 있었다.

저녁놀 속에서 바람에 살랑거리는 버드나무집으로 마차를 몰고 돌아오며 앤은 루이스에게 말했다.

"그렇지 않았다면 '아이'는 아버지를 그렇게 좋아하지 못했을 거야."

다음 주말에 루이스가 삼촌인 암스트롱씨를 찾아갔을 때 그가 말했다.

"애야, 나와 함께 살지 않겠니. 너는 내 조카이고 충분히 뒷바라지 해줄 테니까—'아이'가 살아 있었으면 해줄 일을 말이다. 너는 이 세상에서 오직 혼자고 나도 그래. 내게는 네가 필요해. 여기서 혼자 살고 있으면 나는 또 뒤틀린 무정한 사람이 되어버릴 게다. 아이와의 약속을 지키는 조수 일을 네가 해주었으면 해. 그 애 자리는 비어 있어. 부디 그 자리를 메워다오."

"고마워요. 외삼촌, 그렇게 하겠어요."

루이스는 손을 내밀었다.

"그리고 가끔 너의 그 선생님을 이리로 모셔와 다오. 나는 그 아가씨가 마음에 들었어. '아이'도 아가씨를 좋아했으니까. '아빠, 나는 아빠 말고는 누구도 키스해 주는 걸 좋아하지 않았지만, 그 누나가 해줬을 때는 기뻤어요. 누나 눈에는 말로는 표현 못할 뭔가가 있었어요, 아빠' 가슴 벅차하며 내게 말했었지."

캐서린을 그린게이블즈에 부르다

추운 12월 밤, 앤은 말했다.

"포치의 낡은 온도계는 0도[*1]고 옆문의 새 온도계는 10도예요. 그래서 머프[*2]를 가져가는 게 좋을지 어떨지 모르겠어요."

리베커 듀가 신중하게 주의를 주었다.

"낡은 쪽 온도계를 따르는 게 좋아요. 아마 낡은 쪽이 지방 기후에는 익숙할 테니까. 어쨌든 이처럼 추운 밤에 어딜 나가죠?"

"템플 거리에 들러 캐서린 브룩에게 그린게이블즈에서 나와 함께 크리스마스 휴가를 보내자고 권하려고 해요."

그러자 리베커 듀는 무서운 얼굴로 반대했다.

"그런 짓을 했다가는 휴가가 엉망이 돼요. 그 성미는 천사에게도 타박을 줄지 모르니까요—그 사람이 천국에 들어와도 좋다는 말을 듣고 들어갔을 경우에 말이지만. 무엇보다도 나쁜 점은 그 사람이 자신의 무례함을 자랑스럽게 여기는 거예요. 틀림없이 자신의 힘이 강하리라 착각하고 있을 거예요."

---

*1 화씨의 0도. 섭씨로는 영하 18도.

*2 토시처럼 생긴 방한구의 일종.

"내 머리는 리베카 듀 말 하나하나에 찬성이지만 기분은 그렇지 못해요. 여러 가지 일이 있기는 했어도, 캐서린 브룩의 불쾌한 껍데기를 벗기고 보면 내성적인 불행한 여자에 지나지 않는다는 마음이 들어요. 서머사이드에서는 그 사람과 조금도 친하지 않지만, 만일 그린게이블즈로 데려갈 수만 있다면 틀림없이 우리 관계도 봄눈 녹듯 풀리리라 여겨져요."

리베카 듀는 예언했다.

"그 사람을 데려갈 수 없을 거예요. 가지 말아요. 그런 것을 권하면 자신을 바보취급한다고 생각할 거예요. 자선사업이라도 하려는 것으로 오해할 테니까요.

여기서도 언젠가 한 번 그 사람에게 크리스마스 식사에 오라고 한 적이 있어요. 앤이 오기 전 작년 일이었죠—기억나지요, 매코머 아주머니? 칠면조를 두 마리나 얻게 돼서 어떻게 하면 다 먹어치울까 걱정했던 해였어요. 그런데 그 사람이 말하기를 '아뇨, 괜찮아요. 뭐니뭐니해도 '크리스마스'라는 말처럼 싫은 것은 없어요'라는 거예요."

"그건 너무하군요—크리스마스가 싫다니! 어떻게 하지 않으면 안 되겠어요, 리베카 듀. 내가 그녀에게 권해 보겠어요. 그리고 왠지 그녀가 오리라는 이상한 예감이 들어요."

리베카 듀는 마지못해 시인했다.

"어쨌든 앤이 그렇게 된다고 말을 꺼내면 믿지 않을 수 없죠. 앤에게는 투시력이 있나 보죠? 매코머 선장 어머니에게는 있었어요. 그분은 정말 섬뜩했다니까요."

"나는 리베카 듀를 섬뜩하게 할 만한 것은 가지고 있지 못한 것 같아요. 다만 이런 거예요—캐서린 브룩은 보이는 겉모습과 달리, 사실은 쓸쓸하고 심심하여 미쳐버릴 것만 같은 외로움이 있는데, 내 초대가 심리적 효과를 올리려면 아마 지금 초대하는 게 가장 알맞은 시기라는 거죠."

리베카 듀는 아주 겸손하게 말했다.

"나는 대학 출신 학사가 아니에요. 하지만 나는 내가 이해할 수 없는 말을 쓸 앤의 권리를 부정하지 않겠어요. 그리고 또 앤에게는 남을 교묘히 설득하는 재간이 없다고도 말하지 않겠어요. 앤이 프링글 집안사람들을 어떻게 요리했는지 직접 보아서 잘 알고 있어요. 하지만 그 빙산과 육두구 벤 것을 두드려 뭉친 듯한 사람을 그린게이블즈로 데려간다면 나는 앤을 가엾게 여길 거예요."

템플 거리로 걸어가며 앤은 겉보기만큼 자신에 넘쳐 있는 것은 아니었다. 요즘 캐서린 브룩은 실제로 도무지 다룰 수 없게 되어 있었다. 앤은 형편없이 당하기만 하여 포*3의 시에 나오는 까마귀처럼 화를 내며 '이젠 틀렸어!' 몇 번이나 소리쳤는지 모른다.

바로 어제도 캐서린은 직원회의에서 더없이 모욕적인 태도를 취했다. 그러나 방어망을 굳히는 것을 자칫 잊어버리고 무심히 있을 때 캐서린 눈에서는 우리속에 갇혀 불만을 품은 동물처럼 미쳐 날뛰는 반미치광이 같은 무언가를 앤은 엿볼 수 있었다.

앤은 전날 밤 캐서린을 그린게이블즈로 초대할 것인지 그만둘 것인지 한밤중까지 고민했는데, 마침내 결심울 굳히고 잠으로 빠져들었다.

캐서린 하숙집 아주머니는 앤을 응접실로 맞아들여, 앤이 브룩 양을 만나고 싶다고 하자 뚱뚱한 어깨를 으쓱해보였다.

"당신이 오셨다고 이야기하겠지만, 그분이 내려올지는 모르겠어요. 몹시 화나 있거든요. 오늘 저녁 식사 때 내가, 서머사이드 중학교 선생으로는 옷차림이 좀 지나치다고 롤링즈 부인이 말했다고 전하자 언제나처럼 매우 도도해진 거예요."

앤이 나무라듯 말했다.

*3 에드거 앨런 포, 1809~1849년. 미국 시인.

"그런 말씀은 안하는 게 좋았을 텐데요."
"그래도 그분이 알아두는 게 좋으리라 생각했거든요."
데니스 부인은 좀 비꼬듯 말했다.
"하지만 교육위원회가 브룩 양은 동부 해안에 있는 여러 주에서 가장 우수한 교사 가운데 한 사람이라고 말한 것도 그분이 알고 있는 편이 낫다고 여기나요? 혹시 모르고 있었나요?"
"네, 그 이야기는 들었어요. 하지만 지금 이대로도 자만에 빠져 있는데 더 이상 불에 기름을 부을 필요는 없지요. 잘난 척하는 정도가 아니에요—하기야 그토록 잘난 척하는 이유가 무엇인지 나는 모르겠지만요.
어쨌든 오늘밤은 기분이 몹시 안 좋아요. 내가 개를 기르는 것은 절대로 안 된다고 했거든요. 그 사람은 어떻게든 개를 기르겠다는 거예요. 개의 식비를 내고 귀찮게 굴지 않도록 조심하겠다고 하지만, 그 사람이 학교에 가 있을 때는 어떻게 하죠? 나는 굽히지 않았어요. '개하숙은 치지 않겠어요'라고요."
"어머나, 아주머니, 개를 기르게 해주지 않겠어요? 개는 그다지 귀찮게 굴지 않아요. 그리고 어두운 밤에 개가 있으면 정말 마음이 든든하지요. 그렇게 해주지 않겠어요—부탁하겠어요!"
앤이 '부탁합니다' 말할 때의 눈에는 반드시 상대방으로 하여금 거절을 못하게 하는 무언가가 있었다. 데니스 아주머니는 뚱뚱한 어깨와 남에 대해 말하기 좋아하는 수다스러운 혀를 가지고 있긴 했으나 본디 친절한 마음이 없는 건 아니며, 캐서린 브룩이 불쾌한 태도를 취하므로 가끔 화가 치밀 뿐이었다.
"그 사람이 개를 기르는 일에 댁이 어째서 그토록 마음 쓰는지 모르겠군요. 두 사람이 그만큼 사이좋은 줄은 미처 몰랐어요. 그 사람에게는 전혀 친구가 없으니까요. 그녀만큼 교제가 없는 하숙인은 본 적이 없어요."

"그러니까 개를 기르고 싶어하는 거예요. 우리는 누구나 친구없이 살아갈 수 없는걸요."

"아참, 그렇군요. 그 사람에게도 인간다운 데가 있다고 생각한 건 이번이 처음이에요. 나도 개가 그리 싫은 건 아니지만, 그 사람 말투가 기분 나빠서 화가 났죠.

'개를 길러도 되느냐고 물어봐야 좋다고 대답해줄 듯싶지 않군요, 아주머니' 업신여기듯 건방지게 말하지 뭐예요. '그렇고말고요' 나도 지지 않고 거만스럽게 말해줬죠.

누구나 그렇겠지만 한번 한 말을 취소하기는 싫어요. 하지만, 개가 응접실에서 실수하지 않을 것만 보장하면 기르도록 그 사람에게 말해도 좋아요."

앤은 비록 개가 실수했다 해도 이 응접실이 더이상 형편없어지는 일은 없으리라 생각했다. 더러워진 레이스 커튼이며 속이 거북해질 듯한 보랏빛 장미무늬 깔개를 보고 앤은 몸을 부들부들 떨며 생각했다.

'이런 곳에서 크리스마스를 보내야 하는 사람은 그 누구든 불쌍해. 캐서린이 크리스마스라는 말을 싫어하는 것도 무리가 아니야. 나라면 이 방에 바람이 충분히 통하게 할 텐데. 몇 천 번 먹은 식사 냄새가 배어 있어. 급료를 많이 받는데 어째서 캐서린은 이런 형편없는 곳에 하숙하고 있을까.'

돌아온 데니스 아주머니는 좀 믿어지지 않는 얼굴로 대답을 전했다.

"올라오라는군요."

그러나 앞으로 벌어질 일은 의심하는 듯했다. 언제나 가시 돋혀 있는 브룩양이었으므로.

좁고 가파른 층계마저도 사람들의 접근을 싫어하는 듯했다. 일없는 사람은 아무도 올라오려 하지 않을 터이고, 층계를 다 올라간 복도에 깔린 리놀륨은 갈기갈기 찢겨 있었다.
이윽고 앤이 가 닿은 뒤쪽의 조그만 침실은 응접실보다 한층 더 음침한 방이었다. 등불은 갓이 없어 눈이 부신 가스등 하나뿐이었다. 쇠침대는 가운데가 움푹 꺼지고, 빈약한 커튼 같은 것이 드리워진 창문은 빈 양철깡통이 산처럼 쌓여 있는 뒤뜰 쪽으로 나 있었다.
그러나 저쪽에는 훌륭한 하늘이 있고, 멀리 길게 이어지는 보랏빛 산을 배경으로 포플러 가로수가 늘어서 있었다.
앤은 캐서린이 쌀쌀맞게 가리킨 쿠션도 없는 삐걱거리는 흔들의자에 앉아 황홀한 듯 하늘을 바라보며 말했다.
"어머나, 브룩 양, 저 저녁노을을 좀 봐요!"
캐서린은 머리를 움직이려고도 하지 않고 차갑게 말했다.
"저녁노을이라면 수도 없이 봐왔어요."
캐서린은 심술궂게 생각했다.
'기껏 저녁노을로 나한테 생색을 내고 있어!'
"그렇지만 지금 눈앞에 있는 이 저녁노을은 아직 못 봤잖아요. 저녁노을에는 같은 게 하나도 없어요. 자, 여기 앉아 저 저녁노을을 우리 마음 속에 담도록 해요."
입으로 이렇게 말하면서 앤은 속으로 생각했다.
'당신도 뭔가 즐거운 말을 한 적이 있나요?'
캐서린이 말했다.
"시시한 말은 하지 말아요. 제발 부탁이니까."
어쩌면 이토록 실례되는 말을 하는 것일까! 그것이 캐서린 특유의 가시돋힌 경멸에 찬 말투여서 저녁노을에서 캐서린 쪽을 본 앤은 그만 일어나서 나가려고 했다. 그러나 캐서린의 눈이 좀 이상했다. 울고 있었을까? 그럴 리 없다. 캐서린 브룩이 울다니 생각도 할 수 없는 일이 아닌가.
앤은 힘겹게 말했다.

Chang·kye

"갑자기 찾아온 게 폐가 된 것 같네요."

"나는 말솜씨가 좋지 못해요. 당신은 마치 여왕처럼 행동하는 것이 능숙하지만 나는 그런 재능을 지니고 있지 못해요. 어떤 사람하고도 거기에 알맞는 말을 도저히 하지 못해요. 그래요, 폐가 되고말고요. 이런 방에 누가 찾아와 주어서 즐거울 그런 분위기라고 생각하나요?"

캐서린은 비웃는 듯이 빛바랜 벽, 오래되어 닳아빠진 의자, 축 처진 모슬린 페티코트가 걸린 덜컹거리는 화장대 등을 눈짓으로 가리켰다.

"물론 좋은 방은 아니에요. 하지만 마음에 들지 않는다면 왜 이런 데 있어요?"

"어머나, 또 왜—왜로군요. 말해야 당신은 알 리 없죠. 그런 것은 아무래도 좋아요. 남이야 무슨 생각을 하든 나는 상관없으니까요. 오늘 밤은 또 어떻게 왔죠? 설마 저녁노을을 즐기러 온 것은 아니겠죠."

"크리스마스 휴가에 나와 함께 그린게이블즈로 가지 않겠느냐고 권하러 왔어요."

앤은 여기서 맞서는 자세로 생각했다.

'그래, 또 야유의 총알을 받겠지. 제발 앉아주기라도 했으면 좋으련만. 마치 내가 한시라도 빨리 되돌아가기를 기다리듯 서 있잖아.'

그러나 잠시 동안 침묵이 이어졌다. 이윽고 캐서린은 천천히 말했다.

"어째서 내게 함께 가자는 거죠? 나를 좋아해서가 아니잖아요. 아무리 당신이라도 그렇게까지 위장하지는 못할 텐데……"

앤은 진실된 마음을 담아 이야기했다.

"사람이 이런 데서 크리스마스를 지내다니 생각만 해도 견딜 수 없기 때문이에요."

갑자기 야유가 날아왔다.

"그래요, 알았어요. 크리스마스를 맞아 자선행위를 수행하려는 것이네요. 아직 나는 거기에 해당되지 않아요, 셜리 선생님."

앤은 일어났다. 이 기묘하고도 쌀쌀맞은 사람에 대해 더 이상 참을 수 없었다. 앤은 방을 가로질러가 마주서서 캐서린의 눈을 들여다 보았다.

"캐서린 브룩, 스스로도 알고 있는지 어떤지 모르지만 댁한테 필요한 것은 오직 맹렬하게 엉덩이를 얻어맞는 거예요, 알겠어요?"

두 사람은 한순간 말없이 서로 노려보았다.

캐서린이 말했다.

"그렇게 말하고 나니까 속이 시원하겠군요."

그러나 그 목소리에 모욕적인 울림은 없었다. 입가에 희미한 웃음마저 떠올리고 있었다.

"그래요, 얼마 전부터 그 말을 하고 싶어 견딜 수 없었어요. 내가 그린게이블즈에 가자는 것은 자선을 베풀려는 게 아니에요. 그것은 캐서린도 잘 알고 있을 텐데요. 참된 이유는 이미 말했어요. 누구든 이런 데서 크리스마스를 보내서는 안 돼요. 그런 것을 생각하는 사람이 있다는 것만으로도 용서할 수 없어요."

"내가 가엾다는 이유만으로 나에게 그린게이블즈로 가자는 거군요."

"정말로 안쓰럽게 생각해요. 당신은 인생을 향해 문을 굳게 닫아버린걸요—이제는 오히려 인생 쪽이 당신을 쫓아내고 있어요. 캐서린, 그런 짓은 그만둬요. 인생을 향해 마음의 문을 열어요. 그러면 행복한 인생이 들어와요."

"앤 셜리 식의 진부한 대사로군요. '거울을 보고 웃으면 웃음이 돌아온다.'"

캐서린은 그렇게 말하고 어깨를 으쓱했다.

"진부한 대사지만 대개 이치에 맞는데, 그것도 틀림없는 진실이에요. 자, 그린게이블즈에 가겠어요, 안 가겠어요?"

"만일 내가 간다면 뭐라고 말할 생각이죠. 내게가 아니라—앤 자신에게 말이에요?"

앤은 웃으며 받아넘겼다.

"아직 본 일조차 없지만 캐서린에게 미약하나마 처음으로 상식이 있다는 게 엿보였다고—말하겠어요."

놀랍게도 캐서린은 따라 웃었다. 창가로 걸어가 불같이 새빨간 저녁노을의 얼룩무늬를 생각에 잠겨 보더니 빙글 돌아섰다.

"좋아요. 가겠어요. 자, 이제 '어머나, 좋아라, 함께 유쾌하게 지내요' 그럴듯한 목소리로 말해 보면 어때요."

"정말로 기쁜 일이에요. 하지만 유쾌하게 지낼지 어떨지는 아직 모르겠어요. 그것은 브룩 양 행동에 달렸어요."

"어머나, 나는 점잖게 행동하겠어요. 아마 깜짝 놀랄 거예요. 유쾌한 손님까지는 못되겠지만 식사 때 예의범절을 저버리거나 남이 좋은 날씨라고 말했을 때 비웃는 일은 하지 않겠다고 약속하죠. 터놓고 말하겠는데, 내가 가겠다고 한 단 하나의 이유는 나 또한 여기서 오직 혼자 크리스마스 휴가를 보낸다고 생각하니 견딜 수 없어서예요. 데니스 아주머니는 샬럿타운의 따님과 크리스마스 주일을 보내기로 되어 있어요. 내 손으로 내 식사를 준비하지 않으면 안 되다니 생각만 해도 싫어요. 나는 요리를 전혀 못하거든요. 그러니 물질적인 곤란이 정신에 큰 승리를 거둔 셈이지요.

하지만 내게 결코 메리 크리스마스라고 하지는 않겠다고 맹세해 주겠어요? 크리스마스라고 복받는 기분 같은 건 안 나니까."

"네, 알았어요. 하지만 쌍둥이에 대해서까지는 책임질 수 없어요."

"여기서는 앉으라고 말하지 않겠어요. 꽁꽁 얼어버릴 거예요. 하지만 셜리 선생님 뒤로 저녁노을에 예쁜 달이 떴으니, 괜찮다면 바래다주면서 당신이 달에 대해 찬미하는 걸 거들겠어요."

앤은 웃으며 말했다.

"그렇게 해주면 좋겠어요. 하지만 애번리에 떠오른 달이 훨씬 더 아름답다는 것을 알아두어야 할 거예요."

리베커 듀는 앤의 탕파(湯婆. 더운 물을 넣어 몸을 따뜻하게 하는 쇠나 자기로 만든 그릇. 이불 속에 넣어서 씀)를 준비하며 말했다.

"그럼, 그 사람이 가는 거예요? 그런데 셜리 선생님, 내게 마호멧 교도가 되라는 따위의 권고는 결코 하지 말아요—셜리 선생님에게 걸리면 헤어날 수 없으니까. 그 고양이 녀석은 어디 갔을까? 서머사이드를 이리저리 돌아다니는 게 틀림없어. 기온이 0도라는데."

"새 온도계 쪽은 그렇지 않아요. 그리고 더스티 밀러는 내 난로 옆 흔들의자에서 등을 꼬부리고 기분 좋게 코를 골고 있어요."

리베커 듀는 부엌문을 닫으며 오들오들 몸을 조금 떨었다.

"그러면 다행이지. 아, 이런 밤에는 온 세상 사람들이 우리와 마찬가지로 집 안에서 훈훈하게 지낼 수 있었으면 좋으련만."

캐서린 브룩, 고백하다

바람에 살랑거리는 버드나무집에서 떠나는 앤을 늘푸른나무 저택 지붕밑방 창문으로 조그만 일리저버스가 슬퍼하며 바라보고 있었다. 앤은 그것을 몰랐다. 일리저버스는 눈에 눈물을 가득 담고 살 보람이 잠시 동안 자기 생활로부터 완전히 빠져나가, 자기는 리지 가운데서도 가장 리지 같은 가엾은 사람이라고 여겨졌다.

그러나 말이 끄는 썰매가 기운차게 유령골목 모퉁이를 돌아서 보이지 않게 되자 일리저버스는 자기 방으로 들어가 침대 곁에 무릎을 꿇고 기도했다.

"하느님, 내게 행복한 크리스마스를 주시도록 부탁드려도 소용없다는 것을 알고 있어요. 할머니도 시녀도 즐거워할 수 없으니까요. 하지만 나의 소중한 셜리 선생님이 즐겁고 또 즐거운 크리스마스를 보내도록 꼭 지켜주세요. 그리고 크리스마스가 끝나면 무사히 내게로 돌아오게 해주세요."

기도를 마친 일리저버스는 눈물을 소매로 훔치며 일어섰다.

"자, 내가 할 수 있는 일은 다 한 거야."

앤은 이미 크리스마스의 행복을 맛보고 있었다. 기차가 역을 떠날 때 앤은 기쁨에 빛나는 것 같았다. 지저분한 거리는 자꾸 뒤로 달아났다. 드디어 집으로 돌아가는 것이다—그린게이블즈로 돌아가는 것이다. 탁 트인 교외로 나오자 마술에 걸린 듯 울창한 가문비나무며 잎이 없는 섬세한 자작나무가 여기저기 점점이 서 있고 주위는 모조리 황금빛 도는 흰색이나 엷은 보랏빛으로 물들어 있었다.

나무숲 뒤 나직이 떠 있는 해는 기차가 스쳐 지나감에 따라 눈부시게 빛나는 신처럼 나무 사이를 달려 빠져나갔다. 캐서린은 말이 없었지만 무례하지는 않았다.

캐서린은 여기 오기 전에 앤에게 무뚝뚝하게 말해 두었다.

"내가 이야기 상대가 되리라고는 기대하지 말아요."

"네, 좋아요. 늘 뭔가 떠들어대지 않으면 입에 가시가 돋는다고 여겨지는 사람이 있지만 내가 그런 사람들 가운데 하나라고는 생각지 말아요. 하고 싶은 말이 있을 때에만 이야기하기로 해요. 나는 아마 자꾸만 수다를 떨고 싶어할지도 모르지만, 내가 무슨 이야기를 하든 신경 쓸 필요없어요."

데이비가 브라이트 리버 역으로 털가죽무릎덮개를 잔뜩 준비한 2인용 커다란 썰매를 타고 두 사람을 마중나와 앤을 정신없이 껴안았다. 두 사람은 뒷좌석에 나란히 앉았다.

역에서 그린게이블즈까지의 드라이브는 앤이 주말에 집으로 돌아올 때 언제나 아주 큰 즐거움으로 여기는 일이었다. 브라이트 리버에서 매슈와 함께 처음으로 마차를 타고 왔을 때 일이 문득 생각났다. 그것은 늦은 봄에 일어난 일이었지만 지금은 12월이다. 그러나 길 하나하나가 앤에게 자기들을 기억하느냐고 묻는 것 같았다.

썰매 밑에서 눈이 뽀드득뽀드득 소리를 내고, 뾰족한 머리의 키 큰 전나무숲 사이로 방울소리가 울려 퍼졌다.

'환희의 하얀 길'에서는 조그만 별꽃들이 나무들 아래에 옹기종기 얽혀 있었다. 마지막으로 낮은 산 앞쪽 언덕에 이르렀을 때 멋진 세인트 로렌스 만이 달빛 아래 하얗고도 신비스럽게 펼쳐져 있는 게 보였다. 아직 얼음은 얼지 않았다.

앤이 말했다.

"이 길에 있으면 언제나 '집으로 돌아왔다'고 느끼는 장소가 하나 있어요. 그건 바로 다음 언덕 꼭대기예요. 그곳에서 그린게이블즈의 불빛이 아른아른 보여요. 나는 머릴러가 우리를 위해 어떤 저녁 식사를 준비해 두고 있을까 상상해 보는 참이에요. 벌써부터 맛있는 냄새가 나는 것 같아요. 아, 집으로 돌아온다는 것은 즐겁고—즐겁고—즐거워요!"

그린게이블즈에서는 뜰의 모든 나무들이 앤을 기쁘게 맞이하고 창문의 따뜻한 불빛 하나하나가 앤에게 손짓하고 있었다. 그리고 부엌문을 열었을 때 머릴러의 부엌은 그 얼마나 좋은 냄새로 가득차 있었던가!

모두들 껴안기도 하고 환호성을 올리기도 하고 울고 웃기도 했다. 캐서린조차 남이 아니라 어쩐지 가족의 한 사람이 되어버린 것 같았다. 린드 아주머니는 잘 간직해둔 응접실용 램프를 식탁에 가져와 불을 켰다. 솔직히 말하면 그것은 빨간 전구가 끼워진 흉한 느낌이 드는 좋지 않은 램프였으나, 어쩌면 그토록 이 자리에 어울리는 따뜻한 장밋빛 불빛을 모든 것 위에 던져주는 것일까! 불빛에 춤추는 그림자가 얼마나 따뜻하고 정겨워 보이는가! 어느새 도러가 아름다운 소녀가 된 모습을 보라! 데이비도 이제 거의 어른이 다 된 남자로 보였다.

여러 가지 소식이 쌓여 있었다. 다이애너에게 첫딸이 태어난 것, 조지 파이에게 정말로 젊은 연인이 생긴 일, 찰리 슬론이 약혼했다는 소문이 있다는 것 등이었다. 그것은 대제국의 뉴스 못지않은 중대 관심사였다. 천조각을 5천 장이나 써서 막 마무리했다는 린드 아주머니의 새 퀼트 이불이 모두들 앞에 펼쳐져 마땅히 받아야 할 찬사를 받았다.

Chang.kye

데이비가 말했다.
"누나가 돌아오면 온 집안에 생기가 도는 것 같아."
아, 이것이 진짜 인생이다, 도러의 고양이가 간드러진 목소리를 내며 목을 골골거렸다.
저녁 식사가 끝나자 앤이 말했다.
"나는 본디 달밤의 유혹을 이겨내지 못해요. 브룩 양, 눈신을 신고 산책할래요? 눈신을 신을 수 있다고 들은 것 같은데요."
캐서린이 어깨를 으쓱했다.
"그래요. 내가 할 수 있는 일이라고는 그것뿐이에요. 하지만 벌써 6년이나 신어본 일이 없어요."
앤은 다락방에서 자기 눈신을 가져오고, 데이비는 '언덕의 과수원'으로 재빨리 달려가 캐서린을 위해 전에 다이애너의 것이었던 눈신을 한 켤레 빌려왔다.
두 사람은 나무들이 아름다운 그림자를 가득 떨어뜨린 '연인의 오솔길'을 지나 조그만 나무가 울타리를 이루고 있는 목장을 가로질러 숲을 빠져나갔다. 신비한 숲은 비밀에 차 있었으며, 그것을 금방이라도 속삭일 듯 보이면서도 그러지 않았다. 그리고 두 사람은 은빛 물이 괴어 있는 듯한 숲속 빈터를 빠져나갔다.
두 사람은 아무 이야기도 하지 않았고 또 하고 싶다고도 생각지 않았다. 말을 하면 아름다운 무엇인가를 손상시키는 게 아닐까 두려운 마음이 들었다. 그러나 앤은 지금까지 이처럼 캐서린 브룩을 가까이 느껴본 적이 없었다. 겨울밤이 그 독특한 마법으로 두 사람의 마음을 하나로—아주 하나라고는 할 수 없다 하더라도 상당한 데까지 가까이 맺어주었다.
큰길로 나왔을 때 썰매 한 대가 웃음소리를 퍼뜨리듯 딸랑딸랑 방울소리를 내며 두 사람 곁을 힘차게 달려갔다. 두 사람은 그만 한숨을 쉬었다. 두 사람에게는 자기들이 뒤로 한 세계와 이제부터 돌아가려는 세계에는 아무런 공통점이 없는 듯 여겨졌다. 지금 뒤로 하고 온 세계에서는 시간이 존재하지 않고 영원한 젊음이 있으며 말이라는 하찮은 것을 필요로 하지 않고 다른 방법으로 마음과 마음이 서로 통할 수 있었다.

캐서린이 말했다.

"멋있어."

혼잣말인 게 분명했으므로 앤은 맞장구치지 않았다.

두 사람은 큰길을 따라 긴 그린게이블즈 오솔길로 꺾어졌는데, 뜰로 들어서는 바로 앞에서 두 사람은 약속이라도 한 듯 걸음을 멈춰 오래된 이끼낀 울타리에 기대서서 나무들의 베일 너머로 희미하게 보이는 생각에 잠긴 어머니 같은 집을 보았다. 겨울밤 그린게이블즈는 얼마나 아름다운가!

그린게이블즈 아래에서는 얼음에 덮인 '빛나는 호수' 가장자리를 따라 나무그림자가 무늬를 그리고 있었다. 둘레에는 고요가 깔리고, 들리는 것은 다리를 건너는 한 대의 썰매가 내는 말발굽 소리뿐이었다.

앤은 자기의 지붕밑방에서 몇 번이나 그 소리를 들었는지 모르며, 그것을 밤 속으로 달려가는 요정의 말발굽소리로 여겼던 일을 떠올리고 미소 지었다.

갑자기 또 하나 다른 소리가 고요를 깨뜨리고 들려왔다.

"캐서린!—어머나, 설마 울고 있는 건 아니겠죠?"

어쨌든 캐서린이 우는 일은 있을 수 없다고 여겨졌다. 그러나 울고 있었다. 그 눈물이 별안간 캐서린을 정답게 만들었다. 앤은 이미 캐서린에게 두려움을 느끼지 않았다.

"캐서린, 이봐요, 캐서린, 왜 그래요? 내가 무슨 도움이 될 수 없을까요?"

"오, 앤은 몰라요! 당신은 순조롭게만 지내온 사람인걸요. 앤은—

앤은 아름다움과 낭만의 조그만 마법세계에 살고 있는 사람이에요. '오늘은 어떤 신나는 일을 발견하게 될까'—그렇게 인생을 살아온 것처럼 보여요.

나는 즐겁게 사는 방법을 잊어버렸어요. 아니, 처음부터 몰랐어요. 나는—나는 덫에 걸린 동물 같아요. 아무래도 거기서 벗어날 수가 없어요. 언제나 낯선 누군가가 창살 사이로 막대기를 디밀어 쿡쿡 찌르는 것 같아요.

앤은—앤은 가슴벅차 할 만한 행복에 싸여 있어요. 곳곳에 친구가 있고, 연인이 있어요! 그렇다고 내가 연인이 필요하다는 건 아니에요. 남자는 질색인걸요.

하지만 만일 내가 오늘 밤 죽는다 해도 누구 하나 슬퍼해줄 사람이 없어요. 온 세상에 친구가 하나도 없으면 어떤 마음이 드는지 알아요?"

캐서린의 목이 메이고 다시 울음이 왈칵 터졌다.

"캐서린, 꾸밈없는 솔직함이 좋다고 했죠. 거짓없이 단도직입적으로 말하겠어요. 캐서린이 말하듯 친구가 없다면 그것은 캐서린 자신이 잘못한 거예요. 나는 캐서린과 친구가 되고 싶어 했잖아요. 하지만 캐서린은 가시 돋친 듯 접근하지 못하게 했어요."

"네, 알아요, 알고 있어요! 처음에 앤이 왔을 때 나는 앤을 얼마나 미워했는지 몰라요. 끼고 있는 그 진주반지를 자랑삼아 내보이면서—"

"캐서린, 나는 자랑삼아 내보인 적은 없어요."

"네, 그렇겠지요. 그것이 내가 타고난 나쁜 점이에요. 하지만 그 진주반지 자체가 봐요, 봐요, 하는 것처럼 보였어요. 앤의 연인을 두고 시샘하는 것은 아니에요. 결혼하고 싶다는 생각은 한 번도 해본 적 없는걸요. 그것만은 아버지와 어머니를 보고 있는 것만으로 질려버렸어요. 그리고 앤이 손아래면서 내 위에 서 있는 게 미웠어요. 프링글 집안사람들이 앤에게 반기를 들었을 때는 기뻤지요. 내가 가지지 못한 것을 무엇이든지 앤은 모두 가진 듯 여겨졌어요—매력, 우정, 청춘.

청춘! 내게는 비참한 청춘밖에 없었어요. 애정에 굶주리고 있을 뿐이었어요. 앤은 그런 일을 몰라요. 절대 알지 못해요. 사랑해 주는 사람이 아무도 없다는 것이 어떤 일인지 앤은 짐작도 못할 거예요—누구 한 사람도 없었어요."

"어머나, 내가 짐작하지 못한다고요?"

앤은 그린게이블즈로 오기 전 어린시절 일을 간단하게 뼈아픈 말로 설명했다.

놀란 캐서린이 미안해 하며 말했다.

"그 일을 내가 알고 있었다면 좋았을 텐데요. 그랬으면 우리 사이는 달랐을 거예요. 내게는 앤이 행운아처럼 보였어요. 앤이 부러워 몸부림쳤지요. 내가 바라던 자리에 앤이 취임했으니까요. 물론 앤이 나보다 자격이 있다는 것은 알고 있어요. 하지만 샘이 났지요. 더군다나 앤은 예뻐요. 적어도 남에게 매력 있다는 생각이 들게 하거든요. 내가 철들고 처음 들은 말은 누군가가 '어쩌면 애는 이토록 보기 싫을까!'라는 것이었어요.

앤은 즐겁게 방으로 들어왔죠—아, 나는 그날 아침 처음으로 학교에 온 앤을 기억하고 있어요. 하지만 내가 그토록 앤을 미워한 이유는 앤이 마치 나날의 생활이 모험이기라도 한 듯 언제나 뭔가 비밀스러운 기쁨을 안고 있는 것처럼 보였기 때문이 아닌가 해요. 밉다고 생각하면서도 때로는 먼 별나라로부터 온 사람 같다고 스스로도 인정하는 일이 있었죠."

"캐서린, 그토록 칭찬하다니 정말이지 너무 놀라워요. 이제는 나를 미워하지 않죠? 우리는 이제 친구가 될 수 있어요."

"알 수 없어요. 지금까지 어떤 친구도 사귀어본 적 없고 또 내 나이

또래의 친구를 한 번도 가져본 일이 없는 걸요. 나는 그 누구와도 관련을 맺지 않고 언제나 고독과 외로움 속에 버텨왔어요. 나는 친구가 되는 법을 몰라요. 네, 이제 앤을 미워하지 않아요. 사실, 앤에게 어떤 마음을 가져야 할지 모르겠어요.

아, 소문난 앤의 매력이 내게 스며들기 시작한 것 같아요. 다만 나는 지금까지 내 생활이 어떤 것이었는지를 털어놓고 싶어진 것뿐이에요. 앤이 그린게이블즈로 오기 전 일을 말해주지 않았더라면 나는 도저히 말할 생각이 들지 않았을 테지만요. 내가 어째서 지금 같은 내가 됐는지 들어봐요. 어째서 앤에게 이야기하고 싶은지 스스로도 모르지만 들어보세요."

"어서 이야기해 봐요, 캐서린. 네, 나는 캐서린을 이해하고 싶어요."

"사랑해 주는 사람이 없다는 게 어떤 일인지 당신도 알고 있지요—하지만 자신의 아버지나 어머니에게 사랑받지 못하는 게 어떤 일인지는 모를 거예요. 나의 아버지와 어머니가 그랬어요. 둘 다 내가 태어난 순간부터—그리고 태어나기 전부터 나를 미워하고 있었어요—게다가 자기들도 서로 미워하고 있었던 거예요.

그래요, 미워하고 있었어요. 늘 싸우고 있었죠—천하고 시끄러우며 시시한 싸움을요. 내 어린시절은 악몽 같았어요. 내가 7살 되었을 때 아버지도 어머니도 돌아가셔서 헨리 삼촌 집에서 지내게 되었어요. 삼촌 집에서도 나는 환영받지 못했어요. '자기들의 동정에 기대어 살아간다'면서 모두들 나를 경멸했죠.

야단맞은 일을 모두 기억하고 있어요—하나도 남김없이. 한 번도 따뜻한 말을 들어본 적이 없어요. 사촌들의 헌옷을 얻어 입어야만 했고, 어떤 모자에 대해서는 특별히 잘 기억하고 있어요. 그것을 쓰면 나는 꼭 양송이같이 보였어요. 그것을 쓸 때마다 모두 나를 놀렸죠.

어느 날, 나는 그 모자를 찢어 불속에 던져버렸어요. 그 때문에 겨우내 교회에 갈 때마다 꼭지에 털실 뭉치가 달린 아주 보기 흉한 큰 베레모를 쓰고 다녀야 했지요. 개를 기르고 싶었지만 허락하지 않았어요. 머리는 비교적 좋았어요. 4년제 대학에 가고 싶었지만, 물론 그런 일은 달나라를 동경하는 거나 같았어요.

그러나 헨리 삼촌은 내가 학교에 취직하면 비용을 갚는다는 조건으로 퀸즈아카데미에 다니는 일을 동의해 주었어요. 삼촌은 형편없는 싸구려 하숙집의 하숙비를 치러주었죠. 내가 얻은 방은 부엌 위로 겨울에는 얼음같이 차고 여름에는 찔 듯이 더운데다 일년 내내 코를 찌르는 음식 냄새가 차 있었어요. 게다가 퀸즈아카데미에 입고 가야 했던 옷차림이란!

하지만 나는 교사자격증을 받아 서머사이드 중학교의 부교장직을 맡을 수 있었어요. 태어나서 처음 느낀 행복이었죠. 그 뒤로 헨리 삼촌에게 빌린 돈을 갚기 위해 할 수 있는 한 열심히 아껴 썼어요. 퀸즈아카데미에 보내준 비용뿐 아니라 내가 삼촌네에 있었을 때 쓴 비용도 모두요.

삼촌에게는 한푼의 빚도 남기지 않으리라 마음먹었어요. 그래서 나는 데니스 아주머니 집에 하숙하고 옷도 초라한 거예요. 삼촌에 대한 빚은 이제 겨우 끝났어요. 태어나서 처음으로 자유로워진 기분이에요. 하지만 그렇게 지내는 동안 나는 다루기 힘든 여자가 되고 말았어요. 내가 사교적이지 않다는 건 스스로도 알고 있어요. 이야기하려고 하면 막상 해야 할 말이 도저히 생각나지 않는 거예요.

사교적인 모임에서 무시를 받는다든지, 보고도 못 본 척하는 대우를 받는 것은 내가 매력없기 때문이죠. 주변 사람들을 불쾌하게 행동하는 게 어느새 내 특기가 되어버렸는 걸요. 비꼬는 버릇도 알고 있어요.

학생들로부터 폭군같이 여겨지고 있다는 것도, 학생들이 나를 싫어하는 것도 알아요.

내가 그것을 알면서 기분 나빠하지 않으리라고 여기나요? 학생들은 언제나 내게 겁먹고 있어요—아주 겁나는 듯 어깨를 움츠리며 힐끔힐끔 나를 보는 사람은 정말 싫어요.

오, 앤, 미워한다는 게 내 병이 되어버렸어요. 나도 다른 사람같이 되고 싶어요. 하지만 이제는 이미 도저히 그렇게 될 수 없어요—그래서 이처럼 독살스럽게 구는 거예요."

"아니오, 될 수 있어요!"

앤은 캐서린에게 바짝 다가가 허리에 팔을 둘렀다.

"미움을 마음에서 멀리멀리 쫓아내면 돼요. 스스로 고치는 거예요. 캐서린의 인생은 지금 막 시작되었어요. 마침내 캐서린은 자유를 되찾고 하고 싶은 일을 할 수 있게 되었어요. 다음 길모퉁이에는 무엇이 기다리고 있을지 알 수 없어요."

"앤이 전에 그렇게 말하는 것을 들은 적이 있어요. 하지만 문제는 내 길에는 모퉁이가 없다는 거예요. 내 앞길은 곧장 지평선까지 이어져 있어요—끝없이 단조롭게. 그냥 똑바로. 오, 앤, 공허하고 차가우며 흥미없는 사람들이 우글거리는 인생에 겁먹은 일이 있어요?

그래요, 물론 없겠죠. 앤은 평생 교사로 있지 않아도 되니까요. 게다가 앤은 어떤 사람에게나 관심을 받을 수 있는걸요. 앤이 리베커 듀라고 부르는 그 조그맣고 동글동글한 빨간 얼굴을 한 사람에게까지요.

내 진심을 말하자면 나는 가르치는 게 몹시 싫어요. 하지만 달리 할 수 있는 일이 하나도 없어요. 학교선생이란 정말 시간의 노예예요. 그래요, 앤이 가르치는 일을 좋아하는 건 알아요. 어째서 즐기는지 나는 알 수가 없어요.

앤, 나는 여행을 하고 싶어요. 그것만이 전부터 바라고 있었던 소망이에요. 지금도 기억하는데, 헨리 삼촌집의 내 다락방에 내팽개쳐진 빛바랜 판화가 하나 벽에 걸려 있었어요. 사막의 오아시스 둘레에 종려나무가 서 있고 한 무리의 낙타가 멀리 사라져가는 그림이에요.

이 그림을 보는 순간 첫눈에 매료됐어요. 늘 그리로 가보고 싶다고 생각하곤 했죠. 남쪽 하늘 은하수 가운데에 십자 모양을 한 별이며 타지마할*[1]이며 카르나크의 신전*[2] 같은 것을 보고 싶어요.

나는 지구가 둥글다는 것을 체험으로 알고 싶어요—그냥 생각으로만 막연하게 알고 있는 게 아니라. 하지만 그런 일은 선생 봉급으로는 도저히 할 수 없어요. 나는 영원히 헨리 8세 부인들의 일이며 자치령 하와이의 무한한 자원 같은 것에 대해 입으로만 지껄여대야 해요."

앤은 웃었다. 캐서린의 목소리에서 가시 돋힌 느낌이 사라져버려 이제는 웃어도 염려 없었다. 다만 조금은 슬프고 안타깝게 들릴 뿐이었다.

"아무튼 우리 사이가 전보다 좋아졌고, 친구가 되는 첫걸음으로 여기서 열흘 동안 유쾌하게 지내기를 바래요. 나는 오래전부터 친구가 되고 싶었어요, 캐서린—머리글자가 K인 미스 캐서린! 가시 돋힌 듯한 그 말씨 뒤에는 친구가 되면 좋겠다고 여겨질 그 무엇이 있으리라 생각했었죠."

"나를 정말 그렇게 생각했나요? 나를 어떻게 보려나 늘 걱정했어요. 그래요, 이를테면 표범이라 하더라도 될 수만 있다면 그 예쁜 무늬로 바꾸고 싶어요. 잘하면 될지도 몰라요.

그런데 이 그린게이블즈에서는 거의 모든 것을 믿을 수 있어요. 비로소 나는 내 집에 온 듯한 마음이 들었죠. 그런 곳은 여기가 처음이에요. 나도 다른 사람들처럼 되고 싶어요—너무 늦지 않았다면요.

내일 밤 앤의 길버트에게도 명랑하게 웃어 보일 생각이에요. 물론 비록 전에는 알고 있었을지라도 젊은 남자들에게 어떻게 이야기하면

---

*1 인도의 대표적 이슬람 건축. 17세기에 무굴제국 황제가 갑자기 숨진 왕비를 위해 그 영원한 사랑의 기념으로 지었음.

*2 이집트 나일강 상류에 있는 고대 테베 유적.

좋은지 다 잊어버렸지만요. 길버트는 나를 노처녀 방해꾼으로 생각할지도 몰라요.

나는 내 가면을 벗어던지고 이처럼 떨리는 마음을 앤에게 드러내 보여 오늘밤 잠자리에 들 때 맹렬히 화낼지도 몰라요."

"아니, 그럴 리 없어요. 자신이 외로운 사람이었음을 알아줘서 잘됐다고 여길걸요. 우리는 따뜻하고 푹신한 담요 속으로 들어갈 거예요. 아마 탕파가 두 개 들어 있을 거예요. 틀림없이 머릴러와 린드 아주머니가 서로 잊었으리라 여겨 한 개씩 넣었을 테니까요.

이처럼 추운 달밤의 산책 뒤에는 기분 좋게 잠이 오는 법이에요. 그러다가 눈을 떠보면 아침이 되어 있고, 자기야말로 그 누구보다도 먼저 푸른 하늘을 발견한 기분이 들죠. 그리고 건포도 넣은 푸딩을 만드는 비법도 알게 될 거예요. 화요일에 내가 만들 텐데 거들어 주었으면 하거든요. 건포도를 잔뜩 넣은 커다란 푸딩을요."

두 사람이 집으로 들어갔을 때, 앤은 캐서린이 매우 이쁜 데 놀랐다. 몸을 도려내는 듯한 추위 속을 오래 걸어와서 피부는 빛나는 듯했고 혈색이 좋아 그녀를 아주 다른 인물로 보이게 했다.

'어머나, 제대로 된 옷과 모자만 쓰면 캐서린은 훨씬 더 아름다워질 텐데.'

앤은 서머사이드 가게에서 눈에 띈 호화로운 짙은 붉은색 벨벳 모자를 캐서린의 검은 머리에 씌우고 그것을 호박색 눈 위까지 깊이 드리운 장면을 상상했다.

'어떻게든 하지 않으면 안 되겠어.'

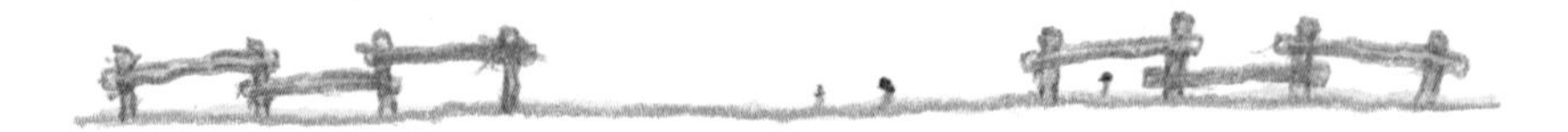

캐서린, 새로운 인생을 알다

그린게이블즈의 토요일과 일요일은 떠들썩한 일로 가득했다. 건포도 넣은 푸딩을 만들고, 크리스마스 트리를 집으로 날라 오기도 했다. 크리스마스 트리는 캐서린, 앤, 데이비, 도러 넷이 숲속에서 찾아서 잘라 왔다. 아름답고 조그만 전나무로, 그것은 어차피 올봄에 벌채되어 밭으로 바꾸게 될 해리슨 씨의 조그만 땅에 있었으므로 앤도 겨우 자를 마음이 들었다.

그들이 화환을 만들기 위해 가문비나무며 눈잣나무를 꺾고, 겨우내 숲의 어느 깊은 웅덩이에 새파랗게 돋아나 있는 양치류까지 꺾으며 헤매는 동안, 해는 하얀 산마루에서 돌아보며 밤을 향해 미소지었다. 그 무렵, 모두들 의기양양하게 그린게이블즈로 돌아와보니 개암나무빛 눈의 키 큰 젊은이가 와 있었다.

그는 돋아나기 시작한 수염 때문에 나이보다 더 어른스러워 보였다. 앤은 한순간 이 사람이 길버트인지 아니면 모르는 사람인지 헷갈릴 정도였다.

캐서린은 야유를 던지고 싶으면서도 그렇게 되지 않는 어리벙벙한 미소를 떠올리며 응접실에 두 사람을 남겨두고 저녁 내내 부엌에서 쌍둥이를 상대로 게임을 하며 놀았다. 놀랍게도 캐서린은 자기도 모르는 사이에 즐기고 있었다. 데이비와 함께 지하실의 광으로 내려가 꿀맛 같은 사과가 정말로 있다는 사실을 이제야 알았다.

그때까지 시골 지하의 광에 들어가본 적 없는 캐서린은 촛불에 비춰진 그곳이 얼마나 즐겁고 도깨비라도 나올 듯 어둠침침한 곳인지 생각도 못했었다. 인생은 이미 따뜻한 스프 맛이 더해지고 있었다. 태어나서 처음으로 캐서린은 자기 같은 사람에게도 인생은 아름다운 것일지 모른다고 느꼈다.

크리스마스 날 아침, 데이비는 소 목에 다는 방울을 흔들며 층계를 오르락내리락하여 칠면자*1조차 눈을 뜰 만큼 큰 소리를 냈다.

머릴러는 손님이 와 있는데 그런 짓을 한다고 야단쳤지만 캐서린은 웃으며 아래로 내려왔다. 무슨 까닭인지 그녀와 데이비 사이에는 이상스럽게도 둘도 없는 단짝처럼 묘한 우정 같은 것이 싹트고 있었다. 캐서린은 앤에게 우등생인 도러에게는 별 흥미가 없지만 데이비에게는 자신과 공통되는 결점이 있다고 솔직히 말했다.

거실문을 열고 모두들 아침식사 전에 선물을 주고받았다. 쌍둥이가—도러조차도—선물을 받기 전에는 음식이 목에 넘어가지 않기 때문이었다.

캐서린은, 앤은 이 집 식구이니 의리로라도 무엇인가 주겠지만 그 밖에는 아무것도 기대하지 않았는데, 온 집안 사람들로부터 선물을 받았다. 린드 부인은 코바늘로 짠 화려한 어깨 담요, 도러는 향기나는 창포의 뿌리가 들어 있는 향기주머니, 데이비는 종이 자르는 칼, 머릴러는 조그만 병에 담은 잼과 젤리 한 광주리, 길버트는 조그만 청동 고양이 문진(文鎭)을 선물해 주었다. 선물은 하나 더 있었다. 따뜻한 담요 위에 새우처럼 등을 꼬부리고 날렵하고도 비단 같이 부드

*1 七眠子. 그리스도교도 신앙에 대한 박해를 받아 로마가 그리스도화되기까지 2백 년 동안 산속 동굴에 유폐되어 내내 잤다는 에페소에 전해오는 설화.

러운 귀와 사람 기분을 맞춰주는 듯한 꼬리를 가진 귀여운 갈색 눈의 조그만 강아지였다. 크리스마스 트리에 매어져, 목에 다음과 같이 씌어진 카드가 달려 있었다.

> 좀 망설여지지만 역시 말하고 싶었어요. 메리 크리스마스. 앤으로부터.

캐서린은 버둥거리는 조그만 강아지를 가슴에 껴안으며 떨리는 목소리로 말했다.

"앤, 어쩌면 이토록 예쁠까요! 하지만 데니스 아주머니가 못 기르게 해요. 개를 길러도 좋으냐고 물었는데 거절당했어요."

"데니스 아주머니와는 이미 이야기가 다 되어 있어요. 돌아가 보세요. 아주머니는 반대하지 않아요. 그리고 캐서린, 어차피 그런 곳에 언제까지나 있을 것은 아니잖아요. 이제는 이미 빚을 다 갚았으니 제대로 된 하숙을 찾아야 해요. 이 예쁜 편지지세트를 봐요. 다이애너가 선물한 거예요. 아무것도 씌어 있지 않은 편지지를 보고 어떤 일이 거기에 적힐까 떠올리는 것은 멋지잖아요?"

린드 아주머니는 화이트 크리스마스여서 잘됐다고 기뻐했다—크리스마스에 눈이 내리면 보기 흉한 온갖 꼴이 감추어지기 때문이다. 그러나 캐서린에게는 보랏빛과 진홍과 황금빛 크리스마스처럼 황홀하게 여겨졌다.

크리스마스 뒤 이어진 1주일은 마찬가지로 신나는 날들이었다. 행복이란 어떤 것일까 캐서린은 지금까지 여러 번 생각해 왔었는데, 지금에서야 그것을 깨달았다. 그녀의 외모는 놀랍도록 꽃피었다. 정신을 차리고 보니, 앤은 캐서린과 함께 지내는 것을 즐기고 있는 자신을 발견했다.

"그런데 나는 캐서린 때문에 크리스마스 휴가가 엉망이 되지 않을까 걱정했었으니."

앤은 어이없게 여겨졌다. 그리고 캐서린은 이어 혼잣말을 했다.

"그런데 앤이 초대했을 때 하마터면 거절할 뻔했으니, 정말!"

고요 그 자체가 친밀스러움을 깊이 느끼게 하는 '연인의 오솔길'이며 '도깨비숲'으로 두 사람은 곧잘 멀리까지 산책을 나갔다. 아기도깨비가 춤을 추듯 작은 눈이 휘날리는 언덕, 제비꽃빛 그림자가 짙게 떠도는 오래된 과수원, 화려한 저녁놀에 휩싸이는 숲으로 다녔다.

아름답게 지저귀며 노래하는 작은 새의 그림자도 보이지 않고 졸졸거리는 시냇물 소리도 들리지 않으며 도도리를 좋아하는 다람쥐 모습도 없었다. 그러나 이따금 바람이 연주하는 곡조가 허전함을 메우고 있었다.

앤이 말했다.

"눈을 똑바로 뜨고 귀를 잘 기울이면 반드시 멋진 것들이 보이고 들리는 법이에요."

두 사람은 '양배추에서 임금님'에 이르기까지 온갖 이야기를 하고 달세계로 마차를 몰아가는 듯한 터무니없는 여행을 생각하고 그린게이블즈의 부엌조차도 감당할 수 없을 만큼 고픈 배를 껴안으며 돌아왔다.

눈보라로 밖에 나가지 못하는 날도 있었다. 동풍이 추녀 밑을 휘몰아치고 잿빛 세인트 로렌스 만은 울부짖었다. 그러나 눈보라 가운데서조차 그린게이블즈에는 즐거움이 넘쳐흘렀다. 난로 옆에 앉아 싱싱한 사과나 달콤한 캔디를 먹으며, 천장에 비치어 출렁이는 난롯불을 쳐다보는 것은 마음의 평화를 얻는 기분 좋은 일이었다. 밖에서 나는 사납게 휘몰아치는 눈보라 소리를 들으며 도란도란 옛 추억을 나누며 먹는 저녁 식사는 그 얼마나 즐겁고 따사로운가!

어느 날 밤 다이애너와 갓 태어난 딸을 만나도록 길버트가 두 사람을 데려갔다.

캐서린은 돌아오는 마차 안에서 말했다.

"나는 지금까지 한 번도 아기를 안아본 일이 없어요. 첫째는 안고 싶지 않았고, 또 다른 이유는 내가 안은 아기가 떨어지지나 않을까 무서웠죠.

내가 오늘 어떤 기분이 들었는지 꿈도 꾸지 못할 거예요. 그 조그맣고 예쁜 아기를 안은 내가 덩치만 크고 우둔한 사람이라는 느낌이 들었어요.

라이트 아주머니는 내가 금방이라도 아기를 떨어뜨리지 않을까 조마조마해 했죠. 걱정스러워하는 마음을 눈치채이지 않게 하려고 아주 애쓰며 참고 있었어요. 나는 이렇다 하고 스스로도 잘 모르는 것을 아기로부터 배웠어요."

앤은 꿈꾸듯 말했다.

"아기란 매력 있어요. 레드먼드에서 누군가가 아기란 '무서운 잠재능력의 덩어리'라고 말했어요. 생각해봐요, 캐서린, 호메로스 또한 처음에는 아기였음에 틀림없는걸요. 보조개가 있고 커다란 눈에 빛을 담은 조그마한 아기였음에 틀림없어요. 물론 그때부터 장님이었을 리는 없지만요."

"호메로스 어머니가 자기 아기가 그 고대 그리스 시인 호메로스가 되리라는 것을 몰랐던 일은 좀 안타까워요!"

캐서린은 동정했다.

앤은 부드러운 목소리로 말했다.

"하지만 예수를 판 유다의 어머니가 자기 아기가 그런 일을 하리라고는 몰랐던 게 차라리 좋았다고 여겨요. 어머니가 죽을 때까지 몰랐으면 더욱더 좋았을 거예요."

어느 날 밤 공회당에서 콘서트가 열리고 그 뒤 애브너 슬론댁에서 파티가 열렸다. 그 두 곳에 다 가도록 앤은 캐서린을 설득했다.

"캐서린의 낭독을 프로그램에 넣도록 해줘요. 캐서린의 멋진 낭독을 나는 들은 적이 있어요."

"전에는 낭독을 잘했어요. 좀 좋아했거든요. 하지만 지난해 여름에 피서온 사람들이 연 바닷가의 콘서트에서 낭독했었는데 끝나고 나서 모두들 나에 대해 비웃는 것을 들었어요."

"어떻게 캐서린에 대해 비웃는다는 걸 알았죠?"

"그야 뻔하잖아요. 달리 뭘 감동에 젖어 울었겠어요?"

앤은 웃음이 나오는 것을 참고 역시 낭독하도록 졸랐다.

"앙코르에는 《제네브라》를 해줘요. 캐서린의 《제네브라》는 멋지다고 들었어요. 스티븐 프링글네 아주머니가 말했는데, 그걸 들은 날 밤 한숨도 못 잤대요."

"아니에요, 나는 《제네브라》를 아무래도 좋아할 수 없어요. 국어책에 실려 있어서 학생들에게 이따금 읽는 법을 가르쳤을 뿐이에요. 실제로는 제네브라라는 사람을 이해할 수 없는걸요. 자기가 감금된 것을 알았으면 어째서 크게 소리를 지르지 않는 걸까요? 사람들이 저마다 제네브라를 찾아다녔을 때 누군가가 그 목소리를 들었을 텐데요."

마침내 캐서린은 낭독을 승낙했지만 파티는 열리는 그날이 될 때까지도 좀체 허락하지 않았다.

"좋아요, 가기는 하겠어요. 하지만 아무도 나와 춤추려는 사람이 없을 테니 슬슬 비꼬아주고 싶어지면서 자신이 부끄러워질 거예요. 파티에서는 늘 비참한 생각이 드는 걸요. 몇 번밖에 간 일은 없지만요.

내가 춤출 줄 알리라고 여기는 사람은 그리 없는 것 같아요. 사실은 이래 뵈도 나 꽤 잘 춰요, 앤. 헨리 삼촌네에 있을 때 배웠어요. 삼촌 집에 있던 가난한 하녀아이도 나한테 배우고 싶어했죠. 응접실에서 들려오는 음악에 맞춰 부엌에서 그 애와 자주 췄었죠. 사실 나는 제대로 된 파트너와 춤추는 것을 좋아해요."

"이 파티에서는 비참한 생각 같은 건 하지 않아도 돼요, 캐서린. 방

관자나 이방인처럼 밖에서 안을 들여다보는 게 아닌걸요. 안에서 밖을 보는 것과 밖에서 안을 보는 것은 아주 다르니까요. 캐서린, 머릿결이 아주 부드럽고 좋아요. 새 스타일을 해 보지 않겠어요?"

캐서린은 어깨를 으쓱했다.

"네, 해봐요. 내 머리를 꼴불견으로 여기고 있었지만 늘 매만질 틈이 없었어요. 나는 파티에 입고 갈 드레스도 없어요. 그 녹색 태피터 드레스로도 괜찮을까요?"

"그쯤이면 그런대로 무난하잖아요? 다른 어떤 것보다도 녹색은 캐서린이 입어서는 안 되는 빛깔이지만요. 내가 만들어준 주름을 넣어 박은 빨간 시폰칼라를 달고 가면 좋겠어요. 그래요! 그래요!……안 돼요, 시키는 대로 해요. 당신은 빨간 드레스를 만들어야만 해요, 캐서린."

"빨간 건 질색이에요. 헨리 삼촌 집에 있을 때 거트루드 숙모가 늘 불타는 듯한 터키 빨간색 앞치마를 내게 입혔죠. 내가 그 앞치마를 하고 교실에 들어가면 아이들이 '불이야!' 크게 소리쳤어요. 어쨌든 나는 입는 것으로 골치를 썩고 싶지는 않아요."

앤은 머리를 땋기도 하고 말아올리기도 하며 딱 잘라 말했다.

"신이여, 나에게 참고 견디는 힘을 주시옵소서! 옷은 아주 중요해요."

이윽고 자기 솜씨를 보고 성공했음을 알았다. 앤은 캐서린의 어깨에 팔을 얹고 거울을 향하게 했다.

"정말이지 우리 둘 다 미인이라고 여기지 않아요?"

앤은 상냥하게 웃었다.

"사람들이 우리를 보고 기분 좋게 느낄 거라 생각하면 기쁘잖아요? 신통치는 않아도 조금만 몸차림에 주의한다면 아주 보기 좋게 되는 사람이 많아요.

3주일 전 일요일 교회에서 그 가엾은 노인 밀베인 씨가 설교했는데, 심한 코감기가 들어 무슨 말을 하는지 아무도 몰랐던 일을 기억해요?—그때 나는 심심풀이로 주위 사람들을 아름답게 꾸미고 있었어요. 브렌트 아주머니 코를 오똑하게 바꾸고, 메리 애디슨 머리에 웨이브를 넣고, 제인 마든은 레몬 린스로 머리를 감겨 보았죠. 에머 딜에게는 갈색 대신 파란 옷을 입히고, 샬럿 블레어에게는 체크 무늬 대신 줄무늬를 입혔어요. 보기 싫은 검은 사마귀도 몇 개 없애버렸지요. 토머스 앤더슨 긴 모랫빛 수염은 깔끔하게 깎아버렸어요.

다 끝났을 때 모두들 몰라보게 달라졌어요. 아마 브렌트 아주머니 코는 어쩔 수 없겠지만, 내가 상상한 모든 것은 그 사람들이 스스로 할 수 있는 작은 일일 뿐이었어요.

어머나, 캐서린, 눈빛이 갈색—호박빛나는 색이군요. 자, 오늘 밤은 이름이 부끄럽지 않도록 해야만 해요. 시냇물은 반짝이고 맑고 쾌활하니까요."

"그 어느 것도 나에게는 못하는 것뿐이네요."

"어느 것이나 모두 당신이 이번 1주일 내내 그랬었던 것뿐이지요. 그러니까 잘할 수 있어요."

"그건 그린게이블즈의 마법 덕분이지요. 서머사이드로 돌아가면 신데렐라와 마찬가지로 시계가 12시를 땡 칠 거예요."

"그러니까 마법도 그대로 함께 가져가는 거예요. 자기 모습을 잘 보아요. 언제까지나 이 모습 그대로 있어야만 해요. 지금뿐이 아니에요."

캐서린은 이것이 자기인가 의심스러운 듯 거울에 비친 모습을 조용히 바라보았다. 그리고 서슴없이 인정했다.

"분명히 훨씬 어려보여요. 앤 말이 맞아요. 옷이 정말로 중요하군요. 나도 내 나이보다 더 들어보인다는 것은 알고 있었어요. 하지만 그런 것에 조금도 신경쓰지 않았죠. 당연하잖아요? 아무도 헤아려주는 사람이 없는 걸요. 그리고 나는 앤과는 다르니까요.

앤은 태어나면서부터 어떻게 즐겁게 살아가야 하는지를 알고 있

는 것 같아요. 그런데 나는 아무것도 모르죠. 삶의 첫걸음조차 몰라요. 지금부터 배우는 건 너무 늦지 않을까요? 너무 오랫동안 나는 빈정거리기만 해 와서 그렇게 하지 않고 배길 수 있을지 어떨지 모르겠어요.

나는 빈정거리는 것이 남에게 인상을 남기는 유일한 방법이라 생각했었어요. 그리고 다른 누군가와 함께 있으면 늘 겁내고 있었어요—무슨 바보 같은 말을 해서 실수나 하지 않을까, 웃음거리가 될 말을 하지 않을까 걱정스러운 거죠."

"캐서린, 저 거울에 비치는 자신의 모습을 봐요. 저런 모습으로 다니라는 거예요. 멋진 머리카락을 뒤로 꽉 잡아매는 대신 풀어서 얼굴에 흐르게 하고, 눈을 별처럼 반짝이며, 뺨은 발그스름하게 상기되어 있으니까—이제 겁낼 건 없어요.

자, 어서 가요! 이러다 늦겠어요. 하지만 도러의 말을 빌면 다행히 출연자에게는 모두 '지정석'이 배당되어 있대요."

길버트가 마차를 몰아 두 사람을 공회당으로 데려다주었다. 어쩌면 옛날과 똑같을까! 다이애너 대신 캐서린이 함께 있을 뿐이었다. 앤은 한숨을 쉬었다. 다이애너에게는 지금 그런 데에 신경쓸 겨를이 없다. 이미 콘서트나 파티에 뛰어다니는 일은 끝난 것이다.

이 얼마나 아름다운 밤인가! 눈이 멎은 뒤 큰길은 은빛 비단을 깔아놓은 것 같았다. 서쪽에는 연한 녹색 하늘이 보였다. 오리온 별자리는 용감하게 하늘을 행진하고 있고, 언덕이며 목장이며 숲은 진주 같은 고요를 껴안고 앤 일행의 둘레를 에워싸고 있었다.

캐서린의 낭독은 처음 한 줄을 읽자마자 청중을 매료시켰으며, 파티에서는 캐서린과 춤 파트너가 되려는 희망자가 감당할 수 없을 정도였다. 문득 캐서린은 고통을 느끼지 않고 웃고 있는 자신을 깨달았다.

이윽고 그린게이블즈로 돌아온 두 사람은 맨틀피스 위에서 화사한

빛을 던지고 있는 두 자루 촛불이 지키는 거실 난롯가에서 발끝을 녹였다. 시각이 늦었지만 린드 아주머니는 두 사람의 방에 발끝으로 들어와 담요가 한 장 더 있는 게 좋지 않겠느냐고 물으며 강아지는 부엌에 있는 난로 뒤에서 기분 좋게 상자 속에 쏙 들어가 있다고 캐서린을 안심시켰다.

가물가물 잠 속으로 빠져들며 캐서린은 말했다.

"내 인생관이 바뀌었어. 이토록 친절한 사람들이 있는 줄은 몰랐어."

돌아갈 때가 되자 머릴러는 아쉬운 듯 캐서린에게 말했다. 머릴러는 마음에 없는 말은 결코 하지 않는 사람이었다.

"또 와요."

앤이 활짝 웃으며 말했다.

"물론 또 오지요. 주말에요—그리고 여름에는 몇 주일이나요. 모닥불을 피우고, 뜰안에 무성히 자란 풀을 뽑고, 사과를 따고, 소를 데리러 가고, 늪에서 보트를 타고, 숲속에서 집 잃은 아이가 되기도 해요. 헤스터 그레이의 작은 정원과 '메아리집'과 꽃이 한창 핀 '제비꽃 골짜기'를 보여주고 싶어요, 캐서린."

앤의 크리스마스 휴가 끝나다

1월5일
유령이 출몰하는(한다는) 골목
바람에 살랑거리는 버드나무집에서

나의 존경해 마지않는 친구에게.

이것은 채티 아주머니의 할머니가 썼던 말씀이 아니야.

할머니가 만일 미쳤다면 썼을지도 모른다고 여겼을 뿐이야. 나는 새해 결심으로 분별있는 러브레터를 쓰기로 했어. 그런 일을 할 수 있다고 생각해?

사랑하는 그린게이블즈를 떠나온 나는 바람에 살랑거리는 버드나무집으로 돌아왔어. 리베커 듀는 내 방에다 불을 피우고 침대에 더운 물을 넣은 물통을 넣어주었어.

나는 바람에 살랑거리는 버드나무집이 마음에 들어 정말 다행이라고 생각해. 친밀함을 느끼지 못하는, '잘 돌아왔다'고도 해주지 않는, 자기 마음에 들지 않는 곳에서 살아야 한다면 참으로 비극이지. 바람에 살랑거리는 버드나무집은 그렇지 않아. 좀 고풍스럽고 딱딱하지만 바람에 살랑거리는 버드나무집은 나를 좋아하고 있어.

케이트 아주머니와 채티 아주머니와 리베커 듀를 다시 만나게 되어 기뻤어. 이 사람들의 좀 우스꽝스러운 면을 보지 않을 수 없지만, 나는 여전히 이 세 사람을 좋아하고 있어.

리베커 듀는 어제 아주 멋진 말을 해주었어.

"셜리 양이 여기로 온 뒤 유령골목이 아주 달라져버렸어요."

캐서린이 자신을 사랑해줘서 기뻐, 길버트. 그녀는 놀라울 만큼 자기에게 너그러운 태도를 보여줬어. 그럴 마음만 먹으면 그토록 상냥해지는 것일까 깜짝 놀랐지. 캐서린 자신도 누구 못지않게 놀라고 있는 게 아닐까. 이처럼 쉽게 되리라고는 상상도 못했어.

진심으로 협력해 주는 부교장이 생겨 학교도 많이 달라지리라 여겨. 캐서린은 하숙을 옮기기로 했고, 겨우 설득해서 이미 그 벨벳 모자도 샀으며, 합창대에서 노래를 부르는 희망도 아직은 포기하지 않도록 하고 있어.

어제 해밀턴 씨네 개가 와서 더스티 밀러를 쫓아다녔어.

"이젠 참을 수 없어."

리베커 듀는 붉은 얼굴을 한층 붉히고 화가 나서 뚱뚱한 등허리를 떨어대며 급한 나머지 모자 앞뒤를 거꾸로 쓴 것도 모르고 뒤뚱뒤뚱 밖으로 나가 해밀턴 씨를 덮어놓고 다짜고짜 야단쳤어. 리베커 듀가 하는 말을 듣고 있는 해밀턴 씨의 어리둥절하고 온화한 얼굴이 보이는 것 같아.

리베커 듀는 내게 말했어.

"나도 그 고양이가 싫어요. 하지만 우리 식구예요. 해밀턴 씨네 개가 와서 집 뒤뜰에 있는 그 고양이에게 건방진 짓을 하는 걸 내버려 둘 수 있겠어요?

'그놈은 그저 장난으로 그 댁 고양이를 뒤쫓았을 뿐이오' 제이배즈 해밀턴이 말했죠. '그 점에서 해밀턴 식 장난은 매코머 식이나 매클린 식, 그리고 듀 식 방법과 다르군요' 나는 당당히 일러줬어요. '대단한 기세로군요. 쳇, 댁은 저녁 식사에 양배추를 먹은 게 틀림없소, 미스 듀' 그 사람이 그렇게 말했어요.

'아뇨, 먹지 않았어요. 하지만 내키면 얼마든지 먹고말고요. 지난해 가을 양배추값이 좋다고 해서 자기네 집에 있는 양배추를 모두 팔아 버리고 가족에게는 하나도 주지 않는 일을 매코머 선장 부인은 치졸하게 여기지 않으니까요. 주머니에서 찰랑거리는 돈 소리를 듣기 위해 어떠한 일이든 서슴없이 하는 사람도 있긴 하지요.'

나는 이렇게 가슴을 찌르듯 독한 말을 해주고 돌아왔어요. 하지만 해밀턴네 사람들에게 무엇을 기대할 수 있겠어요? 정말 인간쓰레기예요!"

새하얀 폭풍왕 위에 별이 하나 반짝이고 있어. 자기가 여기 있어서 함께 볼 수 있으면 좋을 텐데. 그러면 존경과 우정으로는 쉽게 끝내지 못할 한때이리라 생각하고 있어.

1월 12일

이틀 전 저녁, 조그만 일리저버스가 교황의 황소*1란 무슨 특별히 무서운 동물이냐고 물으러 왔었어.

담임선생이 일리저버스에게 초등학교에서 여는 음악회에서 노래부르라고 했는데, 캠벌 부인이 끝끝내 안 된다고 해서 못하게 되었다고 눈물을 흘리며 말했지. 일리저버스가 캠벌 부인에게 애원하니까 '제발 말대꾸를 하지 마라, 일리저버스'라고 꾸짖었대.

그날 밤 조그만 일리저버스는 탑의 방에서 참기 어려운 눈물을 흘리며 그 때문에 영원히 리지가 되어버린다고 말했어. 자기가 가지고 있는 다른 어느 이름으로도 두 번 다시 될 수 없다는 거였지. 일리저버스는 덤벼들 듯 말했어.

---

*1 로마교황의 교서를 말함.

"지난주 나는 하느님이 아주 좋았어요. 하지만 이번 주에는 좋지 않아요."

일리저버스네 반에서는 모두 프로그램에 참가하게 되어 있으니까 자기는 '레퍼드(표범)' 같은 기분이라고 말했어. 아마 '레퍼(문둥병환자)'가 된 기분이라고 말하려던 게 틀림없어. 귀여운 일리저버스에게 문둥병환자 같은 기분이 들게 내버려둘 수는 없지.

나는 다음날 저녁 늘푸른나무 저택으로 갈 용건을 만들어 달려갔어. 그 시녀—이 여자는 노아의 대홍수 이전부터 살고 있었던 게 확실해. 그만큼 오래돼 보여—는 무표정한 커다란 잿빛 눈으로 나를 차갑게 지켜보며 무뚝뚝하게 응접실로 안내한 다음 캠벌 부인에게 내가 만나러 왔다고 알리러 갔어.

이 집은 지은 뒤로 햇빛이 들어온 적이 없었는지 정말 어두컴컴했어. 피아노도 있었지만 한 번도 친 일은 없으리라 느껴졌어. 명주실로 된 덮개를 씌운 의자가 벽에 기대 있었지. 한가운데에 놓인 대리석 테이블 말고는 가구가 모두 벽에 바짝 기대 있는 데도 하나하나가 마음 편하게 쉰다는 말은 모르는 것 같던걸.

그때 캠벌 부인이 들어왔어. 나는 이 사람을 지금까지 한 번도 본 적 없었어. 남자처럼 윤곽이 뚜렷하고 훌륭한 얼굴로, 검은 눈과 하얀 머리 밑에 뒤엉킨 눈썹을 하고 있었지. 장식품을 허영이라 하여 전혀 쓰지 않는 것 같지는 않았어. 어깨까지 늘어지는 줄마노(瑪瑙) 귀걸이를 하고 있었으니까.

그녀는 내게 불편할 만큼 정중한 태도를 취해서 나도 그렇게 행동했어. 두 사람이 마주보고 앉아서 타키투스*2가 천 년도 전에 말했듯이 '그 경우에 어울리는 얼굴을 하고' 잠시 날씨에 대한 가벼운 인사를 주고받았어.

*2 고대로마의 역사학자.

나는 제임스 윌리스 캠벨 목사의 《회고록》을 얼마 동안 빌려볼 수 있겠느냐고 물었어—이것은 거짓말은 아니야. 그 책에는 내가 학교에서 이용할 수 없을까 생각하고 있던 프린스 군의 역사가 자세히 적혀 있을 것 같았거든.

캠벨 부인의 태도가 갑자기 눈에 띄게 달라지더니 일리저버스를 불러 자기 방에 가서 《회고록》을 가져오도록 시켰어. 얼핏 일리저버스의 얼굴에 눈물자국이 보였는데, 캠벨 부인은 일리저버스 선생님으로부터 음악회에서 노래 부르는 것을 허락해 달라는 편지가 또 왔기에 상대가 확실히 알아듣게 답장을 써서 다음날 아침 일리저버스더러 선생님에게 가져가도록 할 참이라고 일부러 설명했어.

캠벨 부인은 단호하게 말했지.

"나는 일리저버스, 저 아이가 남들 앞에서 노래하는 데는 결코 찬성하지 못해요. 그런 짓을 하면 뻔뻔스럽고 나서기 좋아하는 사람이 되기 쉬우니까요."

마치 자칫하면 일리저버스가 부끄러움도 모르고 촐랑거리는 사람이 될 것 같다는 말투였어.

나는 한껏 거드름을 피우며 말했어.

"아마도 그 생각은 옳다고 여겨져요. 어쨌든 메이벨 필립스 양이 노래하게 되었으니까요. 듣건대 메이벨 양 목소리는 정말 훌륭해서 다른 사람이 노래를 부르면 마침내 그를 돋보이게 할 뿐이라고 해요. 일리저버스 양을 메이벨 양과 경쟁하는 자리에 내놓지 않는 편이 훨씬 좋을 거예요."

그때 캠벨 부인 표정은 볼 만했지. 그녀는 겉은 캠벨 집안사람이었지만 속은 프링글 집안사람이었어. 부인은 아무말 하지 않았고 나도 이 이야기를 이만 맺어야 하는 시기를 알고 있었거든. 나는 《회고록》에 대한 인사를 하고 돌아왔어.

다음날 저녁 일리저버스가 뜰의 작은 문으로 우유를 가지러 나타

났을 때 꽃을 닮은 소녀의 얼굴이 글자 그대로 별처럼 빛나고 있었어. 일리저버스는 나중에 건방지게 굴지 않도록 주의한다면 노래해도 좋다고 할머니가 허락해 주었대.

사실은 필립스 집안과 캠벨 집안이 목소리라는 점에서 예부터 경쟁 상대임을 리베커 듀로부터 들었던 거야.

나는 크리스마스 선물로 일리저버스에게 침대머리에 걸어둘 그림을 주었어. 나무 사이로 보이는 그림자가 점점이 드리워져 있는 밝은 숲 오솔길이 언덕 위의 조그만 집으로 이어지는 그림이야.

조그만 일리저버스는 어둠 속에서 자는 게 이제는 무섭지 않대. 자리에 들면 금방 오솔길을 따라 불이 환히 켜져 있는 그 집으로 들어가면 안에 아버지가 있다는 마음이 들기 때문이라고 했어.

가엾게도! 그 아버지라는 사람을 미워하지 않을 수 없어.

1월 19일

어젯저녁 캐리 프링글댁에서 댄스 파티가 있었어. 캐서린은 허리에 주름장식이 있는 짙은 빨강 실크드레스를 새로 마련하여 입고 미장원에서 머리를 손질하고 왔어. 사실이라고 믿어져?—서머사이드로 온 뒤 캐서린을 알고 있는 사람들이 그녀가 방으로 들어오자 저 사람이 누구냐며 서로 묻고 있었다고 한다면. 나는 그 변화가 옷이나 머리 때문이라기보다 말로 나타낼 수 없는 캐서린 자신의 내면적 변화에 의한 것이라고 생각해.

지금까지 캐서린은 사람들 앞에 나서면 언제나 '이 사람들에게는 정나미 떨어진다, 이 사람들도 내게 정나미 떨어져 있을 것이고, 오히려 그편이 좋다' 하는 부루퉁한 아이 같았지. 하지만 어젯밤 캐서린은 그녀의 인생이라는 집에 모든 창문마다 촛불을 두어 빛나는 듯했어.

나는 캐서린의 우정을 얻는 데 애먹었어. 그러나 소중한 것은 무엇 하나 쉽사리 손에 들어오는 게 아니고, 캐서린의 우정은 가치있다고 나는 처음부터 느끼고 있었어.

채티 아주머니는 감기로 열이 올라 이틀이나 자리에 누워 있는데, 폐렴이 되면 곤란하니까 내일은 의사선생님이 오시기로 되어 있어. 그래서 리베커 듀는 수건으로 머리를 꽉 잡아매고 의사선생님이 오기 전에 집안을 말끔히 해두기 위해 하루 종일 미친 듯이 집안청소를 했어.

지금은 부엌에서 코바늘로 뜬 요크가 붙은 채티 아주머니의 하얀 무명잠옷을 다림질하고 있어. 린네르 잠옷 위에 걸치게 하기 위해서야. 그것은 얼룩 하나 없이 깨끗하지만, 리베커 듀는 옷장서랍에 넣어 두기만 해서 빛깔이 바래졌다고 말했어.

1월 28일

1월은 아직까지 춥고 흐린 날이 계속되고, 때때로 눈보라가 항구를 휘몰아쳐 유령골목에 눈을 불어 보내. 하지만 어젯밤에 사르르 녹는 것을 보았고, 오늘은 눈부신 해가 얼굴을 빼꼼히 보였어. 내가 좋아하는 단풍나무숲은 상상도 못하게 빛나고 있어. 아무것도 아닌 것조차 아름답게 보여. 철사울타리마저 하나하나가 수정 레이스 같았어.

오늘 밤 리베커 듀는 사진이 든 '형태별 미인일람' 이라는 기사가 실린 내 잡지를 열심히 읽고 있더니 슬픈 듯 말했어.

"이봐요, 셜리 양, 만일 누군가가 마술방망이를 한번 휘둘러 누구나 미인이 되게 한다면 정말 멋있겠어요. 만일 난데없이 내가 미인이 된 것을 알게 된다면 셜리 양, 아, 얼마나 기쁠까요! 하지만, 그렇다면—"

여기서 리베커 듀는 한숨을 깊이 쉬었어.

"누구나 미인이 되어 버리면 그 누가 부엌일을 하지요?"

사촌 어니스틴

“아, 피곤해.”

한숨과 더불어 어니스틴 뷰글은 바람에 살랑거리는 버드나무집의 저녁 식사 자리에 쿵하고 주저앉았다.

“나는요, 가끔 여기 앉으면 두 번 다시 일어나지 못하게 될 것 같아서 두려울 때가 있어요.”

죽은 매코머 선장의 팔촌여동생쯤 되지만, 그래도 너무 가깝다고 케이트 아주머니가 늘 생각하는 어니스틴이 그날 오후 로베일에서 바람에 살랑거리는 버드나무집을 찾아왔다.

혈연이라는 신성한 연줄에 얽혀 있음에도 불구하고 두 미망인은 어느 쪽도 진심으로 어니스틴을 환영하지 않았다. 어니스틴은 함께 있는 사람을 유쾌하게 대하는 인물은 아니며, 자기 일뿐 아니라 남의 일까지 걱정을 떠안아 함께 있으면 마음이 안정되지 않는 불행한 사람 가운데 하나였다. 이 사람을 언뜻 보기만 해도 이 세상은 눈물의 골짜기라고 여기게 된다고 리베카 듀는 우울하게 말했다.

확실히 그녀는 미인도 아니고 일찍이 아름다웠던 시절이 있었는지조차도 의심스러웠다. 여윈 얼굴에는 표정이 없고, 빛바랜 하늘빛 눈,

묘한 곳에 있는 몇 개의 사마귀, 우는 듯한 목소리를 가진 주인공이었다. 칙칙한 검은 옷을 입고, 모조 바다표범 목도리를 두르고, 샛바람이 걱정이라며 식탁에서도 고집스레 그 목도리를 풀지 않았다.

리베카 듀는 자기가 바라기만 한다면 다함께 식탁에 앉아도 상관없었다. 미망인들은 동생뻘인 어니스틴을 특별한 '손님'으로 보지 않았기 때문이다. 그러나 리베카 듀는 그 입맛 없는 할머니의 상대가 됐다가는 '먹을 음식의 맛도 모르게 된다' 하여 늘 거절하고 있었다. 차라리 부엌에서 '집어먹는 편이 낫다'고 말하면서도 식탁에서 시중들면서 자기가 하고 싶은 말을 참는 것은 아니었다.

리베카 듀는 동정 없이 말했다.

"봄이어서 나른한가봐요."

"네, 그만한 일이라면 좋겠어요, 미스 듀. 하지만 나는 그 가엾은 올리버 게이지 부인처럼 되는 게 아닌가 걱정이에요. 그 사람은 지난해 여름 버섯을 먹었는데, 그 속에 독버섯이 있었던가봐요. 그 뒤로 사뭇 개운치 못하대요."

채티 아주머니가 말했다.

"이런 이른 계절에 버섯 같은 게 있을 리 없잖아."

"그렇군요. 하지만 뭐 다른 걸 먹은 게 아닌가 걱정스러워요. 굳이 내 기분을 돌리려 하지 않아도 좋아요, 샬럿. 친절한 마음에서겠지만 소용없어요. 나는 너무 갖가지 일을 겪어 왔는걸요. 그 크림 항아리에 거미가 들어 있는 건 아니겠죠, 케이트? 리베카가 내 그릇에 담아 줬을 때 한 마리 본 것 같아서요."

"우리 집 크림 항아리에 거미 같은 것은 한 마리도 들어 있지 않아요."

리베카 듀는 험악한 목소리로 말하고 부엌문을 쾅 닫았다. 어니스틴은 얌전히 말했다.

"아마 그림자를 봤나봐요. 눈이 전 같지 않아서요. 곧 멀어지지는 않을까 두려워요. 그래서 생각났는데, 오늘 오후 마서 매케이에게 들렀더니 열이 나서 온몸에 발진 같은 게 돋아 있더군요. 나는 솔직히 말해줬죠.

'홍역 같군요. 낫더라도 눈이 보이지 않게 될지도 몰라요. 부인 집안 사람들은 모두 눈이 좋지 않으니까요.'

각오를 단단히 해두는 게 좋을 것 같았거든요. 그 사람 어머니도 몸이 그리 좋지 않대요. 의사선생님은 소화불량이라고 했다지만, 나는 종양이 아닌가 근심하고 있어요. 그 어머니에게 이렇게 말했죠.

'수술받게 되어 마취를 하면 부인이 깨어나지 못하고 마는 게 아닐까 심히 걱정된다고요. 부인이 힐리스 집안사람임을 결코 잊지 말아요. 힐리스 집안사람들은 모두 심장이 약하니까요. 부인 아버지는 심장마비로 죽었잖아요.'"

"87살에요!"

그리고 리베커 듀는 빼앗듯이 접시를 가지고 나갔다. 채티 아주머니가 밝게 말했다.

"성경에도 보통 70살이 인간의 수명이라고 하잖아."

어니스틴은 세 스푼째 설탕을 떠서 차를 천천히 휘저었다.

"그래요, 다윗 왕이 말했죠, 샬럿. 안됐지만 다윗 왕은 언제 어느 때나 믿을 수 있는 사람이라고는 생각하지 않아요."

채티 아주머니와 눈이 마주친 앤은 그만 웃어버리고 말았다.

어니스틴은 마음에 안 드는 듯 앤을 노려보았다.

"잘 웃는 아가씨라는 것은 익히 듣고 있었어요. 글쎄, 언제까지나 그렇게 있을 수 있으면 좋겠지만, 그렇지는 못하지 않을까 해서 걱정이에요. 인생이란 힘들고 어려운 것임을 곧 알게 되겠죠. 하기야 나도 한때는 젊었었지요."

머핀을 가져온 리베커 듀가 힘껏 비꼬아 말했다.

"언제나 걱정이 많아 젊었던 시절 같은 건 없었던 것처럼 보이네요.

젊다는 것도 용기가 필요한 일이에요, 미스 뷰글."
어니스틴은 몹시 찡그려 불쾌한 표정을 지으며 불평했다.
"리베카 듀는 이상한 말투를 쓰는군요. 물론 무슨 말을 하든 상관없지만요. 그리고 또 웃을 수 있을 때 웃어두는 것은 좋은 일이에요, 셜리 양. 하지만 그렇게 행복하면 좋은 일 끝에 나쁜 일이 끼어든다고 하죠.
우리가 사는 곳에 있던 전 목사님 부인의 아주머니를 아주 닮았군요. 그 아주머니는 늘 웃기만 하는 사람이었는데, 중풍으로 죽었죠.
세 번 발작하면 끝이거든요. 이번에 새로온 로베일의 목사님은 경박한 성질이 아닌가 싶어 걱정이에요. 그 사람을 보자마자 나는 루이지에게 말했죠.
'그런 다리를 가진 남자는 춤에 정신을 파는 버릇이 있지 않을까싶어 걱정이에요'라고요.
목사가 되고 나서는 춤도 그만두었겠지만, 가족 가운데 누군가가 그런 피를 잇고 있지 않을까 걱정이에요. 젊은 부인이 있는데, 그 부인은 주책없을 만큼 목사에게 푹 빠져 있다는 소문이에요. 반해서 목사와 결혼하다니 나로서는 도저히 생각할 수 없는 일이에요. 하느님에게 불경한 일이라고 여겨져요.
설교는 꽤 잘하지만, 지난 일요일 티드빗*1의 엘리야에 대해 이야기한 일로 미루어 그 사람이 하는 성경해석이 너무 자유분방한 게 아닌가 생각돼요."
채티 아주머니가 말했다.
"신문에서 보았는데, 피터 엘리스와 화니 뷰글이 지난주 결혼식을 올렸더구나."
"네, 그래요. 성급히 결혼해서 두고두고 후회하는 그런 예가 되지

*1 테시베가 정확하며, 티드빗은 잘못 말한 것임.

않으면 좋을 텐데 무척 걱정하고 있어요. 두 사람은 겨우 3년밖에 사귀지 않았으니까요. 날개가 예쁘다고 반드시 훌륭한 새가 되는 것은 아니라는 걸 피터가 깨닫게 되지 않을까 걱정이에요. 화니는 너무 깔끔하지 못해요. 테이블 냅킨의 겉쪽에만 다림질을 하니까요. 돌아가신 화니의 어머니와는 전혀 달라요.

아, 그 사람이야말로 보기 드물게 철저한 사람이었지요. 상을 당했을 때 잠옷까지 늘 검은 것으로 입었죠. 낮과 마찬가지로 밤에도 그렇게 하지 않으면 미안스럽다고요. 나는 앤디 뷰글의 집으로 요리만드는 것을 도우러 갔는데, 결혼식날 아침 아래층으로 내려가보니 화니가 아침 식사로 달걀을 먹고 있지 않겠어요—자기 결혼식 바로 그날 말이에요! 설마 하고 믿지 않겠죠. 나 또한 내 눈으로 보지 못했으면 사실이라고 여겨지지 않았을 거예요.

내 죽은 언니는 결혼식 전 사흘 동안 아무것도 먹지 못했어요. 그래서 남편이 죽은 뒤로는 두 번 다시 안 먹는 게 아닌가 우리 모두 걱정했었죠. 이따금 정말이지 뷰글네 사람들은 알 수 없다고 생각되는 일이 있어요. 옛날에는 자기 친척들과 함께 있으면 대개 어떤 줄 알 수 있었는데 지금은 그렇지 못하게 되어버렸어요."

케이트 아주머니가 물었다.

"진 영이 또 결혼한다는 게 정말이야?"

"그렇지 않을까 걱정하고 있어요. 물론 프레드 영은 죽은 것으로 되어 있지만 불쑥 나타나지 않을까 아주 걱정이에요. 그 남자는 정말이지 믿을 수 없는 남자였으니까요. 진은 아이러 로버츠와 결혼하죠.

아이러는 진을 행복하게 해주고 싶은 나머지 결혼하는 게 아닌가 걱정하고 있어요. 아이러의 삼촌인 필립이 언젠가 내게 결혼해 달라고 한 일이 있지만, 나는 말해줬죠.

'나는 뷰글 집안사람으로 태어났으니 뷰글 집안사람으로 죽겠어요. 결혼은 모험이므로 그런 것에 끌려들어가기 싫어요.'

Chang-Kye

올겨울에는 로베일에서 꽤 많은 결혼이 있었어요. 그것과 반대로 여름내내 장례가 있는 게 아닐까 걱정이 되네요.

애니 에드워즈와 크리스 헌터가 지난달 식을 올렸는데 2,3년만 지나면 지금처럼 서로 사랑하고 사랑받는 일이 없어지지 않을까 근심돼요. 애니는 크리스의 활발한 모습에 푹 빠진 게 아닌가 여겨져요. 크리스의 삼촌 하이어럼은 참 이상한 사람이었지요. 몇 년 동안 자기를 개라고 믿고 있었거든요."

배 설탕절임과 레이어 케익을 가져온 리베커 듀가 말했다.

"좋아서 멍멍 짖는 거라면 그것을 보고 즐기는 사람들이 문제 삼을 일은 없지 않겠어요."

어니스틴이 말했다.

"그 사람이 짖었다는 말은 들은 적이 없어요. 다만 뼈다귀를 갉아 먹거나, 아무도 보지 않을 때 그것을 묻었을 뿐이에요. 그 사람의 아내가 그것을 눈치챘지요."

채티 아주머니가 물었다.

"올겨울 릴리 헌터 부인은 어디서 지내고 있지?"

"샌프란시스코에 있는 아들네에서 지내고 있어요. 그 사람이 샌프란시스코를 빠져나오기 전에 또 지진이 일어나는 게 아닐까 두렵기도 해요. 릴리가 돌아올 때면 틀림없이 무엇인가 몰래 가져오려 하다가 국경에서 옥신각신할 거예요. 여행을 하고 있으면 이런저런 일이 자꾸 일어나니까요. 하지만 사람들은 여행을 하고 싶어 견디지 못하죠.

사촌남동생인 짐 뷰글은 플로리다에서 겨울을 보냈어요. 짐이 부자가 되어 세속적인 사람이 되지 않을까 걱정하고 있어요. 짐이 떠나기 전에 나는 말해줬죠—그렇지, 그것은 콜먼 씨네 개가 죽기 전날 밤이라고 여겨지는데요……아닌가?……아니, 역시 그랬어요—'거만은 멸망에 앞서고, 자만은 도산에 앞선다'라고요.

짐의 딸이 뷰글 가도의 학교에서 선생을 하고 있는데, 따라다니는 사람이 너무 많아서 누구와 결혼하면 좋을지 선뜻 결심하지 못하고 있어서 나는 충고를 해줬지요.
'한 가지 분명하게 말할 수 있는 것은 메리 애니터, 가장 사랑한다고 생각되는 사람은 도저히 손에 잡을 수 없다는 거야. 그러니까 너를 좋아해주는 사람을 골라잡아야 해—확실히 좋아해준다면 그 사람으로 하는 게 좋아.'
이 애가 제시 채프먼 같은 짓은 하지 않기를 바래요. 제시 채프먼이 오스커 그린과 결혼하기로 한 것은 오스커가 늘 곁에 있었기 때문이 아닌가 늘 걱정하고 있어요. 그래서 '그 사람을 골라잡은 게 설마 그 때문이니?' 하고 나는 그 애에게 물었지요.
오스커의 형은 폐병으로 죽었어요. '그리고 말이다, 결코 5월에는 식을 올리지 마라. 5월은 결혼식에 아주 재수가 없는 달이니까' 하고 가르쳐줬어요."
마카롱*[2] 접시를 가져온 리베카 듀가 말했다.
"당신은 정말이지 늘 사람들의 기운을 북돋아주는군요."
어니스틴은 복숭아를 다시 집으며 리베카 듀를 무시한 질문을 했다.
"'칼세올라리아'*[3]란 꽃일까, 아니면 병일까요?"
채티 아주머니가 대답했다.
"꽃이야."
어니스틴은 좀 낙담한 듯했다.
"그래요? 그것이 무엇이든 샌디 뷰글 미망인이 그걸 손에 넣었대요. 지난 일요일 교회에서 마침내 '칼세올라리아'를 손에 넣었다고 자기 여동생과 이야기하는 것을 들었죠.

---

*2 달걀흰자·아먼드·설탕으로 만든 작은 과자.
*3 남아메리카산 현삼과 식물. 꽃잎이 슬리퍼 모양을 닮음.

이 제라늄은 엄청 볼품이 없군요, 채티. 비료를 잘못 주지 않았나요?

샌디의 아내는 상복을 벗었어요. 샌디가 죽은 지 아직 4년밖에 안 됐는데요. 아, 정말이지 요즘은 죽은 사람이 금방 잊혀진다니까요. 내 언니는 25년 동안이나 검은 옷을 입고 있었는데 말이죠."

리베커 듀가 케이트 아주머니 앞에 코코넛 파이를 덜어 놓으며 물었다.

"부인은 스커트 옆구리가 벌어진 것을 알고나 있나요?"

그러자 어니스틴은 가시돋힌 대답을 했다.

"나는 그토록 늘 거울과 눈씨름할 틈이 없어요. 비록 벌어져 있다 한들 어쨌다는 거예요? 나는 페티코트를 세 개나 겹쳐 입고 있는데요. 요즘 아가씨들은 하나밖에 안 입는다지만요. 세상이 꽤 경박해져 가는 게 아닌가 걱정하고 있어요. 그런 사람들은 최후의 심판의 날에 대해 생각해 보기나 할까요?"

"설마 하느님이 최후의 심판 날에 페티코트를 몇 장 입었느냐고 물으실거라 생각해요?"

말을 마치자마자 리베커 듀는 재빨리 부엌으로 달아났다. 리베커 듀가 얼마나 무서운 말을 했는지 모두들 알아차렸을 때는 이미 그 자리에 없었다. 채티 아주머니조차도 이번에는 리베커 듀가 좀 지나쳤다고 생각했다.

"지난주 앨릭 크라우디의 할아버지가 돌아가신 걸 신문에서 봤겠죠."

어니스틴은 말하며 한숨을 쉬었다.

"그 사람의 아내는 2년 전 죽었는데, 가엾게도 글자 그대로 한 순간의 일이었어요. 아내가 죽고 나서 그 할아버지가 아주 외로워했다는데, 그것이 정말인지 아닌지. 그 할아버지를 땅속에 묻었지만 귀찮은 일이 모두 처리된 건 아닌 듯 유서를 쓰지 않으려 해서 재산 문제로 한바탕 소동이 일어나는 게 아닌가 걱정이에요.
애너벨 크라우디는 잡화상에게로 시집간대요. 애너벨 어머니의 첫 남편이 그랬으니까 아마도 유전인지. 애너벨은 고생을 많이 했으니, 예를 들어 저쪽에 이미 아내가 있다는 등의 일은 아니더라도 갈수록 태산이라는 일만 없었으면 좋겠다고 나는 걱정하고 있어요."

케이트 아주머니가 물었다.

"제인 골드윈은 올겨울을 어떻게 지내고 있어? 거리에 오랫동안 나오지 않는데."

"아, 제인도 가엾어요! 왜인지 자꾸 쇠약해져 말라가고 있어요. 무슨 일인지는 아무도 모르지만 나는 걱정하고 있어요. 어쩌면 그것이 상사병이 아닐까 해서요……아니, 어째서 리베카 듀는 부엌에서 헤헤거리며 웃는 걸까요? 저 사람 때문에 크게 애먹게 되는 게 아닌지요. 듀 집안에는 머리가 이상한 사람이 많아요."

채티 아주머니가 말했다.

"사이러 쿠퍼에게 아기가 태어났다며."

"네, 그래요. 고맙게도 딱 하나였어요. 쌍둥이가 아닐까 나는 걱정했었죠. 쿠퍼네는 쌍둥이 혈통이 있거든요."

케이트 아주머니는 마치 파괴된 우주의 잔해물 속에서 뭔가 하나라도 구출해내려고 굳게 마음먹은 듯이 말했다.

"사이러와 네드는 아주 멋진 젊은 부부더군."

그러나 어니스틴은 길레아드*4에 유향*5이 있다는 것은 인정하지도 않았고 더욱이 로베일의 땅에 위안이 있다고는 생각지도 않았다.

"그래요! 사이러는 마침내 네드를 손에 넣어 아주 좋아하고 있어요. 한때는 네드가 서부에 갔다가 돌아오지 않는 게 아닐까 걱정한 일도 있었으니까요. 나는 사이러에게 주의를 주었죠.

---

*4 구약성서 속의 산이름.

*5 乳香. 감람과 늘푸른 큰키나무.

'틀림없이 네드는 너를 실망시킬 거야. 각오해 둬라. 그는 본디부터 남을 실망시키는 사람이었으니까. 네드가 첫돌도 되기 전에 틀림없이 죽으리라고 모두들 생각했는데 아직 살아 있잖니.'

네드가 홀리 씨네 집을 샀을 때도 나는 사이러에게 다시 한번 일러줬어요. '거기 우물에는 장티푸스 균이 우글거리지 않을까 걱정이다. 5년 전 홀리 씨네가 고용한 일꾼이 장티푸스로 죽었으니까.' 이제는 무슨 일이 일어나더라도 그 사람들은 나를 나무랄 수 없어요.

조지프 홀리는 등이 몹시 아프대요. 자신은 요통이라지만, 나는 척추뇌막염 초기가 아닌가 의심하고 있어요."

다시 물을 담은 주전자를 가져온 리베커 듀가 말했다.

"조지프 홀리 할아버지처럼 좋은 분은 없죠."

어니스틴은 아주 가엾다는 듯 말했다.

"아, 좋은 사람이죠. 지나치게 착해요. 그 사람 아들들이 모두 나빠지지 않으면 좋을 텐데 걱정하고 있어요. 흔한 일이잖아요. 그것으로 균형이 잡히는 셈이라고 할까요……아뇨, 케이트, 차는 이제 그만하겠어요……그렇지만 마카롱을 하나 더 먹을까요. 이거라면 위에 부담이 없을 테니까요. 하지만 과식한 게 아닌가 걱정이에요.

인사도 없이 이만 떠나야겠어요. 집으로 가기 전에 어두워지지 않을까 걱정이니까요. 결코 발을 적시고 싶지 않아요. 암모니아(뉴모니아(폐렴)를 잘못 말함)에 걸리지 않을까 아주 걱정이거든요. 나는 겨우내 팔에서부터 두 다리까지 여기저기 아픈 곳이 많아 밤마다 잠을 이루지 못하는 날이 이어지고 있어요.

아, 그 때문에 밤마다 얼마나 괴로워했는지는 아무도 몰라요. 나는 우는 소리나 하는 나약한 사람이 아니니까요. 언니들을 다시 한번 만나기 위해 자리에서 일어나려고 용기를 내어 왔지요. 다음해 봄에는 이제 여기에 못 올지도 모르니까요. 그렇지만 언니들도 몹시 약해졌군요. 이래서야 언니들 쪽이 나보다 먼저 가버릴지도 모르겠어요.

아, 그것도 괜찮아요. 누군가 친척 가운데 묻어줄 사람이 있는 동안에 죽는 게 가장 좋죠.

아니, 어쩌면 바람이 이렇게 불까! 세찬 바람이 불면 우리집 헛간 지붕이 날아가지 않을까 걱정이에요. 올봄에는 바람이……심하게 부는 날만 이어져 기후가 달라지는 게 아닐까 나는 근심하고 있어요. 셜리 양, 고마워요."

앤이 외투 입는 것을 시중들어 주었기 때문이다.

"아가씨도 몸조심해요. 얼굴빛이 좋지 않아요. 빨강머리를 가진 사람은 아무래도 근본적으로 튼튼한 몸을 갖지 못하는 게 아닌가 여겨져요."

"몸은 아무렇지도 않아요."

앤은 미소 지으며 어니스틴에게 모자를 건네주었다. 그것은 뒤쪽에 축 처진 타조깃털이 흐늘흐늘하게 드리워진 무어라 말할 수 없는 물건이었다.

"오늘밤은 목이 좀 아파요, 미스 뷰글, 그뿐이에요."

다시금 어니스틴의 불길한 예언이 이번에는 앤에게 향했다.

"아! 목이 아픈 것은 조심해야만 해요. 사흘째까지는 디프테리아나 편도선도 같은 증상이니까요. 그러나 한 가지만은 위안이 있어요. 젊어서 죽으면 이 세상의 고생을 하지 않아도 되니까요."

길버트는 목사가 아니야

4월 20일
바람에 살랑거리는 버드나무집
탑의 방에서

가엾고 그리운 길버트에게.

'웃음은 광기. 들뜬 환희는 무엇을 초래하는가?'

나는 아직 젊은데 백발이 되지 않을까 걱정이야. 자선단체에서 최후를 마치지 않을까 걱정이야. 나는 내 학생들이 학년말 마지막 시험에 합격하지 못하는 게 아닌가 걱정이야.

토요일 밤 해밀턴 씨네 개가 짖어대며 물어서 광견병이 되지 않을까 걱정이야. 오늘밤 캐서린과 만날 때 우산이 뒤집히지 않을까 걱정이야. 캐서린이 나를 따르는 것은 좋지만 언제까지나 이럴 수는 없지 않을까 걱정이야.

내 머리카락은 적갈색이 아니지 않을까 걱정이야. 내가 50살이 되었을 때 콧등에 검은 점이 생기는 게 아닐까 걱정이야. 우리 학교에는 화재 위험이 많은 게 아닌가 걱정이야. 오늘밤 내 침대 속에 쥐가 들어 있는 게 아닐까 걱정이야.

자기가 나와 약혼한 것은 결국 내가 늘 곁에 있었기 때문이 아닌가 걱정이야. 곧바로 신혼생활에 쓸 물건을 모으기 시작하는 게 아닌가 걱정이야.

걱정하지 마, 너무나 사랑하는 길버트, 나는 미친 게 아니야—아직 그렇게 되지는 않았어. 다만 어니스틴으로부터 전염된 것뿐이지.

왜 리베커 듀가 어니스틴을 늘 '걱정꾸러기'라고 부르는지 이제 그 까닭을 알겠어. 가엾게도 그토록 쓸데없는 걱정을 하는 것을 보면 운명에 어쩔 수 없는 빚이 꽤 있는 듯해.

세상에는 어니스틴만큼 심한 뷰글 병이 아니더라도, 내일 어떻게 될지 모른다 해서 오늘을 즐기는 것을 겁내고 흥미를 깨는 뷰글들이 얼마나 많을까.

그리운 길버트, 세상만사를 걱정하는 일은 그만두자. 꽁꽁 묶이는 것은 질색이야. 우리 서로 대담하게 모험을 하고 기대에 차서 살아가기로 해. 이를테면 인생이 산더미만한 괴로움이며 장티푸스며 쌍둥이를 안겨줄지라도 인생이 우리에게 주는 모든 것을 즐거이 맞이해 가야겠지?

오늘은 4월 속으로 6월의 하루가 슬며시 흘러내린 듯한 날이었어. 눈이 말끔히 없어지고 엷은 황갈색 목장이며 황금색 언덕은 봄노래를 부르고 있어.

내가 좋아하는 단풍나무 숲속 녹색 저지대에서 목신(牧神)이 피리 부는 소리가 들리고, 폭풍왕은 더할 나위 없이 가벼운 보랏빛 안개의 깃발을 펄럭이고 있어.

요즘은 비가 계속 내려 촉촉한 봄저녁을 탑의 방에 앉아서 즐기고 있어. 하지만 오늘은 바람이 강하고 분주한 밤이야. 하늘을 달리는 구름도, 구름 사이에서 언뜻 내비치는 달빛조차 들떠 있는 듯해.

길버트, 애번리에 있는 어느 긴 길을 우리 두 사람이 손을 마주잡고 걷고 있다면 어떨까? 길버트, 나는 부끄러움이나 체면을 잊고 자기에게 빠져 정신을 잃지는 않을까 걱정이야.

이 말을 듣고 설마 신에 대해 불경스럽다고 여기지는 않겠지? 하기야 자기는 목사님이 아니어서 상관없지만.

헤이절, 마음을 털어놓다

헤이절은 한숨을 쉬었다.

"나는 다른 사람들과 너무나 달라요."

다른 사람들과 그처럼 다르다는 것은 실제로는 난처한 일이었지만, 그러면서도 색다른 별에서 우연히 찾아들어온 사람처럼 멋지기도 했다. 헤이절은 특별하다고 느끼기에 아무리 큰 어려움을 겪더라도 흔해빠진 시시한 사람들 속에 들어갈 마음은 없었다.

앤은 재미있는 듯 웃으며 말했다.

"사람은 한 사람, 한 사람 저마다 달라요."

"웃고 있군요!"

헤이절은 보조개처럼 쏙쏙 들어간 두 손을 마주잡으며 동경을 담아 앤을 보았다. 헤이절은 무슨 말을 할 때 적어도 한마디에는 강하게 힘을 주는 버릇이 있었다.

"앤 언니는 아주 매혹적인 미소를 가지고 있어요—'살며시 나타나고 조용히 사라지는 것이 자유로운' 미소지요. 처음 만났을 때 앤 언니는 '뭐든지' 알아주는 분이라고 느꼈어요. 우리는 똑같은 세계에 사는 사람이에요. 때로는 자신이 초능력을 가진 게 틀림없다고 여기는 일이 있어요. 누군가를 만난 순간 내가 그 사람을 좋아할 수 있을지 어떨지 늘 '직감적'으로 느껴요.

나는 앤 언니가 마음이 따뜻한 사람이라는 것을, 이해심이 깊은 사람이라는 것을 곧 느꼈어요. 이해해 준다는 것은 참으로 기쁜 일이에요. 그런데 아무도 나를 헤아려 주지 않아요—'누구 한 사람도'요. 하지만 앤 언니를 보았을 때 마음속에 있는 목소리가 내게 속삭였어요.

'이분이라면 이해해 줄 것이다. 이분 앞에서라면 자신을 펼쳐 보이고 '있는 그대로 참다운 내 모습일 수 있다'라고요. 아, 앤 언니, 꾸밈없이 지내기로 해요! '언제나' 있는 그대로 있기로 해요. 아, 앤 언니, 아주 조금이라도 나를 사랑하고 있나요?"

"귀여운 아가씨라고 생각하고 있어요."

앤은 가볍게 웃으며 갸름한 손가락으로 헤이절의 금발을 부드럽게 쓰다듬었다. 헤이절을 좋아하지 않을 수 없었다.

헤이절은 탑의 방에서 마음속 일을 앤에게 터놓고 이야기하고 있었다. 방에서는 항구 위에 걸린 초승달과, 창문 아래 진홍빛 튤립에 감도는 늦봄 5월이 저녁 어둠에 싸이는 것을 볼 수 있었다.

"불은 아직 켜지 말아요."

헤이절이 말하자 앤도 따라주었다.

"네, 그렇게 해요. 어둠을 친구 삼아 있으면 이곳이 더욱더 멋지죠? 불을 켜면 어둠이 적이 되어 원망스레 이쪽을 노려봐요."

"나도 그런 것을 '생각하기는' 하지만 그토록 아름답게 표현하지 못해요."

헤이절은 괴로워하면서도 황홀한 표정으로 신음하듯 말했다.

"언니는 제비꽃 말로 이야기하니까요."

이것이 무슨 뜻인지 헤이절은 스스로도 설명하지 못하겠지만, 그러나 그런 것은 아무래도 좋았다. 울림이 '아주' 시적이었다.

그날 온 집안에서 탑의 방만이 오직 평화로운 장소였다. 그날 아침, 리베커 듀는 절박한 얼굴로 말했었다.

"부인회 모임이 여기서 열리기 전에 응접실과 손님용 침실의 벽지를 다시 발라야만 해요."

그러고는 도배하는 데 방해되지 않도록 그 두 방에서 가구를 모두 옮겨놓았는데, 도배할 사람은 다음날이 아니면 올 수 없다고 전해왔다. 바람에 살랑거리는 버드나무집은 눈에 보이는 곳마다 매우 혼잡했으며 오직 오아시스는 탑의 방뿐이었다.

헤이절 마르가 이내 열을 올리는 것은 유명했다. 그래서 지금도 앤에게 열중하고 있었다. 마르 집안은 서머사이드에 새로 온 사람들로, 겨울 동안 샬럿타운에서 옮겨 왔었다. 헤이절은 그녀가 좋아하는 표현에 따르면 '10월 빛깔의 금발 미인'으로, 금청동색 머리와 갈색 눈을 하고 있었다.

자기가 아름답다는 것을 알면 헤이절은 그리 남의 도움이 못될 것이라고—리베커 듀는 말했다. 그러나 헤이절은 여러 사람에게 사랑받았고, 특히 젊은이들에게 인기 있었다. 그들은 헤이절의 눈과 곱슬머리가 참으로 잘 조화되어 있다고 생각했다.

앤은 헤이절이 좋았다. 막 저녁이 될 무렵에는 교실에서 느끼는 피로로 좀 비관적인 기분이 되지만, 지금은 편안해졌다.

그것이 창문에서 스며드는 달콤한 사과꽃 내음을 실은 5월의 산들바람 때문인지 아니면 헤이절의 수다 때문인지 앤으로서는 알 수 없었다. 아마 그 양쪽 모두이리라. 어쨌든 앤에게 헤이절은 자신이 젊었을 때의 환희, 이상, 낭만적인 것들을 모두 떠올리게 했다.

헤이절은 앤의 손을 잡고 경건하게 입술을 댔다.

"언니가 지금까지 사랑하고 있었던 사람들이 모두 '미워요'. 나는 언니를 혼자 차지하고 싶어요."

"좀 자기중심적이군요. 헤이절도 나 아닌 다른 사람들을 좋아하잖

아요. 이를테면 테리는 어때요?”

“아, 그 일을 이야기하고 싶었어요. 이제는 더 이상 잠자코 있을 수 없는 걸요. 참을 수가 없어요! 누구에게 말하지 않고는 못 견디겠어요—누군가 ‘이해’해주는 사람에게. 그저께 밤 연못 주위를 하룻밤 내내 빙글빙글—그래요, 아무튼 12시 가까이까지 걸어다녔어요. 나는 모든 것을 괴로워했어요, ‘모든 것을.’”

헤이절은 동그랗고 하얀 얼굴과 긴 속눈썹이 난 눈, 그리고 물결치듯 빛이 나는 곱슬머리가 허락하는 한 필사적으로 비극적인 표정을 지어 보였다.

“어머나, 헤이절과 테리는 아주 행복한 듯하고 모든 일이 결정된 것으로 알고 있었는데요.”

앤이 그렇게 생각하는 것도 무리가 아니었다. 지난 3주일 동안 헤이절이 테리 갈런드 일에 대해 아주 열중해서 이야기했기 때문이다. 헤이절의 태도는 누구에게 말하지 못할 정도라면 연인이 있어도 소용없다는 듯했다.

헤이절은 아주 원망스러운 투로 대답했다.

“‘다들’ 그렇게 생각하고 있어요. 아, 인생은 복잡한 문제로 가득차 있는 것 같아요. 이따금 나는 어딘가에—‘어디라도 좋으니’—누워서 손을 마주잡고 두 번 다시 ‘생각하고 싶지 않다고’ 여기는 일이 있어요.”

“어머나, 헤이절, 무슨 일이 있었어요?”

“아무것도 아니에요—또 큰 일도 아니에요. 아, 언니, 모두 다 이야기해도 될까요? 가슴속에 담아둔 것을 모조리 말해버려도 좋을까요?”

“물론 좋고말고요.”

헤이절은 비통한 목소리로 호소했다.

“내게는 마음을 터놓을 데가 정말 하나도 없어요. 물론 일기는 다르지만요. 언젠가 내 일기를 보여주어도 될까요? 자신을 몽땅 드러낸 것이에요. 그런데도 내 마음속에서 불타고 있는 것을 쓸 수가 없어요. 그것이—그것이 나를 질식시킬 것만 같아요."

헤이절은 극적인 몸짓으로 가슴을 쥐어뜯었다.

"당신이 그런 마음이라면 언제든 보고 싶어요. 하지만 두 사람 사이의 문제가 뭐죠?"

"오, 테리! 내게 테리가 아주 낯선 사람처럼 생각된다면 믿어주겠어요? 낯선 타인! 지금까지 전혀 알지도 못한 사람."

헤이절은 오해가 없도록 덧붙였다.

"하지만 나는 헤이절이 그 사람을 사랑하는 줄 알았어요. 헤이절이 그렇게 말하지 않았어요?—"

"네, 그래요. 나 또한 그 사람을 사랑하고 있는 줄 '알았는걸요.' 그러나 그것이 모두 엄청난 잘못이었음을 지금 알았어요. 아, 언니, 상상해 주실 수 있겠어요? 내가 얼마나 곤란한 인생 길을 가고 있는지—생각지도 못한 인생을 걷고 있는지 알기나 해요?"

"그런 것이라면 얼마쯤 알고 있어요."

로이 가드너의 일을 떠올리며 앤은 동정했다.

"아, 나는 결혼할 만큼 그 사람을 사랑하고 있지 않는 게 틀림없어요. 그것을 지금에야 알았어요—이미 때가 늦어 버린 지금에야 알게 됐어요. 나는 달빛에 속아 그 사람을 사랑하는 것으로 알아버렸던 거예요. 만일 달만 없었다면 잠시 생각해 보겠다고 테리에게 말했을 거예요. 그런데 나는 제정신이 아니었어요. 그것을 지금 알겠어요. 오, 나는 달아나버리고 싶어요. 뭔가 분별없는 짓을 해버린 것 같아요!"

"하지만 헤이절, 잘못이었다고 생각한다면 어째서 테리에게 말하지……"

"아아! 그런 말은 할 수 없어요! 그런 짓을 하면 그 사람은 죽어버리고 말 거예요. 나를 간절히 사랑하고 있는걸요. 그런 짓을 해봐야 아무 소용 없어요. 게다가 테리는 결혼에 대한 이야기까지 하고 있어요. 생각해 봐요. 나 같은 아이를 상대로 말이에요, 나는 아직 18살인데요.

내가 남몰래 약혼한 사실을 이야기해준 친구들은 저마다 내게 축하의 말을 해주었어요. 마치 연극 같아요. 모두 멋진 결혼상대를 발견했다고 해요. 테리는 25살이 되면 1만 달러를 받기로 되어 있거든요. 할머니가 테리에게 남겨뒀어요. 마치 내가 돈이라는 더러운 것에 눈이 어두워지기라도 한 듯 싶잖아요! 아, 어째서 세상은 이렇게 꼭 돈에 대해서만 말할까요? '어째서일까요?'"

"돈에 대해 말들이 많을지는 모르지만, 모두 그런 것은 아니에요, 헤이절. 그러니까 테리의 일을 만일 그렇게 느끼고 있다 할지라도…… 인간은 누구나 잘못을 저지르는걸요. 자기의 진정한 마음을 안다는 건 아주 힘들어요……"

"그렇겠네요. 언니라면 이해해 주리라고 나는 '믿고' 있었어요. 정말로 나는 테리를 사랑한다고 여기고 있었거든요. 처음으로 테리를 만났을 때 그날 밤 내내 가만히 앉아 그냥 지켜보았어요.

그와 눈이 마주칠 때마다 나는 온몸이 파도에 삼켜진 것 같았어요. 테리는 정말이지 잘생겼는걸요—하기야 그때도 그의 머리가 '엄청' 곱슬곱슬 부드럽고 눈썹이 너무 연하다고는 생각했었죠.

거기서 알았어야 좋았을 텐데요. 하지만 나는 언제나 어떤 일에든 쉽게 빠져드는 성격이잖아요? 격렬한 성격이에요. 테리가 옆에 올 때마다 너무 좋아 몸이 떨렸을 정도였어요. 그런데 지금은 아무렇지 않아요. '아무렇지도!'

아, 나는 이 몇 주일 동안에 나이를 먹어버렸어요, 늙어 버렸어요! 약혼한 뒤로 거의 아무것도 먹지 못했지요. 어머니에게 물으면 알 수 있어요.

'확실히' 나는 결혼할 만큼 테리를 사랑하고 있지는 않다고 여겨요. 다른 것은 분명치 않다 하더라도 '그것만은' 알고 있어요."

"그렇다면 어째서—"

"그 달 밝은 밤, 테리가 청혼한 그날 밤조차도 사실 나는 존 프링글의 가장무도회에 어떤 모습을 하고 갈까 생각하고 있었어요. 5월의 여왕이 되면 근사할 것 같았죠. 엷은 녹색 옷에 짙은 녹색 벨트를 하고 연한 분홍색 장미를 한묶음 머리에 꽂고 조그만 장미로 꾸민 핑크와 녹색 리본을 드리운 5월의 기둥*[1]을 들면 멋질 거라고 생각했었죠.

하지만 존의 삼촌이 돌아가셔서 파티를 열 수 없게 되어, 모든 게 헛일이 되고 말았어요. 즉 내가 말하고 싶은 것은, 내 마음이 그렇게 딴 데 가 있었을 때 진심으로 테리를 사랑할 수 있었겠느냐는 거예요. 그렇게 할 수 있을까요?"

"모르겠어요. 우리 마음은 이따금 생각지도 않은 일을 드러내니까요."

"잘 생각해 보니 나는 결혼하고 싶다고 생각한 적이 정말 한 번도 없어요. 여기에 매니큐어용 오렌지나무 막대기가 있나요? 고마워요. 좀 빌려 쓰겠어요. 내 손톱의 반달이 꺼끌꺼글해져버렸어요. 이야기하며 손질하는 게 좋겠어요. 이처럼 마음속에 있는 말을 털어놓는다는 것은 정말 후련해서 좋아요! 이런 기회는 좀처럼 없어요. 무언가 방해가 자꾸 생기지요.

내가 무슨 말을 했죠?……오, 그래요—테리 일이었죠. 나는 어떻게 하면 좋을까요, 언니? 의견을 듣고 싶어요. 아, 나는 마치 덫에 걸린 동물이 된 기분이에요!"

"하지만 헤이절, 아주 간단한 일이에요……"

---

*1 5월제를 축하하기 위해 꽃이나 리본으로 장식한 기둥.

"아니, 조금도 간단하지 않아요. 매우 복잡해요. 어머니는 무척 좋아하고 있지만 진 아주머니는 그렇지 않아요. '아주머니'는 테리를 좋아하지 않죠. 그리고 사람들마다 아주머니는 대단한 판단력을 가졌다고 말해요.

정말 나는 그 누구하고도 결혼하고 싶지 않아요. 나는 커다란 꿈을 품고 있어요. 일생동안 이어 갈 일을 발견하고 싶어요. 이따금 수녀가 되고 싶을 때도 있어요. 하느님의 신부가 되는 일은 멋지잖아요? 가톨릭 성당은 그림처럼 아름다워요. 물론 나는 가톨릭교도가 아니고—게다가 어차피 그것은 일생 동안 이어 갈 일이라고 말할 수도 없지요.

때로는 간호사가 되고 싶어요. 아주 낭만적인 직업이잖아요? 그렇지요? 열이 있는 환자의 이마를 짚어주기도 하고, 어떤 잘생긴 백만장자 환자에게 잘 보여 유괴당하듯 신혼여행에 끌려가는 것도 좋아요. 그 별장은 아침해와 푸른 지중해에 잇닿아 있는 리비에라에 있는 별장이면 더욱 좋죠. 그런 내 모습을 자주 '그려' 왔었어요. 어리석은 꿈일지는 모르지만, 아, 너무도 즐거운걸요! 그런데 테리 갈런드와 결혼해서 서머사이드에 정착한다는 맥빠진 현실 때문에 그런 꿈을 버린다는 일은 정말로 할 수 없어요."

헤이절은 생각만 해도 머리가 곤두선다는 듯 몸을 부르르 떨며 손톱손질이 잘 되었는지 이리저리 살펴보았다.

앤이 말하려고 했다.

"그렇지만……"

"우리에게는 '무엇 하나' 공통된 데가 없어요. 테리는 시나 로맨스를 좋아하지 않는데, 오히려 내게는 그것들이 인생의 전부인걸요. 이따금 나는 클레오파트라가 다시 태어난 것임에 틀림없다고 여기는 일이 있어요—아니면 트로이의 헬런일까요? 아무튼 그처럼 우수어린 매혹적인 사람 가운데 하나이고 싶어요. 다시 태어난 게 아니라면 대체 어디서 그런 것을 몸에 익혔는지 설명이 안 돼요.

그런데 테리를 보면 싫어질 만큼 평범해요. 그는 누군가가 다시 태어난다는 일 같은 건 믿지도 않아요. 내가 베러 프라이의 깃털 펜 이야기를 했을 때 그가 뭐라고 말했는지 그것으로 좋은 증거가 될 거예요."

앤은 참을성 있게 차분히 말했다.

"나는 베러 프라이의 깃털 펜 이야기를 들은 적이 없는데요."

"어머나, 그래요? 나는 말한 줄 알았어요. 언니와 너무도 많은 대화를 했으니까요. 베러의 약혼자가 까마귀 깃털을 주워서 깃털 펜을 만들어 베러에게 주었어요. 그 약혼자는 베러에게 말했죠. '이 펜을 쓸 때마다 일찍이 이 깃털을 몸에 지니고 있었던 새처럼 당신의 마음을 하늘 높이 날아올라가게 하오.'

얼마나 '멋져요'? 그런데 테리라는 사람은 그런 펜은 금방 못쓰게 된대요. 더욱이 베러가 입을 움직이는 만큼 손도 움직인다면 더욱 그러하며, 또 어쨌든 까마귀가 하늘 높이 날아오르는 일은 없는 것 같다는 거예요. 테리는 그 전체 속에 담긴 뜻을—그 진정한 본질을 알지 못하는 거예요."

"그 뜻은 어떤 것이었는데요?"

"어머나, 아무튼—아무튼—날아오르는 거잖아요? 속세에서 떠나는 거예요. 베러의 반지를 봤나요? 사파이어예요. 약혼반지로 사파이어는 너무 어둡지 않을까 싶어요. 그보다는 언니의 귀여우면서도 낭만적인 진주반지 쪽이 훨씬 더 좋아요. 테리는 내게 금방 반지를 끼워주고 싶어했지만 나는 아직 싫다고 했어요. 좀 기다려 달라고 했어요. 마치 얽매이는 것 같은 느낌이 들거든요—'돌이킬 수 없다'는 그런 기분. 정말로 그 사람을 사랑하고 있다면 그런 마음이 들지 않을 테죠?"

"분명히 그렇겠죠."

"자기의 진실된 마음속을 누군가에게 이야기할 수 있다는 것은 '아주 멋진' 일이에요. 아, 언니, 만일 내가 다시 자유로운 몸이 되어 인생의 보다 깊은 뜻을 탐구할 수 있다면 좋을 텐데요! '그렇게' 말해도 테리는 무슨 뜻인지 모를 거예요. 게다가 그는 신경질을 잘 내는 사람이란 걸 알았어요. 갈런드 집안사람은 모두 그래요.

아, 언니가 테리에게 말해준다면, 내 마음을 테리에게 전해줄 수 있다면…… 테리는 언니를 '훌륭한' 사람으로 여겨요. 언니 말은 조용히 따를 거예요."

"헤이절, 어떻게 내가 그런 일을 할 수 있다고 생각해요?"

"할 수 있다고 생각해요."

헤이절은 마지막 손톱손질을 끝내고 과장해서 슬픔을 이기지 못하는 모습으로 오렌지나무 막대기를 탁 내려놓았다.

"만일 언니가 할 수 없다면 구원의 길은 어디에도 없어요. 하지만 나는 아무래도, 아무래도 테리 갈런드와 결혼할 수 없어요."

"만일 헤이절이 테리를 사랑하지 않는다면 비록 아무리 테리에게 비참한 마음을 갖게 하더라도 테리에게 가서 그렇게 말해야만 해요. 언젠가는 헤이절이 정말로 사랑하게 될 사람을 만날 거예요. 그때는 조금도 헷갈리지 않아요. 그런 때는 스스로 '알게 돼요.'"

"나는 두 번 다시 '아무'하고도 사랑하는 흉내는 내지 않을 거예요."

헤이절은 바위 같은 냉정함을 보이며 말했다.

"사랑은 슬픔을 가져다줄 뿐인걸요. 이렇듯 어린 나도 '그것'만은 절실히 배웠어요. 이 일은 언니 소설의 멋진 줄거리가 되겠죠?……… 이제 가봐야겠어요. 이렇게 늦은 줄 몰랐어요. 언니에게 말하고 나니 훨씬 개운해졌어요—'그림자 나라에서 그대의 영혼을 만나리' 셰익스피어도 말했듯이 말예요."

앤은 상냥하게 바로잡았다.

"그건 폴린 존슨 같은데요."

"그래요? 예전에 '살았던' 누군가의 말이라는 건 알고 있었어요. 오늘밤은 쉬이 잠들 수 있을 것 같아요. 테리와 약혼했다는 사실을 받아들인 뒤로 거의 잠들지 못했어요—어째서 그렇게 되었는지 도무지 알 수 없었는걸요."

헤이절은 머리를 풍성하게 부풀려 모자를 썼다. 모자 테두리에는 장밋빛 안감이 붙어 있고 둘레에 장미인 듯한 꽃장식이 있었다. 그것을 쓴 헤이절이 가슴이 두근거릴 만큼 예뻤으므로 앤은 저도 모르게 그녀에게 키스했다.

앤은 감탄했다.

"헤이절, 정말 예뻐요."

헤이절은 꼼짝도 하지 않고 가만히 서 있었다. 이윽고 눈을 들어 탑의 방 천장을 뚫고 그 위의 지붕밑방 또한 꿰뚫고서 눈길을 모아 별을 찾았다.

헤이절은 작은 소리로 멍하니 중얼거렸다.

"이 멋진 순간을 나는 '결코' 잊지 않겠어요. 나의 아름다움—정말로 아름답다고 여기고—이 '순수해진 듯한 기분이에요. 아, 아름답다는 소문을 듣고 나중에 만났을 때 소문만큼은 아니라는 말을 듣게 될까봐 늘 걱정하는 마음—이 얼마나 괴로운지 짐작 못할 거예요. 마치 '고문' 같아요.

분해서 그 자리에서 죽어버리고 싶은 적도 있어요. 상대가 낙담한 사실을 알았을 때에요. 그것은 내 상상에 지나지 않을지도 모르지만요. 나는 너무도 상상력이 풍부해요—너무도 풍부해서 오히려 해가 되는 게 아닌가 여겨질 정도예요. 아무튼 테리와의 일도 사랑한다고 상상했을 뿐이니까요. 아, 앤 언니, 사과꽃 내음이 은은히 나는데 언니도 알아요?"

오래전부터 익숙하게 맡았던 향기라 앤도 기분 좋게 맡고 있었다.

"이 세상 것이 아닌 것 같아요. 천국이 꽃으로 묻혀 있으면 좋겠어요. 한 떨기 백합 속에 살면 착한 사람으로 될 수 있을 거예요."
앤은 심술궂은 말을 했다.
"좀 갑갑하지 않을까요."
"아, 부디 언니만을 따르는 조그만 숭배자를 비웃거나 하지 말아요. 비웃음은 나를 잎사귀처럼 '오므라뜨려' 버려요."
유령골목 끄트머리까지 헤이절을 바래다주고 돌아오는 앤을 잡고 리베커 듀가 말했다.
"그만한 수다를 듣고도 용케 죽지 않고 견뎌냈군요. 어쩌면 잘도 참아내는지 나로서는 알 수 없어요."
"나는 헤이절이 좋은걸요, 리베커, 정말 좋아요. 나도 어린 시절 너무너무 말이 많았어요. 이따금 헤이절을 보고 있으면 젊었을 때가 생각나는데, 나도 내 이야기를 들어준 사람들에게 그런 바보스러운 말을 했을까요?"
"어린 시절의 셜리 양을 알지는 못하지만 그런 일은 없었으리라고 여겨요. 뭐라고 했든 셜리 양이 한 말은 정말로 그렇게 생각해서 한 것임에 틀림없지만 헤이절 마르는 그렇지 않아요. 그 아가씨는 크림인 척하는 탈지유에 지나지 않아요."
앤은 테리의 일을 생각하며 말했다.
"네, 물론 헤이절도 여느 대부분의 여자아이들과 마찬가지로 좀 연극을 하듯 과장하는 데는 있어요. 하지만 헤이절은 진실을 이야기한 때도 있지요."
헤이절이 테리에 대해 말한 것을 모두 사실이라고 믿은 것은 앤이 테리를 대단치 않게 생각했기 때문임에 틀림없었다. 테리가 1만 달러를 '물려받는다' 하더라도 헤이절이 테리와 결혼하는 것은 일생을 버리는 게 아닐까 여기지 않을 수 없었다.
앤은 테리를 잘 생겼지만 마음 약한 젊은이로, 그에게 눈길을 던지는 첫번째 예쁜 아가씨와 사랑에 빠졌다가, 그 아가씨에게 차이거나 또는 너무 오랫동안 냉대받으면 실로 아무렇지 않게 다음 아가씨에게로 옮아가는 사람이라고 생각했다.

그해 봄에 앤은 테리와 자주 만났다. 헤이절이 앤에게 함께 가 달라고 자주 졸랐기 때문이었다. 게다가 그와 만나야 할 운명에 놓인 까닭은 헤이절이 킹스포트의 친척집을 방문하기 위해 갔는데, 그녀가 없는 동안 테리가 앤에게 달라붙어 떨어지지 않았기 때문이었다. 함께 마차로 드라이브하자고 권하기도 하고 여러 곳으로 갔다가 돌아올 때 '그녀의 집까지 바래다주기'도 했다.

두 사람은 서로 '앤', '테리' 하면서 편안하게 불렀다. 앤이 그에게 어머니 같은 마음은 가졌을망정 둘은 거의 같은 나이 또래였기 때문이다.

테리는 '머리좋은 셜리 양'이 자기를 즐겨 상대해 주는 데 대하여 아주 우쭐해져 있었다. 메이 코넬리네 집에서 파티가 있던 날 밤 아카시아 잎이 미친 듯 흔들리는 달빛 어린 뜰에서 테리가 너무도 감상적이었으므로 앤은 장난삼아 그곳에 함께 없는 헤이절의 이름을 끄집어냈다.

"아, 헤이절! 그 아이!"

앤은 엄하게 나무랐다.

"당신은 '그 아이'와 약혼했잖아요?"

"약혼했던 건 아닙니다. 어린아이 놀이에 지나지 않습니다. 나는— 나는 달빛에 들떴기 때문이라고 여깁니다."

앤은 재빨리 머리를 굴렸다. 만일 테리가 정말로 그 정도밖에 헤이절을 생각지 않는 것이라면 헤이절을 그로부터 떨어뜨려 놓는 것이 훨씬 좋은 일이다. 아마 이것이야말로 그 두 사람을 어리석게 서로 얽혀 있는 일로부터 구해내기 위해 하늘이 준 기회임에 확실했다. 아직 두 사람은 어리므로 모든 일을 너무 심각하게 생각하여 이 뒤엉킴에서 빠져나오는 방법을 서로가 모르는 것이다.

앤의 침묵을 잘못 안 테리는 말을 이었다.

"물론 나도 분명 얼마쯤 난처한 입장에 있기는 합니다. 인정해요. 헤이절이 나를 좀 너무 심각하게 여기는 듯해서 걱정스럽고요. 나는 헤이절의 눈을 뜨게 해주려면 어떻게 하는 게 가장 좋을지 모르겠습니다."

충동으로 치달리기 쉬운 앤은 애써 어머니 같은 태도로 달래듯 말했다.

"테리, 당신들 두 사람은 어른 흉내를 내는 어린애 같아요. 테리가 헤이절을 사랑하고 있지 않은 것과 마찬가지로 헤이절도 사실은 테리를 조금도 사랑하지 않아요. 아마 두 사람이 모두 달빛에 취해 어떻게 된 모양이에요. 헤이절은 약혼을 취소하고 싶어 하지만 그렇게 말하면 댁의 기분을 언짢게 하지 않을까 걱정되어 말을 꺼내지 못하고 있어요.

헤이절은 어찌해야 좋을지 모르는 낭만적인 아가씨고, 댁은 사랑 자체를 사랑하는 남자아이예요. 언젠가 둘이서 지금의 일을 크게 웃게 될 때가 있을 거예요."

앤은 자신이 아주 잘 이야기했다고—혼자서 만족했다.

테리는 안도의 한숨을 내쉬었다.

"덕분에 가슴속 큰 짐을 벗었습니다, 앤. 물론 헤이절은 귀여운 아이죠. 나도 헤이절에게 상처를 주는 일은 생각만 해도 싫었지만, 벌써 몇 주일 전부터 나는 나의—우리의 실수에 대하여 눈을 떴습니다. 사람이 한 여성을 만났을 때—오직 한 여성을 만났을 때—벌써 돌아가려는 건 아니겠죠, 앤? 이 아름다운 달빛을 내팽개쳐두는 겁니까? 달빛을 받은 당신은 흰 장미 같습니다……앤……"

그러나 앤은 이미 달아나버린 뒤였다.

헤이절, 눈물로 항의

6월 중순 어느 날 저녁 무렵, 탑의 방에서 시험답안지를 채점하고 있던 앤은 손을 놓고 흥흥 소리를 내며 코를 풀었다. 너무 자주 풀어서 코는 벌써 빨개지고 아팠다. 사실 앤은 아주 보기 흉할 만큼 심한 코감기에 걸려 있었다.

그 덕분에 늘푸른나무 저택의 소나무 뒤로 보이는 에메랄드빛 하늘을 즐기는 일도, 폭풍왕 위에 걸린 은백색 달도, 방의 창문 밑으로부터 스며나오는 라일락 향기도, 테이블 위의 안개가 낀 듯 파란 연필로 그린 꽃병에 꽂힌 아이리스 꽃도 마음껏 즐길 수 없었다. 코감기는 앤의 지난날을 우울하게 만들고 미래마저도 어두운 그림자를 던지고 있었다.

앤은 창틀에서 명상을 즐기는 더스티 밀러에게 다가가 말했다.

"6월의 코감기는 좀처럼 낫지 않아. 하지만 오늘부터 2주일 뒤면 여기서 땀 흘리며 실수투성이인 답안과 씨름하면서 벗겨진 코를 풀고 있는 대신 즐거운 그린게이블즈로 돌아갈 수 있어. 생각해 보렴, 더스티 밀러! 참으로 멋있지."

분명 더스티 밀러는 생각해본 것 같았다. 또한 젊은 여자가 종종

걸음으로 유령골목에 들어와 여러해살이풀이 나 있는 오솔길을 씩씩거리며 걸어오는 것을 보았다. 6월답지 못한 성나고 매서운 눈보라 같은 모습이라고 여겼을 게 틀림없다.

가까이 온 사람은 전날 킹스포트에서 막 돌아온 헤이절 마르였다. 그런데 평상시의 헤이절이 아니라 매우 거칠어진 모습이었다. 요란하게 두드린 노크 소리가 난 뒤 대답도 기다리지 않고 그녀는 탑의 방으로 쿵쿵쿵 달려 들어왔다.

"어머나, 헤이절. 에취! 벌써 킹스포트에서 돌아왔어요? 다음주에 오는 줄 알았는데."

헤이절은 비웃듯 말했다.

"네, 그렇겠죠. 네, 돌아왔어요, 앤 언니. 기껏 그랬더니 어떻게 되었다고 생각해요? 언니는 어떻게든 테리를 나로부터 뺏으려고 유혹하고 있는 게 아니었나요—그것도 거의 성공 직전이잖아요!"

"헤이절! 에취!"

"네, 나는 모조리 알고 있어요! 언니는 내가 테리를 사랑하고 있지 않으며 우리의 약혼을 취소하고 싶어한다고 테리에게 말했더군요—우리의 '신성'한 약속을!"

"이봐요, 헤이절! 에취!"

"네, 좋아요, 실컷 웃으세요—아무래도 좋으니까 웃으세요. 하지만 그런 일은 한 적 없다느니 하는 말만은 하지 말아요. 분명 그렇게 했잖아요, 게다가 '일부러'요."

"물론 그래요. 헤이절이 부탁했잖아요."

"내가—언니에게—부탁했다고요?"

"여기 이 방에서요. 헤이절은 테리를 사랑하지 않으며, 결혼할 수 없다고 내게 말했었잖아요."

"어머, 그거라면 일시적인 기분으로 그렇게 말한 게 아닐까요. 설마 언니가 진심으로 여기리라고는 꿈에도 생각지 못했어요. 나는 '언니라면' 예술가 기질을 이해하리라 여겼어요. 분명히 언니는 나보다 훨씬 나이들어 성숙해요. 그러나 언니도 아직 잊지는 않았겠지요. 소녀들이 얼마나 바보스러운 수다를 떠는지—얼마나 어리석게 받아들이는지. 내 친구 같은 다정한 얼굴을 했던 언니도요!"

콧물을 닦으며 가엾은 앤은 생각했다.

'이건 악몽임에 틀림없어.'

그리고 힘없이 말했다.

"일단 앉아요, 헤이절!"

헤이절은 거칠게 방을 왔다갔다했다.

"앉으라고요? 자신의 온 인생이 파멸했는데, 어떻게 앉아 있을 수 있겠어요? 이런 때 앉을 수 있는 사람이 있다고 생각해요? 아, 나이 탓으로 그런 짓을 한 것이라면—젊은 사람들의 행복을 샘내어 그것을 엉망으로 만들려고 마음먹은 것이라면—나는 정말이지 나이만은 먹지 않게 해달라고 신에게 간절히 빌겠어요."

앤의 손이 갑자기 헤이절의 따귀를 갈기고 싶다는 두렵고도 기묘한 본능적인 욕구에 사로잡힌 충동을 느꼈다. 앤은 곧 이성적으로 그 기분을 눌러버렸기에 나중에 가서 실제로 그런 마음이 들었던 게 믿어지지 않았다. 그러나 형식적으로라도 아주 가벼운 징계는 필요하다고 생각했다.

"앉아서 차분히 이야기할 수 없다면 이만 돌아가줬으면 좋겠어요, 헤이절. 에, 에취. 해야 할 일이 쌓여 있으니까요. 에……에……에취!"

"내가 언니를 어떻게 생각하는지 이야기하기 전에는 돌아갈 수 없어요. 네, 내가 나쁘다는 건 알고 있어요. 말하지 않으면 모를 테니까요, 알고 있었어요. 언니를 처음 만났을 때부터 '위험한 사람'이라고 직감했어요. 그 빨강머리에 푸른 눈이잖아요!

그래도 설마 언니가 나와 테리 사이를 마구 휘저어버리는 일까지 하리라고는 꿈에도 생각지 못했어요. 적어도 언니는 진정한 크리스천이라고 여겼지요. 이런 일을 할 사람이 이 세상에 있으리라고는 들은 적도 없어요. 그래요, 당신덕에 사랑을 잃게 되었어요, 내 마음은 갈기갈기 찢겨져버렸어요. 이제 만족해요?"

"무슨 말을 바보같이—"

"언니 같은 사람하고는 두 번 다시 말도 하고 싶지 않아요! 아, 언니가 모든 것을 엉망으로 만들어버리기 전 테리와 나는 아주 행복했었는데! '나는' 행복했어요—친구들 사이에서 맨 먼저 약혼한걸요. 결혼식 계획까지 다 짜 놓고 있었어요. 네 사람의 들러리는 아랫단에 검은 벨벳 리본이 달린 아름다운 물색 비단옷을 입죠. 그야말로 '멋' 있었는데, 아, 언니를 미워해야 좋을지 가엾게 여겨야 좋을지 모르겠어요! 아, '어쩌면' 나를 이 꼴로 만들다니……그토록 언니를 '사랑하고' 있었는데……그토록 '믿고' 있었는데……그렇게 '믿고' 있었는데!"

헤이절의 말이 끊어지고 고였던 눈물이 흘러넘쳤다. 그녀는 흔들의자에 쓰러졌다.

앤은 마음속으로 생각했다.

'저래서는 감탄사가 이제 남아 있지도 못하겠군. 하지만 얼마든지 글씨 모양을 바꾸어 말투를 강하게 하는 수법으로 말한다면 자유자재지.'

헤이절은 흐느꼈다.

"이 일로 인해 가엾게도 어머니는 얼마나 기운이 빠졌는지 몰라요. 아주 기뻐하고 있었거든요…… '누구나' 기뻐했어요…… 모두들 '이상적인' 한 쌍이라고 말해 주었었는데. 아, 전처럼 될 수 있을 것인지."

앤은 상냥하게 말했다.

"다음 달밤까지 기다려서 시험해 봐요."

"네, 좋아요, 맘껏 비웃어요, 내가 괴로워하는 것을 보며 웃으세요. 잘 알고 있어요. 이번 일이 언니로서는 분명 우스워서 견딜 수 없을 테니까요. 정말 재미있겠죠! '언니는' 가슴아프다는 게 어떤 것인지도

Chang.Kye

모르는걸요! 괴로워요—정말 '괴로워'요!"

앤은 시계를 보고 재채기를 했다. 그리고 동정심 없이 차갑게 말했다.

"그렇다면 괴로워하는 것을 그만두면 되잖아요."

"괴로워하지 않고는 못 견디겠어요. 나는 무엇이나 마음속 깊이 느끼는 성격이니까요. 물론 가벼운 사람이라면 아무렇지 않겠죠. 어쨌든 내가 가벼운 사람이 아닌 것을 그나마 감사해요. 언니는 사람을 좋아하는 게 어떤 건지 '짐작'이나 해요? 온 힘을 기울여 열렬하고 깊게, 그리고 멋들어진 연애를 해보았나요? 믿고 있다가 배반당하는 기분을 알아요? 킹스포트에 가기 전, 나는 그야말로 행복했고 온 세상을 사랑했었어요! 테리에게는 내가 없는 동안 언니한테 잘해주고 쓸쓸한 생각을 갖지 않도록 해달라고 일러두었었죠.

어젯밤 집으로 돌아왔을 때도 나는 행복했어요. 그런데 테리가 말했죠. 이제는 나를 사랑하고 있지 않으며 모든 게 실수였다—실수였다니!—앤으로부터 들었는데 내가 이제는 테리를 사랑하고 있지 않으며 자유로운 몸이 되고 싶어한다고, 그렇게 말했어요!"

앤은 웃으며 말했다.

"별로 다른 마음이 있어서 한 일은 아니었어."

앤의 익살스러운 장난기가 되살아났다. 헤이절뿐만 아니라 자기 자신도 우스웠다.

그러자 헤이절은 격렬하게 말했다.

"아, 어젯밤 내내 잘도 살아 있었어요. 방안을 줄곧 서성거렸지요. 그리고 오늘도 어떤 마음으로 보냈는지 언니는 몰라요—'상상'조차 못해요. '언니'에게 정신을 빼앗긴 테리에 대해 이야기하는 것을 나는 앉아서 잠자코 듣고 있어야만 했죠—실제로 '듣고' 있어야만 했어요.

아, 그래요. 모두들 언니를 지켜보고 있었어요! 언니가 뭘하고 있었는지 남들은 알아요. 대체 어째서죠? '어째서'예요? 도무지 나는 '이해'하지 못하겠어요. 언니는 약혼자가 있잖아요. 어째서 내 연인을 가만두지 않죠? 내게 무슨 유감 있어요? 도대체 내가 언니에게 뭘 했다는 거예요?"

드디어 앤도 폭발해버렸다.

"헤이절도 테리도 둘 다 엉덩이를 때려주어야겠어요. 화가 나서 이쪽 말에는 조금도 귀기울이지 못할 정도라면—"

"어머나, 나는 '화' 따위는 내고 있지 않아요. 다만 상처 입었을 뿐—몹시 상처 입었을 뿐이에요."

헤이절은 목이 쉬어 있었다.

"모든 것으로부터 배반당한 기분이에요—사랑에도 우정에도. 좋아요, 마침내 가슴이 찢어져버리면 더 이상 괴로워지는 일이 없다고 하니까요. 그게 정말이라면 좋겠지만 그렇지 않을 것 같아요."

"그 큰 꿈은 어떻게 됐죠, 헤이절? 백만장자 환자며 푸른 지중해의 신혼여행 별장은 어떻게 됐나요?"

"무슨 말을 하는 건지 전혀 모르겠어요. 나는 큰 꿈 같은 건 조금도 가지고 있지 않아요. 그 도도한 신여성 가운데 하나가 아닌걸요. 내 첫번째 큰 꿈은 좋은 아내가 되어 남편과 함께 행복한 가정을 만드는 일이었어요. 그랬어요! 그랬어요! 과거형을 써야만 하다니! 그래요, '아무'도 믿어서는 안 되는 거였죠. 그것만은 나도 배웠어요. 쓰디쓴 교훈을!"

헤이절은 눈을 닦고, 앤은 코를 풀고, 더스티 밀러는 저녁별을 노려보고 있었다.

"돌아가는 게 좋겠어요, 헤이절. 정말로 나는 엄청 바쁘고, 이대로 여기서 말을 계속해도 그다지 얻는 것도 없으니까요."

단두대로 걸어가는 스코틀랜드의 메리 여왕처럼 헤이절은 문까지 걸어간 뒤 극적인 몸짓으로 돌아보았다.

"잘 있어요! 뒷일은 언니 양심에 맡기겠어요."

자기의 양심과 함께 남겨진 앤은 펜을 놓고 세 번 재채기를 하고 나서 자신에게 분명히 말해주었다.

'앤 셜리, 너는 대학 출신인지 모르지만 아직도 배워야만 할 것들이 몇 가지 있어. 리베카 듀조차도 너에게 가르칠 일이 많아—벌써 실제로 일러주기도 했지.

무엇보다 자기 자신에게 정직해야 해, 앤. 그리고 용감히 여자답게 쓴 약을 먹는 거야. 달콤한 소리를 해준다고 해서—달빛에 속아서—들떴던 것을 인정해.

헤이절이 너에 대해 입으로만 섬기는 그 숭배한다는 말을 진심으로 여기고 좋아했던 일을 인정해. 숭배받는 것은 좋은 기분이라고 여겼던 일을 인정해. 숭배받으며 구세주라도 된 것 같은 우쭐한 마음이 되었던 것을 인정해야지—당사자는 조금도 구원받고 싶다고 생각하지 않은데—사람들을 어리석은 행위로부터 구원해 주었다 하여 어찌 구세주일 것인가?

이 모든 것들을 인정하면, 보다 현명하게 조금은 슬프게 몇 살이나 나이를 먹은 기분이 되면 펜을 집어올려 다시 답안지와 씨름하자. 그리고 마이러 프링글이 세라프(천사라는 뜻의 세라프를 지라프(기린)와 혼동하고 있음)란 아프리카에 많이 있는 동물이라고 생각하는 점을 메모해 둬.'

1주일 뒤 은테 둘린 물색 편지지에 씌어진 편지가 앤에게 배달되었다.

셜리 언니에게.

이 편지를 보내는 까닭은 테리와 나 사이에 있었던 오해가 말끔히 사라져 우리는 다시 격렬히 사랑하고 커다란 행복에 젖어 있으므로 언니를 용서해 주기로 결정했기에 그 사실을 알리려는 거예요.

테리는 어쩌다 달빛에 들떠 자칫 언니를 유혹하기는 했지만 마음속으로는 나에 대한 마음이 조금도 흔들리지 않았다고 말하고 있어요. 테리는 자기가 정말로 좋아하는 사람은 귀엽고 순수한 처녀로, 그것은 모든 남자들이 그렇듯 책략을 쓰는 뱃속 검은 교활한 아가씨에게는 볼일이 없다고 말했어요.

언니가 어째서 그런 행동을 했는지 우리로서는 이해되지 않아요. 앞으로도 결코 받아들이지 못할 거예요. 아마도 언니는 소설 재료가 필요하여 가슴 설레고 달콤한 첫사랑을 휘저어 놓으면 무엇인가 얻을 수 있다고 여겼는지도 모르죠.

그러나 우리에게 본연의 모습을 새삼스레 알게 해준 일은 고마워요. 테리는 지금까지 인생의 보다 깊은 의미를 몰랐다고 말했어요. 그러니까 이번 일은 도리어 좋은 결과를 낳은 거예요.

우리는 퍽 마음이 맞고 서로의 생각을 느낌으로 잘 알죠. 나 아닌 어느 누구도 테리를 이해하지 못해요. 나는 테리에게 영원한 착상의 샘이 되기를 바라고 있어요.

나는 '언니'같이 영리한 사람은 아니지만, 그것만은 할 수 있다고 생각해요. 우리는 영혼으로 맺어져 있기 때문이지요. 비록 아무리 많은 시샘 많은 사람들이며 거짓 친구가 우리 사이를 갈라놓으려 해도 영원히 변치 않는 진실을 지켜가기로 맹세했어요.

내 신부의상이 준비되는 대로 결혼식을 올리기로 했답니다. 그것을 준비하러 나는 보스턴으로 가요. 실제로 서머사이드에는 '쓸만한' 게 없거든요. 내 웨딩드레스는 흰 파도무늬, 신혼 여행복은 연한 핑크에 가까운 잿빛, 거기에 모자와 장갑과 참제비고깔색 파란 블라우스가 어울리죠. 물론 나는 아주 나이가 어리지만 인생에서 꽃이 만발한 '아름다운 젊음' 속에 결혼하고 싶어요.

테리는 내가 그리는 모든 꿈으로도 다 미치지 못할 만한 사람이고, 내 마음속 생각은 모조리 테리에 대한 것뿐이에요.

우리가 꿈결과 같이 행복해질 것을 알고 있어요. 한때는 내가 행복해지면 모든 친구가 나와 함께 기뻐해주리라 믿은 적도 있었지만, 그 일 뒤로 이 세상을 살아가려면 또 다른 지혜가 필요하다는 씁쓰레한 교훈을 몸에 익혔어요. 이만.

헤이절 마르

덧붙임1—언니는 테리가 무척 신경질적이라고 했죠. 당치도 않으며 아기양처럼 얌전하다고 테리의 누이동생이 말했어요.

헤이절 마르

덧붙임2—레몬 주스는 주근깨를 표백한다고 들었어요. 언니 코에 시험해 보면 좋겠군요.

헤이절 마르

앤은 더스티 밀러에게 말했다.

"리베카 듀의 말을 빌면 '두 번째 덧붙임은, 이제 더이상 참을 수 없다'로구나."

일리저버스, 그린게이블즈에서 즐기다

앤은 서머사이드로 와서 두 번째 여름방학을 보내러 복잡한 마음을 안고 귀향했다. 올여름 길버트는 애번리에 없었다. 새로 부설되는 철도에서 일하기 위해 서부로 갔기 때문이다.

그러나 길버트가 없어도 그린게이블즈 역시 그린게이블즈, 애번리 역시 애번리였다. '빛나는 호수'는 옛날과 다름없이 빛나고 반짝였다. 양치류는 여전히 '드라이어드 샘' 주위에 무성하고, 통나무다리는 해마다 조금씩 낡고 이끼가 끼기는 했지만 그림자와 고요한 바람의 노래가 깃든 '도깨비숲'으로 이어져 있었다.

앤은 캠벌 부인을 설득하여 2주일 동안—그 이상은 결코 안 되었다—함께 지내기 위해 조그만 일리저버스를 데려왔다. 셜리 선생님과 온전히 지낼 2주일을 기다려 마지않는 일리저버스는 그 이상의 사치스러운 요구는 하지 않았다.

"오늘 나는 일리저버스 '양' 같은 기분이에요."

바람에 살랑거리는 버드나무집에서 마차를 타고 떠나며 일리저버스는 기쁜 듯 흥분하여 숨을 몰아쉬었다.

"나를 그린게이블즈에서 사람들에게 소개할 때 '일리저버스 양이에요' 이렇게 말해주겠어요? 아주 어른이 된 기분이 드는걸요."

"그래, 그렇게 할게."

순진한 얼굴로 약속한 앤은 그 옛날에 코딜리어라고 불러주도록 부탁했던 어릴적 빨강머리 소녀를 떠올렸다.

일리저버스에게 있어 마차를 몰아 브라이트 리버에서 그린게이블즈로 6월의 프린스 에드워드 섬에서만 볼 수 있는 길을 달려가는 것은, 몇 년 전 어느 봄날 저녁 앤이 그러했듯 넋을 잃을 만큼 멋졌다.

끝없이 펼쳐진 목장에 바람이 잔 파도를 일으키고, 모퉁이를 하나 돌 때마다 깜짝 놀랄 것이 숨어 있었으며 주위가 온통 아름다웠다. 일리저버스는 무척이나 좋아하는 셜리 선생님과 함께 있는 것이다. 2주일 동안이나 꼬박 시녀 얼굴을 보지 않아도 된다.

일리저버스는 새로 맞춘 핑크빛 깅엄 옷을 입고 갓 나온 밤색 구두를 신고 있었다.

마치 '내일'이 코앞에 온 것만 같았다—그 뒤에 '내일'을 열네 개나 더 거느린 '내일'이. 마차가 핑크빛 들장미가 핀 그린게이블즈 오솔길로 들어섰을 때 일리저버스의 눈은 꿈을 꾸듯 반짝이고 있었다.

일리저버스에게는 그린게이블즈에 닿은 순간 모든 것들이 마술로 바뀐 듯 생각되었다. 2주일 동안 일리저버스는 로맨스가 넘실거리는 세계 속에서 살았다. 한 걸음 밖으로 내딛으면 뭔지 모를 사랑스러운 것들과 마주쳤다. 애번리에서는 여러 일들이, 오늘이 아니면 내일이라는 식으로 반드시 일어났다. 일리저버스는 자기가 '내일' 속으로 들어온 것은 아닐지라도 그 입구에까지 가까이 와 있음을 알았다.

그린게이블즈 안이나 둘레의 것들도 모두 일리저버스에게는 눈익어 보였다. 머릴러가 소중히 여기는 핑크빛 장미봉오리 무늬 찻잔조차 오래된 친구처럼 여겨졌다. 방들은 본디부터 일리저버스를 알고 사랑받고 있었던 듯 그녀를 환하게 맞아주었다. 파릇파릇 돋은 풀까지도 다른 어떤 곳보다 푸르러 보였다.

그린게이블즈에 사는 사람들은 '내일'에 살고 있는 사람들과 같은 사람들이었다. 일리저버스는 이들을 사랑하고 그들로부터 한 가족처럼 사랑받았다. 데이비와 도러는 일리저버스가 너무나 좋은 나머지 하고 싶은 일은 마음대로 하게 두었고 머릴러와 린드 부인도 일리저버스에게 합격점을 매겼다. 일리저버스가 깔끔하고 조용하며 손윗사람들에게도 예의바르게 행동했기 때문이다. 두 사람은 앤이 캠벌 부인의 방식을 좋아하지 않는 걸 알고 있었지만, 증손녀를 올바르게 기른 것은 분명했다.

기쁨에 넘친 저녁을 보낸 뒤 조그만 지붕밑 다락방 침대로 두 사람이 들어가자 일리저버스가 속삭였다.

"아, 나는 자고 싶지 않아요, 셜리 선생님. 이 멋진 하루를 1분도 자는 데에 시간을 쓰고 싶지 않아요. 여기에 있는 동안 한숨도 자지 않고 있을 수 있으면 좋을 텐데요."

일리저버스는 잠시 눈을 뜨고 있었다. 셜리 선생님이 바닷소리라고 가르쳐준 기분 좋은 천둥 같은 소리에 귀기울이며 누워 있는 것은 더없이 행복했다. 일리저버스는 파도 소리를 사랑했다. 처마 둘레에서 나는 바람의 한숨 소리도 좋아졌다.

언제나 일리저버스는 밤이 무서웠다. 어떤 이상한 것이 달려들지도 모른다는 생각 때문이었다. 그러나 지금은 조금도 무섭지 않았다. 태어나서 처음으로 밤이 친구처럼 다정하게 여겨졌다.

내일은 바닷가로 간다. 셜리 선생님이 그렇게 약속해 주었다. 마차를 타고 마지막 언덕을 넘었을 때 애번리의 모래언덕 저편에 부서지는 푸른 바다가 보였었다. 저 은빛 파도 속에서 해수욕을 하는 것이다.

일리저버스에게는 끝없이 밀려오는 파도가 느껴졌다. 그 가운데 하나가 크고 거무스름한 잠의 파도로, 일리저버스에게 덮쳐 왔다. 일리저버스는 기분 좋은 항복을 하며 그 속으로 스르르 빠져들어 갔다.

'여기서는……하느님을……좋아하는……일이……아주 쉬워.'

이것이 일리저버스에게 남아 있던 마지막 생각이었다.

그린게이블즈에 있는 동안 밤마다 일리저버스는 셜리 선생님이 깊이 잠들어버린 훨씬 뒤까지도 눈을 뜬 채 이런저런 것들을 생각하고 있었다. 어째서 늘푸른나무 저택 생활은 그린게이블즈에서처럼 되지 않는 것일까?

일리저버스는 소리내고 싶으면 소리내도 좋은 마음 편한 곳에 살아본 적이 없었다. 늘푸른나무 저택에서는 누구나 조용히 말해야만 했고, 생각하는 것조차 얌전히 해야 한다고 일리저버스는 알아왔다. 이따금 심술이 나서 명령을 어기고 큰 소리로 마음껏 외치고 싶다고 생각한 적이 있었다.

앤이 말해주었다.

"여기서는 좋을 대로 어떤 소리를 내도 괜찮아."

그러나 이상했다. 아무 것도 거리낄 게 없는 지금은 마구 소리치고 싶다는 마음이 들지 않았다. 일리저버스는 조용히 밖으로 나가 모든 아름다움 속으로 사뿐사뿐 걸어 들어가는 게 좋았다.

그리고 그린게이블즈에 있는 동안 일리저버스는 진심으로 웃는 법을 알았다. 서머사이드로 돌아갈 때에는 즐거운 추억을 한아름 가져가고, 그 못지않은 소중한 추억을 뒤에 남겼다.

그린게이블즈 사람들에게는 몇 달 동안이나 그린게이블즈가 조그만 일리저버스에 대한 추억으로 곳곳에 차 있는 듯했다. 앤이 아이처럼 순진한 얼굴로 '일리저버스 양이에요' 소개했었지만, 그들에게도 또한 그녀는 '조그만 일리저버스'였기 때문이다.

조그만 일리저버스가 빛나는 금발이며, 그 얼마나 요정 같았는지, 사람들은 그녀를 앙증맞은 일리저버스로밖에는 생각할 수 없었다.

저녁 노을 아래 뜰 안에 핀 흰 백합 속에서 춤추고 있는 조그만 일리저버스. 후작부인이라고 불리는 큰 사과나무 가지에 매달려 누구의 방해도 받지 않고 동화책을 읽고 있는 조그만 일리저버스. 봉선화 들판에 몸을 빠뜨린 조그만 일리저버스. 거기에서는 그녀의 금발머리가 커다란 봉선화처럼 보였다.

은록색 나방을 뒤쫓고 '연인의 오솔길'에서 반딧불을 세기도 하던 조그만 일리저버스. 풍경초 속에서 급한 각도를 그리며 날아다니는 호박벌의 윙윙거림에 귀기울이는 조그만 일리저버스. 부엌에서 도러에게 딸기 크림을 받아먹고 뜰에서 함께 빨간 까치밥나무를 먹고 있는 일리저버스—

"빨간 까치밥나무는 너무 예뻐요, 도러 언니. 루비 보석을 먹고 있는 것 같잖아요?"

귀를 흔들어 움직이는 방법을 가르쳐 달라고 데이비에게 조르는 조그만 일리저버스. 어두컴컴한 전나무 사이에서 혼자 노래부르는 조그만 일리저버스. 응접실 창문 아래 빨갛고 하얀 데이지 화단을 거니는 조그만 일리저버스. 커다란 겹꽃 장미를 꺾어 손가락에 좋은 향기가 묻은 조그만 일리저버스.

시냇물 위에 걸려 있는 커다란 달을 가만히 올려다보는 조그만 일리저버스—

"달님이 걱정스러운 눈을 하고 있는 것 같아요. 린드 아줌마, 그렇게 생각지 않으세요?"

데이비의 잡지에 실린 어느 연재소설에서 주인공이 곤경에 처해 있다고 몹시 울던 조그만 일리저버스—

"아, 셜리 선생님, 이 주인공은 도저히 살아 있을 것 같지 않아요!"

부엌의 긴 의자 위에 새우처럼 등을 웅크리고 들장미처럼 뺨을 빨갛게 물들이고서 도러의 아기고양이들과 딱 붙어 귀엽게 낮잠을 즐기는 조그만 일리저버스. 그 옆에 있는 위엄 있는 늙은 암탉의 꽁지를 바람이 등쪽으로 불어 올린다고 해맑은 웃음소리를 내는 조그만 일리저버스—이처럼 웃는 게 정말로 조그만 일리저버스일까?

앤을 도와 컵케이크에 설탕을 치고, 린드 아주머니가 새로 만드는 아일랜드 무늬의 퀼트 이불에 쓸 천조각을 싹둑싹둑 자르고, 도러를 도와 오래된 놋쇠촛대를 두 사람의 얼굴이 보일 만큼 닦아놓으려는 조그만 일리저버스. '클레멘타인' 노래를 배우고, 어디서나 '오! 마이 달링'을 불러대는 조그만 일리저버스. 머릴러의 감독 아래 골무로 조그만 비스킷 모양을 따내는 조그만 일리저버스.

그린게이블즈 사람들은 어떤 장소나 물건을 보기만 하면 조그만 일리저버스를 떠올리지 않을 수 없었다.

마차를 타고 그린게이블즈를 떠나며 일리저버스는 생각했다.

'이처럼 즐거운 2주일은 또다시 돌아오지 않는 게 아닐까?'

역으로 가는 길은 2주일 전과 다름없이 아름다웠다. 그러나 조그만 일리저버스는 눈물 때문에 흐려져 거의 볼 수가 없었다.

린드 아주머니가 말했다.

"그 애가 없다고 이토록 쓸쓸할 줄은 생각도 못했어."

조그만 일리저버스가 돌아가자 캐서린 브룩이 귀여운 개를 데리고 와서 여름방학 끝까지 있었다. 캐서린은 이번 학년이 끝난 뒤 곧 교직을 그만두고 가을이 되면 레드먼드 대학 비서과에 들어갈 참이었다. 그것을 권한 것은 앤이었다.

앤은 말했다.

"그거라면 캐서린 마음에 들 거예요. 가르치는 걸 그다지 좋아하지 않으니까요."

두 사람은 어느 저녁 무렵 클로버 들판의 양치류가 무성한 구석에 앉아 저녁놀진 아름다운 하늘을 바라보고 있었다.

캐서린이 말했다.

"인생은 지금까지 지불해준 이상의 것을 내게 빚지고 있어요. 그러니까 나는 그것을 되찾을 작정이에요."

그리고 웃으며 덧붙였다.

Chang.kye

"나는 지난해 이맘때에 비하면 훨씬 젊어진 기분이에요."

앤 또한 기뻐하면서도 서운한 듯 말을 이어받았다.

"아마 그렇게 하는 게 캐서린에게 가장 좋은 일일 거예요. 하지만 나는 캐서린이 없는 서머사이드 중학교를 생각하고 싶지 않아요. 밤이면 이런저런 이야기를 나누고 토론하고 무엇이든지 농담꺼리로 삼아 놀리거나 스스럼없는 이야기를 하며 지냈는데, 그것이 없는 다음해 탑의 방 생활은 어떻게 될까요? 이제 그런 즐거움마저 없어져버리다니!"

셋째해

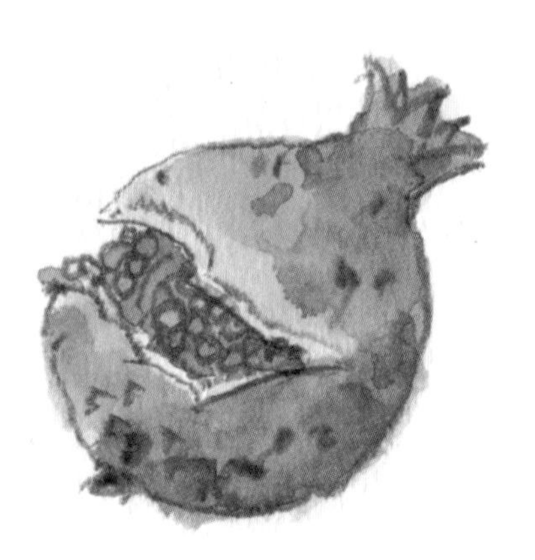

서머사이드 마지막 해

9월 8일
유령골목
바람에 살랑거리는 버드나무집에서

가장 사랑하는 길버트에게.

여름은 끝났어. 올여름에는 5월 그 주말 말고는 자기를 만날 수 없었지. 나는 서머사이드 중학교에서 3년째—그리고 마지막—해를 보내기 위해 바람에 살랑거리는 버드나무집으로 돌아왔어. 그린게이블즈에서는 캐서린과 유쾌하게 지냈는데, 올해는 캐서린이 없어서 쓸쓸해질 것 같아.

하급생을 가르칠 새로 온 선생님은 뚱뚱하게 살찌고 장밋빛을 한 강아지처럼 친하기 쉬운 몸집이 작은 명랑한 인물인데, 어쩐지 그게 다인 듯한 느낌이야. 그 뒤에 아무런 사상도 갖지 않은 엷은 눈을 하고 있을 뿐이지. 그래도 나는 이 선생님이 좋아. 앞으로도 좋아할 거야. 좋은 정도가 더하지도 덜하지도 않은 채. 이 사람에게서는 아무것도 찾을 만한 게 없어. 캐서린에게서는 일단 그 경계를 넘어서 발견할 것들이 많이 있었지.

바람에 살랑거리는 버드나무집에는 아무 변화도 없어—아니, 있었지. 나이든 붉은 소가 영원히 잠들었어. 월요일 저녁 식사하러 내려갔을 때 리베카 듀가 슬퍼하며 말했어. 미망인들은 다시 소를 기르는 일로 귀찮아지는 게 싫어 체리 씨에게서 우유와 크림을 사기로 했어. 이 때문에 조그만 일리저버스는 갓 짜온 우유를 가지러 뜰의 사잇문으로 오지 못하게 되었지만, 캠벌 부인이 요즘은 여기로 놀러오는 일을 인정한 듯 일리저버스가 오고 싶어할 때 이리로 보내서 지금은 크게 이렇다할 일이 없어.

또 하나의 변화가 일어나려 하고 있어. 케이트 아주머니 이야기를 듣고 몹시 가슴 아팠는데, 알맞은 주인이 나오면 더스티 밀러를 주기로 했어. 내가 끝끝내 반대하니까 미망인들은 집안의 평화를 위해 하는 수 없는 일이라고 설득했어.

더스티 밀러 때문에 여름 내내 잔소리를 계속한 리베카 듀를 납득시키려면 그밖에 다른 방법이 없다는 것이었어. 가엾은 더스티 밀러, 이리저리 돌아다니기도 하고 골골거리며 목에서 소리내기도 하는 귀여운 고양이였는데!

내일은 토요일이야. 레이먼드 부인이 친척집에서 치르는 장례로 샬럿타운에 가 있는 동안 부인의 쌍둥이를 돌봐주러 가게 되어 있어. 레이먼드 부인은 올겨울 우리들 도시로 온 미망인이야. 리베카 듀와 바람에 살랑거리는 버드나무집 미망인들—정말 서머사이드는 미망인이 많은 곳이야—은 레이먼드 부인에 대해 수수한 서머사이드에서는 '좀 지나치게 겉모습에 신경을 쓴다'고 하지만, 우리 연극 동아리에 캐서린과 내가 놀랄 만큼 많이 후원해 주었지. 모든 일은 서로서로 도와야 하니까.

제럴드와 제럴딘은 8살 된 천사 같은 얼굴을 한 아이들이야. 내가 그들을 돌봐주어야 한다고 말하니까, 리베카 듀는 그녀의 말버릇대로 '입을 삐죽거렸어'.

"하지만 나는 아이들을 좋아해요, 리베카."

"착한 아이들이라면 그렇고말고요. 하지만 이 애들은 정말로 '골칫거리'들이에요, 셜리 양. 레이먼드 부인은 아이들이 무슨 짓을 하든 벌주지 않는 주의니까요. 아이들에게 '자연 그대로의 생활'을 시키겠다고 말하고 있어요.

사람들은 그 애들의 성스러운 얼굴에 속아버리지만, 이웃사람들이 뭐라고 하는지 내 귀에는 아직도 다 들어와 있어요. 언젠가 점심 때가 지나 목사님 부인이 찾아갔었죠. 레이먼드 부인은 사탕과자처럼 상냥하게 대했지만, 돌아오려 할 때 층계에서 양파가 소나기처럼 떨어져 목사님 부인의 모자에 맞았대요.

그런데 레이먼드 부인은 '아이들이란 특별히 얌전히 있었으면 할 때를 골라 짓궂은 짓을 하는군요'라고 말할 뿐, 흡사 손도 댈 수 없을 만한 귀여운 아이들이라는 것을 자랑으로 여기는 듯하더래요. '이 아이들은 알다시피 미국에서 왔거든요' 하고는—그것으로 모두 해결이라는 투가 아니겠어요!"

리베카 듀도 린드 아주머니 못지않게 모든 것을 '양키' 탓으로 돌리기를 좋아해.

토요일 오전 앤은 시골집으로 이어진 길가에 있는 아름답고 고풍스러운 조그만 집으로 갔다. 그곳에는 레이먼드 부인과 그 유명한 쌍둥이가 살고 있었다.

부인은 외출 준비가 다 되어 있었다. 장례식에 가기에는 좀 화려한 차림으로, 윤기 흐르는 갈색 머릿결이 파도치며 드리워진 머리에 쓴 꽃장식이 달린 모자가 특히 그러했다. 그러나 꽤 아름다웠다.

어머니의 아름다움을 물려받은 8살 난 쌍둥이는 그 기품 있는 얼굴에 천사 같은 표정을 담고 층계에 가만히 앉아 있었다. 둘 다 살갗이 희고 빰은 핑크빛이며 커다란 푸른 눈은 도자기처럼 차고 파도치

듯 멋진 금발이 빛나고 있었다.

어머니가 앤을 소개하자 아이들은 상냥하게 생긋 웃었다. 부인은 아이들에게 다정하게 타이르듯 말했다.

"엄마가 엘러 아주머니 장례식에 가고 집에 없는 동안 셜리 선생님이 친절하게도 너희들과 함께 있어주려고 오셨어. 너희들은 물론 얌전히 지내야 한다. 셜리 선생님을 조금도 귀찮게 굴지 않겠지, 착한 아이들이니까. 알겠니?"

착한 아이들은 순진한 얼굴로 머리를 끄덕였다. 그런 일은 할 수 있을 것 같지도 않았지만 전보다도 더 천사 같은 얼굴을 해보였다.

레이먼드 부인은 문까지 앤을 데리고 왔다. 부인은 가엾은 듯 말했다.

"내게 남겨진 것은 저 아이들밖에 없어요—이제. 아마 나는 저애들을 좀 응석받이로 키웠는지도 몰라요—남들이 그렇게 말하는 것을 알고 있어요. 사람들이란 남의 아이 일이라면 얼마든지 이상적으로 기르는 방법을 알고 있죠.

뭐 느끼신 일 없으세요, 선생님? 하지만 나는 참된 사랑은 매로 때리는 것보다 낫다고 여기고 있어요. 그렇지 않을까요, 선생님? 선생님이라면 저 애들에게 애먹는 일은 결코 없을 거예요. 아이들이란 함부로 대할 수 있는 사람인지 아닌지를 잘 아니까요. 그렇게 생각지 않나요?

언제였던가 프라우티 할머니에게 저애들을 부탁한 일이 있었죠. 그런데 가엾게도 아이들은 그 할머니를 참을 수 없었어요. 그래서 할머니를 마구 놀렸죠—선생님은 아이들이란 어떤 존재인지 잘 알겠지요. 할머니는 그 보복으로 우리 아이들 일을 터무니없이 있는 일, 없는 일, 바보스러운 일 따위를 우스꽝스러운 말로 여기저기 퍼뜨리고 다녀요.

하지만 저 아이들은 선생님을 아주 좋아할 거예요. 정말 천사나 다름없이 점잖아질 거예요. 물론 어려서 기운은 넘쳐요. 하지만 아이들이란 그것이 참된 모습이라고 생각지 않으세요? 풀 죽은 아이는 보기에도 딱하잖아요? 나는 아이를 자연 그대로 두는 것을 좋아해요. 지나치게 얌전한 아이는 오히려 자연스럽지 못하잖아요? 그래도 아이들이 욕조 속에서 배를 띄우거나 연못에 들어가지는 못하게 해주세요. 애들이 감기에 걸리지 않을까 아주 걱정이에요. 아이들 아버지가 폐렴으로 돌아가셔서요."

레이먼드 부인의 커다란 푸른 눈에 금방이라도 눈물이 넘칠 것 같았으나 부인은 용감히 그것을 억눌렀다.

"좀 티격태격 싸우더라도 마음쓰지 마세요—아이들이란 밤낮으로 싸우고 풀리는 게 일 아니겠어요? 하지만 남이 공격이라도 해오게 되면……정말이지! 저 두 아이는 진심으로 서로를 따르고 있답니다. 어느 한쪽을 장례식에 데려가도 좋은데, 둘 다 떨어지려고 하지 않아요. 지금까지 단 하루도 떨어져 있었던 적이 없었거든요. 그렇다고 장례식에 가서 내가 쌍둥이 시중을 들 수도 없잖아요?"

앤은 상냥하게 말했다.

"걱정 마세요, 레이먼드 부인. 제럴드와 제럴딘, 우리 셋이서 즐거운 하루를 보낼 거예요. 나는 아이들을 좋아하는걸요."

"알고 있어요. 선생님을 만나는 순간 이분은 진심으로 아이들을 좋아한다고 느꼈죠. 꼭 알게 되는 것 같아요. 아이들을 좋아하는 분들에게는 뭔가 그런 점들이 있어요. 가엾게도 프라우티 할머니는 아이들을 몹시 싫어해요. 아이들의 나쁜 점을 샅샅이 찾으니, 그러면 마땅히 결점이 있지요. 귀여운 아이들이 애들을 사랑하고 이해해 주는 분과 함께 있을 수 있어 얼마나 마음이 놓이는지 모르겠어요. 하루를 편하게 지낼 수 있을 거예요."

갑자기 2층 창문으로 제럴드가 머리를 쏙 내밀고 소리쳤다.

"우리를 장례식에 데려가면 좋을 텐데. 우리는 재미있는 곳에 가고 싶어."

레이먼드 부인이 좀 과장해서 술픈 듯 소리쳤다,

"어머나, 아이들이 욕조에 있어요! 미안하지만 선생님, 저 애들을 데려와주세요. 제럴드, 엄마가 너희들 둘을 한꺼번에 데려갈 수 없는 것을 알잖니. 오, 선생님, 저 애는 또 응접실 바닥에 깔아놓은 코요테*[1] 가죽을 머리에 쓰고 앞발을 목에 매놓고 있어요. 저러니 깔개가 엉망이 되어버려요. 제발 본디대로 두게 해주세요. 이만 빨리 가지 않으면 기차를 놓치겠어요."

레이먼드 부인은 우아하게 거드름 부리며 걷기 시작했다. 앤이 2층으로 뛰어올라가자 천사 같은 제럴딘이 제럴드의 발을 잡아 막 창문 밖으로 내던지려는 참이었다.

제럴딘이 무서운 표정으로 말했다.

"셜리 선생님, 제럴드가 나에게 혀를 내밀지 못하게 해주세요."

앤은 웃으며 물었다.

"그렇게 하면 너는 어디가 아프니?"

"하지만 내게 혀를 내미는 것은 너무하잖아요."

제럴딘은 재빨리 제럴드에게 얼굴을 찌푸려보였다. 제럴드는 거기에 맞붙어 노려보았다.

"내 혀는 내 것인걸. 내밀고 싶을 때 내민다, 왜. 그렇죠, 셜리 선생님?"

앤은 그 질문을 무시했다.

"너희들 점심때까지 한 시간밖에 안 남았어. 뜰에 앉아 놀이를 하며 이야기도 해줄까? 그리고 제럴드, 그 코요테 가죽을 응접실 바닥에 도로 깔아두고 오는 게 좋지 않을까?"

둘은 함께 신나서 소리를 질렀다.

"이리놀이를 하고 싶은걸요."

때마침 현관에서 벨 소리가 나서 앤은 곤경에서 벗어났다.

---

*1 북미 대초원의 이리.

제럴딘이 큰소리로 말했다.
"이리 와, 누구인지 가보자."
둘은 층계로 달려가 난간을 타고 내려가서 앤보다 먼저 현관에 닿았다. 그러는 가운데 코요테 가죽은 잡아맨 데가 느슨해져서 미끄러져내렸다.
제럴드는 현관 앞에 서 있는 부인에게 말했다.
"우리집에서는 행상인한테 결코 물건을 사지 않아요."
손님이 물었다.
"어머니는 안 계시니?"
"없어요. 엄마는 엘러 아주머니 장례식에 갔어요. 셜리 선생님이 우리를 돌봐주고 있지요. 봐요, 층계를 내려왔어요. 셜리 선생님은 아줌마 같은 사람은 멀리 쫓아버릴 거예요."
그 손님이 누구인지 알았을 때 앤은 정말로 쫓아버리고 싶었다. 퍼밀러 드레이크 양은 서머사이드에서 그리 환영받지 못하는 방문객이었다. 언제나 무엇을 강매하러 다니며 야단맞든 핀잔듣든 전혀 아무렇지 않은 듯 세계의 모든 시간이 자기 자유에 맡겨진 것처럼 행동하므로 그 물건을 사지 않는 한 그녀를 쫓아버리는 것은 거의 불가능한 일이었다.
요즘은 어느 학교 교사에게나 없어서는 안 될 백과사전 '주문'을 받고 있었다. 앤은 자기에게는 백과사전이 필요 없고, 학교에 이미 좋은 것이 있다고 거절했으나 소용없었다.
퍼밀러 양은 고집스레 주장했다.
"그것은 이미 10년이나 된 낡은 것이에요. 잠깐 이 통나무 벤치에 앉아요, 셜리 선생님, 안내책자를 보여주겠어요."
"나는 시간이 없어요, 드레이크 양. 아이들을 돌봐줘야 하거든요."
"겨우 2, 3분밖에 걸리지 않아요. 선생님을 찾아가려던 참이었어요, 셜리 선생님, 여기서 만나다니 참 잘됐어요. 자, 너희들은 저리 가서 뛰어놓아라. 셜리 선생님과 내가 이 예쁜 책을 잠깐 보고 있을 테니까."
제럴딘이 엷은 빛깔의 머리를 절레절레 저으며 말했다.
"셜리 선생님은 우리를 돌봐주기 위해 엄마가 오게 한 거예요."
그러나 제럴드가 뒤쪽에서 그녀를 잡아당기고 문을 쾅 닫아버렸다.
"셜리 선생님, 이 백과사전이 얼마나 요긴한 것인지 잘 알겠죠. 이 예쁜종이를 보세요……만져 보세요……멋진 도판(圖版)이죠……시장에 나와 있는 백과사전은 이것의 절반만큼도 도판이 나와 있지 않아요. 깨끗한 인쇄잖아요—장님도 읽을 수 있다니까요.
게다가 80달러예요. 지금 8달러를 내고 나머지는 다달이 8달러 월부로 하면 돼요. 이런 기회는 두 번 다시 없어요. 이것은 선전의 뜻으로 하는 거니까요. 다음해에는 120달러가 돼요."
"하지만 나는 백과사전이 필요치 않다니까요, 드레이크 양."
앤은 필사적이었다.
"천만에요, 백과사전은 필요해요. 누구에게나 백과사전은 필요해요. 나는 정말이지 백과사전을 알기 전에 어떻게 살았던가 싶어요. 우리는 살고 있는 게 아니었어요. 다만 존재한 것에 지나지 않았죠. 이 화식조(火食鳥)의 도판을 보세요, 셜리 선생님, 선생님은 화식조를 실제로 본 적 있나요?"
"하지만 드레이크 양, 나는—"
"만일 조건이 좀 나쁘다면 학교선생님인 만큼 특별히 편의를 봐드릴 수 있을 거예요. 8달러 대신 한 달에 6달러로 하죠. 이만큼 좋은 기회를 거절할 수는 없겠죠, 셜리 선생님."
앤은 더 거절할 수 없을 것만 같았다. 주문을 받을 때까지는 움직이지 않으려는 결심이 뚜렷이 보이는 이 귀찮은 여자를 쫓아낼 수 있다면 한 달에 6달러를 치를 가치가 있지 않을까?
게다가 쌍둥이들은 무엇을 하고 있을까? 섬뜩할 만큼 조용하다.

Chang.Kye

욕조 속에서 배를 띄우고 있을까? 아니면 뒷문으로 빠져나가 연못 속으로 들어가지 않았을까?

앤은 벗어나려고 다시 한 번 노력했다.

"드레이크 양, 생각해 보고 대답하겠어요."

드레이크 양은 얼른 만년필을 꺼냈다.

"지금 같은 기회는 다시 없어요. 어차피 백과사전을 사려는 것을 알고 있어요. 다른 때 하겠다고 말할 것 없이 지금 서명해도 마찬가지예요. 무슨 일을 미뤄두어서 이득되는 것은 하나도 없다니까요. 값이 금방이라도 오를지 모르고, 그렇게 되면 선생님은 120달러를 치러야만 해요. 여기에 서명해 주겠어요, 셜리 선생님?"

앤은 만년필이 자기 손에 쥐어지는 것을 느꼈다. 이제 마지막이라고 할 그때에 드레이크 양이 피마저 얼어붙을 듯한 비명을 질렀으므로…… 앤은 벤치 옆 무성한 화초 속에 만년필을 떨어뜨리고 멍하니 상대를 보았다.

이것이 드레이크 양일까—이 모자도 없고 안경도 없고 거의 머리도 없는 무어라 말할 수 없는 이 사람이? 모자와 안경과 가발은 드레이크 양의 머리 위 공중으로 둥둥 떠올라 욕실 창문으로 가고 있는 참이었다.

욕실 창문에는 두 개의 금발이 가지런했다. 제럴드는 낚싯대를 가지고 있었고, 끝에 낚싯바늘을 단 실이 두 가닥 묶여 있었다. 어떤 마술을 써서 세 개의 물건을 낚아 올렸는지 제럴드만이 아는 일이었다. 아마도 단순히 행운에 지나지 않았는지도 모른다.

앤은 집으로 뛰어들어 층계를 달려 올라갔다. 앤이 욕실로 갔을 때 쌍둥이는 달아나고 없었다. 제럴드가 낚싯대를 떨어뜨리고 가서 창문으로 내다보니 격노한 드레이크 양이 만년필도 포함하여 자기 물건을 쓸어모아 문으로 나가고 있는 것이 보였다. 태어나서 처음으로 드레이크 양은 주문을 받지 못했던 것이다.

앤은 뒤뜰 벤치에서 천사 같은 얼굴로 사과를 먹고 있는 쌍둥이를 발견했다. 어찌해야 좋을지 몰랐다. 확실히 그런 짓을 야단치지 않고 그대로 둘 수는 없었지만, 제럴드가 앤을 곤경에서 구해낸 건 틀림없고 더구나 드레이크 양은 좀 혼날 필요가 있는 보기 싫은 사람이었다. 그러나……

제럴드가 새된 소리를 질렀다.

"너는 꿈틀대는 커다란 벌레를 먹어버렸어……네 목구멍 속으로 넘어가는 게 보였는걸."

제럴딘은 사과를 내려놓고 그만 구역질을 했다—몹시 구역질했다. 잠시 동안 앤은 눈코 뜰 새 없이 바빴다. 제럴딘의 기분이 가라앉자 점심시간이 되었다. 그래서 앤은 곧바로 아주 가볍게 타이르기만 하고 제럴드를 용서하기로 마음먹었다. 결국 드레이크 양에게 큰 손해를 준 것도 아니고 모름지기 드레이크 양은 이 일에 대해 기특하게도 침묵을 지킬 테니까. 앤은 상냥하게 구슬려 말했다.

"얘, 제럴드, 네가 한 짓이 신사답다고 생각하니?"

"아아니! 그래도 재미있었는걸요. 나, 낚시질 잘하죠?"

점심식사는 아주 유쾌하고 맛있었다. 레이먼드 부인이 나가기 전에 준비해 둔 것인데, 교육방면에는 어떤 결점이 있다 해도 요리에 있어서는 흠잡을 데 없이 뛰어났다. 제럴드와 제럴딘은 먹는 데 정신이 없어 싸움도 하지 않고 식사하는 방법도 여느 가정의 아이들 이상으로 나쁜 데는 없었다.

점심이 끝나자 앤은 그릇을 씻어 제럴딘에게 닦게 하고 제럴드에게는 조심스럽게 그릇선반에 넣도록 했다. 둘 다 아주 솜씨 있게 해치워서 이 두 아이에게 필요한 것은 현명한 예의범절과 정신이 번쩍 드는 엄격함뿐이라고 앤은 기분 좋게 생각했다.

아이비 트렌트를 혼내주다

2시에 제임스 그랜드 씨가 찾아왔다. 그랜드 씨는 서머사이드 중학교 이사회 이사장을 맡고 있는데, 월요일 킹스포트 교육회의에 참석하기 전 중요한 일들에 대해 앤과 충분히 이야기나누고 싶다고 했다. 바람에 살랑거리는 버드나무집으로 저녁 때 와줄 수 있겠느냐고 앤이 묻자 아쉽게도 갈 시간이 없다고 했다.

그랜드 씨는 그 나름대로 좋은 사람이었지만 좀 주의해서 대해야 한다는 것을 앤은 오래 전부터 알고 있었다. 게다가 새로 거론된 학교설비의 획득에 대한 투쟁 때문에 앤은 반드시 그랜드 씨를 자기 편으로 만들고 싶었다.

앤은 쌍둥이에게로 다가갔다.

"너희는 착한 아이들이니 내가 그랜드 씨와 잠깐 이야기할 동안 뒤뜰에서 조용히 놀아줄 수 없을까? 그리 오래 걸리지 않아. 그 뒤 연못 둑으로 가서 간식을 먹자. 빨간 물이 든 비눗방울놀이도 가르쳐줄게—얼마나 예쁜지 아니?"

제럴드가 물었다.

"얌전히 있으면 우리에게 25센트씩 주겠어요?"

앤은 딱 잘라 말했다.

"아니, 제럴드, 줄 수 없어. 나는 너를 돈으로 말을 듣게 할 수는 없어. 내가 조용히 있어 달라고 말하면 너는 신사로서 마땅히 그렇게 해주리라 믿었는데."

그러자 제럴드는 진실되게 약속했다.

"얌전히 있을게요, 셜리 선생님."

제럴딘도 진지하게 되풀이해서 말했다.

"아주 얌전히 있겠어요."

앤이 그랜드 씨와 응접실에 앉자마자 아이비 트렌트가 오지 않았다면 두 아이는 약속을 지킬 수 있었을 것이다. 그런데 아이비가 왔다. 레이먼드네 쌍둥이는 한 점 나무랄 데 없는 아이비 트렌트가 매우 싫었다. 아이비는 나쁜 행동은 한 번도 한 적이 없고 언제나 인형상자 속에서 막 나온 것처럼 보였다.

이날 오후에도 아이비는 아름다운 밤색 구두와 벨트 그리고 나비모양의 어깨장식과 머리에 맨 주홍색 나비 리본을 자랑하러 온 게 틀림없었다.

다른 면에서는 어떤 결점이 있다 해도 레이먼드 부인은 아이의 옷차림에 대해서는 꽤 분별 있는 식견을 가지고 있었다. 이웃사람들은 부인이 자기 일에 너무 돈을 쓰므로 쌍둥이에게까지는 미치지 못한다고 말했지만 어쨌든 제럴딘에게는 아이비 트렌트처럼 거리 한복판을 뽐내며 돌아다닐 기회가 한 번도 없었다.

아이비는 1주일 내내 갈아입을 많은 옷들을 가지고 있었다. 트렌트 부인은 아이비에게 늘 '얼룩 하나 없는 새하얀' 옷차림을 해주고 있었다. 적어도 아이비가 집을 나올 때는 늘 얼룩 하나, 주름 하나 없었다. 집으로 돌아왔을 때 얼룩이 여기저기 묻은 경우는, 물론 이웃에 있는 '질투쟁이' 아이들 때문이었다.

제럴딘도 실제로 샘내고 있었다. 주홍색 벨트며 나비모양 어깨장식이며 수놓인 하얀 옷이 너무나 예뻐 부러웠다. 어떻게든 단추로 잠그는 그런 밤색 구두를 가지고 싶다고 생각했다.

아이비는 자랑스럽게 물었다.

"내 새 벨트와 나비모양 어깨리본이 어떠니?"

제럴딘이 비웃음을 담아 흉내냈다.

"내 새 벨트와 나비모양 어깨리본이 어떠니?"

아이비는 뽐냈다.

"하지만 네게는 나비모양 어깨리본이 없잖아."

제럴딘이 끽끽거리는 목소리로 따라했다.

"하지만 네게는 나비모양 어깨리본이 없잖아"

아이비는 어떻게 해야 좋을지 몰랐다.

"내게는 있는걸. 이게 보이지 않니?"

제럴딘이 흉내냈다.

"내게는 있는걸. 이게 보이지 않니?"

그녀는 아이비가 하는 말을 무엇이든 경멸하듯 되풀이한다는 생각에 기뻐 견딜 수 없었다. 제럴드가 말했다.

"그것은 아직 돈을 치르지 못했어"

아이비 트렌트는 화를 잘 냈다. 그것이 얼굴에 나타나 어깨장식 나비리본 못지않게 빨개졌다.

"치르지 않았다니. '우리' 엄마는 반드시 돈을 치르고 떳떳이 산다구."

제럴딘은 노래를 부르듯 말했다.

"'우리' 엄마는 반드시 돈을 치르고 산다구."

아이비는 불안해졌다. 어떻게 싸워야 좋을지 몰랐다. 아이비는 제럴드 쪽으로 돌아섰다. 제럴드는 확실히 이곳에서 가장 잘생긴 소년이었다. 아이비는 제럴드에 대해 마음속으로 목적하는 바가 있었다.

아이비는 밤색 눈을 반짝이며 제럴드를 보았다.

“나는 너를 내 남자친구로 대해 주겠다고 말하러 온 거야.”
아직 7살이라고는 하지만 이 눈이 그녀가 알고 있는 조그만 남자 아이들에게 거의 놀랄 만한 효과가 있음을 아이비는 알고 있었다.
제럴드는 얼굴이 새빨개졌다.
“네 남자친구가 되는 일은 결코 없을 거야.”
놀란 아이비는 침착하게 힘주어 말했다.
“그래도 되어야만 해.”
제럴딘이 한심한 듯 머리를 흔들며 똑같이 말했다.
“그래도 되어야만 해.”
제럴드가 소리쳤다.
“되긴 뭐가 돼! 건방진 말을 하다니 가만두지 않겠어, 아이비 트렌트.”
아이비는 고집스레 주장했다.
“되어야만 해.”
제럴딘이 놀리려고 되풀이했다.
“되어야만 해.”
아이비는 제럴딘을 노려보았다.
“너는 가만히 있어, 제럴딘!”
제럴딘도 지지 않았다.
“우리집 뜰인걸. 마음대로 말해도 좋다고 생각해.”
제럴드도 거들어 말했다.
“물론이지. ‘네가’ 입을 다물지 않으면 아이비 트렌트 너의 집에 가서 인형 눈을 몽땅 뽑아주겠어.”
아이비가 소리쳤다.
“그런 짓을 하면 우리 엄마가 너를 때려줄 거야.”
“그래, 때릴 수 있으면 때려봐. 좋아, 그런 짓을 하면 우리 엄마가 너희 엄마를 잡고 어떻게 해주는지 알고나 있어? 네 엄마의 얼굴을 한

방 시원하게 갈길 거야."

"좋아. 무슨 일이 있어도 너는 내 남자친구가 되어야만 하니까."

아이비는 여유있게 중요한 문제로 되돌아왔다.

제럴드는 격노하여 소리쳤다.

"나는—나는 네 머리를 빗물받이통 속에 처넣어주겠어! 네 얼굴을 개미집에다 문질러주겠어! 나는—너의 그 나비리본과 벨트를 벗겨 내버리겠어!"

그는 의기양양했다. 적어도 이것은 실행할 수 있을 듯했기 때문이었다.

제럴딘이 흥분한 소리를 질렀다.

"얼른 해치우자!"

두 아이는 가엾은 아이비에게 재빨리 달려들었다. 아이비는 발로 차고 비명을 지르며 물어주려고 했지만 둘을 상대해서는 어쩔 수 없었다. 둘은 힘을 합쳐 아이비를 끌고 뒤뜰을 가로질러 장작광으로 들어갔다. 거기라면 아이비가 울어대도 남에게 들킬 염려가 없었다.

숨이 찬 제럴딘이 헐떡였다.

"빨리 하자. 셜리 선생님이 오기 전에!"

한시도 늦출 수 없었다. 제럴딘이 한 손으로 아이비의 두 손목을 잡고 또 한 손으로 머리리본이며 어깨장식 나비리본이며 벨트를 잡아떼는 동안 제럴드가 아이비의 발을 꽁꽁 잡고 있었다.

거기에 지난주 일꾼이 남겨두고 간 페인트 통 두 개를 보고 제럴드가 소리쳤다.

"아이비의 다리에다 흠뻑 칠해주자. 내가 잡고 있을 테니까 네가 칠해."

아이비는 필사적으로 소리를 질렀지만 소용없었다. 쌍둥이는 양말을 벗기고 잠깐 동안 그녀의 다리에 빨강과 파랑 페인트로 널따란 줄무늬를 그렸다. 그러는 동안에 많은 페인트가 아이비의 수놓인 옷

Chang. Kye

과 새 구두로 마구 튀었다. 마지막 손질로 둘은 아이비의 곱슬머리에 밤송이 가시를 붙여놓았다.

겨우 풀려나왔을 때 아이비는 보기에도 비참한 꼴이 되어 있었다. 쌍둥이는 그런 아이비를 보고 즐거운 듯 승리의 소리를 질렀다. 오랫동안 잘난 척하며 거만을 떨던 아이비에게 드디어 복수한 것이다.

제럴드가 말했다.

"자, 그만 돌아가! 이것으로 누군가를 붙잡고 남자친구가 되어야 한다느니 하는 말을 하고 다니면 어떻게 되는지 잘 알겠지."

아이비는 엉엉 울기 시작했다.

"엄마한테 일러줄 테야. 바로 집에 가서 네 일을 엄마에게 일러줄래. 미워, 너무해, 못생긴 제럴드!"

제럴딘이 눈을 동그랗게 뜨고 소리쳤다.

"제럴드를 멋대로 못생겼다고 하다니 당치도 않아, 거드름쟁이야!"

"얼른 어깨장식 가지고 꺼져! 몽땅 가져가. 우리 장작광에 굴러다니면 아주 곤란하거든."

뒤에서 제럴딘이 나비리본을 던져주어 아이비는 울면서 뒤뜰에서 한길로 뛰어나갔다.

제럴딘은 숨을 헐떡이며 말했다.

"빨리 뒤편 사다리를 타고 욕실로 가서 셜리 선생님에게 들키기 전에 깨끗이 씻자."

셜리 선생님이 좋아요

이야기가 끝나자 그랜드 씨는 인사하고 돌아갔다. 앤은 잠시 입구 층계에 선 채 자기가 보호해야 할 아이들이 어디 있는지 불안스러워졌다. 길 건너편에서 모습이 보였는가 싶은 순간 곧 문 안으로 들어온 사람은 격노한 부인으로, 풀이 죽어 아직도 울어대는 조그만 아이의 손을 잡고 있었다.

트렌트 부인은 바짝 다가섰다.

"셜리 선생님, 레이먼드 부인은 어디 있지요?"

"레이먼드 부인은—"

"꼭 레이먼드 부인을 만나야겠어요. 이 집 아이들이 가엾게도 힘없고 죄없는 우리 아이비를 어떻게 했는지 두 눈으로 똑똑히 보여줘야겠어요. 이 애를 좀 보세요, 셜리 선생님. 좀 봐주세요!"

"어머나, 트렌트 부인, 너무 죄송해요! 내가 잘못했어요. 레이먼드 부인은 집에 안 계시고 내가 아이들을 돌봐준다고 약속했어요. 그런데 그랜드 씨가 오셔서—"

"아니에요, 선생님 때문이 아니에요. 선생님을 나무라는 게 아니에요. 그런 악마 같은 아이들에게는 아무도 당할 재주가 없으니까요.

그 애들에 대해서는 온 서머사이드가 다 알고 있어요. 레이먼드 부인이 없다면 여기 있어도 소용없죠. 불쌍한 이 애를 집으로 데려가겠어요. 하지만 레이먼드 부인에게는 가만히 있을 수 없어요. 다시 따지러 오겠어요. 꼭 오지요. ……'저 소리'를 들어보세요, 선생님. 저 애들은 손발을 찢어버리기라도 하는 걸까요?"

'저 소리'란 층계 쪽에서 들려오는 비명, 으르렁거림, 고함의 뒤죽박죽 합창이었다. 앤은 2층으로 뛰어올라갔다. 그곳에 뒤엉켜 엎치락거리며 물고 쥐어뜯고 할퀴어대는 한덩어리가 있었다. 앤은 날뛰는 쌍둥이를 잡아떼어 저마다 몸부림치는 어깨를 꽉 누르며, 이런 짓을 하는 것은 무엇 때문이냐고 다그쳐 물었다.

제럴드가 고함쳤다.

"제럴딘이 나에게 아이비 남자친구가 되라는 이상한 말을 하는걸!"

제럴딘이 새된 소리를 질렀다.

"그렇게 되어야 하잖아?"

"누가 된대—"

"돼야 한다니까—"

앤이 말리며 말했다.

"애들아!"

그 엄한 말투가 두 아이들을 조용히 만들었다. 얼굴을 들고 소리의 주인공을 보니 거기에는 두 아이가 지금까지 본 적 없는 셜리 선생님이 있었다. 어린 그들은 태어나서 처음으로 무서운 사람의 존재를 느꼈다.

앤은 나직이 말했다.

"제럴딘, 너는 두 시간 동안 침대에 들어가 있어. 제럴드, 너는 그 시간 동안 복도의 조그만 광에 들어가 있어. 한마디도 해서는 안 돼. 너희들은 심한 짓을 했으니까 벌받지 않으면 안 되는 거야. 어머니에게 부탁받았으니 너희들은 내 말을 들어야만 해."

"그렇다면 우리를 '함께' 벌주세요."
제럴딘이 훌쩍훌쩍 울기 시작했다.
제럴드도 불평했다.
"그래요, 선생님에게 우리를 갈라놓을 권리는 없어요. 우리는 지금까지 한 번도 따로 떨어져본 일이 없는 걸요."
앤은 아주 쌀쌀맞게 말했다.
"그렇다면 지금 따로 떨어지는 거야."
제럴딘은 얌전히 옷을 벗고 자기들 방의 작은 침대로 들어갔다. 제럴드도 조용히 복도의 작은 광으로 들어갔다. 광이라고 해도 그곳은 크고 통풍 좋은 방으로, 창문이 있고 의자도 있어 누구든 이 벌을 부당하게 엄한 것이라고는 말할 수 없었다.
앤은 문에 열쇠를 잠그고 책을 한 권 들고서 복도의 창가에 앉았다. 이것으로 적어도 두 시간은 마음을 놓고 있을 수 있었다.
한참 지나 제럴딘을 들여다보니 곤히 잠들어 있었다. 아주 귀여운 얼굴이어서 앤은 곧 제럴드에게 내린 자기의 엄한 처사가 후회될 것 같았다. 하지만 낮잠은 이로운 것이니까. 눈을 뜨면 두 시간이 지나지 않았을지라도 일어나도 좋다고 용서해 주자.
한 시간이 지나도 제럴딘은 아직 쿨쿨 자고 있었다. 제럴드도 너무 조용해서 앤은 그가 남자답게 벌을 받았으니 용서해 주어도 좋으리라 생각했다. 마침내 아이비 트렌트는 자만심 강한 아기원숭이니까 쌍둥이들이 몹시 불쾌했는지도 모른다.
앤은 광의 문을 열쇠로 열었다. 그곳에는 제럴드의 흔적이 없었다. 창문이 열려 있고, 옆 포치의 지붕이 바로 그 밑에 보였다. 앤은 입술을 꽉 깨물었다. 아래로 내려가 뒤뜰로 나가보았으나 제럴드의 모습은 보이지 않았다. 앤은 헛간을 살펴보고 큰길 위쪽과 아래쪽도 둘러보았다. 그러나 어디에도 없었다.
앤은 달려서 뜰을 가로질러 문에서부터 오솔길을 따라 잡목이 우거진 숲을 지나 로버트 크리드모어 씨의 목장에 있는 작은 못으로 갔다. 제럴드는 크리드모어 씨가 비끄러매둔 조그맣고 평평한 배를 타고 즐거운 듯 노를 유유히 젓고 있었다. 앤이 나무 사이에서 달려 나왔을 때 흙탕 속에 깊이 처박힌 제럴드의 노가 세 번째로 잡아당기는 순간 뜻하지 않게 쓰윽 빠졌다. 그 바람에 제럴드는 자빠지면서 물 속으로 곤두박질쳤다.

앤은 그만 비명을 질렀으나 사실 걱정할 이유가 없었다. 다행히 못은 아주 깊은 곳도 아니었다. 제럴드의 어깨에 차지 못했고 그가 빠진 곳은 허리보다 좀 깊을 정도였다.

제럴드는 겨우 일어서자 금발에서 뚝뚝 물을 떨어뜨리며 계면쩍은 듯 서 있었다. 그때 앤의 비명이 등 뒤에서 메아리치는가 싶더니 제럴딘이 잠옷차림으로 나무숲 사이를 달려와 늘 작은 배가 매어져 있던 조그만 나무 배다리 끝으로 몸을 내밀었다.

"제럴드!"

비통한 부르짖음과 함께 제럴딘은 날쌔게 물에 뛰어들어 요란한 물보라를 일으키며 제럴드 옆에 가 닿았다. 그 때문에 다시 한번 제럴드를 물속에 처넣을 뻔했다.

제럴딘은 소리쳤다.

"제럴드, 너 물에 빠졌니? 빠져죽을 뻔했어, 제럴드?"

"으응, 별일없어……별일없어……제럴딘."

제럴드는 이를 딱딱 마주치며 제럴딘에게 대답했다.

둘은 부둥켜안은 채 막 키스했다.

앤은 명령했다.

"너희들 둘 다 빨리 이리로 올라와!"

둘은 첨벙첨벙 물을 건너 올라왔다. 오전 중에는 따뜻한 9월의 날씨도 늦은 오후가 되면 추워지고 바람이 거세게 일었다. 둘은 몹시 바들바들 떨며 얼굴이 금세 보랏빛이 되었다. 앤은 나무라는 것을 뒤

Chang. Kye

로 하고 빨리 집으로 데려가 젖은 옷을 벗기고 레이먼드 부인의 침대에 들어가게 한 다음 발치에 탕파를 넣어 주었다. 그래도 둘은 계속 떨어댔다. 오한이 나는 것일까? 폐렴에 걸린 것일까?

제럴드가 여전히 이를 딱딱거리며 말했다.

"셜리 선생님, 우리를 좀 더 잘 돌봐주었으면 좋았을 텐데요."

"물론 그래요. 그렇게 해주었어야 했어요."

제럴딘도 말했다.

앤은 정신없이 아래로 내려가 의사에게 전화를 걸었다. 의사가 왔을 즈음 다행스럽게도 쌍둥이는 몸이 녹아 앤은 아무 걱정 말라는 의사의 말을 들을 수 있었다. 내일까지 침대 속에 가만히 있게 하면 염려없다는 것이었다.

역에서 오는 도중 돌아가는 의사를 만난 레이먼드 부인은 곧 새파랗게 질린 얼굴로 히스테리를 일으킬 듯이 뛰어들어왔다.

"오, 셜리 선생님, 우리 귀한 아이들을 이런 위험에 놓이게 하다니요!"

쌍둥이도 목소리를 합쳤다.

"우리도 그 말을 하고 있던 참이에요, 엄마."

"나는 셜리 선생님을 철석같이 믿고 있었어요. 선생님에게 일러두었잖아요—"

"어째서 내가 책망받고 있는지 모르겠군요, 레이먼드 부인."

앤의 눈은 잿빛 안개처럼 차가웠다.

"차분히 자초지종을 들어보면 부인도 어떻게 된 일인지 알 수 있을 거예요. 아이들은 아무렇지도 않아요. 의사선생님은 다만 혹시나 하는 마음에서 와 달라고 한 것이니까요. 만일 제럴드와 제럴딘이 내 말을 따르기만 했다면 이런 일은 일어나지 않았으리라 생각해요."

레이먼드 부인은 신랄하게 말했다.

"나는 선생님이라면 좀더 아이들에게 위엄이 있으리라 생각했는데요."

'다른 아이들이라면 얼마쯤 그렇겠지요. 하지만 이 꼬마 악당들에게는 소용없었어요.'

앤은 마음속으로 이렇게 생각했으나 입 밖으로는 이렇게 말했다.

"레이먼드 부인, 이제 돌아오셨으니 이만 집으로 가겠어요. 이 이상은 아무 도움도 되지 못할 거고 오늘 밤 해야 할 학교 일도 있으니까요."

쌍둥이는 너 나 할 것 없이 침대에서 훌쩍 뛰어나와 앤에게 매달렸다.

제럴드가 소리쳤다.

"주일마다 장례식이 있으면 좋겠어요. 나는 선생님이 좋아요. 엄마가 없을 때는 늘 와서 우리와 함께 있었으면 좋겠어요."

제럴딘도 말했다.

"나도요. 와 주세요."

"나는 플라우티 할머니보다 선생님이 훨씬 좋아"

제럴딘이 말했다.

"그럼, 훨씬 좋고말고!"

제럴드가 계속 졸랐다.

"우리를 이야기 속에 써 주지 않겠어요?"

제럴딘도 말했다.

"네, 써 줘요."

마음이 약해진 레이먼드 부인은 말했다.

"선생님도 잘하려고 애쓰신 거겠지요. 그런데도 일이 이렇게 되어버렸겠지요."

"그렇게 말씀해 주시니 되었네요."

앤은 차갑게 대답하고 매달리는 아이들을 떼어놓으려 했다.

"아, 이 하찮은 일 때문에 우리 다투는 것은 그만둬요."

레이먼드 부인은 커다란 눈에 눈물을 담고 있었다.

"나는 어떤 사람과도 싸우고 싶지 않아요."

"물론이에요."

앤의 태도는 더없이 당당했다. 앤은 마음만 먹으면 위엄 있는 태도를 취할 수 있었다.

"싸울 필요는 조금도 없어요. 제럴드와 제럴딘에게는 그런대로 즐거운 하루였을 거예요. 가엾게도 아이비 트렌트에게는 그렇지 못했겠지만요."

앤은 폭삭 늙어버린 기분으로 집에 돌아왔다. 앤은 생각했다.

'데이비를 장난꾸러기라고 생각하다니, 정말! 전혀 정도가 달라.'

앤은 리베카 듀가 어둠이 깃든 뜰에서 늦게 핀 팬지를 꺾고 있는 것을 보았다.

"리베카 듀, 나는 '아이들에게는 매가 필요하며 말만으로는 소용이 없다'는 속담을 좀 너무하다고 생각했었어요. 하지만 오늘은 그 속뜻을 알았어요."

리베카 듀는 위로했다.

"가엾게도. 내가 맛있는 저녁 식사를 차려 드릴게요."

다행히 "내가 뭐랬어요"라고는 말하지 않았다.

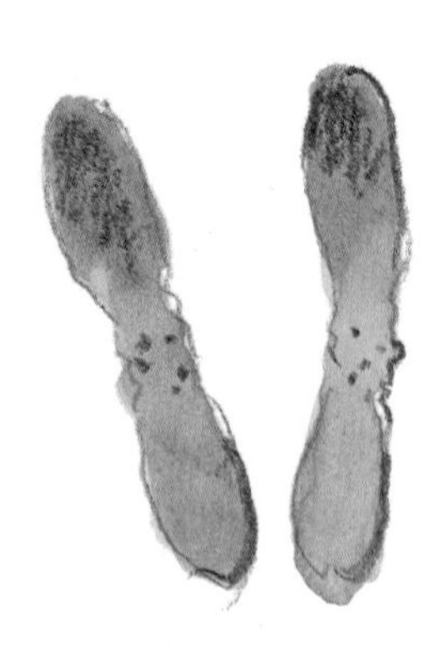

사랑은 어디로

길버트에게 보내는 편지에서.

어젯밤 레이먼드 부인이 찾아와 성급한 말을 한 것을 용서해 달라고 눈물을 흘리며 말했어.

"어머니의 마음을 안다면 용서해 주는 것도 그리 어렵지 않으리라 여겨요."

실제로 너그러운 마음으로 용서하는 것은 어렵지 않았어. 정말이지 레이먼드 부인에게는 어딘가 좋아하지 않고는 못 배길 데가 있고, 게다가 우리 연극 동아리 일로 많은 신세를 졌으니까.

그것은 그렇다치고 어지간한 나도 '부인이 토요일에 외출하고 싶을 때는 언제든지 아이들을 봐드리겠어요'라고는 말하지 못했어. 나같이 낙천가이자 사람을 믿기 쉬운 인간도 고된 경험으로 때로는 구원받지 못함을 배웠는걸.

바야흐로 서머사이드에 있는 몇몇 사람들은 자비스 모로와 도비 웨스트콧의 연애에 대해 걱정하고 있어. 이 사람들은 리베카 듀의 말을 빌면 '약혼하고 1년이 넘도록 그 이상 조금도 진전되지 않는다'고

해.

케이트 아주머니는 도비의 먼 아주머니뻘—정확히 말하면 도비 어머니 쪽 육촌언니가 되나봐—이 되며 이 사건에 깊은 관심을 가지고 있어. 이유는 자비스가 도비의 결혼상대로서 더없는 상대라고 여겨지기 때문이기도 하지만, 동시에 케이트 아주머니가 무척 싫어하는 프랭클린 웨스트콧을 찍 소리 못하게 해주고 싶어서가 아닐까 하는 생각도 돼.

케이트 아주머니는 누구든지 간에 자기가 남을 '미워한다'는 그런 일은 쉽게 인정하지 않지만, 프랭클린 웨스트콧 부인과 사이좋은 짝꿍으로 지내다가 부인 자신이 프랭클린에게 몹쓸 짓을 당했다고 대놓고 말할 정도야.

나도 이 사건에 관심이 있어. 그것은 내가 자비스를 엄청 좋아하고 도비도 그런대로 좋아한다는 이유도 있지만, 또 하나의 다른 이유는 남의 일에 습관적으로 끼어들기 좋아하는—물론 선의에서이기는 하지만—내 오지랖 넓은 성격 탓인 것 같아.

사정은 간단히 말하면 다음과 같아. 프랭글린 웨스트콧은 키 크고 음울한 수완이 꽤 좋은 상인으로 말이 없고 대인관계가 썩 좋지 않은 인물이야. 도시 끄트머리 항구길 위쪽에 있는 느릅나무 저택이라는 커다란 고풍스러운 집에 살고 있어. 나도 한두 번 만난 적 있는데, 무슨 말을 하고는 한참 동안 가만히 있다가 쿡쿡 웃는 기분나쁜 버릇을 가지고 있어. 그것 말고는 달리 프랭클린 웨스트콧의 사람됨에 대해 그리 아는 게 없어.

그는 찬송가가 교회에서 불려지게 된 뒤로 교회에는 발을 들여놓은 일이 없고 겨울에 폭풍이 한창일 때도 창문을 모두 열어놓으라고 명령하면서 남의 말은 듣지 않아. 이 점에는 나도 프랭클린 웨스트콧에게 남몰래 공감을 느껴. 하지만 그런 기분을 느끼는 건 온 서머사이드에 모름지기 나 하나뿐이라고 생각해. 그는 어느덧 마을의 유력자가 되어 있어서 마을 일에 대한 것은 무엇 하나 그의 동의없이 이루어지지 못해.

부인은 일찍이 세상을 떠났어. 소문에 의하면 부인은 남편에게 휘둘려 마치 노예 같은 생활을 했다고 해. 프랭클린은 결혼해서 아내를 집으로 데려왔을 때 다짜고짜 자기는 이 집 주인이라고 당당히 말했대.

도비의 진짜 이름은 시빌이고, 프랭클린의 외동딸로 아주 예쁘고 통통해서 누구에게나 호감을 얻는 19살의 아가씨야. 언제나 좀 벌려진 듯한 빨간 입술 속에서 하얀 이가 드러나보이고, 다갈색 머리는 밤색으로 빛나고 있어.

파란눈은 아주 매혹적이고, 검은 속눈썹도 엄청 길어 진짜인가 의심스러울 정도야. 자비스가 정말로 사랑하는 것은 도비의 눈이라고 젠 프링글이 말했어. 이 일에 대해 젠과 둘이 진지하게 이야기했어. 자비스는 젠이 아주 좋아하는 사촌오빠야.

(덧붙여 말하는데, 젠이 얼마나 나를 좋아하고 내가 또 얼마나 젠을 좋아하는지 자기는 아마 믿을 수 없을 거야. 정말이지 젠처럼 귀여운 아이는 없어.)

프랭클린 웨스트콧은 도비가 남자친구와 사귀는 것을 허락하지 않아. 자비스 모로가 도비에게 눈길을 주기 시작하자 자비스에게 출입을 금지시키고 도비에게는 앞으로 '그 녀석하고 만나지 말라'고 명령했어. 그러나 뒷북을 친 격이야. 도비와 자비스는 이미 깊이깊이 서로 사랑하는 사이가 되어 있었거든.

이곳 사람들은 저마다 두 연인을 보며 안타까워하지. 실제로 프랭클린 웨스트콧은 사정을 잘 헤아리지 못하고 있어. 자비스는 청년변호사로 집안도 좋고 앞날이 유망하고 인상도 아주 좋은 훌륭한 젊은이야.

리베카 듀는 확신에 차 말하고 있어.

"이처럼 어울리는 상대는 달리 없는데요. 자비스 모로라면 서머사이드에 있는 어느 아가씨든 마음에 드는 사람을 고를 수 있으니까요. 프랭클린 웨스트콧은 도비를 노처녀로 만들기로 작정한 거예요. 매기 아주머니가 죽으면 집안 살림을 도맡아야 할 가정부 대신으로 삼을 셈인 거예요."

나는 물어보았어.

"프랭클린 웨스트콧에게 누가 알아듣도록 이야기해줄 사람이 없을까요?"

"프랭클린 웨스트콧을 상대로 이야기가 통할 수 있는 사람은 아무도 없어요. 무척 비꼬기를 잘하니까요. 게다가 만일 상대의 말에 못당하게 되면 프랭클린은 화를 터뜨리지요. 나는 아직 그가 화내는 것을 못 보았지만, 미스 프라우티가 언젠가 그 집에 바느질하러 갔을 때 프랭클린이 신경질을 냈는데 그때 어떠했는지 이야기하는 것을 들은 적이 있어요.

아무도 모르는 무슨 작은 일에 화가 치밀었던 거예요. 눈에 띄는 것을 무엇이든 닥치는 대로 창 밖으로 집어던졌대요. 밀턴의 시집이 하늘을 날아 담을 넘어 조지 클러크네 수련못 속에 떨어졌다더군요. 프랭클린은 태어났을 때부터 인생에 한을 품고 있었나봐요. 프랭클린의 어머니가 미스 프라우티에게 이야기했다던데, 프랭클린이 태어났을 때 울음소리가 엄청났대요. 그런 서러운 울음소리는 들은 적이 없대요.

그런 인간을 만드시다니, 하느님에게도 그럴 만한 이유가 있겠지만 그렇다 하더라도 어찌된 일이었을까요. 그래요, 둘이서 손잡고 달아나기라도 하지 않고는 자비스와 도비에게 아무 희망이 없다고 여겨져요. 둘이 손잡고 달아나는 것은 꽤 낭만적인 일로 이야기하지만 사실 달아난다는 것은 천박한 일임에 틀림없죠. 그러나 이 경우는 누구에게 물어도 어쩔 수 없는 일이라고 용서할 거예요."

나는 어떻게 해야 할지 모르겠지만, 어떻게든 하지 않으면 안 되었다고 생각해. 아무리 프랭클린 웨스트콧이 화를 내더라도, 바로 코앞에서 누군가가 일생을 망쳐버리게 되는 것을 손을 붙들어매고 가만히 보고 있을 수만은 없는걸. 자비스 모로도 그렇게 언제까지나 기다려줄 수는 없겠지.

소문에 따르면 자비스 모로가 이미 참을 수 없게 되어 자기가 새겨놓은 나무에서 도비의 이름을 마구 깎아버리는 것을 본 사람도 있대.

매혹적인 파머 집안의 딸이 자비스 관심을 끌려고 있다고도 하고, 자비스 누이 말로는 모로의 어머니도 자기 아들이 어떤 아가씨에게든 몇 년 동안이나 휘둘릴 필요는 없다고 말했다더군.

정말이지 길버트, 이 일을 생각하면 나는 비참한 기분이 들어.

오늘은 은은히 빛나는 달밤이야, 사랑하는 길버트. 뜰의 버드나무에 달빛이 넘치고 항구 가득히 달빛의 잔물결이 일며 환상의 배가 먼 바다로 천천히 나아가고 있어. 옛 묘지도, 나만의 골짜기도.

폭풍왕도 달빛을 받고 있어. '연인의 오솔길'도 '빛나는 호수'도 오래된 '도깨비숲'도 달빛을 받고 있겠지. 오늘 밤은 언덕에서 요정이 춤추고 있을 거야. 하지만 사랑하는 길버트, 아무하고도 함께 볼 사람이 없는 달빛은—그냥 '달빛'에 지나지 않아.

조그만 일리저버스를 산책에 데려가고 싶은 생각이 들어. 일리저버스는 달밤의 산책을 아주 좋아하거든. 그린게이블즈에 갔을 때 둘이서 몇 번인가 즐거운 산책을 했어. 그러나 집에 있을 때 일리저버스는 창문 너머로 달빛을 볼 수 없어.

일리저버스의 일로 나는 좀 걱정스러워져. 이제 곧 10살이 되려는데, 그 두 노부인은 일리저버스가 이성적으로나 감정적으로 어떤 것을 필요로 하는지 전혀 몰라. 좋은 음식과 예쁜 옷만 주고 나면, 그 이상의 것이 더 필요하리라고는 두 사람으로서 상상도 못하는 거야.

해마다 더 심해져 갈 거야. 가엾게도 이 애는 어떤 처녀시절을 보내게 될까?

중학교 졸업식에서 돌아오는 길에 자비스 모로는 앤에게 고민을 털어놓았다.

"도비와 함께 손잡고 달아나야만 해요, 자비스. 모두 그렇게 말하고 있어요. 원칙적으로 말하면 나는 부모님 허락 없이 달아나는 일에는 찬성하지 않지만요."

('마치 40년이나 경험이 있는 교사 같은 말'이라고 앤은 생각하며 생긋 웃었다.)

"하지만 어떤 규칙에든지 예외라는 게 있어요."

"계약에는 두 사람이 필요합니다, 앤. 나 혼자서는 달아날 수 없으니까요. 도비는 아버지를 무서워해서 제 힘만으로는 설득할 수가 없습니다. 그리고 실제로 달아난다고 할 것까지도 없어요. 도비는 다만 어느 날 밤에 나의 누님 줄리어—아시죠, 스티븐스 부인—에게로 오기만 하면 됩니다.

목사에게도 그리로 와달라고 해서 누구나 축복할 수 있도록 정정당당히 결혼식을 올리고, 킹스포트의 버서 아주머니에게로 신혼여행을 가면 됩니다. 이처럼 간단합니다.

그런데도 나는 도비에게 단호히 그렇게 시킬 수가 없습니다. 가엾게도 그녀는 너무 오랫동안 아버지의 변덕이며 이상한 생각에 복종해 와서 의지력이 없어져버렸죠."

"자비스, 어떻게든 도비가 그렇게 하도록 만들어야 해요."

"아니, 설마 내가 시도도 해보지 않았다고 여기는 것은 아니겠죠, 앤? 나는 정말이지 여러 번 부탁했습니다. 나와 함께 있을 때는 도비도 승낙하는 것 같지만 집에 돌아가자마자 그렇게는 못한다고 전해옵니다.

이상하게 여길지 모르지만 가엾게도 그녀는 아버지를 가슴 깊이 사랑하고 있습니다, 앤. 그래서 아버지의 허락을 받지 못한다는 일을 생각만 해도 못 견디는 거죠."

"도비에게 아버지든가 아니면 댁이든가, 어느 한 쪽을 택해야만 한다고 말해주지 않으면 안 돼요."

"그래서 만일 아버지를 택하면 어떻게 하죠?"

"그럴 염려는 없어요."

자비스는 어두운 얼굴을 했다.

"그것은 알 수 없습니다. 하지만 어느 쪽으로든 결정해야만 합니다. 언제까지나 이런 상태로 있는 것을 도저히 나는 견딜 수 없으니까요. 나는 도비에게 빠져 있습니다. 그것은 온 서머사이드 사람들이 알고 있죠. 도비는 손이 미치지 못하는 곳에 있는 작은 붉은 장미입니다. 나는 무슨 수를 써서라도 그 장미를 꺾어야 합니다, 앤."

앤은 쌀쌀맞게 말했다.

"시적인 표현도 때만 적당하면 아주 좋은 것이지만, 이번 경우는 아무 도움이 되지 못해요, 자비스. 이렇게 말하면 리베커 듀의 말처럼 들리지만 사실이에요.

이 일에서 당신에게 필요한 것은 누구나 다 아는 분명한 상식이에요. 도비에게 우물쭈물하는 데 질려버렸다, 나를 따르든가 버리지 않으면 안 된다고 말해요. 아버지를 버려도 좋을 만큼 당신을 사랑하지 않는다면, 안타깝지만 당신은 그것을 알고 있는 편이 좋아요."

자비스는 신음했다.

"당신은 지금까지 프랭클린 웨스트콧에게 눌려 지내지 않았으니 그런 말을 할 수 있어요, 앤. 그가 어떤 사람인지 모릅니다.

그렇군요, 당신이 말한 대로 나도 마지막 노력을 다 해보죠. 앤 말대로 만일 도비가 정말로 나를 사랑하고 있다면 내게로 올 것이고, 그렇지 않다면 차라리 나로서는 최악의 사태를 알아두는 게 좋을 테니까요. 나는 내가 어리석은 짓을 해온 게 아닌가 여겨지기 시작하고 있습니다."

앤은 마음속으로 생각했다.

'자비스가 그런 마음이 들기 시작했다면 도비는 조심하는 편이 좋겠군.'

2, 3일 지난 저녁, 도비 웨스트콧이 바람에 살랑거리는 버드나무집으로 앤에게 의논하러 왔다.

"나는 어떻게 하면 좋을까요, 앤. 내가 어떻게 할 수 있다는 거죠? 자비스는 내게 달아나자고 해요—사실상 달아나는 거죠. 아버지가 다음주 밤 샬럿타운의 프리메이슨 집회에 참석하기로 되어 있어서 때마침 좋은 기회예요. 매기 고모가 눈치챌 일도 없고, 자비스는 내게 스티븐스 씨 집으로 가서 거기서 결혼하자고 하지만—"

"그런데 왜 그렇게 하지 않나요, 도비?"

"오, 앤. 정말 그렇게 해야 한다고 생각해요?"

도비는 귀여운 응석받이 아이처럼 부탁하는 듯한 표정으로 얼굴을 들었다.

"부디, 부디 나를 대신해서 결정해 주세요. 나는 머리가 뒤죽박죽되어 버렸어요."

도비의 얼굴은 눈물에 젖어 있었다.

"오, 앤은 아버지를 몰라요. 아버지는 자비스가 그냥 막 싫은 거예요. 왜 그런지 나는 이해할 수 없어요. 어떤 사람이 자비스를 싫어할 수 있을까요? 자비스가 처음 나를 찾아왔을 때, 아버지는 자비스에게 집에 오지 마라, 두 번 다시 오면 개를—우리집에 있는 커다란 불독을 시켜 물도록 하겠다고 했어요. 불독은 일단 물었다 하면 놓지 않아요. 그러니 내가 자비스와 함께 달아나면 결코 용서하지 않을 거예요."

"두 사람 가운데 하나를 택해야만 해요, 도비."

"자비스도 그와 똑같은 말을 해요."

도비는 흐느껴 울었다.

"오, 그 사람은 실로 엄하게 말했어요. 그가 그러는 것을 이제까지 한 번도 본 적이 없어요. 나는 그 사람 없이는 아무래도 살아—살아갈 수가 없어요, 앤."

"그렇다면 그 사람과 함께 살아요, 도비. 그리고 그것을 달아나는 거라고 말해서는 안 돼요. 다만 서머사이드로 와서 자비스의 친척들에게 둘러싸여 결혼식을 올리면 되는 거예요. 비겁하다고 할 수 없어요."

"아버지는 달아난 거라고 할 거예요."

도비는 눈물을 삼켰다.

"하지만 나는 충고를 따르겠어요, 앤. 내게 잘못된 길을 권할 리 없으니까요. 자비스에게 준비를 시켜 결혼허가서를 손에 넣도록 하겠어요. 그리고 아버지가 샬럿타운에 가시는 날 밤 자비스의 누님에게로 가겠어요."

자비스는 도비가 마침내 항복했다고 자랑스레 앤에게 보고했다.

"다음주 화요일 밤 나는 오솔길 끄트머리까지 도비를 데리러 가기로 되어 있습니다. 매기 고모를 만나면 안 되니 집까지 오는 것은 안 된다고 도비가 말해서요. 그리고 둘이 줄리어 누님에게 가서 바로 결혼식을 올립니다. 우리 친척은 모두 올 거니까 가엾은 그녀도 마음놓을 겁니다. 프랭클린 웨스트콧은 딸을 한사코 나 같은 사람에게 주지 않으려 했지만, 그가 잘못했다는 것을 가르쳐주겠습니다."

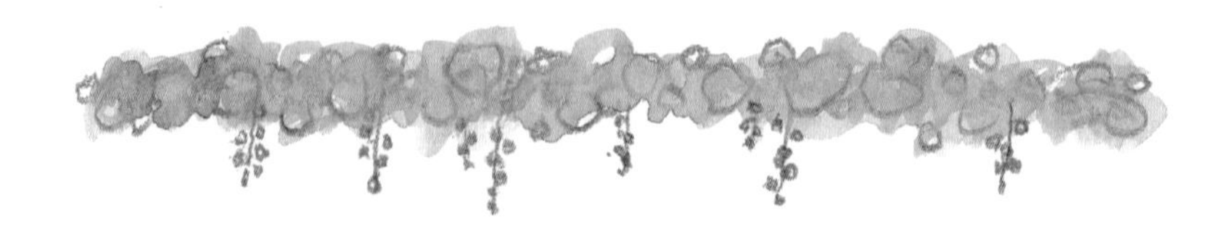

지금 아니면 기회는 두 번 다시 없다

11월도 다 지나간 화요일은 음산한 날씨였다. 이따금 싸늘한 소나기가 언덕을 넘어 덮쳐왔다. 잿빛 안개비 속으로 보이는 경치는 쓸쓸하여 사람이 다 죽어버린 묘지처럼 음산하게 여겨졌다.

앤은 생각했다.

'불쌍한 도비는 결혼식날 날씨마저 좋지 않으려나.'

앤은 몸을 떨었다.

'만일 좋은 결과가 되지 못한다면 어떻게 하지. 내 책임이 되는데. 내가 권하지 않았다면 도비는 결코 승낙하지 않았을 테니까. 앤 셜리, 이런 일은 그만둘 수 없니? 날씨를 보면 알잖아.'

밤이 되자 비는 멎었지만 공기가 싸늘하고 구름은 낮았다. 앤은 탑의 방에서 시험 답안지를 고치고 있었다. 더스티 밀러는 난로 옆에 웅크리고 있었고 현관을 부서지도록 두드리는 요란한 소리가 들렸다.

앤이 서둘러 아래로 달려 내려가자 리베카 듀가 침실문으로 깜짝 놀라 머리를 쑥 내밀었다. 앤은 손짓으로 그녀를 들어가게 했다.

리베카 듀는 멍한 얼굴로 말했다.

"'현관'에 누가 왔어요!"

"염려 말아요, 리베카. 아, 모든 게 잘못되었나 봐요. 아무튼 자비스 모로가 왔을 뿐이에요. 나를 만나러 오는 것을 탑의 옆문으로 보았어요."

"자비스 모로라고요! 이런 일이 있을 수 있담."

리베카는 들어가서 문을 닫았다.

"자비스, 왜 그래요?"

자비스는 당장 미쳐버릴 것 같이 말했다.

"도비가 오지 않습니다! 우리는 몇 시간이나 기다리고 있었어요. 목사님도 와 있고…… 우리 친척도 와 있고…… 줄리어 누님은 식사준비를 하고 있는데…… 도비가 오지 않습니다. 나는 오솔길 끄트머리에서 도비를 기다리고 있었는데, 마침내 미칠 것 같았지요.

집까지 갈 수도 없습니다. 무슨 일이 일어났는지 알 수 없으니까요. 그 사람도 아닌 프랭클린 웨스트콧 아저씨가 돌아왔는지도 모르고 매기 고모가 도비를 가둬버렸는지도 모릅니다. 나는 그 까닭을 알아야만 되겠습니다. 앤이 그녀 집에 가서 왜 도비가 오지 않는지 알아줘야겠습니다."

"내게?"

앤은 믿을 수 없는 듯 너무도 당황한 나머지 토씨마저 틀리게 말했다.

"그렇습니다. 달리 믿을 사람이 아무도 없습니다. 알아줄 사람 또한 없습니다. 아, 앤, 이제 와서 나를 버리지 마십시오! 지금까지 죽 우리의 방패가 되어줬잖습니까. 도비는 진실한 친구라곤 당신 하나밖에 없다고 말하고 있습니다. 아직 늦지는 않았어요—이제 9시입니다. 제발 가주세요!"

앤은 비꼬듯 물었다.

"그래서 불독에게 물리라는 거예요?"

화가 난 자비스는 경멸을 담아 말했다.

"그런 늙어빠진 개 따위! 그 개는 부랑자에게조차 킁킁거리지도 않습니다. 설마 당신은 내가 그 개를 무서워한다고는 하지 않겠죠? 게다가 그 녀석은 밤이면 집어넣어두죠. 나는 다만 도비가 발견됐을 경우 집에서 곤욕 치르게 하고 싶지 않은 겁니다. 앤, 부탁입니다!"

"각오를 하지 않으면 안 되겠군요."

앤은 어깨를 으쓱했다.

자비스는 앤을 마차에 태우고 느릅나무 저택으로 가는 긴 오솔길까지 달려갔다. 그러나 앤은 더 이상 집 가까이로 접근하지 못하게 했다.

"당신이 말한 대로 만일 아버지가 돌아왔을 경우에는 일이 난처하게 되니까요."

앤은 양옆에 나무가 줄지어선 긴 오솔길을 급히 걸었다. 이따금 빠르게 흐르는 구름 사이에서 달이 나왔지만 대체로 깜깜한 어둠에 둘러싸여 있었다. 게다가 앤은 개에 대해서도 적잖이 걱정스러웠다.

느릅나무 저택에는 불이 오직 한 곳에만 켜져 있었고 그것은 부엌 창문에서 반짝였다. 매기 고모가 직접 옆문을 열어주었다. 매기 고모는 프랭클린 웨스트콧의 나이든 누님으로 허리가 좀 굽은 주름살 많은 노파였다. 머리회전은 그리 좋은 것 같지 않았지만 가정부로서는 우수했다.

"매기 고모님, 도비는 집에 있어요?"

매기 고모는 무신경하게 대답했다.

"그 아이라면 자고 있어."

"자고 있다고요? 아픈가요?"

"내가 보기에는 아픈 것 같지 않아. 하루 종일 덜덜 떨고 있더니 저녁 식사가 끝나자 피곤하다면서 2층으로 올라가 자고 있어."

"잠깐만이라도 꼭 만나야겠어요, 아주머니. 저—저, 좀 중요한 기별이 있어서요."

"그렇다면 그 애 방으로 가봐. 층계를 올라가면 오른쪽 방이야."

매기 고모는 층계 쪽을 몸짓으로 가리키고 부엌으로 뒤뚱뒤뚱 들어가버렸다.

앤이 급히 문을 두드리고 좀 무례하다싶게 들어가자 도비는 일어났다. 조그만 촛불로 보니 도비는 울고 있었던 듯했으나, 그 눈물은 앤을 화나게 했을 뿐이었다.

"도비 웨스트콧, 자비스 모로와 오늘 밤 결혼식을 올릴 약속을 잊었어요?—오늘 밤이에요!"

도비는 가련하게 울었다.

"아뇨……아뇨. 오, 앤, 나는 정말이지 비참한 기분이에요! 괴로운 하루를 보냈어요. 어떤 기분이었는지 당신은 절대로 이해할 수 없어요."

앤은 사정없이 차갑게 말했다.

"내가 알고 있는 건 가엾게도 자비스가 차가운 이슬비 속에 두 시간이나 저 오솔길에서 기다리며 어떤 기분이었을까 하는 거예요."

"그 사람은, 그 사람은 몹시 화났어요, 앤?"

앤은 아주 엄하게 대답했다.

"아주 뚜렷하게 얼굴에 나타나 있어요."

"오, 앤, 나는 다만 무서워졌을 뿐이에요. 어젯밤 한숨도 못 잤어요. 나는 도저히 견딜 수 없는걸요—나는…… 부모님을 거역하다니, 정말로 떳떳하지 못한 일이에요, 앤. 게다가 멋진 선물을 받지 못하고…… 어쨌든 많이 받지 못하죠. 나는 옛날부터…… 아름답게 꾸민 교회에서 정식으로 결혼하는 게 꿈이었어요…… 하얀 베일과 옷에…… 은빛 덧신을 신고…… 결, 결, 결혼식을 올리고 싶었어요!"

"도비 웨스트콧, 그 침대에서 일어나요—당장—그리고 옷을 입고 나와 함께 가요."

"앤, 이제는 너무 늦었어요."

"늦지 않았어요. 지금을 놓치면 영원히 못해요. 밀알 정도의 분별이나마 가지고 있다면 그것을 알 거예요. 이처럼 바보 같은 짓을 당하면 자비스 모로는 두 번 다시 도비와 말하지 않을 것을 각오해요."

"오, 앤, 사정을 안다면 그 사람은 용서해줄 거예요."

"아뇨. 나는 자비스의 사람됨을 알아요. 그렇게 언제까지나 자신의 일생을 끝없이 도비 뜻대로 희롱당할 마음은 없어요. 도비, 내가 침대에서 억지로 끌어내야겠어요?"

도비는 몸을 떨며 한숨을 쉬었다.

"입고 갈 만한 드레스가 없는걸요."

"예쁜 드레스가 여섯 벌이나 있잖아요. 그 장밋빛 태피터 드레스를 입어요."

"게다가 혼수도 하나 없고. 모로네 사람들은 두고두고 이 일로 내 발목을 잡을 거예요."

"나중에 갖추면 돼요. 도비, 이런 일을 미리 생각해 두지 않았어요?"

"그래요…… 생각해 두지 않았어요…… 그래서 더 난처한 거예요. 어젯밤 비로소 생각하기 시작한걸요. 게다가 아버지 일도 있고…… 앤은 아버지를 몰라요."

"도비, 준비할 시간을 딱 10분만 주겠어요!"

도비는 정해진 시간 안에 준비를 끝냈다.

앤이 고리를 채워주자 도비는 흐느꼈다.

"이 옷은 내게 너무 꽉 껴요. 이 이상 뚱뚱해 보이면 자비스는 나를 사, 사, 사랑해 주지 않을 거예요. 앤처럼 키가 크고 가냘프며 파리하면 좋을 텐데요. 오, 앤, 매기 고모에게 우리가 나가는 소리가 들리면 어떡하죠?"

"들리지 않아요, 부엌에 들어가 계세요. 본디 귀가 좀 어둡잖아요. 자, 모자와 외투예요. 이 가방 속에 몇 가지를 집어넣었어요."

"어머나, 가슴이 마구 뛰어요. 나는 무서운 얼굴을 하고 있죠, 앤?"

앤은 진심으로 말했다.

"아주 아름다운 얼굴이에요."

도비의 비단 같은 피부는 장밋빛과 크림빛을 섞은 것 같았으며, 그토록 울었는데도 눈물은 눈을 해치지 않았다. 게다가 어둠 속에서 자비스에게 도비의 눈은 보이지 않았고, 그는 사랑해 마지않는 아름다운 아가씨에게 좀 짜증스러운 기분을 느껴 시내로 마차를 모는 동안 아주 차갑게 대했다.

그는 스티븐스네 층계를 내려가는 도비를 잡고 짜증스럽게 말했다.

"부탁이니 도비, 나와 결혼하는데 그렇게 겁내는 얼굴은 하지 말아요. 그리고 우는 것도 그만둬요. 코가 부은 듯해요. 조금 있으면 10시예요. 우리는 11시 기차를 타야만 하죠."

도비는 자비스와 결혼식을 올리고, 이제는 어쩔 수 없다는 것을 알게 되자 아주 침착해졌다. 길버트에게 보내는 편지에서 앤이 나중에 좀 음흉한 표현을 써서 '신혼여행용 얼굴'이라고 한 그런 표정이 이미 도비의 얼굴에 나타나 있었다.

"모두 앤 덕분이에요. 우리는 이 일을 언제까지나 잊지 않겠어요, 그렇죠, 자비스? 그리고요, 앤, 이제 하나만 더 나를 위해 해주지 않겠어요? 이 일을 아버지에게 알려주었으면 해요. 아버지는 내일 저녁 일찍 돌아오실 테니까요. 누군가가 아버지에게 말해야만 해요. 아버지를 이해시킬 수 있는 사람이 있다면 그것은 앤 말고는 아무도 없어요. 부디 아버지가 나를 용서하도록 최선을 다해주세요."

그때 앤의 마음은 자기야말로 누군가의 위로가 필요하다고 생각했다. 그러나 이 사건에 대해 자신에게 책임이 있으므로 부탁하는 대로 약속했다.

도비는 위로의 말을 건넸다.

"물론 아버지는 엄청난 기세로 성낼 거예요—정말로 앞뒤 가리지

않고 화내겠지요, 앤. 하지만 잡아먹지는 않아요. 오, 앤, 자비스와 함께 있으면 얼마나 안전하다고 느껴지는지 모를 거예요."

앤이 집으로 돌아와보니 리베커 듀는 호기심을 만족시키든가 아니면 미쳐버리든가의 한계점에 와 있었다. 잠옷 차림에 네모진 플란넬 천으로 머리를 감싼 리베커 듀는 앤의 뒤를 따라 탑의 방에 와서 모든 이야기를 들었다.

리베커 듀는 비웃음을 가득 담아 말했다.

"과연 이것이 이른바 '인생'이라는 거겠죠. 그러나 프랭클린 웨스트콧도 마침내 보복을 받아 기분이 좋군요. 매코머 선장 부인도 그렇게 생각할 거예요. 그 보고를 프랭클린에게 알려야 하는 선생님 역할은 전혀 부럽지 않아요. 프랭클린은 화나서 날뛰며 경우에 없는 말들을 퍼부을 거예요. 내가 선생님 같은 처지라면 오늘밤 한숨도 못 잘 거예요."

앤도 슬픈 듯이 찬성했다.

"그리 유쾌한 일은 아닌 것 같아요."

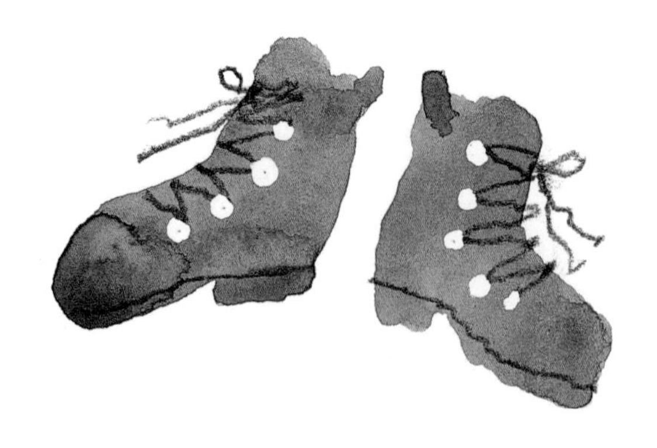

고양이 가죽을 벗기는 방법

다음날 저녁 느릅나무 저택의 집으로 향한 앤은 11월의 안개에 포근히 싸여 꿈같이 펼쳐진 풍경 속을 우울한 마음으로 걸어갔다. 확실히 그것은 즐거운 일이 못되었다. 도비도 말했듯 프랭클린 웨스트콧은 물론 잡아먹지는 않을 것이다.

앤은 폭력은 두려워하지 않았다. 그러나 프랭클린에 대한 소문이 모두 사실이라면 프랭클린은 물건이라도 집어던질지 모른다. 그는 화나서 날뛰며 고함쳐댈까?

앤은 화나서 미친 듯 고함치는 남자를 이제까지 본 적이 없으므로 얼마나 불쾌한 장면일까 상상했다. 그러나 프랭클린은 반드시 드물게 불쾌한 야유의 뛰어난 재능을 발휘할 것이 틀림없었다.

남자나 여자의 빈정거리는 놀림이야말로 앤이 두려워하는 오직 하나의 무기였다. 아마 반드시 그것 때문에 상처를 받고 몇 달 동안 마음이 쿡쿡 쑤실 것이다.

"제임시너 아주머니가 '될 수만 있다면 나쁜 소식을 가져가는 역할은 결코 하는 게 아니다'라고 말씀하셨어. 다른 일과 마찬가지로 아주머니는 이 점에서도 현명하셨지. 자, 드디어 다 왔군."

느릅나무 저택은 네 모퉁이에 탑이 있는 고풍스러운 집으로, 지붕에 둥근 천장이 있었다. 그리고 층계를 다 올라간 곳에 개가 앉아 있었다.

'불독은 일단 물었다 하면 놓지 않는다'고 했던 도비의 말이 떠올랐다. 빙 돌아서 옆문으로 갈까? 그때 프랭클린 웨스트콧이 창문으로 이쪽을 보고 있을지도 모른다고 여겨져 앤은 도리어 용기를 불러일으켰다. 개를 무서워하는 모습을 보여 그를 기쁘게 하는 일은 당치도 않다.

앤은 결연히 머리를 꼿꼿이 쳐들고 서슴없이 층계를 성큼성큼 올라가 개 옆을 지나 벨을 눌렀다. 개는 꼼짝도 하지 않았다. 앤이 돌아보니 자는 것 같았다.

프랭클린 웨스트콧은 아직 돌아오지 않았지만, 샬럿타운에서 오는 기차가 닿는 대로 곧 돌아올 거라고 했다. 매기 고모는 '서재'로 앤을 안내하여 그곳에 남겨두었다. 개는 두 사람의 뒤를 졸졸 따라 들어와 앤의 발치에 앉아버렸다.

'서재'는 앤의 마음에 들었다. 소박한 방으로, 난롯불이 기분 좋게 타오르고 닳아빠진 빨간 카펫 위에는 곰가죽이 깔려 있었다. 프랭클린 웨스트콧은 책과 파이프에 대한 한 호사스러운 생활을 하고 있는 게 틀림없었다.

얼마 안 되어 그가 들어오는 소리가 들렸다. 모자와 외투를 홀에 걸자 그는 몹시 씁쓰레한 얼굴로 서재문 앞에 섰다. 앤은 처음 프랭클린 웨스트콧을 만났을 때 신사적인 해적이라는 인상을 받았던 것을 떠올리며 다시금 같은 느낌을 맛보았다.

프랭클린은 대수롭지 않은 듯 말했다.

"아, 셜리 양이었군요. 그래, 무슨 일이죠?"

그는 악수의 손을 내밀려고조차 하지 않았다. 개와 비교하면 오히려 개 쪽이 예의를 안다고 앤은 생각했다.

"웨스트콧 씨, 내 말을 끝까지 잘 들으셔야 할 일이 있습니다—"
"나는 잘 참소. 아주 잘 참죠. 어서 이야기하시오!"
앤은 프랭클린 웨스트콧 같은 사람에게는 완곡하게 이야기를 꺼낼 필요가 없다고 생각했다.
앤은 떨지 않고 차분히 말했다.
"나는 도비가 자비스 모로와 결혼했다는 것을 알리러 왔어요."
이제 큰 지진이 일어나리라고 잠자코 앤은 기다렸다. 그러나 조금도 흔들리지 않았다. 프랭클린 웨스트콧은 마른 갈색 얼굴을 한 채 근육 하나 까딱하지 않았다. 그는 서재로 들어와 앤 맞은편 굽은 다리의자에 앉았다.
"언제 일이지요?"
"어젯밤이에요. 자비스의 누님 집에서."
프랭클린은 백발이 섞인 눈썹 밑에 깊이 파인 황갈색 눈으로 잠시 앤을 가만히 바라보았다. 한순간 앤은 이 사람은 어린아이였을 때 어떤 모습이었을까 생각했다. 이윽고 프랭클린은 머리를 젖히고 경련을 일으키며 배를 잡고 웃었다.
무서운 폭로가 끝난 지금 앤은 말할 힘을 되찾아 진지하게 부탁했다.
"도비를 나쁘게 여기지 말아주세요. 도비 탓은 아니에요—"
"그렇고말고요."
프랭클린은 비웃고 있는 것일까?
앤은 용감하게 자백했다.
"그래요, 모두 제 탓이에요. 나는 도비에게 달아나—결혼하도록 권했어요. 내가 도비에게 그렇게 '시킨' 거예요. 그러니 부디 도비를 용서해 주세요, 웨스트콧 씨."
프랭클린은 침착하게 파이프를 집어들어 담배를 재기 시작했다.
"시빌을 자비스 모로와 달아나도록 시켰다면, 내가 이것만은 아무도 할 수 없으리라 여겼던 일을 셜리 양이 해치운 셈이오. 시빌에게는 도저히 그렇게 할 만한 용기가 없는 게 아닐까 걱정스러워지던 참이었소. 그렇게 되면 이쪽에서 양보해야만 되니까요. 그리고 정말이지 우리 웨스트콧 사람들은 양보라는 것을 아주 싫어하거든요. 당신은 내 체면을 세워주었소, 셜리 선생. 당신에게 깊이 감사드리오."

한참 침묵이 이어지고 나서 프랭클린은 파이프에 담배를 재며 앤의 얼굴을 우스운 듯 보았다. 앤은 도무지 갈피를 잡을 수 없었고 또 뭐라고 말해야 좋을지 몰랐다.

"셜리 선생은 이 무서운 기별을 내게 가져오며 겁에 질려 있었겠지요?"

앤은 좀 무뚝뚝하게 대답했다.

"네."

프랭클린은 소리내지 않고 혼자서 미소 지었다.

"그럴 필요는 없었소. 내게 이보다 더 좋은 소식은 없으니까요. 나는 시빌을 위해 둘이 아직 어린 시절부터 자비스를 골라주었거든요. 다른 젊은이들이 시빌에게 눈을 돌리기 시작해서 나는 얼른 그런 애들을 쫓아내버렸소. 그래서 비로소 자비스는 시빌에게 관심을 기울이기 시작했죠. 그 아비를 혼내주겠다고 말이오!

그러나 자비스는 아가씨들에게 엄청 인기가 있어서, 진지하게 시빌을 생각하고 있음을 알았을 때 나는 그 행운을 믿을 수 없을 정도였소. 그래서 곧 나는 전략을 짰지요. 나는 모로네 일은 하나에서 열까지 다 알고 있으니까요. 앤은 모르오. 그 집안은 좋은 사람들이지만, 남자들은 손에 쉽게 들어오는 것은 바라지 않지요. 그리고 손에 들어오기 어려운 줄 알면 그때서야 손에 넣으려고 마음먹소. 늘 반대로 가는 거요.

자비스의 아버지는 그럴 뜻을 내비쳐보였다는 것만으로 세 아가씨를 실연시켰소. 자비스의 경우 어떤 결과가 될지 나는 뚜렷이 알

고 있었소. 시빌은 자비스에게 정신이 빠져 달아오를 터이므로 자비스 쪽에서는 금방 시빌에게 싫증나버리오. 시빌이 너무 쉽게 손에 들어오게 되면 자비스는 시빌을 언제까지나 바라지는 않으리라는 것을 나는 알고 있었소.

나는 자비스에게 집에 드나드는 것을 금하고 시빌에게는 자비스와 한마디도 나누어서는 안 된다고 명령하여 무자비한 아비의 역할을 완벽하게 연출해 왔소. 잡을 수 없는 것의 매력이라는 말이 있지만, 손 내밀 수 없는 것에 대한 매력이란 비교할 게 못되지요.

모두 계획대로 되어 갔지만, 시빌의 무기력이 생각지도 않은 장애가 되었소. 그 애는 좋은 아이지만 고집이 없지요. 그 애에게는 나를 거역하고서까지 자비스와 결혼할 만한 용기가 없으리라 생각했소. 자, 입을 열 준비가 되었으면 아가씨, 자초지종을 들려주지 않겠소?"

앤의 유머감각이 다시금 구원의 손길을 뻗쳤다. 앤은 비록 자기가 모자랐다 해도 진심으로 웃을 기회를 놓치지 않았다. 갑자기 앤은 프랭클린 웨스트콧과 잘 아는 친한 사이가 된 기분이 들었다.

프랭클린은 조용히 파이프를 즐기며 앤의 이야기에 귀기울였다. 앤의 이야기가 끝나자 그는 만족한 듯 고개를 끄덕였다.

"내가 생각했던 것보다 더 많이 댁의 도움을 받은 걸 알겠소. 앤 셜리 선생이 없었다면 그 애는 도저히 그만한 용기가 나지 않았을 거요. 자비스만 해도 내가 그 집안사람의 기상을 모른다 치고 생각하더라도 두 번 다시 웃음거리가 될 짓은 하지 않을 테니까요.

아, 위험했었군요! 평생 고맙게 생각하겠소. 남들의 입에 오르는 소문을 사실이라고 생각하면서도 이렇게 여기까지 와주다니 정말 훌륭하오. 많은 이야기를 들었겠지요, 어떻소?"

앤은 고개를 끄덕였다. 불독은 앤의 무릎에 머리를 두고 기분 좋게 코를 골고 단잠에 빠져 있었다.

앤은 솔직하게 말했다.

"누구나 웨스트콧 씨를 이상한 사람이고 심술쟁이며 까다롭다고들 말하고 있어요."

"그리고 내가 폭군이고, 내 아내에게 비참한 일생을 보내게 했으며, 집안사람들에게 압박을 가한다고도 들었을 텐데요?"

"네, 하지만 그런 소문을 모두 나는 좀 한 귀로 흘려서 듣고 있었어요, 웨스트콧 씨. 만일 소문대로 까다로운 분이라면 도비가 그처럼 아버지를 좋아할 리 없다고 생각했죠."

"어쩌면 이토록 이치에 밝은 사람일까! 내 아내는 행복한 여자였소, 셜리 선생. 그러니 매코머 선장 부인이 내가 아내를 못살게 굴어 죽였다느니 하는 말을 하면 내 대신 야단쳐 줘요. 아, 이런 품위 없는 말을 하여 실례했소.

몰리는 정말이지 미인이었소—시빌보다 훨씬 더 아름다웠죠. 피부는 희면서 분홍빛이고 머리는 황갈색이며 눈은 이슬을 머금은 듯 촉촉한 파란색이었으니까요! 서머사이드에서 으뜸가는 미인이었죠. 그렇지 않으면 안 되었던 거요. 나는 내 아내보다 아름다운 아내와 함께 교회에 들어오는 남자가 있었다면 참지 못했을 테니까요.

나는 집에서 남자로서 마땅한 태도를 취했지만 강압적이지는 않았소. 아, 물론 때로는 신경질을 부린 적도 있지만 몰리는 익숙해진 뒤로 그리 마음 쓰지 않았죠. 이따금 아내와 부부싸움을 할 권리쯤은 남자에게 있지 않겠소. 여자란 단순한 남편에게 싫증내는 법이니까요. 게다가 나는 여느 때로 돌아간 뒤로는 반드시 반지며 목걸이 같은 액세서리를 아내에게 사주었소. 온 서머사이드에서 아내만큼 멋진 보석을 많이 가진 여자는 없었죠. 그걸 꺼내 와서 시빌에게 줘야겠군요."

앤은 심술궂게 물었다.

"밀턴 시집은 어떻게 된 거죠?"

"밀턴 시집이라고요?……아, 그 일! 그것은 밀턴 시집이 아니오. 테니슨이죠. 나는 밀턴을 존경하고 있지만 앨프리드 테니슨은 참을 수가 없어서요. 너무 달콤해서 가슴이 메슥거리죠.

어느 날 밤인가 《이녹 아든》의 마지막 두 줄에 너무 화가 나서 창문으로 책을 내던졌소. 그러나 다음날 아침 그 '뿔피리의 노래'가 아까워서 주워왔소. 그 노래를 위해서라면 어떤 사람도 용서할 마음이 되죠. 그 책은 조지 클러크네 못 속에 떨어지지는 않았소. 그것은 프라우티 할머니가 각색한 것이오.

벌써 돌아가는 것은 아니겠죠? 좀 더 같이 있으면서 하나뿐인 딸아이를 뺏긴 쓸쓸한 노인과 함께 저녁 식사를 하고 가시오."

"정말로 유감스럽지만 웨스트콧 씨, 오늘 밤은 직원회의가 있어서요."

"그럼, 시빌이 돌아오고 나서 다시 만나뵙지요. 그 두 아이 녀석에게 파티를 열어주어야만 할 테니까요.

아, 고맙소, 이젠 얼마나 마음이 놓이는지! 내가 양보하며 '딸을 데려가주오'라고 말하는 것을 얼마나 싫어했는지 셜리 양은 모를 거요. '이렇게' 된 지금 내가 해야 할 일은 비탄에 젖어 단념하며 죽은 어머니를 봐서 하는 수 없이 그 애를 용서하는 척하는 거요. 나는 잘 해치우겠소. 자비스에게 결코 눈치채게 해서는 안 되니까요. 셜리 양도 비밀을 털어놓아서는 안 됩니다."

앤은 약속했다.

"털어놓지 않겠어요."

프랭클린 웨스트콧은 현관까지 정중히 앤을 바래다주었다. 개는 뒷다리로 앉아 앤 뒤에서 컹컹 짖었다.

문가에서 프랭클린은 입에서 파이프를 떼어 앤의 어깨를 두드리며 진지한 얼굴로 말했다.

"언제나 잊어서는 안 됩니다. 심술꾸러기 고양이의 가죽을 벗기는 방법은 꼭 한 가지만이 아니라는 것을. 고양이 녀석이 자기 가죽을 잃어버리고도 알 수 없도록 할 수 있으니까요.
리베카 듀에게 안부 전해 주오. 아주 좋은 할미고양이죠—쓰다듬는 법만 제대로 안다면요. 고맙소……정말 고맙소."

고요하고 온화한 밤을 걸어서 앤은 집으로 돌아왔다. 안개가 걷히고 바람은 바뀌었으며 연한 녹색 하늘은 서리가 내릴 듯 보였다.

앤은 생각했다.

'모두들 내게 프랭클린 웨스트콧을 모른다고 했는데, 그 말이 맞았어.'

리베카 듀는 열심히 물었다.

"프랭클린은 어땠죠?"

앤이 없는 동안 몹시 신경쓰였던 것이다. 앤은 말해 주었다.

"결국 그리 지독하지는 않았어요. 그러다가 도비를 용서해 주겠죠."

리베카 듀는 감탄했다.

"사람을 설득하는 데 셜리 양보다 잘하는 사람을 결코 본 적 없어요. 확실히 어떤 '요령'을 가지고 있는 거예요."

"무엇인가 계획하고 무엇인가 이루고서 하룻밤의 휴식이 얻어진다."

그날 밤 앤은 롱펠로의 '마을의 대장장이' 한 구절을 읊으며 발판 세 개를 올라가 잠자리에 들었다.

"하지만 다음에 다른 사람이 달아나고 싶다고 의논해 올 때는 어떻게 될까!"

일리저버스 아버지께 띄운 편지

길버트에게 보내는 편지에서.

서머사이드의 어느 부인으로부터 내일 밤 저녁 식사 초대를 받았어. 믿지 않겠지만 그 사람 이름은 톰갤런—미스 미너버 톰갤런이야. 자기는 내가 디킨스의 소설을 너무 오랫동안 늦게까지 읽는 탓에 그런 이름을 생각해 낸다고 하겠지.

사랑하는 길버트, 당신 이름이 블라이스여서 참 다행이야. 만일 당신이 톰갤런이라는 이름이었다면 나는 결코 당신과 결혼하지 않을 거야. 생각해 봐. 앤 톰갤런! 도저히 그런 이름은 생각할 수 없어.

이것은 서머사이드에서 최고 명예야—톰갤런 저택에 초대된다는 것은. 이 저택에는 달리 이름이 붙어 있지 않아. 톰갤런 집안에 느릅나무 저택이니, 밤나무집이니, 농원장(農園莊) 같은 시시한 이름은 필요없었던 거야.

톰갤런 가문은 옛날에 '황족'이었대. 프링글 집안은 이 집안에 비하면 그저 가벼운 벼락부자 같은 거래. 지금은 미스 미너버 혼자만 남아 있고, 이 사람이 6대에 걸쳐 내려온 톰갤런 집안의 오직 하나뿐인

생존자야.

이 사람은 퀸 거리에 있는 커다란 저택에 혼자 살고 있어. 저택에는 커다란 굴뚝이 몇 개나 있고 차양은 녹색이지. 개인집으로는 온 서머사이드에서 오직 그 집만 창문에 스테인드글라스가 끼워져 있어.

집은 네 가족이 충분히 살 수 있을 만큼 넓은데 미스 미너버와 요리사와 가정부만 살아. 손질이 잘 되어 있지만 그 옆을 지날 때마다 어쩐지 인생에서 잊혀진 장소라는 느낌이 들어.

미스 미너버는 영국국교회에 가는 일 말고는 좀처럼 외출하지 않아서 2, 3주일 전 그녀가 아버지의 귀중한 장서를 학교에 정식으로 기증하기 위해 직원과 평의원회의에 참석했을 때 나는 처음 그녀를 만났어.

정말 미너버 톰갤런다운 풍채의 사람이었어. 키가 크고 말랐어. 좁고 흰 얼굴은 길었으며 코와 입도 길고 얇았지. 이렇게 말하면 그리 멋있게 들리지 않겠지만, 미스 미너버는 위엄 있고 귀족적인 타입으로 늘 훌륭하며 조금은 중후하면서도 우아한 차림을 하고 있어.

젊었을 때는 무척 미인이었다고 리베커 듀가 말했는데, 지금도 커다란 검은 눈이 불꽃같이 빛나고 있어. 말은 유창하게 아무 어려움없이 흘러나오고, 증정식의 연설을 이 사람만큼 즐기면서 하는 이를 본 적이 없어.

미스 미너버는 내게 특별히 잘해주었지. 그리고 함께 만찬을 하고 싶다는 정식 초대장을 받았어. 리베커 듀에게 그 말을 하니까 마치 내가 버킹엄 궁전에 초대라도 받은 듯 눈을 동그랗게 떴어.

리베커 듀는 외경스러운 듯한 목소리로 말했어.

"톰갤런 저택에 초대받는 것은 엄청난 영광이에요. 지금까지 미스 미너버가 교장을 초대했다는 말은 들어본 적 없는걸요. 하기야 지금까지는 모두 남자였으니까 초대하기에 좀 그랬겠지만요.

글쎄, 그 사람 수다가 셜리 양의 숨통을 조이지 않으면 좋겠군요.

톰갤런 집안사람들은 모두 말을 잘하니까요. 또 남들 눈에 띄는 곳에 나서기를 좋아하죠.

사람에 따라서는 미스 미너버가 그렇게 집안에서만 지내고 있는 것은 나이를 먹어 전처럼 나설 수 없는데다 누군가 밑에 있는 것은 싫어하기 때문이래요.

뭘 입고 가죠, 셜리 양? 그 크림빛 비단옷에 검은 벨벳 볼레로를 걸친 모습을 보고 싶네요. 정말이지 화려하고 좋아요."

나는 물었어.

"조용한 저녁 외출치고는 그 옷이 너무 화려하지 않을까요?"

"미스 미너버는 그걸 좋아할 것 같은데요. 톰갤런네 사람들은 손님이 훌륭한 차림을 하고 오는 것을 좋아해요. 미스 미너버의 할아버지라는 사람이 언젠가 무도회에 초대된 어느 여자가 가장 좋은 드레스를 입고 오지 않았다고 그 얼굴 앞에서 문을 쾅 닫아버렸다는 소문이 있어요. 톰갤런네에 올 때는 가장 좋은 외출복을 입어도 지나치지 않다고 말하면서요."

하지만 나는 녹색 보일을 입고 가려 해. 톰갤런네의 망령들은 어쩔 수 없이 눈을 질끈 감고 참아야만 할 테지.

길버트, 내가 지난주 무슨 짓을 했는지 털어놓겠어. 또 남의 일에 공연한 참견을 한다고 여기겠지만, 어쩔 도리가 없었어. 다음해에 나는 이미 서머사이드에 없을 거고, 조그만 일리저버스를 해마다 엄하고 마음이 좁아지기만 하는 매서운 노인의 뜻대로 내맡겨둔다는 것은 생각만 해도 견딜 수 없어. 그런 음침한 집에서 그 사람들과 함께 있으면 일리저버스는 어떤 처녀시절을 보내게 될까?

최근에도 일리저버스는 뭔가 그리워하듯 내게 물었어.

"무섭지 않은 할머니란 어떤 사람일까요?"

내가 한 일은 이것이야. '일리저버스의 아버지에게 편지를 썼어'. 아버지는 파리에 있고, 나는 주소를 몰랐지만 리베커 듀가 회사이름을 기억하고 있었어. 그 지사를 그가 맡고 있어.

나는 하늘에 운명을 맡기고 회사 파리지점으로 편지를 띄웠지. 편지는 표현에 한껏 신경 썼지만, 일리저버스를 데려가야만 한다는 것을 분명히 밝혔어. 일리저버스가 아버지를 몹시 그리워하며 꿈에서까지 본다는 것, 캠벌 부인이 실제로 너무 지나치게 엄하다는 것을 거침없이 썼어.

어쩌면 아무 도움도 안 될지 몰라. 그래도 그렇게 하지 않으면 나는 언제까지나 썼더라면 좋았을 거라는 생각을 떨쳐버릴 수 없을 거야.

이 일을 생각하게 된 것은 전날 일리저버스가 아버지를 내게 돌려주세요, 그리고 나를 귀여워하도록 해주세요, '하느님에게 편지를 썼다'고 아주 진지한 얼굴로 내게 말했기 때문이야. 학교에서 돌아오는 길에 빈터 한가운데에 서서 하늘을 올려다보며 편지를 읽었대.

일리저버스가 어떤 이상한 짓을 했다는 게 사람들에게 알려졌어. 프라우티 할머니가 그것을 듣고 다음날 미망인들에게 바느질하러 왔을 때 내게 말씀해주셨어. '그런 식으로 하늘과 말을 하다니', 일리저버스는 점점 이상해져간다고 말이야.

그 일을 일리저버스에게 물어봤어.

"기도보다는 편지 쪽이 하느님 마음에 들 것 같았거든요. 나는 오랫동안 기도해 왔는걸요. 하느님에게는 기도가 너무 여기저기서 많이 들어올 게 틀림없어요."

그날 밤 나는 일리저버스의 아버지에게 편지를 썼어.

이 편지를 끝내기 전에 더스티 밀러 일을 이야기해야겠어. 얼마 전 케이트 아주머니가 더스티 밀러를 위해 다른 집을 알아봐야겠다, 리베커 듀가 더스티 밀러의 일로 '너무 불평하고' 있어서 이제 더 이상 견딜 수 없다고 내게 말했어.

지난주 어느 날 저녁 무렵 학교에서 돌아와보니 더스티 밀러가 없었어. 에드먼즈 부인에게 줘버렸다고 채티 아주머니가 말했어. 에드먼즈 부인은 바람에 살랑거리는 버드나무집 반대쪽에 사는 사람이야. 나는 슬퍼졌어. 더스티 밀러와 아주 단짝이었으니까. 그러나 적어도 나는 리베커 듀는 좋아할 거라 생각했어.

그날 리베커 듀는 무릎덮개 짜는 것을 도우러 시골 친척집에 가고 없었어. 해가 저물어 리베커 듀가 돌아왔을 때에는 아무 말 않고, 자야 할 시간이 되어 리베커 듀가 뒤편 포치에서 더스티 밀러를 부르고 있을 때 케이트 아주머니가 조용히 말했어.

"더스티 밀러를 부르지 않아도 돼요, 리베커. 여기에 없으니까요. 더스티 밀러를 위해 다른 집을 구해줬거든요. 리베커도 이제는 더스티 밀러 때문에 더 이상 애먹지 않아도 돼요."

"여기 없다고요? 더스티 밀러한데 집을 구해줬다고요? 어머나, 무슨 일이람! 여기가 그 고양이집이잖아요?"

"에드먼즈 부인에게 줘버렸어요. 그 사람은 딸이 시집간 뒤로 아주 쓸쓸해 해서, 좋은 고양이라면 상대가 될 만하다고 여겼죠."

리베커 듀는 방으로 들어와 문을 쾅 닫았어. 몹시 화를 내고 있었어.

"이래서는 도저히 참을 수 없어요!"

실제로 그런 것 같았어.

"이달 말에 나가겠어요, 아주머니. 형편만 좋다면 더 빨리 나갔으면 해요."

케이트 아주머니는 어떻게 해야 할지 몰라했어.

"하지만 리베커, 나는 모르겠군요. 언제나 더스티 밀러를 싫어했잖아요. 바로 지난주에도 리베커는 그렇게 말했었는데……"

그러자 리베커는 덤벼들 듯 말했어.

"그래요. 내 탓으로 하면 좋겠지요! 내 기분 같은 것은 생각하지 않아도 좋아요! 아, 가엾은 고양이! 나는 그 고양이 곁에서 응석을 다

Chang.Kye

받아주고 밤에도 일어나 나와 집안에 넣어주곤 했는데. 그런데 이제 와서 한마디 상의도 없이 내가 없는 동안에 쫓아내다니. 더욱이 세러 에드먼즈에게. 그 사람은 비록 더스티 밀러가 그 때문에 불쌍하게 죽는다 하더라도 간 한 조각 살 그런 사람이 아닌데! 내게는 오직 하나뿐인 부엌친구였는데!"

"하지만, 리베커는 늘……"

"네, 말하세요, 뭐든지 말하세요! '나'에게는 한마디도 입을 열게 하지 않아도 좋으니까요. 나는 그 고양이를 어릴 때부터 길러왔죠. 그 고양이의 건강과 행동에 늘 주의해 왔어요. 그렇죠, 그 사람 또한 내가 지금까지 해왔듯이 고양이가 밖에서 얼어죽을까 걱정할까요? 추운 밤에도 '몇 시간'이나 밖에 나가 그 고양이를 불러주면 좋겠지만…… 하지만 어쩔까싶군요. 정말로 어쩔까싶어요.

그래요, 아주머니, 이번에 영하 10도가 되었을 때 아주머니 마음이 불편하지 않으면 좋겠다고 여겨지는군요. 그렇게 되면 '나'는 한숨도 못 잘 텐데요. 하지만 물론 그런 건 아무래도 상관없겠지요."

"리베커, 당신이 그렇게……"

"매코머 아주머니, 나는 벌레도 아니고 구두닦개도 아니에요. 그래요, 이 일은 내게 곧 교훈이 되겠죠—아주 귀중한 교훈이었어요! 두 번 다시 어떤 동물에게도 애정을 주거나 하지 않겠어요. 아주머니가 정정당당하게 한 일이라면……그런데 내가 없는 동안에……이런 식으로 나를 기습하다니! 이런 비겁한 수법은 들은 적이 없어요. 하지만 내 기분도 생각해달라고 해봐야 내가 큰소리칠 형편이 아니지요."

케이트 아주머니는 필사적으로 말했어.

"리베커, 더스티 밀러를 되찾고 싶어한다면 되찾아올 수 있어."

"그러면 그렇다고 왜 더 빨리 말하지 않았죠? 그것은 안 될 듯 싶은데요. 세러 에드먼즈가 그 고양이를 자기 것이라고 꽉 잡고 있어요."

"내놓을 거예요."

케이트 아주머니는 또다시 형편없이 진 꼴이 되었어.

"그럼, 만일 더스티 밀러가 돌아오면 우리집에서 나가지 않겠죠, 리베카?"

리베카 듀는 큰 양보라도 하듯 말했어.

"생각해 보겠어요."

다음날 채티 아주머니가 뚜껑달린 바구니에 더스티 밀러를 넣어 집으로 가져왔어. 리베카 듀가 더스티 밀러를 꼭 안고 부엌으로 가서 문을 닫아버리자 채티 아주머니와 케이트 아주머니가 눈짓하고 있는 것을 나는 보았어. 수상하다고 생각해. 이것은 세러 에드먼즈가 합세하여 꾸며낸 미망인들의 교묘한 책략이 아니었을까?

그 뒤로 리베카는 더스티 밀러의 일로 한마디도 불평하지 않고, 자는 시각에 더스티 밀러를 부를 때 그 목소리에는 뚜렷이 승리의 울림이 담겨 있어. 마치 더스티 밀러가 마땅히 있어야 할 곳으로 돌아왔다는 것과 자기가 마침내 미망인들을 이겼다는 것을 서머사이드가 두루두루 알아주기를 바라는 듯 들려!

앤, 톰갤런 저택에 초대받다

하늘을 달리는 구름조차 바빠보이는, 바람센 3월 저녁무렵, 앤은 널찍한 층계를 뛰어올라가고 있었다. 층계는 묵직한 톰갤런 저택의 정면 현관에까지 이어지고, 양옆에는 돌항아리와 아주 냉엄한 돌사자가 우두커니 앉아 있었다.

언제나 어두워진 뒤에 앤이 지나가면 불이 한두 개 창문에서 흘러나올 뿐 저택은 어둡고 음침했었다. 그러나 지금은 미스 미너버가 마치 온 서머사이드 사람들을 다 초대한 듯 양 가장자리까지 불을 켜놓아서 저택이 휘황하게 빛나고 있었다. 자기를 위해 이처럼 밝은 불을 켜놓았나 싶어 안심이 되었다. 크림빛 비단옷을 입고 왔으면 좋았을 걸 앤도 아쉬워했다.

그렇다 해도 녹색 보일을 입은 앤은 무척 아름다워 보였다. 현관으로 맞아들인 미스 미너버도 그렇게 생각한 듯 얼굴과 목소리에 따뜻한 마음이 넘쳐 흘렀다. 미스 미너버 자신은 위엄 있는 검은 벨벳 옷을 입고 풍성하게 빗은 엷은 잿빛 머리에 다이아몬드빗을 꽂았으며, 도드라지게 새긴 보석 브로치를 달고 있었다.

의상은 전체적으로 좀 유행에 뒤떨어진 것이었으나 미스 미너버가 도도한 태도로 입고 있어서 황족 의상처럼 시대를 뛰어넘는 듯 보였다.

"톰갤런 저택에 잘 오셨어요."

미스 미너버는 다이아몬드 반지를 낀 가녀린 손을 내밀었다.

"셜리 양을 손님으로 맞아들일 수 있어 진심으로 기뻐요."

"나는……"

"톰갤런 저택에는 언제나 아름다운 사람들, 젊은 사람들이 왔었지요. 성대한 파티를 열어 이곳을 찾은 명사를 모두 접대했었답니다."

미스 미너버는 빛바랜 벨벳 카펫 위를 걸어 큰 층계 쪽으로 앤을 안내했다.

"하지만 지금은 모든 게 달라져버렸어요. 오래전부터 거의 손님을 부르지 않고 있지요. 아마 그편이 좋겠죠. 나는 마지막 살아남은 톰갤런네 사람이에요. 우리 집안은 저주받았으니까요."

미스 미너버의 괴기와 무서움이 담긴 처절한 목소리에 앤은 몸이 오들오들 떨려오는 것 같았다. 톰갤런 집안의 저주! 소설 제목으로는 그 얼마나 멋진가!

"이곳은 우리 증조부님이 새집이 완성돼서 그 신축 축하연을 열었던 날 밤 뒹굴어 떨어져 목이 부러진 층계예요. 이 집은 사람의 피로 도리어 깨끗해진 거죠. 증조부님은 '저기'에 떨어졌었어요."

미스 미너버가 길고 긴 하얀 손가락으로 홀의 호랑이 가죽깔개를 극적으로 가리켰기에 앤은 그 위에 죽어 누워 있는 톰갤런의 모습이 보이는 것 같았다. 앤은 뭐라고 해야 좋을지 몰라 맥빠진 소리를 냈을 뿐이었다.

"어머나!"

미스 미너버는 앤을 홀로 안내해 갔다. 빛바랜 아름다운 초상화며 사진이 걸리고 끄트머리에는 그 유명한 스테인드글라스가 끼워진 창문이 있었다. 그곳을 지나 넓고 천장이 높은 매우 위엄 있는 응접실로 들어갔다. 거대한 널빤지를 붙인 키 큰 호두나무침대에는 너무도 호화스러운 침대커버가 덮여 있어서 앤은 그 위에 모자와 외투를 놓는 게 모독감을 주는 듯 느껴졌다.

미스 미너버는 감탄했다.

"셜리 양 머리는 매우 아름답군요. 나는 본디 빨강머리를 좋아해요. 리디어 아주머니가 그랬었죠. 톰갤런네에서 머리가 빨간 사람은 이 아주머니뿐이었어요. 어느 날 밤 방에서 머리를 빗고 있을 때 촛불이 옮겨 붙어 아주머니는 불꽃에 싸여 비명을 지르며 복도를 이리저리 돌아다녔어요. 그것도 모두 저주의 일부예요."

"그럼, 그분은……"

"아뇨, 타죽지는 않았지만 아름다움을 모두 잃었죠. 그 아주머니는 아주 미인인데다 '허영심'이 강했으니까요. 그날 밤부터 죽는 날까지 저택에서 한 발자국도 나가는 일 없이, 불에 덴 자국이 있는 얼굴을 아무도 보지 못하게 관 뚜껑을 덮어달라고 유언하고 숨졌죠. 앉아서 덧신을 벗지 않겠어요? 이 의자는 아주 앉기 편해요. 언니는 뇌일혈로 이 의자에 앉은 채 죽었죠. 미망인이어서 남편이 죽은 뒤 여기로 돌아와 살고 있었는데 언니가 낳은 작은 딸은 부엌에서 끓는 물냄비에 데었어요. 아이의 죽음치고는 비극적이잖아요?"

"어머나, 어쩌면—"

"하지만 어쨌든 어떻게 죽었다는 것만은 우리가 알 수 있었죠. 나의 수양아주머니 일라이저는—그래요, 살아 있다면 내 수양아주머니가 됐을 거예요—6살 때 갑자기 사라져버렸어요. 이 아주머니가 어떻게 되었는지 아는 사람은 아무도 없어요."

"하지만 정말—"

"사방팔방 다 찾아보았지만 아무 단서도 없었어요. 그 아주머니의 어머니—내게는 수양할머니가 돼요—는 할아버지의 조카딸인데, 여기서 기르고 있던 고아에게 몹시 심한 짓을 했대요. 어느 더운 여름

날 벌을 준다고 층계 위에 있는 조그만 방에 그 애를 집어넣고 문을 잠갔는데, 내놓아주려고 가보니 그 애가—'죽어' 있었던 거예요. 아이가 없어졌을 때 그 고아의 귀신이 씌었다고 말하는 사람도 있었지만, 나는 우리 집안에 내린 저주 탓이라고 생각하고 있어요."

"누가 대체 그런 저주를—"

"셜리 양의 발등은 어쩌면 그토록 높을까요! 나도 발등으로는 남들에게서 칭찬을 많이 받았어요. 그 밑으로 물을 흐르게 할 수 있을 정도라고들 말했으니까요—귀족인 증거죠."

미스 미너버는 벨벳 스커트 밑에서 조심스레 한쪽 구두를 앞으로 내밀어 확실히 뛰어나게 아름다운 발을 내보였다.

"정말……"

"식사 전에 저택 안을 보여드릴까요? 전에는 서머사이드의 자랑거리였었죠. 이제 와서는 모두 구식이 되어버렸지만, 조금은 재미있는 것도 있을 거예요.

층계 위에 걸린 그 칼은 고조부님의 것이었어요. 그분은 영국 육군 장교였는데 프린스 에드워드 섬 토지를 하사받았죠. 이 고조부님은 이 집에서 살지 않았지만 고조모님은 몇 주일 살았어요. 아들이 비극적인 죽음을 맞은 뒤로 얼마 살지 못했죠. 그 뒤로 심장이 몹시 나빠져 작은증조부인 제임스라는 막내아들이 움 속에서 권총 자살을 했을 때 그 충격으로 죽어버렸어요.

제임스 작은증조부님이 자살한 것은 결혼하고 싶어 했던 아가씨에게 실연당했기 때문이에요. 그 아가씨는 엄청 미인이었지요—너무 아름다워서 오히려 안 좋았던 게 아닐까 해요. 엄청난 유혹이 되니까요. 이 아가씨 때문에 비탄에 젖은 사람은 가엾은 나의 작은증조부님 말고도 많이 있었던 듯싶어요."

미스 미너버는 사정없이 앤을 이끌고 커다랗고 네모진 방이 가득 있는 넓은 저택 안을 돌아다녔다. 무도실, 온실, 당구장, 응접실 셋,

아침식사방, 수없는 침실, 터무니없이 큰 지붕밑 다락방 등이었다. 어느 방이나 모두 호화롭고 음침했다.

"저것은 로널드 숙부와 루벤 숙부에요."

미스 미너버는 난로 양쪽에서 서로 노려보고 있는 듯 보이는 두 인물을 가리켰다.

"이분들은 쌍둥이인데 태어났을 때부터 서로 몹시 미워했어요. 온 저택 안에 두 사람의 싸움 소리가 울려 퍼졌죠. 그 때문에 두 사람을 낳은 어머니의 일생은 비참했어요.

이 방에서 천둥소리가 나는 가운데 최후의 싸움을 벌이고 있을 때 루벤이 벼락에 맞아 죽어버렸죠. 로널드는 언제까지나 그 충격을 잊을 수 없어 그날부터 얼빠진 사람이 되어버렸대요. 그 부인은……"

미스 미너버는 생각난 듯 덧붙였다.

"아, 결혼반지를 삼켜버렸어요"

"어쩌면 그런……"

"너무 조심성이 없다며 로널드는 아무도 손쓰지 못하게 했어요. 곧 토하는 약이라도 먹었더라면……하지만 반지에 대해서는 두 번 다시 입에 올리지 못했어요. 그 덕분에 아내의 일생은 엉망이 되었지요. 결혼반지가 없어서 늘 '미혼' 같은 기분이 든다고 말했대요."

"어쩌면 저토록 아름다운—"

"네, 그래요. 우리 어밀리어 숙모예요. 앨릭잰더 숙부의 부인이죠. 고상한 얼굴을 하고 있다 하여 소문이 자자했지만 자기 남편을 버섯 스튜—사실은 독버섯이었지요—로 독살해 버렸어요.

우리는 늘 사고인 척 해왔어요. 한 집안에 살인이 일어나면 아주 성가시니까요. 그러나 우리는 모두 진실을 알고 있어요.

물론 숙모는 자기 마음에 없는 결혼을 했어요. 그녀는 명랑한 젊은 아가씨였고 삼촌 쪽은 너무 나이를 먹었으니까요. 그래요, 추운 12월과 따뜻한 5월 같았지요.

그렇다고 독버섯 같은 것을 써도 좋다는 이유는 되지 못해요. 그 뒤 얼마 안 되어 이 숙모는 폐병에 걸렸어요. 두 사람은 함께 샬럿타운에 묻혀 있어요. 톰갤런네 사람은 모두 샬럿타운에 묻혀요.

이것은 루이즈 숙모예요. 이 사람은 아편 정기(丁幾)를 먹었죠. 의사선생님이 그것을 토하게 해서 목숨을 건졌지만, 우리는 모두 두 번 다시 숙모에게 마음놓을 수 없다고 생각했어요. 그럴 듯하게 폐렴으로 죽었을 때는 정말 다행이라 여겼죠.

물론 우리들 가운데에는 숙모에 대해 이러니저러니할 수 없는 사람도 있어요. 그 남편이라는 사람은 숙모의 엉덩이를 때렸거든요."

"엉덩이를 때렸다구요……"

미스 미너버는 의연히 말했다.

"그래요. 세상에는 신사라면 해선 안 되는 일이 몇 가지 있는데, 아내의 엉덩이를 때리는 것도 그 가운데 하나예요. 두들겨패서 쓰러지게 하는 일이 있을지라도 엉덩이만은 결코 안 돼요. '나에게 엉덩이'를 때릴 수 있는 용기를 가진 남자가 있다면 한번쯤 보고 싶군요."

앤도 그런 사람을 보고 싶다고 생각했다. 앤은 마침내 상상력에도 한계가 있다는 것을 깨달았다. 앤의 상상력이 미치는 한 미스 미너버 톰갤런의 엉덩이를 찰싹찰싹 때리는 남편을 상상할 수는 없었다.

"이 방은 나의 불쌍한 아서 동생이 결혼식이 끝나고 신부를 집으로 데려온 날 밤 신부와 싸웠던 방이에요. 신부는 방을 나가 두 번 다시 돌아오지 않았죠. 어째서 그렇게 됐는지는 아무도 몰랐어요. 신부는 그야말로 아름답고 위엄이 있어서 우리는 늘 '여왕'이라 부르고 있었거든요. 그녀는 결혼을 거절해서 동생의 감정을 해치는 게 싫어 모든 일이 끝난 뒤에야 후회한 거라고 말했지만요.

가엾게도 그 때문에 동생은 평생을 망쳐 떠돌이 세일즈맨이 되었어요. 톰갤런네 사람으로서 세일즈맨이 된 이는 들은 적도 없는데……"

미스 미너버는 비극적인 목소리로 말했다.

"여기는 무도실이에요. 물론 지금은 쓰지 않아요. 하지만 전에는 여기서 늘 무도회를 열었죠. 톰갤런네 무도회라면 성발 유명했어요. 온 섬에서 모여들었으니까요.

저 샹들리에는 아버지가 5백 달러를 주고 샀어요. 어느 날 밤 여기서 한창 춤추고 있을 때 나의 할머니뻘되는 페이선스가 그만 쓰러져 죽었죠—저기 저 구석 쪽이에요. 그 할머니는 자기를 실망시킨 남자 때문에 아주 괴로워하고 있었어요. 남자 일로 비탄에 젖는 아가씨란 상상도 되지 않아요. 남자는—"

미스 미너버는 말하면서 아버지의 사진을 가만히 바라보았다. 턱수염이 곤두서고 독수리 같은 코를 하고 있었다.

"내게는 '하찮은' 일로 여겨졌지만 할아버지대에는 옛날부터 전해져 내려오는 말이 있었어요. 할아버지와 할머니가 집을 비운 어느 토요일 밤 가족들이 여기서 춤추고 있었는데, 너무 늦게까지 춤추어—"

미스 미너버가 갑자기 목소리를 낮췄으므로 앤은 섬뜩했다.

"'악마가 들어왔던 거예요'. 저 미닫이 창문틀에 발자국 같은 이상한 흔적이 있어요. 하지만 물론 나는 '그런' 이야기를 믿고 있지는 않아요."

미스 미너버는 그것을 믿을 수 없지 않느냐는 듯 한숨을 깊이 쉬었다.

톰갤런 저택에서의 하룻밤

식당도 저택의 다른 부분과 조화를 이루고 있었다. 여기에도 또 그럴 듯한 샹들리에가 있고, 맨틀피스 위에는 마찬가지로 금박테두리의 거울이 걸려 있었다. 테이블 위에는 은 또는 고급 유리그릇이며 더비 산 옛 도자기가 아름답게 진열되어 있었다.

까다로운 듯 나이든 가정부가 시중드는 저녁 식사는 푸짐하고 아주 맛있어 젊은 앤의 왕성한 식욕은 그것을 충분히 즐겼다. 미스 미너버는 잠시 입을 다물고 있었으며, 앤 또한 비극적인 사태를 불러일으키는 계기가 될 것이 두려워 조용히 있었다.

커다랗고 윤기 나는 검은 고양이가 들어와 미스 미너버 곁에 앉아 쉰 목소리로 야옹야옹 울었다. 미스 미너버는 접시에 우유를 부어 고양이 앞에 놓아주었다. 그때부터 미스 미너버가 훨씬 인간미를 더한 듯 보여 앤의 마음에서 마지막 톰갤런네 사람이라는 공포감이 거의 사라졌다.

"복숭아를 좀더 드세요. 아무것도 안 들잖아요—정말로 아무것도 안 드시는군요."

"어머나, 미스 톰갤런, 너무—"

미스 미너버는 만족스러운 듯 말했다.

"톰갤런네 식사는 언제나 이렇게 대단하지요. 소피어 숙모는 스폰지 케이크를 만드는 명수로 그런 맛있는 스폰지 케이크를 다른 데서는 먹어본 적이 없어요. 이 집에 오는 사람들 가운데 아버지가 싫어하는 오직 한 사람은 아버지의 여동생 메리였는데, 그 까닭은 메리가 식사를 너무 조금 했기 때문이에요. 음식을 가늘게 썰어서 조금씩 먹었다니까요.

아버지는 자기에 대한 모독이라고 받아들였죠. 아버지는 매우 인정사정없는 차가운 사람이었어요. 내 동생 리처드가 아버지 뜻을 거스르고 결혼한 것을 절대로 용서하지 않았죠. 아버지는 그에게 집을 나가라고 명해서 동생은 두 번 다시 이 집에 발을 들여놓은 일이 없어요. 아버지는 아침마다 가족끼리 예배볼 때 주기도문을 외었는데, 리처드에게 모욕당하고 나서부터는 '우리가 우리에게 죄지은 자를 사하여 준 것같이 우리 죄를 사하여 주시옵고'라는 구절을 반드시 빼곤 했어요. 아버지가 저기에 무릎꿇고 그 구절을 외던 모습이 눈에 보이는 것 같아요."

미스 미너버는 꿈꾸듯 말을 맺었다.

식사가 끝나자 두 사람은 셋 있는 응접실 가운데 가장 작은 방으로 옮겼다—그래도 꽤 넓고 음침했다—힘차게 타오르는 불 앞에서 한때를 보냈다. 다정하고 따스한 불이 타는 난로였다.

앤은 디저트용 조그만 냅킨을 코바늘로 뜨고, 미스 미너버도 어깨덮개를 짜면서 모노드라마처럼 혼자서 말했는데 대부분 톰갤런네의 화려한 역사 이야기였다.

"이 사람은 남편에게 거짓말을 해서 남편에게 두 번 다시 믿음을 얻지 못했어요. 저 사람은 남편이 죽을 줄 알고 상복준비까지 모조리 끝내놓고 있었는데 남편의 병세가 좋아지는 바람에 빗나가서 실망해 버렸죠. 오스커 톰갤런은 죽었다가 되살아났어요. 모두 오스커가 되살아나기를 바라지 않았어요. 부활은 비극이 되고 말았지요.

클로드 톰갤런은 실수로 자기 아들을 쐈어요. 에드거 톰갤런은 어둠 속에서 약을 먹었기 때문에 죽어버렸어요. 데이비드 톰갤런은 질투심 많은 아내가 죽을 때 재혼하지 않겠다고 약속했으면서 다시 결혼해 버려서 죽은 부인의 망령에 시달렸다고 해요.

데이비드의 눈은—상대방을 꿰뚫어 그 뒤에 있는 무엇인가를 늘 가만히 지켜보고 있었어요. 사람들은 데이비드와 한방에 있는 것을 싫어했어요. 다만 아무도 죽은 부인의 유령을 본 사람이 없으니, 아마 데이비드의 양심의 가책 때문이겠죠. 셜리 양은 유령을 믿나요?"

"나는……"

"물론 이집 북쪽에는 진짜 유령이 있어요. 아주 아름다운 젊은 아가씨예요—한창 나이에 죽은 나의 할머니 뻘되는 에밀리예요. 이 할머니는 무척 살고 싶어했죠—곧 결혼하기로 되어 있었거든요. 이 저택은 비극적인 추억으로 산더미처럼 쌓여 있어요."

"미스 톰갤런, 이 저택에서 즐거운 일은 하나도 없었나요?"

가까스로 앤은 끝까지 말할 수 있었다. 미스 미너버가 코를 푸는 동안 이야기를 멈춰야만 되었기 때문이다.

"아, 그렇지는 않았다고 여겨요."

미스 미너버는 그것을 인정하는 것이 싫은 말투였다.

"그래요, 물론 내 처녀시절에는 여기서 늘 떠들썩하게 지냈었죠. 셜리 양은 서머사이드 사람들 일을 모두 모아서 책으로 쓰고 있다지요?"

"아뇨, 그렇지 않아요. 그런 말은 거짓말—"

미스 미너버는 실망한 게 틀림없었다.

"그래요! 하지만 만일 쓴다면 우리집 이야기를 무엇이든 자유로이 써도 좋아요. 그래요, 이름을 바꿔서요. 그럼, 파체시(인도 주사위) 놀이는 어때요?"

"이제 그만 가봐야겠어요."

"아니에요, 오늘 밤은 못 가요. 비가 마구 퍼붓는걸요. 게다가 저 휘몰아치는 바람소리를 들어봐요. 우리집에는 이제 마차도 없고—거의 쓸 데가 없어서요—이 큰 빗속을 반 마일이나 걸어갈 수는 없어요. 오늘 밤은 묵고 가야만 해요."

앤은 톰갤런네에서 하룻밤 지내고 싶다고 생각지 않았다. 그러나 3월 폭풍우 속을 바람에 살랑거리는 버드나무집까지 걸어가는 것도 싫었다. 그래서 두 사람은 파체시 게임을 시작했다. 이 게임에 미스 미너버는 열중하여 무서운 이야기를 하는 것도 잊어버렸다. 그리고 나서 '밤참'을 먹었다. 두 사람은 닭고기를 넣은 토스트를 먹고 톰갤런네 집안에 옛날부터 전해 오는 놀라우리만큼 얇고 아름다운 찻잔으로 따뜻한 코코아를 마셨다.

마침내 미스 미너버는 앤을 손님용 침실로 데려갔다. 앤은 그 방이 미스 미너버의 언니가 뇌출혈로 죽은 방이 아닌 것을 보고 비로소 마음이 놓였다.

"이곳은 애너벨러 숙모의 방이었어요."

미스 미너버는 아름다운 녹색 화장대 위에 놓인 은촛대에 촛불을 켜고 가스를 잠갔다. 매슈 톰갤런은 어느 날 밤 가스등을 불어 끄고, 동시에 모습을 감추어버렸던 것이다.

"애너벨러 숙모는 톰갤런 집안에서 으뜸가는 미인이었어요. 거울 위에 걸린 것이 애너벨러의 사진이에요. 기품있는 입매를 하고 있는 것을 알겠죠? 침대에 덮인 저 침대커버는 애너벨러가 만든 거예요. 편안히 쉬면 좋겠어요. 메리가 침대를 바람에 쐬어 뜨거운 벽돌 두 개를 넣어 침대를 데워두었어요. 그리고 이 잠옷도 당신을 위해 바람을 쐬어두었지요."

그녀는 의자에 걸쳐진 긴 플란넬 잠옷을 가리켰다. 나프탈린 냄새가 강하게 코를 찔렀다.

"셜리 양에게 꼭 맞으면 좋을 텐데요. 어머니가 그것을 입고 돌아가셨는데 그 뒤로 죽 입지 않았어요. 오, 하마터면 그만 이야기하는 것을 잊을 뻔했어요."

미스 미너버는 문에서 되돌아왔다.

"저 벽장 안에서 애너벨러 숙모가 목을 맸어요. 꽤 오랫동안……우울하게 지내고 있었는데……마지막에 당연히 초대받을 줄 알았던 결혼식에 초대받지 못해 속상했던 거예요. 애너벨러 숙모는 늘 남의 눈에 띄는 곳에 나가는 것을 좋아했죠. 편히 쉬세요."

앤은 편히 쉴 수 있을지 어떨지 모를 기분이었다. 갑자기 방안에 어떤 이상하고 싸늘한 기운이, 뭔가 좀 적의가 있는 듯 느껴졌다. 몇 대에 걸친 사람들이 살아온 방에는 어디든 뭔지 모를 이상한 기운이 있는 게 아닐까?

그런 방에는 오랫동안 되풀이된 죽음이 숨어 있었던 일도 있고, 사랑이 장미처럼 빨갛게 꽃핀 일도 있고, 여기서 아기가 태어난 일도 있을 것이고 갖가지 열정이며 희망도 있었을 것이다. 그리고 망령으로 가득차 있는 것도 있다. 이 집은 그런 의미에서 무척 오래된 저택이다. 죽은 자의 증오며 사랑을 잃은 슬픔이 넘치고 한번도 볕이 드는 곳에 내놓인 적이 없는 구석구석 숨은 곳에서 지금도 상처를 안고 고통하는 사악한 행위들이 우글거리는 것이다. 수없이 많은 여자들이 여기서 울었을 게 틀림없다.

창가 가문비나무에 바람이 기분 나쁘게 비탄에 젖은 듯 불고 있었다. 한순간 앤은 폭풍우가 몰아치든 말든 밖으로 뛰쳐나가고 싶은 충동을 느꼈다.

그러나 여기서 앤은 마음을 고쳐먹고 냉정해지면서 이성을 되살렸다. 언제인지도 모를 그 긴 세월 동안 여기서 비극적인 무서운 일들이 일어났다면, 유쾌하고 즐거운 일들도 일어났을 것이다. 명랑한 젊은 아가씨들이 여저기기서 빙그르르 춤추고 저마다 멋진 비밀에 대

Chang Kye

해 의논하기도 했을 것이다. 보조개가 옴폭 파인 귀여운 아기가 여기서 태어났을 것이다. 끊임없이 결혼식이며 무도회며 음악이며 웃음이 있었을 것이다. 스폰지 케이크를 만든 부인은 잘 웃는 사람이었음에 틀림없고, 용서받지 못했던 리처드는 용감한 연인이었을 것이다.

"이러한 행복한 일들을 생각하며 자기로 하자. 이 얼마나 희한한 상황 속에서 자는 것일까! 아침이 되면 나까지도 미치광이가 된 기분이 되는 게 아닐까. 게다가 이것은 손님용 침실이 아닌가! 어릴 때 남의 집 손님용 침실에서 잘 때 늘 맛보았던 몸이 떨릴 만큼 즐거운 기분을 아직도 잘 기억하고 있어."

앤은 애너벨러 톰갤런의 코앞에서 머리를 풀어 빗질했다. 애너벨러는 엄청난 미인에게 따라다니는 거만하고 허영심이 강한 듯한 오만함이 어린 얼굴로 앤을 가만히 내려다보고 있다.

거울을 볼 때 앤은 기분이 좀 나빴다. 거울 속에서 어떤 얼굴이 이쪽을 노려보고 있는지도 모른다. 모름지기 이 거울을 들여다본 일이 있는 비극적인, 여자가 유령이 되어 나타날지도 모른다.

앤은 용감하게도 해골이 몇 개쯤 나뒹굴어나오지 않을까 조금은 기대하며 벽장문을 열어 옷을 걸었다. 누구든 그 위에 앉으면 모욕을 느낄 듯 보이는 위엄 있는 의자에 침착하게 앉아 구두를 벗었다. 그리고 나서 플란넬 잠옷을 입고 촛불을 끄고서 메리가 넣어준 벽돌로 따뜻해진 침대에 들어갔다.

잠시 동안 창문에 흐르는 빗물 소리며 오래된 처마 둘레에서 비명지르는 바람 때문에 잠들지 못했다. 이윽고 톰갤런 집안의 온갖 슬픔을 몽땅 씻은 듯이 잊고, 꿈조차 꾸지 않는 깊은 잠을 잤다.

눈을 떴을 때에는 검은 전나무 가지 너머로 붉은 해가 떠오르고 있었다.

아침식사가 끝난 뒤 앤이 작별인사를 하자 미스 미너버는 말했다.

"와주셔서 참으로 즐거웠어요. 당신도 즐거이 보냈는지요? 하기야 나는 너무 오랫동안 혼자 살아서 말하는 법을 거의 잊어버렸답니다. 이 천박한 시대에 정말로 인품 좋고 유행에 쉬이 물들지 않은 젊은 아가씨를 만난 게 얼마나 기쁜지 몰라요. 어제는 말하지 않았지만 사실 내 생일이었어요. 그래서 이 저택에 잠시 젊음을 맞이하여 아주 행복하게 지냈지요. 지금은 내 생일을 기억해 주는 사람이 아무도 없어요."

미스 미너버는 가늘게 한숨을 쉬었다.

"전에는 그토록 많은 사람이 기억해 주었는데요."

그날 밤 채티 아주머니가 물었다.

"어땠어요, 꽤 음산한 연대기를 들었겠지요?"

"미스 미너버가 내게 이야기해 준 일들이 모두 정말로 일어났었나요, 채티 아주머니?"

채티 아주머니는 어깨를 으쓱하며 대답했다.

"정말로 일어났어요. 이상하게도 셜리 양, 톰갤런 집안에는 무서운 일이 많이 벌어졌지요."

케이트 아주머니가 말했다.

"6대나 이어져내려온 대가족인걸요. 어느 집이든지 그쯤의 일은 일어난다고 여겨요."

"나는 그렇지 않다고 생각해요. 확실히 그 집에는 지독한 저주가 따라다니는 것 같았어요. 그토록 많은 사람들이 갑자기 재앙이나 사고로 죽었으니까요. 그리고 그 집안에는 광기의 피가 흐르고 있어요—그것은 누구나 알고 있는 일이에요. 그것만으로도 충분히 저주받고 있다고 말할 수 있지요.

그러나 나는—자세한 것은 모르지만—그 집을 지은 목수가 그 집을 저주했다는 옛날이야기를 들었어요. 무슨 계약에 대해서였다나 봐요……폴 톰갤런 노인이 그 목수와 계약을 맺었는데 그 때문에 목

수는 파산해 버렸대요. 견적보다 훨씬 많은 비용이 들어서요."
앤이 말했다.
"미스 미너버는 저주가 걸려 있는 데 대해 오히려 자랑스럽게 여기는 것 같았어요."
리베커 듀가 말했다.
"딱한 노인이죠, 자랑할 일이 그것밖에 없으니까요."
앤은 당당하고 위엄 있는 미스 미너버가 '딱한 노인'으로 일컬어지는 것이 우스워 몰래 웃음지었다. 그리고 앤은 어김없이 탑의 방으로 가서 길버트에게 편지를 썼다.

사실, 나는 톰갤런 저택이란 아무 사건도 일어나지 않은 고이 잠든 옛 저택으로 여기고 있었어. 그래, 아마도 지금은 사건이 일어나지 않지만 전에는 확실히 일어났었을 거야. 조그만 일리저버스는 늘 '내일'에 대해서만 이야기하고 있는데, 톰갤런네 옛 저택은 '어제'야. 나는 내가 '어제' 속에 살지 않고……'내일'이 지금까지도 친구여서 기뻐.
물론 미스 미너버는 톰갤런 집안 대부분의 사람들 경우에서 벗어나지 않아 화려한 각광을 받는 걸 좋아하는 듯하고 그 비극적인 이야기에 무한한 만족을 느끼는 것 같아. 그것은 미스 미너버에게 있어 다른 부인의 경우 남편이나 아이에 해당하는 것이지.
오, 길버트, 그러나 우리는 아무리 나이를 먹어도 인생 자체를 비극으로 보고 그것에 탐닉하는 일은 없도록 해. 나는 120년이나 된 그런 집은 아주 싫어. 우리 꿈의 집을 가질 때에는 새롭든가 유령이 없든가 전통이 없는 집으로 해.
톰갤런네 저택에서 지낸 하룻밤을 나는 언제까지나 잊을 수 없을 거야. 나는 태어나서 처음으로 내 입을 못 열게 하는 사람을 봤어.

'두둥실 떠 있는 구름'에 간 일리저버스

조그만 일리저버스 그레이슨은 태어나면서부터 내내 무언가 일이 일어나리라 줄곧 기대해 왔다. 그러한 일들은 할머니와 시녀의 감시 아래에서는 좀처럼 일어나지 않으리라는 것도 일리저버스의 기대를 조금도 저버리지 못했다. 언젠가는 반드시 일어날 게 틀림없다—오늘 일어나지 않으면 내일 반드시 일어난다.

셜리 선생님이 바람에 살랑거리는 버드나무집에 살게 되었을 때 일리저버스는 '내일'이 바로 눈앞에 다가왔다고 느꼈고, 그린게이블즈 방문은 그 '내일'을 '맛본' 듯한 기분이었다.

그러나 앤이 서머사이드 중학교에서 선생님으로 지낸 3년째이며 마지막 해인 6월이 된 지금, 조그만 일리저버스의 마음은 할머니가 늘 사주는 단추로 잠그는 예쁜 구두 속으로 스며들어버렸다.

일리저버스가 다니는 학교에서는 많은 아이들이 일리저버스의 단추로 잠그는 아기 염소 가죽구두를 부러워했지만, 그 구두를 신고 자유로운 길을 걷는 게 아닌 한 일리저버스는 단추로 잠그는 구두 같은 건 하나도 갖고 싶지 않았다.

그리고 이제 곧 사랑하는 셜리 선생님이 영원히 자기 곁에서 사라져버린다. 6월 말이 되면 서머사이드를 작별하고 그 아름다운 그린게이블즈로 돌아가는 것이다.

조그만 일리저버스는 그 일을 생각하는 것만으로도 가슴 아파 견딜 수가 없었다. 셜리 선생님이 결혼하기 전 여름 동안 일리저버스가 그린게이블즈로 올 수 있도록 해주겠다고 약속해도 소용없었다. 할머니가 두 번 다시 보내주지 않으리라는 것을 조그만 일리저버스는 말하지 않아도 잘 알고 있었다. 자기가 셜리 선생님과 친해지는 일을 할머니는 결코 탐탁하게 여기지 않았다.

일리저버스는 흐느껴 울었다.

"모든 것이 끝이에요, 셜리 선생님."

하지만 앤은 명랑하게 말했다.

"새롭게 시작하는 것이라고 생각해. 그리고 희망을 갖도록 하자, 일리저버스."

그러나 앤 자신도 마음이 무거웠다. 조그만 일리저버스의 아버지로부터는 아무 소식이 없었다. 편지가 닿지 못했거나 편지 같은 건 무시하거나 둘 가운데 어느 쪽이었다. 만일 딸의 편지에 개의치 않는 아버지라면 일리저버스는 어떻게 될까? 어린아이가 감당하기에는 버거울 만큼 심하게 다루고 있는데 앞날은 어떻게 될 것인가?

리베카 듀가 말했다.

"저 두 할머니에게 감시당하면 그 애는 죽고 말 거예요."

그 말은 우아하지는 못하지만 진실을 담고 있다고 앤은 느꼈다.

일리저버스는 자기가 '감독당하고' 있음을 알고 있었다. 특히 일리저버스는 시녀에게 감시당하는 것이 싫었다. 물론 할머니가 두 눈을 부릅뜨고 보는 것도 몹시 싫었지만 할머니라면 감시할 권리가 있을지도 모르므로 싫어도 인정할 수밖에 없었다. 그러나 시녀에게 어떤 권리가 있는 것일까?

조그만 일리저버스는 이 일을 늘 분명히 물어보고 싶었다. 언젠가 물어보자—'내일'이 오면. 아, 그때의 시녀 얼굴을 보면 얼마나 가슴이 후련할까! 더이상 기다릴 수 없다.

할머니는 조그만 일리저버스를 결코 두 번 다시 산책에 내보내지 않을 것이다. 집시에게 끌려가면 큰일이기 때문이라고 했다. 지금은 집시가 프린스 에드워드 섬에 오는 일이 좀처럼 없으므로 그것은 구실에 지나지 않는다고 조그만 일리저버스는 생각했다.

그러나 어째서 할머니는 그 일에 마음 쓰는 것일까? 내가 끌려가든말든 상관없을 텐데. 일리저버스는 할머니도 시녀도 자기를 조금도 사랑하지 않는 것을 알고 있었다. 두 사람은 되도록 자기 이름조차 부르지 않으려 하잖는가. 늘 '그 애' 였다. 만일 집에서 기르고 있었다면 '우리 개'라든지 '우리 고양이'라는 것과 같은 말투로 '그 애'라고 불리는 것이 일리저버스는 얼마나 싫은지 몸서리를 쳤다.

일리저버스가 단단히 마음먹고 항의했을 때 할머니는 무서운 얼굴을 하며 조그만 일리저버스가 건방지다고 벌을 받게 했다. 한편 시녀는 만족스러운 얼굴로 그냥 바라보고만 있었다. 어째서 시녀는 그토록 나를 미워하는 것일까 조그만 일리저버스는 늘 이상하게 생각했다.

사람이 어째서 이토록 조그만 아이를 미워하는 마음이 생길 수 있을까? 미움을 받아야만 하는 것일까? 조그만 일리저버스는 자신의 목숨을 걸고 일리저버스를 이 세상에 나오게 해준 그의 어머니를 그 무정한 늙은 시녀가 무척 사랑했었다는 것을 미처 몰랐다. 또 비록 알고 있었다 하더라도 단절된 애정이 얼마나 비뚤어진 형태를 취하는 것인지 이해하지 못했을 것이다.

조그만 일리저버스는 음울하고 호화로운 늘푸른나무 저택이 너무 싫었다. 지금까지 죽 이곳에서 살아왔지만 모든 것들이 그녀를 외면하고 있는 듯 여겨졌다.

그러나 셜리 선생님이 바람에 살랑거리는 버드나무집으로 오고부터 모든 것이 마술같이 달라졌다. 셜리 선생님이 온 뒤로 조그만 일리저버스는 이야기 속 나라에 살고 있었다. 어디를 보나 아름다웠다.

다행히 할머니도 시녀도 일리저버스가 무엇을 보든 방해할 수는 없었다. 하기야 할 수만 있다면 두 사람은 그렇게 할 게 틀림없다고 일리저버스는 생각했다.

아주 드물게 허락을 받고 셜리 선생님과 붉은 마법의 길인 항구 거리를 잠시 산책하는 것은 어두운 일리저버스의 생활에서 가장 멋진 일이었다.

일리저버스는 눈에 보이는 것은 무엇이나 사랑했다. 기묘한 빨강과 흰 동그라미를 그리는 머나먼 등대, 멀리 가물거리는 푸른 바닷가, 조그만 은빛 물결의 파도, 제비꽃빛 어스름 속에 희미하게 반짝이는 방목장(放牧場)의 불빛 등, 이러한 모든 것들은 일리저버스에게 즐거운 나머지 가슴이 저릿저릿할 정도였다.

그리고 연기 낀 듯한 섬과 새빨갛게 불타며 항구로 떨어지는 저녁 해! 일리저버스는 늘 지붕밑 다락방 창문으로 가서 나무들 가지 너머로 달이 뜰 때 멀리멀리 나가는 배를 보았다. 물론 돌아오는 배도 있었다. 그리고 두 번 다시 돌아오지 않는 배도 있었다.

일리저버스는 그 가운데 하나를 타고 '행복한 섬'으로 항해해 가고 싶었다. 두 번 다시 돌아오지 않는 배는 '행복한 섬'에 닻을 내리고 머물러 있으며 그곳은 언제까지나 '내일'인 것이다.

그 신비스러운 붉은 길은 끝없이 이어져 있으며, 일리저버스의 발은 그것을 따라가고 싶어 근질거렸다. 어디로 이어져 있는 것일까? 그것을 알고 싶어 가슴이 터질 듯한 때도 있었다. 정말로 '내일'이 온다면 나는 저 길로 내달려 갈 것이다.

아마 나에게 맞는 섬을 찾아낼 것이다. 그곳에서 나는 셜리 선생님과 단 둘이서만 살고, 할머니나 시녀는 결코 오면 안 된다. 둘 다 물을 아주 싫어하니까 무슨 일이 있어도 보트에 발을 내밀지 않을 것이다. 조그만 일리저버스는 자기 섬에 서서 건너편 육지에서 어쩌지 못하며 노려보는 두 사람을 놀려주고 있는 자기를 그려보았다.

"이것은 '내일'이에요. 할머니들은 이제 나를 붙잡을 수가 없어요. 할머니들은 '오늘'밖에 없는걸요."

이렇게 말해주는 것이다. 그러면 얼마나 즐거울까! 그때 시녀가 어떤 표정을 지을지 빨리 보고 싶어!

6월도 다 지난 어느 날 저녁, 깜짝 놀랄 일이 있어났다. 셜리 선생님이 부인회 접대위원회 위원장인 톰프슨 부인을 만나기 위해 다음 날 '두둥실 떠 있는 구름' 섬으로 갈 일이 있는데, 일리저버스를 함께 데려가도 되겠느냐고 캠벌 부인에게 부탁했다. 그러자 할머니가 의연한 태도로 허락해 주었던 것이다—프링글 집안사람들에게 공포의 씨앗인 사실을 셜리 선생님이 손아귀에 쥐고 있다는 사실을 전혀 모르는 일리저버스로서는 할머니가 어째서 허락했는지 짐작할 길이 없었다—그러나 어쨌든 허락을 받았다.

앤은 속삭였다.

"내가 '두둥실 떠 있는 구름'에서 일을 다 끝내면 항구까지 가보자."

조그만 일리저버스는 너무도 흥분한 나머지 한잠도 못 자리라 생각하며 자리에 들었다. 마침내 오랫동안 불러대고 있던 길의 손짓에 응할 수 있다.

들떠 있었지만 일리저버스는 잠잘 때 하는 의식을 충실하게 해나갔다. 옷을 개키고 이를 닦고 금발을 풀었다. 자기 생각에도 꽤 아름다운 머리라고 여겼다. 물론 조그맣게 곱슬거리며 귓가에서 빙글빙글 소용돌이치는 애교 있는 셜리 선생님의 아름다운 붉은빛 도는 머릿결 같지는 않지만. 어떻게든 셜리 선생님 같은 머리를 갖고 싶다고 일리저버스는 생각했다.

잠자리에 들기 전 높다랗고 반질거리는 오래된 검은 옷장서랍을 열고 조그만 일리저버스는 손수건 더미 속에 조심스레 감춰두었던 사진을 꺼냈다. 그것은 주간신문 특집호에서 잘라낸 셜리 선생님 사진으로, 중학교 직원회 사진에서 복사한 것이었다.

"너무너무 좋은 셜리 선생님, 안녕히 주무세요."

일리저버스는 사진에 키스하고 다시 제자리에 감춰 두었다. 그리고 침대에 올라가 담요 속으로 기어들어 갔다.

6월이라고는 해도 아직 밤은 서늘했고 항구에서 불어오는 바람이 세찼다. 실제로 오늘밤은 산들바람보다 거세었다. 바람은 휘익 울리고 쾅 소리치며 덜거덕거리다가는 철썩 부딪쳤다. 항구에서는 달빛 아래 파도가 크게 춤추는 것을 일리저버스는 알았다. 몰래 빠져나가 달 아래 바로 그 밑에까지 갈 수 있으면 얼마나 유쾌할까!

하지만 '내일'이 되지 않으면 그렇게 할 수 없다. '두둥실 떠 있는 구름' 섬이란 어디에 있을까? 어쩌면 그토록 예쁜 이름일까! 이것 또한 '내일' 속의 이름이다. 이렇게 '내일' 곁에 있으면서 그 속으로 들어갈 수 없는 것은 속상한 일이다. 만일 바람이 내일 비로 바뀌면 어떡하지? 비가 오면 아무 데도 보내주지 않는 것을 일리저버스는 잘 알고 있었다.

일리저버스는 침대 위에 일어나 앉아 손을 마주잡았다.

"마음씨 고운 하느님, 나는 쓸데없는 참견은 하고 싶지 않습니다만 내일 날씨를 맑게 해주세요. 제발 부탁입니다, 마음씨 고운 하느님."

다행히 다음날 오후는 쾌청했다. 음울한 집에서 셜리 선생님과 함께 나왔을 때 조그만 일리저버스는 눈에 보이지 않는 속박에서 빠져나온 듯한 기분이었다. 커다란 현관문의 붉은 유리 너머로 시녀가 씁쓰레한 얼굴로 두 사람을 보고 있었지만 상관없었다. 일리저버스는 가슴 깊이 자유를 들이마셨다.

아름다운 경치 속을 셜리 선생님과 걷는 것은 얼마나 즐거운 일인가! 셜리 선생님과 단둘이 있을 때는 늘 신났다. 선생님이 가버리면 어떻게 해야 좋을까? 조그만 일리저버스는 그러한 생각을 단호히 걷어치웠다. 그런 일을 생각하며 이 좋은 날을 엉망으로 만들면 안 된다. 어쩌면—있을 수 없는 일이기는 하지만—오늘 오후 셜리 선생님과 함께 '내일'로 들어가게 되어 언제까지나 선생님과 헤어지지 않아도 될지 모른다.

조그만 일리저버스는 세계 끝까지 저 새파란 곳을 향해 주위의 아름다움에 취하며 그냥 조용히 걷고만 싶었다. 거리에 있는 모퉁이마다, 꺾이는 곳마다 새롭고 아름다운 것들이 나타나 길은 어디에서 나타났는지 알 수 없는 조그만 시냇물의 흐름을 따라 끝없이 휘돌아가고 있었다.

언저리는 끝없는 미나리아재비와 클로버 목장으로, 벌이 윙윙거리고 있었다. 가끔 두 사람은 은하수 같이 흐드러지게 핀 데이지 속을 걸었다. 멀리 건너편 해협에서는 은빛 파도머리가 두 사람에게 웃음을 던졌다. 항구는 물로 된 비단 같았다. 물빛 공단 같을 때보다 이편이 조그만 일리저버스는 더 좋았다.

두 사람은 바람을 들이마셨다. 상쾌한 바람이었다. 두 사람 둘레를 손짓하듯 살랑거렸다.

조그만 일리저버스가 말했다.

"이런 바람과 함께 걷는 것은 무척이나 신나요."

앤은 일리저버스에게라기보다 자기에게 이야기하듯 말했다.

"기분 좋고 친밀하며 좋은 향기가 나는 바람이야. 지중해 연안을 부는 서북풍에 미스트랄이라는 이름이 붙어 있지. 그 이름으로 미루어 지금 불고 있는 이런 바람이 아닐까 생각했었어. 지중해 연안의 바람이라면 그렇게 들리는걸. 그런데 그것이 거칠고 불쾌한 바람임을 알았을 때 얼마나 실망했는지 몰라!"

일리저버스로서는 도무지 알 수 없었다—지중해 연안의 바람 같은 것은 들은 일이 없었다—그러나 사랑하는 사람의 아름다운 목소리를 듣는 것만으로 일리저버스는 충분했다. 하늘까지도 즐거운 것 같았다. 황금귀걸이를 한 선원—'내일'의 나라에서 만날 듯한 인물이었다—이 싱긋 웃으며 지나갔다.

일리저버스는 주일학교에서 배운 시 한 줄을 떠올렸다. '사방의 작은 산들도 즐거이 춤춘다.' 이 시를 쓴 사람은 항구 건너편에 있을 만한 저런 푸른 산들을 본 일이 있을까?

조그만 일리저버스는 꿈을 꾸듯 말했다.

"이 길을 곧장 가면 하느님한테로 갈 수 있다고 생각해요."

"그럴지도 몰라. 아마 길은 모두 그럴 거야, 조그만 일리저버스. 여기서 돌자. 저 섬으로 가야 해. 저것이 '두둥실 떠 있는 구름' 섬이야."

그 섬은 바닷가에서 4분의 1마일쯤 간 곳에 있는 길쭉한 작은 섬으로, 나무 외에 집이 한 채 덩그러니 있었다. 조그만 일리저버스는 은빛 만이 있는 자기의 섬이 있으면 좋겠다고 오래전부터 생각하고 있었다.

"어떻게 건너요?"

"이 밑이 편평한 배를 저어서 건너지."

셜리 선생님은 삐죽이 나온 말뚝에 비끌어매어진 작은 배의 노를 잡았다. 셜리 선생님은 배를 저을 줄 안다. 선생님이 못하는 일도 있을까?

섬에 닿아보니 무슨 일이라도 일어날 듯한 아주 매력적인 곳이었다. 물론 이것은 '내일'에 속해 있다. 이러한 섬은 '내일' 속이 아니고는 있을 수 없다. 시시한 '오늘'의 일부분은 아니다.

집의 문 밖으로 나온 가정부가 톰프슨 부인은 섬 구석에서 산딸기를 따고 있다고 앤에게 말했다. 산딸기가 있는 섬이라니, 얼마나 멋진가!

앤은 톰프슨 부인을 찾으러 가면서, 그 전에 조그만 일리저버스를 응접실에서 좀 기다리게 해달라고 부탁했다. 익숙치 못한 길을 오래 걸어 일리저버스가 지친 것 같아 좀 쉬게 할 필요가 있다고 앤은 생

각했던 것이다. 조그만 일리저버스는 그럴 필요가 없다고 여겼지만, 셜리 선생님의 작은 부탁이라도 절대적으로 따르려고 생각했다.

그곳은 여기저기 꽃이 놓이고, 거친 바닷바람이 불어오는 아름다운 방이었다. 일리저버스는 맨틀피스 위에 있는 거울이 마음에 들었다. 방안의 모습이 아름답게 그 속에 비치고 있었다. 열린 창문으로는 항구와 언덕과 해협도 보였다.

느닷없이 문으로 한 남자가 들어왔다. 일리저버스는 한순간 당황하고 겁먹었다. 이 사람은 집시인가? 남자는 일리저버스가 생각하는 집시와 비슷하지 않았다. 그러나 물론 일리저버스는 집시를 본 일이 없었다. 이 사람이 그럴지도 모른다.

그때 순간적인 직감의 번뜩임으로 일리저버스는 이 사람에게라면 끌려가도 상관없다고 생각했다. 그 사람은 일리저버스의 마음에 들었다. 주름이 있는 연갈색 눈도, 다갈색 곱슬머리도, 네모난 턱도, 그 미소도 마음에 들었다. 왜냐하면 그 사람은 미소 짓고 있었으니까.

그 사람이 물었다.

"아가씨는 누구지?"

일리저버스는 아직도 좀 우물쭈물하면서 더듬거렸다.

"나는—나는 나예요."

"아, 그렇군—너는 바다에서 불쑥 솟았지. 모래언덕에서 왔구나. 사람들에게는 이름조차 알리지 않는군."

일리저버스는 자기가 좀 놀림받고 있다고 느꼈다. 그러나 마음 쓰지 않았다. 솔직히 말하면 오히려 놀림받고 싶었다.

그러나 그녀는 속마음과는 좀 쌀쌀맞게 대답했다.

"내 이름은 일리저버스 그레이슨이에요."

긴 침묵이 이어졌다. 매우 이상한 침묵이었다. 한순간 그 사람은 말없이 일리저버스를 지켜보고 있었다. 이윽고 정중하게 앉으라고 했다.

"나는 셜리 선생님을 기다리고 있어요. 선생님은 부인회 만찬회 일로 톰프슨 아주머니를 만나러 갔어요. 셜리 선생님이 돌아오면 둘이서 세계 끝까지 가기로 되어 있어요."

자, 나를 끌고 가려면 끌고 가요, 아저씨……!

"물론 그렇겠지. 하지만 좀 쉬고 있거라. 내가 대접을 해줘야겠구나. 가볍게 간식이나 먹을까? 톰프슨 부인의 시중을 드는 고양이가 아마 뭔가 갖다줄 것 같더구나."

일리저버스는 앉았다. 그녀는 이상하게 행복하고 편안한 기분이었다.

"무엇이든 내가 좋아하는 것도 줄까요?"

"물론이지."

일리저버스는 의기양양하여 말했다.

"그럼, 딸기잼 얹은 달콤한 아이스크림을 먹고 싶어요."

그 사람은 벨을 흔들어 주문했다. 그렇다, 이것은 '내일'임에 틀림없다. 확실히 그렇다. 고양이든 아니든 '오늘'이라면 마법이 걸린 듯 아이스크림에 딸기잼이 이렇게 나타날 리 없다!

그 사람이 말했다.

"셜리 선생님 건 따로 놔두자."

두 사람은 곧 동무가 되었다. 그 사람은 말은 그리 하지 않고 일리저버스를 자꾸만 바라보았다. 그 얼굴은 자애로움으로 가득 차 있었다. 그런 표정을 일리저버스는 누구에게서도 본 적 없었다. 셜리 선생님의 얼굴에서조차 본 일이 없었다. 이 사람이 자기를 좋아하고 있는 것을 일리저버스는 느꼈다. 자기 또한 차츰차츰 그 사람에게 끌리는 것을 알고 있었다.

마침내 그 사람은 창문 밖으로 언뜻 눈길을 보내더니 일어섰다.

"이제 가야겠다. 너의 셜리 선생님이 이쪽으로 오고 있으니까 쓸쓸하지는 않을 게다."

일리저버스는 잼의 마지막 흔적이 남은 숟가락을 빨며—이것을 보았다면 할머니도 시녀도 놀라서 까무라칠 것이다—물었다.
"기다렸다가 셜리 선생님을 만나지 않겠어요?"
그 사람은 말했다.
"이번에는 그만두자."
그 사람에게는 자기를 데려갈 생각이 조금도 없음을 안 일리저버스는 뜻 모를 실망을 느꼈다.
일리저버스는 정중히 인사했다.
"안녕히 가세요. 고맙습니다. '내일'은 아주 좋은 곳이에요."
"내일?"
"이것이 '내일'인 거예요. 나는 전부터 '내일'에 들어가고 싶었는데, 이제야 들어왔어요."
"아, 알았다. 유감이지만 '내일'은 그리 바라지 않아. 오히려 내 쪽은 '어제'로 되돌아가고 싶구나."
조그만 일리저버스는 그 사람이 가엾어졌다. 하지만 어째서 이 사람은 불행할까? '내일'에 살고 있는 사람이 불행할 리 있을까?
섭섭한 듯 '두둥실 떠 있는 구름' 섬을 자꾸만 돌아다보는 일리저버스를 태우고 작은 배는 유유히 섬을 떠났다. 바닷가와 도로의 경계를 이룬 가문비나무숲을 헤치고 걸어가며 일리저버스는 마지막으로 다시 한번 돌아보았다.
짐마차를 맨 한 쌍의 말이 느닷없이 모퉁이를 돌아 모습을 나타냈다. 말들이 마부의 뜻대로 되지 않는 것을 한눈에 알 수 있었다.
일리저버스는 셜리 선생님의 비명을 들었다……

방이 이상스레 빙글빙글 돌았다. 가구가 끄떡거리기도 하고 튀어오르기도 했다. 침대—어째서 나는 자고 있는 것일까? 누군가 하얀 모자를 쓴 사람이 문으로 나가고 있는 참이었다. 어디의 문일까?
어쩌면 이토록 묘한 느낌일까? 어디에선지 목소리가 들려왔다—

낮은 목소리였다. 누가 이야기하고 있는지 보이지는 않지만, 그것이 셜리 선생님과 그 남자라는 것을 왠지 알 수 있었다.

두 사람은 무슨 말을 하려는 것일까? 뜻을 알 수 없는 속삭임 속에 말이 띄엄띄엄 들려왔다.

흥분한 셜리 선생님의 목소리가 들렸다.

"정말이에요?"

"그렇소……셜리 선생님의 편지는……직접 보아주시오……캠벌 부인에게 의논하기 전에……'두둥실 떠 있는 구름' 섬은 우리 회사 총지배인의 여름 별장이오……"

이 방이 가만히 있어주면 좋을 텐데. 정말이지 '내일'에서는 여러 가지 것들이 이상한 짓을 하는군. 머리를 돌려 이야기하는 사람들을 볼 수 있으면 좋을 텐데……일리저버스는 깊이 한숨쉬었다.

그러자 그 사람들이 침대 옆으로 다가왔다—셜리 선생님과 그 남자였다. 가냘프고 키가 큰 셜리 선생님은 백합꽃처럼 파리해져 있었다. 무슨 무서운 일이 닥친 것 같았다. 그러나 그 표정의 그늘에서 마음속 눈부신 빛이 넘쳐나왔다. 갑자기 방안에 가득찬 황금빛 때문인 듯 여겨지기도 했다.

그 남자는 일리저버스를 보며 미소 짓고 있었다. 그가 자기를 무척 사랑하고 있다는 것, 두 사람 사이에 자애로움이 넘치는 친밀한 비밀이 있다는 것을 일리저버스는 느꼈다. '내일'에서 쓰는 말을 알게 되면 스스로 그 비밀을 곧 풀어보자.

셜리 선생님이 물었다.

"기분이 좋아졌니, 일리저버스?"

"무슨 일인가요?"

"너는 미친 듯이 길을 달려온 말에 부딪쳐 쓰러졌어. 내가—내가 재빨리 피하도록 하지 못해서. 나는—나는 정말이지 네가 죽은 줄 알았어. 너를 작은 배로 여기에 다시 데려와 너의—이분이 전화로

의사선생님과 간호사를 불러오셨어."

조그만 일리저버스는 물었다.

"나는 죽어요?"

"아니, 당치도 않아, 일리저버스! 다만 너는 잠시 정신을 잃었던 거야. 걱정 마. 금방 좋아져…… 그리고 말이지, 일리저버스. 이분은 너의 아버지란다."

"아빠는 프랑스에 있어요. 나는 지금 프랑스에 있나요?"

프랑스에 있다 해도 일리저버스는 놀랄 마음이 없었다. 이것은 '내일'이 아닌가? 게다가 여러 가지 것이 아직도 좀 흔들거리고 있었다.

"아빠는 여기에 있다, 착한 아가야."

아버지는 아주 좋은 목소리를 가지고 있었다. 그 목소리를 듣고 있는 것만으로도 기분이 좋아질 정도였다. 그는 몸을 구부려 일리저버스에게 키스했다.

"아빠는 너를 데리러 왔어. 우리 둘 다 이제 두 번 다시는 헤어지지 않아."

하얀 모자를 쓴 여자가 방에 들어오려 하고 있었다. 왠지 일리저버스는 그 여자가 방안에 들어오기 전에 해야 할 말을 다 해버려야 한다는 것을 알았다.

"우리는 함께 살게 되나요?"

아버지가 대답했다.

"그래, 지금부터는 늘 함께."

"그러면 할머니와 시녀도 함께예요?"

"그 사람들하고는 아니야."

황금빛 저녁해가 엷어지고 간호사는 탐탁치 않은 얼굴로 일리저버스 쪽을 보았다. 그러나 일리저버스는 상관하지 않았다.

"나는 '내일'을 찾아냈어요."

간호사가 등 뒤의 문으로 나가자 아버지는 말했다.

"나는 내가 지니고 있는 줄 몰랐던 보물을 발견했습니다. 그 편지에 대해 뭐라고 감사의 말을 해야 좋을지 모르겠습니다, 선생님."

그날 밤 앤은 길버트에게 편지를 썼다.

그렇게 해서 조그만 일리저버스는 수수께끼처럼 알 수 없는 길을 따라 행복에 이르러 옛 세계에 작별을 고했어.

서머사이드 마지막 날 다가오다

6월 26일
유령골목
바람에 살랑거리는 버드나무집에서

가장 사랑하는 사람에게

나는 다시 길모퉁이에 왔어. 지난 3년 동안 오래된 '탑의 방'에서 꽤 많은 편지를 자기에게 보냈지. 이 마지막 편지를 쓰고 나면 이제는 오랫동안 자기에게 편지쓸 일이 없으리라 여겨. 이제부터는 편지쓸 필요가 없으니까. 앞으로 2, 3주일 지나면 우리는 영원히 나는 당신 것이 되고 당신은 내 것이 되는걸. 우리는 마침내 함께 살게 되니까.

생각해 봐—함께 있으면서 이야기하고 산책하고 식사하고 공상에 잠기고, 함께 계획을 세우고 서로 감격스런 순간을 나누고, 우리는 꿈의 집에서 행복한 가정을 이루는 거야! '우리'의 집! '신비스럽고 경이롭게' 들리지 않아, 길버트?

나는 지금까지 죽 꿈의 집을 그려왔는데, 지금 그 가운데 하나가 실현되는 거야. 내 꿈의 집을 누구와 나눠가지고 싶은지는……내년 4

월에 가르쳐 줄게.

처음에는 3년이 끝없이 길게 느껴졌었어, 길버트. 그것이 지금은 밤의 시계처럼 쏜살같이 지나가버렸어—프링글 집안사람들과 지낸 처음 두세 달을 빼면 그 뒤 생활은 즐거운 황금빛 강처럼 흘러갔어.

프링글 집안과 옥신각신한 것은 마치 꿈처럼 여겨져. 그들은 이제 나를 좋아해. 나를 미워했던 일은 까맣게 다 잊고 말았지. 프링글 집안 미망인 아이 가운데 하나인 코러 프링글은 어제 내게 장미꽃다발을 갖다주었어. 그 가지에 매달린 종이에 다음과 같이 씌어 있었어.

'온 세계에서 가장 상냥한 선생님에게.'

이것이 프링글 집안사람에게서 온 거야!

내가 떠나게 되어 젠은 슬픔에 젖어 있어. 나는 흥미있게 젠의 생애를 지켜보겠지. 젠은 아주 머리가 좋지만, 장래는 전혀 짐작되지 않아. 단 한 가지 확실하게 말할 수 있어. 젠은 결코 평범한 인생을 보내지 않으리라는 거야. 꿈엔들 젠은 베키 샤프를 닮았을 리 없을 테니까.

루이스 앨런은 몬트리올에 있는 맥길 대학에 가게 되었어. 소피 싱클레어는 퀸즈아카데미에 가고, 그 뒤 킹스포트의 연극학교에 입학할 만한 돈이 모일 때까지 교편을 잡기로 되어 있어.

마이러 프링글은 가을 시즌에 '사교계로 나갈' 거야. 그녀는 너무 아름다워서 문법의 '과거완료분사' 같은 것은 전혀 몰라도 상관 없어.

담쟁이덩굴이 얽힌 쪽문 건너편에 있는 조그만 이웃은 이미 없어. 조그만 일리저버스는 햇빛이 비쳐들지 않는 그 집을 영원히 떠나—'내일'의 나라로 들어가버렸어. 만일 내가 이대로 죽 서머사이드에 머물러 있다면 일리저버스가 몹시 그리워 비탄에 젖을 거야.

피어스 그레이슨이 일리저버스를 데려갔어. 파리에는 돌아가지 않고 보스턴에서 살 거야. 헤어질 때 일리저버스는 몹시 울었지만, 아버지와 함께 있어서 아주 행복하니까 그 눈물도 곧 마르겠지. 그 일에 대해 캠벌 부인과 시녀는 매우 언짢은 태도를 보이고, 그 책임을 모조리 내 탓으로 돌리고 있어—기꺼이 그 책임을 뉘우침없이 받아들이겠어.

캠벌 부인은 자신이 여왕인 것처럼 말했어.

"그 애에게는 이처럼 좋은 가정이 있는데 말이지요."

'한마디도 사랑 어린 말을 들을 수 없는 가정이겠지요.'

나는 이런 생각을 했지만 입 밖에 내지는 않았어.

"이제부터 나는 죽 베티로 있을 것 같아요, 셜리 선생님."

이것이 미소를 머금은 일리저버스의 마지막 말이었어. 그러나 다시 생각하고는 덧붙였지.

"다만 선생님 일을 생각하면 쓸쓸해져요. 그때는 리지가 되겠어요."

나는 말했어.

"무슨 일이 있어도 리지가 되어서는 안 돼!"

우리 둘은 서로 안 보일 때까지 번갈아 키스를 던지고 나는 눈물을 머금고 탑의 방으로 돌아왔어. 일리저버스는 너무도 상냥하고 귀여운 금발을 가진 아이였어. 내게는 늘 에올리언 하프(바람이 불면 저절로 울림)처럼 여겨졌어. 아주 조금 사랑을 불어넣어도 전기처럼 짜릿하게 느끼는걸. 일리저버스의 친구가 되는 일은 모험이었어. 피어스 그레이슨이 자기가 어떤 딸을 가지고 있는지 알아주었으면 싶어—알고 있으리라 여겨. 아주 고마워하며 후회하고 있었거든.

"그 애가 이미 아기가 아닌 줄은 몰랐었소. 또 주위에 얼마나 애정이 메말라 있었는지도 몰랐소. 그 애를 위해 너무도 많은 것을 베풀어주어 정말 깊이 감사하오."

나는 둘이서 만든 요정나라 지도를 액자에 넣어 조그만 일리저버스에게 이별의 선물로 주었어.

바람에 살랑거리는 버드나무집을 떠나는 일이 슬퍼서 견딜 수 없어. 물론 사실은 하숙생활에 좀 싫증이 났지만 그래도 여기가 아주

Chang.Kye

내 집처럼 좋았어—내 방 창가에서 보내는 서늘한 아침 시간, 나날의 밤, 글자 그대로 기어올라가야 하는 침대, 푸른 도넛 모양의 쿠션, 갖가지 바람, 이러한 것들이 너무도 좋았어.

여기 있었을 때처럼 바람과 다정하게 지내는 일은 두 번 다시 없지 않을까 하는 생각이 들어. 또 아침해와 저녁해를 둘 다 볼 수 있는 방에 사는 일이 앞으로 또 있을까?

나는 바람에 살랑거리는 버드나무집과 그에 이어지는 세월을 끝냈어. 그리고 나는 약속도 지켜왔지. 채티 아주머니의 비밀장소를 케이트 아주머니에게 일러바친다든지 서로의 탈지유 비밀을 어느 쪽에도 말하지 않았으니까.

모두 내가 떠나는 것을 슬퍼하는 듯해서 조금은 기분이 좋아. 내가 떠나는 것을 기뻐한다든지 또 가버린 뒤 조금도 서운해 하지 않는다면 얼마나 괴로울까.

오늘까지 1주일 동안 리베커 듀는 내가 좋아하는 요리를 몽땅 만들어줬어. 달걀을 열 개나 넣고 거품을 일으켜 엔젤케이크를 두 번이나 만들어줬지. 그리고 '손님용 그릇'을 썼어. 채티 아주머니도 내가 떠나가는 이야기를 할 때마다 상냥한 다갈색 눈에 눈물이 가득 어려 있어. 더스티 밀러조차 조그만 발로 앉아 나를 나무라듯 가만히 올려다봐.

지난주 캐서린에게서 긴 편지를 받았어. 캐서린은 편지를 쓰는 데는 역시 천재야. 세계일주를 떠나는 의원의 비서직에 채용됐대. '세계일주를 하는 사람', 얼마나 매력적인 말이야! '샬럿타운에 가요' 하는 거나 같은 투로 '이집트에 가요' 라고 하면서—'가버리는' 사람! 그런 생활이야말로 캐서린에게 어울려.

캐서린은 아주 달라진 앞날이며 희망을 모두 내 덕분이라고 주장해.

'앤, 당신이 내 생애에 얼마나 멋진 것을 가져다주었는지 꼭 알아주

었으면 해요.'

이렇게 씌어 있었어. 확실히 나는 도움을 주었다고 여겨. 처음에는 쉬운 일이 아니었지. 입만 열면 가시 돋힌 말이 튀어나오고 학교일로 내가 무슨 제안이라도 하면 마치 미친 사람이라도 대하는 태도로 한 귀로 흘려들었지. 그러나 이제는 그런 일을 모조리 잊었어. 그것은 캐서린이 남몰래 품고 있던 인생에 대한 증오로 말미암아 일어났었던 거야.

저마다 나를 식사에 초대해 주었지. 폴링 깁슨도 날 초대했어. 깁슨 할머니가 두세 달 전에 돌아가셔서 폴링은 그렇게 할 수 있었지. 톰갤런 저택에도 초대받아 또 지난번 때와 마찬가지로 미스 미너버와 식사를 함께 하며 일방적인 수다를 듣고 왔어.

하지만 나는 미스 미너버가 마련해준 맛있는 식사를 즐기고, 미스 미너버는 또다시 두세 가지 비극이야기를 하며 즐겼어. 미스 미너버는 누구든 톰갤런 집안사람이 아닌 이를 가볍게 생각한다는 사실을 감추려 하지 않았지만, 내게 두세 가지 기분 좋은 그럴 듯한 말을 하며 녹주석(綠柱石)을 박은 아름다운 반지를 주었어. 파란색과 녹색이 섞인 달빛 같은 느낌의 보석이야. 미스 미너버가 열여덟 번째 생일에 아버지가 준 거래.

"그 무렵에는 나도 젊고 아름다웠어요—'굉장히' 아름다웠어요. 이제는 이렇게 말해도 괜찮을 테니까요."

그 반지가 애너벨러의 것이 아니라 미스 미너버의 것이어서 다행이라고 여겨. 만일 애너벨러가 끼고 있던 반지라면 도저히 낄 수 없을 거야. 아주 아름다워. 바다의 보석에는 신비로운 매력이 숨어 있어.

톰갤런 저택은 확실히 참으로 훌륭해. 특히 지금은 땅 위로 가득 잎새와 꽃으로 덮여 있어 한층 더해. 그러나 나는 아직 발견되지 않은 내 꿈의 집을 유령이 나오는 톰갤런 저택과 바꾸고 싶지는 않아. 물론 유령이 나온다는 것은 멋있고 귀족적인 상상이라고 하지 않을 수 없어. 유령골목에 대한 내 유일한 불만은 유령이 하나도 나오지 않는다는 것이었으니까.

엊저녁 묘지로 마지막 산책을 갔어. 묘지를 한 바퀴 빙 돌며 스티븐 프링글은 마침내 눈을 감았을까, 허버트 프링글은 때때로 무덤 속에서 소리내어 웃고 있을까 하는 일들을 생각했어. 오늘 밤은 산 끄트머리로 기울어가는 해를 받고 있는 나이든 폭풍왕과 어스름이 가득히 깃든 내 조그만 구불거리는 골짜기에 이별을 말할 참이야.

시험이며 송별회며 '마지막 여러 일들'로 한 달을 보냈기에 좀 지쳤어. 그린게이블즈로 돌아가서 1주일은 게으름을 피울 생각이야. 전혀 아무것도 하지 않고 그냥 멋대로 여름의 아름다움에 차 있는 푸른 숲속을 사슴처럼 뛰어다닐 생각이야.

해질 무렵 '드라이어드 샘' 둘레에서 공상에 잠기거나 달빛 모양의 작은 배로 '빛나는 호수'를 떠돌고—달빛 모양의 작은 배를 탈 때가 아니라면 배리 씨의 밑이 편평한 배라도 좋아. '도깨비숲'에서는 별꽃이며 초롱꽃을 꺾겠어. 해리슨 씨네 언덕의 목장에서는 산딸기가 있는 데를 찾아보겠어.

'연인의 오솔길'에서는 개똥벌레 춤에 함께 끼어들고, 헤스터 그레이의 오래된 잊혀진 정원을 찾아가 뒷문 층계에 별을 이고 앉아 잠자는 바다가 부르는 소리에 귀를 기울일 참이야.

그리고 그 1주일이 끝나면 '자기'가 돌아오는 거야! 그렇게 되면 나는 달리 아무것도 바랄 게 없어, 길버트.

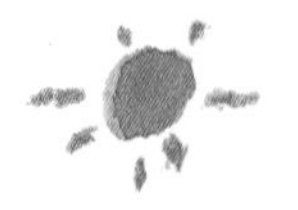

앤, 3년 동안의 서머사이드 생활 끝나다

다음날, 앤이 바람에 살랑거리는 버드나무집 사람들과 이별할 때가 다가오자 리베커 듀의 모습이 보이지 않았다. 그 대신 케이트 아주머니가 엄숙하게 한 통의 편지를 건네주었다.

셜리 양에게

내가 이 편지로 셜리 양과 이별하는 것은 내 입으로는 도저히 말할 수 없을 것 같아서예요. 3년 동안 셜리 양은 우리와 한 지붕 밑에서 살았어요. 쾌활한 성격과 화려한 청춘을 천성적으로 갖춘 행운을 소유한 당신은 일찍이 경박한 이들의 하릴없는 쾌락에 뛰어드는 일이 없었죠. 어떤 경우에도, 또 어떤 사람에 대해서도, 특히 지금 이렇게 펜을 들고 있는 이에 대해서도 더없이 세심한 배려를 가지고 대해 주었어요.

셜리 양은 늘 누구보다도 내 마음을 따뜻하게 감싸주었어요. 셜리 양이 떠난다고 생각만 해도 내 마음에는 비애가 무겁게 덮여옵니다. 그러나 우리는 주님께서 정해주신 일에 불평해서는 안 되죠.(《사무엘 전서》 제18장 및 제29장을 읽어주세요.)

셜리 양을 알게 되는 은혜를 입었던 서머사이드 사람들은 모두 이 이별을 몹시 슬퍼할 거예요. 그리고 비천한 사람이면서도 진심으로 충실한 나는 영원히 셜리 양을 존경해 마지않겠습니다. 또 현세에서 셜리 양의 행복과 번영 및 내세에서의 사그라지지 않는 행운을 늘 기도드리지요.

셜리 양은 머지않아 '셜리 양'이 아니게 된다지요. 사랑으로 선택된 분과 결혼의 결실을 맺는다는 소문이 자자해요. 들리는 바에 따르면, 그분은 드물게 보는 젊은이라고 하더군요. 매력도 보잘것없고 나이가 들기 시작한—그러나 아직 몇 년은 충분히 건강할 게 틀림없지만—나는 결혼에 대한 포부를 품은 적이 없었어요.

그러나 나는 내 벗의 결혼을 축하할 수 있는 영광을 뿌리치지 않겠어요. 셜리 양의 결혼생활이 끊임없는, 또한 막을 바 없는 기쁨 그 자체이기를 뜨겁게 소망하는 마음을 드러내도 좋을까요? (다만 어떤 남자든 너무 큰 기대를 걸어서는 안 돼요.)

셜리 양에 대한 내 존경하는 마음과—이렇게 말하면 뭐하지만—애정은 영원히 사라지는 일이 없을 거예요. 혹 심심할 때에는 이따금 나 같은 사람이 있다는 것을 떠올려주면 다행이겠어요.

셜리 양의 충실한 하인

리베카 듀로부터

덧붙임—셜리 양 위에 하느님의 가호가 있기를.

편지를 접는 앤의 눈이 눈물로 흐려졌다. 리베카 듀가 그 글귀의 대부분을 그녀가 아주 좋아하는 《예법사전》에서 끄집어내온 게 아닌가 하는 의심이 짙었지만, 그 때문에 조금이라도 성의가 덜했을 리 없으며 그 덧붙임은 리베카 듀의 애정이 넘치는 마음에서 우러나온 것임에 틀림없었다.

Chang, Kye

"리베카 듀에게 내가 언제까지나 잊지 않는다는 것과, 해마다 여름에는 여러분을 찾아뵙겠다는 것을 꼭 전해주세요."

채티 아주머니는 울먹이며 말했다.

"셜리 양에 대한 추억은 어떤 일이 있어도 우리들에게서 영원히 사라지지 않을 거예요."

케이트 아주머니는 힘주어 말했다.

"무슨 일이 있어도."

바람에 살랑거리는 버드나무집에서 마차로 떠나는 앤이 받은 마지막 인사는 탑의 방 창문에서 미친 듯 흔들리는 크고 하얀 목욕수건이었다. 그것을 흔들고 있는 사람은 리베카 듀였다.

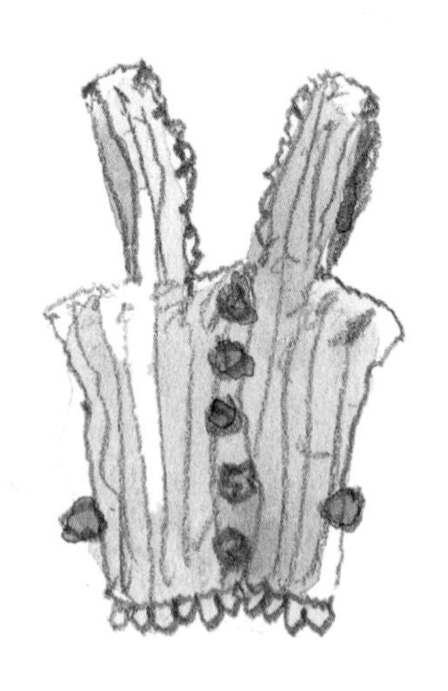

Lucy Maud Montgomery
ANNE OF GREEN GABLES
《ANNE》의 에피소드

POST
Chang kye

서머사이드의 교장선생님 앤

서머사이드는 실제로 있는 도시다. 샬럿타운 서쪽 노섬벌랜드 해협을 따라 캐나다 본토와 마주 보고 있다. 다시 말해서 대서양으로 흘러드는 세인트 로렌스 만을 바라보는 앤의 고향 애번리(실제로는 캐번디시)와는 반대편이 되는 셈이다.

서머사이드는 그 이름처럼 북쪽 바다에 떠 있는 작은 섬 가운데서는 매우 따뜻한 곳인 것 같다. 개척시대에 콤프턴 대령이 북풍에 쫓기듯 마차를 몰고 이곳으로 들어왔다. 그가 "아니, 이쪽은 여름 같잖아"라고 말한 것이 도시 이름이 되었다.

서머사이드는 프린스 에드워드 섬에서 샬럿타운 다음가는 제2의 도시다. 샬럿타운이 정치·문화의 중심이라면, 서머사이드는 상업의 중심지로 번창하였다. 특히 교통수단을 바다에 의지하고 있던 무렵에는 상업항으로 번성하였고, 범선을 만드는 조선사업도 활발하여 도시는 크게 발전하였다.

1878년 서머사이드를 그린 지도를 보면, 넓은 도로가 종횡으로 몇 줄기나 뻗어 있다. 교회와 관청 등의 큰 건물과 더불어 주택이 즐비하며, 항구에는 조선소와 창고 및 부두가 잘 갖추어져 있는 당당한 도시였다. 그러나 그 번영도, 교통이 해상을 의지하지 않게 되고 조선사업이 사양길을 걷게 되자 그늘이 졌다. 한때는 은여우 양식으로 그 명맥을 유지하기도 했지만 예전과 같은 활기는 찾아볼 수 없게 되

저녁놀 셜리는 길버트에게 보내는 편지에서 버드나무집 '탑의 방'(옥탑방) 서쪽 창문으로는 바다가, 북쪽 창문으로는 수풀이 보인다고 말했다.

었다.

하지만 앤이 서머사이드에서 가르치고 있던 때는 아직 도시가 번성하던 무렵이었다.

예전에 이 도시의 집에는 좀 색다른 탑이 있었다. 집의 지붕 위 높이 솟은 탑과 같은 것으로 '위도우스 워크(widow's walk, 미망인의 회랑)'라고 하였다. 여인들이 바다를 바라보면서 범선을 타고 바다로 나가는 사나이들이 무사히 돌아오기를 기다리는 동안 거닐었다고 한다. 그러나 실제로는 재력을 과시하는 하나의 장식이었던 것 같다. 앤이 '탑의 방'이라고 부른 것도 어쩌면 이같은 방인지도 모른다. 아무튼 서머사이드와 '미망인'은 인연이 깊은 것 같다.

그 무렵 프린스 에드워드 섬의 교육상황을 살펴보자. 그때 학교는

서머사이드의 등대

교실 하나만인 작은 규모로 1학년부터 8학년까지 같은 방에서 공부하고, 두 학년의 학생들이 같은 과정을 공부하는 경우도 있었다. 교육수준을 높이려는 주정부의 방침으로 각지에 이러한 작은 한 교실 규모의 학교가 세워졌는데, 정부가 교육에 투자하는 자금이 적고, 교사 급료가 낮으며 교사의 질도 반드시 높다고는 할 수 없는 등 여러 가지 문제가 있었다. 그래도 몽고메리를 가르쳤던 캐번디시의 초등학교 교사 미스 고든처럼(《처녀시절》은 이 여선생에게 바쳐졌음) 힘껏 노력한 우수한 교사들도 많았다.

몽고메리 자신도 3년 동안 서머사이드 언저리의 세 학교에서 가르쳤다. 그 셋은 모두 한 교실로 된 학교였다. 첫 부임지는 비더퍼드로 학교 건물은 남아 있지 않으나 옛터에 기념비가 세워져 있고, 하숙했던 목사관은 그 모습 그대로 지금도 쓰이고 있다.

두 번째 부임지 벨몬트의 학교는 오늘날 개인 소유물이 되어 창고로 쓰이고 있다. 세 번째 부임지는 로어 베디크로 그곳의 젊은 사람들이 오래된 학교를 옛날 그대로 복원하여 몽고메리의 자료 등을 모아 전시하고 있으므로, 작은 학교 안으로 들어가면 그즈음의 수업풍경을 떠올릴 수가 있다.

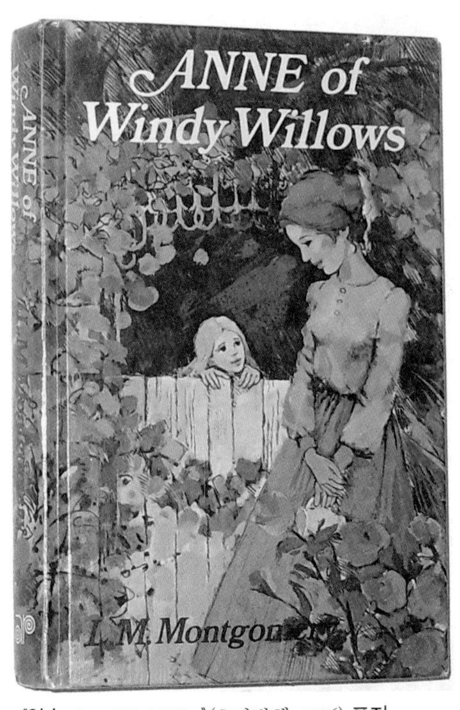

《약속 *Anne of Windy Willows*》(초판발행, 1936) 표지

학생들은 이같은 조그만 한 교실 학교에서 8년 동안 공부했다. 그리고 그해에 주에서 시행하는 시험에 합격하면, 상급학교로 올라갈 수가 있었다. 이것이 '하이스쿨'로 8학년 위에 있는 학교라는 뜻의 고등학교였다. 여기서 2년을 마치고 대학 입학시험에 합격하면, 당당히 프린스 오브 웨일스 칼리지 학생이 된다. 그리고 교직과정을 마치면 교사가 될 수 있었다.

이 대학은 샬럿타운에 있으며 보통 2년 만에 졸업하는 전문대학이었다. 특별시험에 합격하면 1년을 건너뛰어 2학년에 편입해 1년 만에 전과정을 마치고, 또 교원시험에 합격하면 교사자격증까지 딸 수 있었다.

몽고메리도 1893년에 이 프린스 오브 웨일스 칼리지에 들어갔다. 그무렵 학교는 남녀 공학으로 학생수는 남자 99명에 여자 77명이었다. 이 대학은 단기 교원양성이라는 특징 있는 대학이었으므로, 더

◀ 서머사이드 연안
서머사이드는 샬럿타운 서쪽으로 60km 정도 떨어진 항구마을로, 섬의 남해안은 베더크 만과 마주해 있다. 이 일대는 섬의 폭이 가장 좁은 곳으로 북쪽 말페크 만까지는 불과 4km 정도밖에 되지 않는다.

◀ 역구내
▼ 서머사이드 역

바람이 살랑거리는 버드나무집 셜리는 서머사이드 유령골목에 있는 이 버드나무집 옥탑방을 하숙집으로 정하고 길버트에게 편지를 썼다.

공부하고 싶은 사람은 댈하우지 대학 같은 4년제 대학으로 진학하였다. 다만 현재 프린스 오브 웨일스 칼리지는 존재하지 않으며, 다른 가톨릭 계통 대학과 합쳐 4년제 프린스 에드워드 아일랜드 대학이 되었다.

앤의 경우를 보면, 애번리 마을 학교에서 퀸즈아카데미(프린스 오브 웨일스 칼리지가 모델)로 가서 공부를 마치고 마을의 학교에서 가르친 뒤, 다시 킹스포트의 레드먼드 대학(핼리팩스의 댈하우지 대학이 모델)으로 가서 학사학위를 받고 서머사이드 고등학교 교장직에 올랐다.

프린스 에드워드 섬에 처음으로 영국인의 입식이 시작될 무렵부터 섬사람들의 교육에 대한 관심은 매우 높았다.

1835년에 제정된 법률에서는 처음부터 67개 군·구마다 일정한 토지를 확보해 두도록 정했다. 그 내용은 100에이커를 교회에, 30에이커를 학교를 위하여 마련한다는 것이었다. 1852년에는 무료학교법이 성립되어 어린이들에게 무료로 공교육을 제공하였는데, 이것은 그무렵 대영제국 전체에서 가장 빠른 것이었다. 영국 본토에서는 1870년에야 참다운 무료공립학교 제도가 성립되었다.

프린스 에드워드 섬의 학교는 대개 한 학급뿐인 학교로 학년은 1학년에서 10학년까지 있었다. 1855년 교사양성을 위한 학교제도를 정한 법이 제정되고 같은 해 사범학교가 창설되었다.

몽고메리와 그녀가 창조한 앤은 1877년판 공립학교법의 혜택을 입었다. 이에 따라 공교육이 교회 지배에서 해방되고, 종파를 초월한 정부의 손에 맡겨졌다. 1877년 법에서는 다섯 살에서 열여섯 살까지 어린이에게 무료로 학교교육을 제공하고, 다시 여덟 살에서 열세 살까지 어린이들에게는 한 학기에 적어도 12주는 학교에 가는 것이 의무화되었다. 12주 가운데 6주는 연속으로 가야 했다. 이렇게 기간을 정한 것은 농장에서 어린이의 노동력을 필요로 하는 어른과 고용주를 배려한 때문이었다. 학교의 한 학급 교사는 한 사람이 최대 40명의 학생을 가르쳐야 했다. 학교는 정기적으로 감찰받고, 지역이 주의 교육위원회와 도서관의 비용을 분담하였다.

각 학교 이사회는 3명의 이사로 구성되었다. 대개 지방의 유력자들이 취임하였다. 이런 사람들은 급료가 없었으나, 그 지위를 이용하여 자기 가족이나 혈연자에게 이득이 되는 일을 할 수 있었다.

예를 들면 "삼촌이 이사(理事)가 아니라면 그 선생님은 이 학교에 더 있지 못할 거예요. 그 이사도 나머지 두 사람을 억누르고 혼자 판치는 형편이니, 이 섬 아이들 교육의 앞날이 한심스러워요"라는 식이었다.

교사양성은 여성에게 새로운 교육의 기회를 주었다. 그리하여 여성 졸업생은 확대되고 있던 학교제도 아래에서 직장을 얻을 수 있었다. 학생을 가르치려면 적어도 초등학교 이상 수준의 교육을 받을 필

1894~95년 모드가 살았던 감리교 목사관 모드가 비더퍼드 학교 교사 시절 목사 에스티 부부가 사는 이 집에서 지냈다.

요가 있었다. 때문에 1835년 센트럴 아카데미가 설립되었다. 1860년에는 학교 이름이 프린스 오브 웨일스 칼리지로 바뀌었다. 이리하여 영어를 하는 개신교 신자들은 프린스 오브 웨일스 칼리지에서 공부할 수 있게 되었다. 고등교육을 받기 위하여 영국이나 캐나다의 다른 도시에 갈 필요가 없게 된 것이다.

처음에 이 고등교육기관은 남자에게만 전통적인 교육을 제공했다.

1879년에는 1855년에 설립된 주의 사범학교가 프린스 오브 웨일스 칼리지와 합병되어 여성에게도 문호가 열렸다. 이것은 결정적으로 여성이 교육받을 기회를 넓히는 역할을 했다. 공립학교법에 의하여 남자뿐 아니라 모든 여자가 교육받는 것이 가능하게 되었다.

그리하여 1879년 이후부터는 여자도 대학에 진학하여 교육받을 수 있게 되었다. 다만 이 시점에서의 고등교육은 고등학교 정도 수준에 지나지 않았다. 대학 학위를 취득하려면 다른 주로 가야 했다.

그러나 여자는 고등학교 수료자격과 사범학교 자격을 가지면 열여섯 살에도 교단에 설 수 있었다. 또 예외도 자주 있었는데, 남자의 경우 교사가 될 수 있는 최소 연령은 열여덟 살로 되어 있었다. 길버트는 앤보다 두 살 위였는데, 두 사람은 동시에 교사가 되었다. 이 두 사람이 젊은 교사가 될 수 있었던 것은 그 무렵에는 부자연스러운 일이 아니었다.

교사가 되었을 때 앤은 아직 열일곱 살이었으나, 몽고메리가 처음으로 교사에 취임한(1894~95년) 때는 스무 살이었다. 앤 시대에도 같은 일에 대한 남녀의 급여 체계가 달랐다. 때문에 앤에 비해 길버트 쪽이 하숙비를 지급할 여유가 있었다.

이런 이유로, 고용하는 쪽에서는 급료가 낮은 여성을 더 선호하였

1894~95년 모드가 가르쳤던 비더퍼드 초등학교가 있던 자리 모드는 1년간 이 학교에서 재직하고, 더 공부하기 위하여 댈하우지 대학에 입학한다.

다. 학교교사, 특히 여교사는 공사를 불문하고 빈틈없는 생활이 기대되었다. 학교는 지역사회의 중심이고 교사의 지위는 나름대로 존경받고 있었으므로 그러한 기대는 마땅한 것이었다.

여교사에게는 결혼한 뒤까지 교직생활을 계속 기대하지 않았다. 이에 비하여 남성의 경우는 교직을 하나의 뜀돌로 생각했다. 즉 교사로 있으면서 돈을 모아 대학에 가려는 것이 일반적이었다. 길버트는 의사가 될 것을 기대하고 있었다.

그러나 새로운 시대가 열리고 교사라는 직업에도 나름대로의 어려움과 보람이 있었다. 어린이의 성장·교육에 대하여 새로운 생각에 동감하는 사람도 많이 나타났다. 독일에서 유치원 교육의 선구자가 된 프뢰벨은 루소의 영향 아래, '어린이는 교육을 통해서만 이에 반응하고 성장하는 존재'라는 생각을 강하게 주장했다. 이 이론에 영향받은 교육자들은 학교를 더 인간적이고 유순한 장소로 만들고 어린이의 발달을 더 잘 고려해 주자는 쪽으로 나아갔다.

오래된 학교는 영국의 퍼블릭 스쿨(실은 사립학교)을 모델로 하고 있었으므로 체제에 중점을 두었다. 그러나 공립학교에 많은 여학생이 재학하게 되자, 어떤 종류의 체벌은 허용되지 않았으며, 새로운 교육이론도 체벌에 대하여 비판적인 생각을 내놓고 있었다. 교사가 된 앤도 체벌은 하지 않으리라고 결심하지만, 부득이 이 결심을 지키지 못하게 된다.(《처녀시절》)

전통적인 교육에서는 예절이 강조되었으나, 새로운 교육론에서는 어린이를 직업적인 인생을 향하여 준비시킨다는 측면이 강조되었다. 학교로 온 수많은 학생들이 앞으로 농부·선원·주부 등이 되었을 경우, 충분하게 이용될 수 있는 훈련을 해야 한다는 생각이 강해진 것이다. 이렇게 하여 새로운 세기가 시작될 무렵 가정학·자연연구·체육 등이 새로 등장하였다.

앤이 다니는 애번리 학교는 《만남》 가운데서 구식에서 신식으로 변

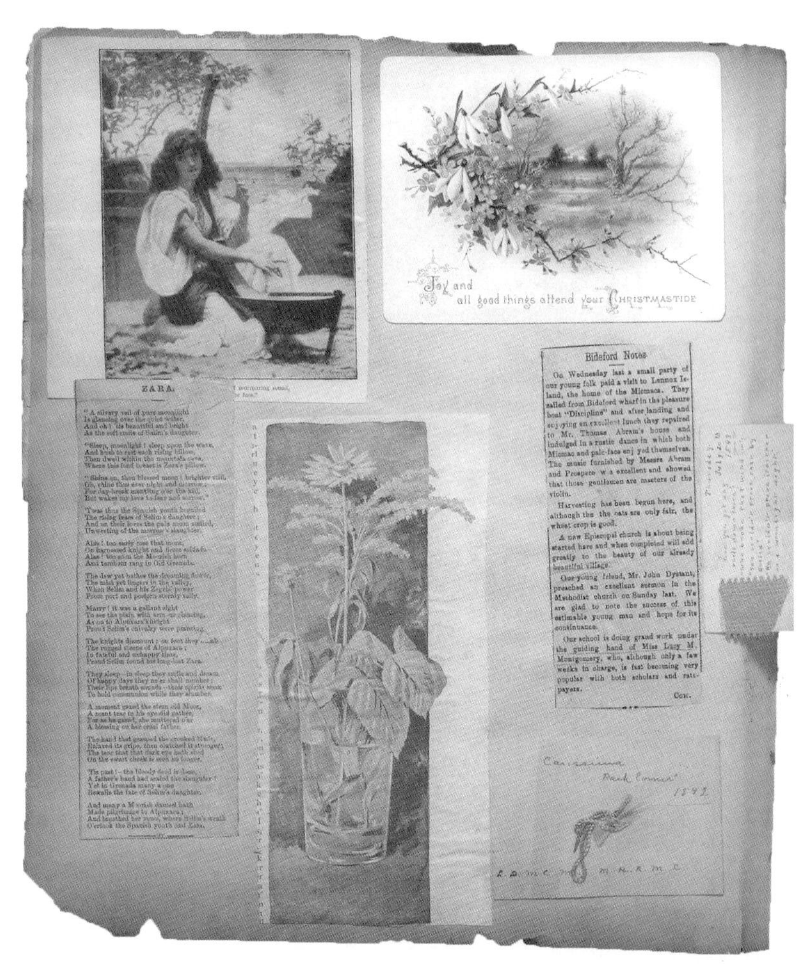

모드의 〈스크렙북스〉 '비더퍼드 교사 시절'

해 간다. 학교의 중요성에 예리하게 주목할 수 있었던 것은 아마도 몽고메리 자신이 전직 교사였던 때문일 것이다. 그녀는 앤이 석판으로 길버트의 머리를 내리친 '교실소동'에서 학생들이 제멋대로 떠들면서 즐기고 있는 모양을 생생하게 묘사하고 있다.

맨 처음에 앤을 가르치는 필립스 선생은 신·구 어느 쪽도 아닌 선

◀▲ **벨몬트에 있는 새뮤얼 심프슨의 집** 새뮤얼의 세 아들 에드윈, 알프레드, 풀톤이 모드에게 관심을 보였다. 모드는 1896~97년 사이에 이곳을 자주 방문하였다.

◀ **모드가 벨몬트에 살 때 하숙했던 프레이저의 집**(1896~97)

▲벨몬트 초등학교 학생들과 모드(왼쪽 끝)
모드는 댈하우지 대학에서 1년간 수학하고, 1896년 이 학교에 부임하여 6개월간 근무한다.

▶벨몬트 초등학교
(1896~97)
1897년 로어베디크 학교로 옮겨 6개월간 근무하게 된다.

생님이다. 열의없이 단지 묵은 교육과목을 의무적으로 가르치고 있을 뿐이어서, 그 임시 방편의 행동에 의하여 구파와 신파 양쪽의 노여움을 사게 된다.

귀가 밝은 린드 부인은 이 필립스 선생이 학급을 통제하지 못한다고 비난한다. 그것이 유순한 성격에서 나온 것이라면 그나마 다행이지만, 그는 귀찮아서 학생들을 돌보지 않을 뿐이다.

필립스 선생은 앤의 기를 죽일 만한 말을 아무렇지도 않게 말한다. "필립스 선생님은 나같이 기하를 못하는 학생은 처음 보았대요."

앤은 자존심이 상하여 '회초리로 맞는 편이 더 나을 것'이라고 생각한다. 그는 비겁하기까지 하다. 말대답했다고 학생을 회초리로 때렸는데, 그 아이 아버지가 학교로 와서 두 번 다시 자기 아들에게 손대면 가만두지 않겠다고 말했을 때, 제대로 대답도 못했다.

신·구 어떤 제도 아래에서든 필립스 선생과 같은 인물은 교사로서 실격이다. 그의 후임으로 온 스테이시 선생은 이와 정반대로 이상적인 교사로 새로운 풍조를 대표하는 선생이기도 하다.

스테이시 선생은 체육을 교과과정에 넣었는데 앤이 "우리는 날마다 체조를 하고 있어요. 체조를 하면 몸이 날씬해지고 소화를 촉진시키죠"라고 말하자, 머릴러는 쓸데없는 일이라고 생각한다. 또 스테이시 선생은 새로 자연관찰 연구라는 과목을 시작하는데, 까치둥지를 찾기 위하여 어린이들을 나무에 올라가게 했다고 비난을 듣는다.

그러나 스테이시 선생은 전통적인 요구도 깍듯이 충족시키고 있다. 샬럿타운의 퀸즈아카데미 입학시험에 대비하여 학생을 지도했던 것이다. 라틴어·캐나다 역사·프랑스어·영문학·수학을 가르칠 능력을 충분히 갖추고 있다. 그런 의미에서 스테이시 선생은 과거와 너무 심하게 단절하는 일 없이 애번리를 미래로 이끌어 가는 데 적합한 선생이라고 말할 수 있다. 앤은 스테이시 선생으로부터 '즐거움'이 '성장'으로 이어진다는 새로운 사상을 배운다.

스테이시 선생은 발표회를 열고 학생들에게 자기를 표현하는 법을 배우게 한다. 그와 동시에 국기를 매입한다는 애국적 목표를 제창하여 반론이 나오기 어렵게 만들고 있다. 앤은 스테이시 선생의 흉내같지만 이 발표회를 변호하여 "학교 사랑하는 마음과 오락이 결합되면 더욱 좋지 않겠어요?"라고 말하는 것이다.

앤은 열세 살에 이미 스테이시 선생에게 감화되어 교사가 되고 싶다고 생각한다. 앤은 말한다.

"스테이시 선생님처럼 되려는 것은 훌륭한 목표가 될 수 있겠죠?"

앤은 이 목표를 이루기 위하여 퀸즈아카데미에 가야만 했다. 입학시험을 위한 준비로 대수·기하·지리·라틴어·프랑스어·영국문학 등을 공부했다. 앤은 라틴어를 읽을 수 있다. 실제로 몽고메리 자신은 1년쯤 그리스어를 배웠다.

《처녀시절》 앞머리에서 앤은 베르길리우스를 몇 줄이나마 해석하려는 굳은 결의를 드러내보이고 있다. 몽고메리와 앤이 전통적으로 남성의 전유물인 지식의 성채로 들어가는 것은 매우 중요한 의미를 가진다.

해티 고든 선생님
모드가 가장 존경하는 스승. 셜리의 스테이시 선생님의 모델이다.

앤은 학생으로서 열심히 생활했다. 그녀에게는 지식을 얻는 그 자체가 즐거움이고 게다가 경쟁심도 강했기에, 앤은 길버트와 경쟁하여 결코 뒤지지 않았다.

기하를 싫어하고, 영문학 지식이 깊으며, 시를 아주 즐기는 앤의 성향은 몽고메리와 비슷하다. 몽고메리와 달리 앤은 계속 학교에 다닐 수 있었다. 그리하여 조금씩이지만 자기의 꿈을 이루어 간다. 입학시험에서도 몽고메리는 매우 우수한 성적을 올렸지만 앤은 그보다 더한 1등을 해버린다.

앤은 교사자격을 취득하여 교사가 되고, 더 노력을 기울여 마침내 서머사이드 고등학교의 교장선생님이 되었다. 앤은 머릴러에게 말한다.

"선생님은 아주 고귀한 직업이라고 생각해요."

※《약속》의 원제는 《Anne of Windy Willows》(1936)이다. 'Windy Willows'는 '바람에 살랑거리는 버드나무집', 즉 앤이 서머사이드에서 하숙한 집의 이름이다.

일반적으로 버드나무라 하면 수양버들을 떠올린다. 그러나 버드나무과에는 꽤 많은 나무가 포함되어 딱히 어떤 나무라고 특정하기는 어렵다.

한국에서 포플러나무는 버드나무과이지만 앤시리즈에서는 포플러를 Lombardy Poplar, 수양버들은 Weeping Willow라고 한다. 그러므로 그 어느 쪽도 아닌 여느 버드나무를 떠올리면 되지 않을까 한다. 버드나무는 나뭇잎의 앞뒤가 흰빛을 띤 은색이 많아 바람이 불면—프린스 에드워드 섬은 평탄하므로 바람이 잘 분다—살랑살랑 몸부림치는 그 모습이 매우 아름답다. 그러한 버드나무가 앤의 마음을 사로잡았으리라.

《약속》의 원제는 《Anne of Windy Willows》이지만, 미국이나 캐나다에서 출판되는 책 가운데에는 《Anne of Windy Poplars》라고 되어 있는 것이 많다. 이는 케네스 그레이엄의 명작 《즐거운 강가 *Wind in the Willows*》와의 혼동을 피하기 위해서인 듯하다.

김유경
숙명여자대학교 미술대학 서양화 전공(부전공 영문학) 졸업
창작미협전 「정월」 특선 목우회전 「주왕산」 입상
지은책 「조선 열두달 이야기」 옮긴책 「잉걸스·초원의 집」
「몽고메리·앤스북스」 10권

Lucy Maud Montgomery
ANNE OF GREEN GABLES

ANNE

4
약속

루시 모드 몽고메리/김유경 옮김
1판 1쇄 발행/2002. 1. 1
2판 1쇄 발행/2004. 6. 1
3판 1쇄 발행/2014. 5. 5
3판 5쇄 발행/2022. 5. 1
발행인 고윤주
발행처 동서문화사
창업 1956. 12. 12. 등록 16-3799
서울 중구 마른내로 144(쌍림동)
☎ 546-0331~2 (FAX) 545-0331
www.dongsuhbook.com

*

*

사업자등록번호 211-87-75330
ISBN 978-89-497-0865-2 04840
ISBN 978-89-497-0861-4 (전10권 양장본)

한국독서대상수상

올컬러 ANNE 총10권

그린 게이블즈 빨강머리 앤 | 루시 모드 몽고메리 | 김유경 옮김 | 동서문화사

1 만남 큰 눈에 주근깨투성이 빨강머리 앤이 꿈에 그리던 따뜻한 보금자리 그린게이블즈에서 지내는 소녀시절. 아름다운 마을에서 펼쳐지는 우정, 갈등, 행복, 사랑 이야기.

2 처녀시절 초등학교 신임교사로서 바쁜 나날을 보내는 열여섯 살 앤의 가을부터 이야기는 시작된다. 소녀에서 한 여성으로 성장해가는 앤의 정겨운 나날이 펼쳐진다.

3 첫사랑 앤의 즐거운 학창시절. 하지만 괴로움으로 마음이 요동치는 밤도 있었다. 꿈에 그리던 대학에서 공부하며 진정한 사랑에 눈떠가는 과정이 아름답게 펼쳐진다.

4 약속 서머사이드 중학교의 교장으로 부임한 앤을 맞이하는 사람들의 적의 시선. 타고난 유머와 인내로 곤경을 헤쳐 나가는 젊은 여성의 개성 넘치는 모습을 그리고 있다.

5 웨딩드레스 앤과 길버트는 해변 '꿈의 집'에서 달콤한 신혼생활을 보낸다. 특별한 이웃에 둘러싸여 행복하게 살아가는 둘에게 드디어 귀여운 아이도 태어나는데…….

6 행복한 나날 의사인 남편 길버트를 도와 여섯 아이를 기르게 되고 친구를 맞으면서 바쁜 나날을 보내는 앤. 삶을 사랑하며 행복하게 살아가는 것은 더없이 멋진 일이다.

7 무지개 골짜기 '무지개 골짜기'에서 황홀한 나날, 순수한 꿈과 바람은 어른들에게 천사의 목소리로 울려온다. 자연과 인간 마음을 아름답게 그려낸 주옥같은 스토리.

8 아들들 딸들 세계대전이 일어나 아들과 딸의 연인들이 잇따라 출정을 하게 된다. 전쟁에서 사랑하는 사람을 잃은 슬픔을 견뎌내는 어머니 앤과 막내 릴러의 의연한 모습.

9 달이가고 해가가고 15년 만에 이루어진 사랑, 말 못하는 소녀를 구원하는 젊은 교사의 헌신적 애정 등, 앤 주위 사람들이 만들어가는 마음 따뜻한 주옥같은 이야기들.

10 언제까지나 신시어 숙모의 고양이는 어디로? 샬럿의 옛 애인은 누구? 언뜻 평온하면서도 뜻 깊은 애번리 여러 사건들, 그리고 감동적인 크리스마스 이야기가 펼쳐진다.

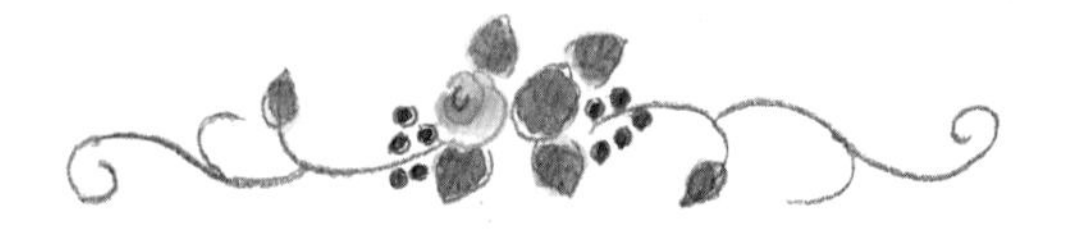